작가 피정
경계와 소란 속에 머물다
노시내

들어가며 … 7

서울에서 취리히로 … 17

일 일째 … 23
이 일째 … 28
삼 일째 … 33
사 일째 … 40
오 일째 … 44
육 일째 … 53
칠 일째 … 58
팔 일째 … 66
구 일째 … 74
십 일째 … 79
십일 일째 … 88
십이 일째 … 96
십삼 일째 … 100
십사 일째 … 108
십오 일째 … 114
십육 일째 … 120
십칠 일째 … 125
십팔 일째 … 131
십구 일째 … 135
이십 일째 … 142
이십일 일째 … 151

이십이 일째 ... 160

이십삼 일째 ... 165

이십사 일째 ... 173

이십오 일째 ... 180

이십육 일째 ... 186

이십칠 일째 ... 196

이십팔 일째 ... 203

이십구 일째 ... 210

삼십 일째 ... 215

삼십일 일째 ... 223

삼십이 일째 ... 231

삼십삼 일째 ... 239

삼십사 일째 ... 245

삼십오 일째 ... 256

삼십육 일째 ... 264

삼십칠 일째 ... 275

삼십팔 일째 ... 282

삼십구 일째 ... 288

사십 일째 ... 296

취리히에서 이슬라마바드로 ... 303

나가며 ... 309

주워 모은 말들 ... 315

찾아보기 ... 333

들어가며

이슬라마바드에 도착한 것은 8월 중순이었다. 마침 몬순 장마가 막 끝나 연일 40도를 넘겼던 무더위가 한풀 꺾인 참이었다. 그래도 매일 섭씨 36~38도였다. 실외로 나서면 후끈한 열기가 피부에 와닿아 솜털이 지글지글 타는 소리가 들리는 듯했지만, 다행히 습하지 않아 불쾌감은 없었다. 모스크바에서 부친 이삿짐이 도착해야 정식으로 살 집에 입주할 수 있으므로, 임시 숙소에서 한 달을 묵었다. 부엌에서 음식을 준비할 때마다 작은 개미 떼가 출몰했고, 뜨거운 햇빛을 피할 곳을 찾던 도마뱀들이 수시로 실내에 들어왔다가 수줍게 도망쳤고, 오렌지빛이 도는 특이한 벌들이 베란다에 비치된 세탁기 주변을 늘 맴돌았다. 깜짝깜짝 놀라던 것도 한때. 한두 주 지나자 개미를 맨손으로 눌러 죽이고, 도마뱀이 나올 만한 곳에서는 일부러 쿵쿵거려 녀석들이 미리 도망갈 여유를 주고, 손사래로 벌들을 물리쳐가며 세탁기를 돌렸다. 알고 보니 그 벌은 절대로 건드려서는 안 되는 독한 종류였다. 옐로비(yellow bee), 즉 황색벌이라고 불리는 이 벌은 닿기만 해도 피부가 부어오르며 쏘이면 당장 병원에 가야 한다고 했다. 병원에 못 가면 칼이나 열쇠 같은 금속을 쏘인 부위에 막 문지르라

8

는 민간요법도 조언받았다. 새로 배워야 할 것이 많았다.

이슬라마바드에 도착해 한동안 그날그날 받은 인상을 한두 줄로 메모하곤 했다. 지금 보니 마치 트윗 같다.

8월 21일 토요일
이슬라마바드 수입 상품점의 물건들은 스위스만큼이나 비싸다. 온갖 향신료로 양념해 구운 닭다리를 숙소 근처 식료품점에서 사다 먹었다. 먹을 만했다. 토마토를 사서 곁들였는데 싱싱하고 맛있다. 조언을 무시하고 날것으로 먹었지만, 아무 탈도 나지 않았다.

8월 22일 일요일
이슬라마바드는 야생 숲을 대충 긁어내, 거기다 길 좀 뚫고 건물 몇 채 채워 넣고, 다른 건 하나도 안 다듬은 채 그냥 그대로 놓아둔 모습이다. 도시 전체가 거대한 야생 공원처럼 느껴진다.

8월 23일 월요일
사방에서 토요타 중고차가 눈에 띈다. 파키스탄에서도 우측 핸들을 사용하기 때문에 일본 국내에서 쓰던 차들을 그대로 수출하는 이점을 누린다고 한다.

8월 25일 수요일
오늘 만난 사람 중에 성이 칸(Khan)인 사람이 벌써 둘이다. 파키스탄 총리의 성도 칸이다. 아마 한국의 김 씨쯤 되는 모양이다.

8월 26일 목요일

심한 배탈. 찢어질 듯한 복통. 이렇게 배가 아픈 건 처음이다.
도착 이후 배탈이 안 났다고 의기양양해서 익히지 않은
채소를 매일 대담하게 먹었더니 드디어 올 것이 왔다.

8월 28일 토요일

사흘 내내 쌀죽, 오트밀죽, 토스트만 먹었다. 조금 나아졌다.

8월 30일 월요일

이슬라마바드의 한 마트에서, 러시아에 살 때 늘 사던
두루마리 휴지 브랜드를 발견했다. 갑자기 러시아에 대한
향수가 몰려왔다.

9월 1일 수요일

현지인의 말에 따르면, 한동안 이슬라마바드에 야생
멧돼지가 꽤 자주 출몰했는데 최근 많이 줄어든 것은
중국인들이 사냥해서 잡아먹었기 때문이란다.

9월 2일 목요일

한국 입국 관련 정보를 살피러 주이슬라마바드 대한민국
대사관 홈페이지에 가보니 파키스탄에서 태권도 품새
경연대회가 열렸다는 소식이 보인다. 알고 보니 파키스탄이
태권도 강국이었다. 처음 알았다.

*

파키스탄은 한국을 떠나 살게 된 여섯 번째 국가이며, 이슬라마바드는 서울 이외에 내가 살아본 열 번째 도시다. 한국을 떠나 가장 먼저 살았고 또 가장 길게 살았던 나라는 미국이다. 중부의 소도시 두 곳과 동부 뉴욕주 소도시 한 곳에서 공부하고 회사에 다니며 몇 년을 보냈고, 그 뒤에는 워싱턴DC에서 4년 남짓 정책학을 공부했다. 다 합치면 미국에서 보낸 시간이 9년 가까이 된다. 배우자를 만난 곳도 미국 워싱턴DC였다. 미국은 내게 여러모로 의미 있는 곳이었으나, 미국을 떠난 후 오랜만에 다시 방문했을 때 왠지 낯설었다. 미국이 변해서 그랬을 수도 있지만, 그보다는 내가 변해서, 그러니까 떠난 곳보다 도달한 곳에 충실하게 사느라고 애쓰면서 옛정이 바랬기 때문이었을지도 모른다. 새로 도달한 곳에 충실하자는 것은 지금도 변함없는 원칙이다. 이탈리아 이민자 1세인 시어머니 마틸데는 종종 내게 같은 질문을 던진다. "지금까지 살아본 곳 중에 어디가 제일 좋니?" 그러고서 내가 채 대답도 하기 전에 이렇게 덧붙인다. "역시 취리히가 좋지 않니?" 내 답변도 늘 같다. "전 어딜 가나 지금 살고 있는 곳이 제일 좋아요." 그러면 마틸데가 수긍할 수 없다는 얼굴로 또 한 번 강조한다. "난 취리히가 제일 좋아." 태어난 나라 이탈리아에 정을 떼고 취리히를 최고라고 여기는 마음은 이민 와서 정착한 곳에 정을 붙이고 그곳을 최고라고 생각해야 괴롭지 않기 때문일 것이다. 나 또한 당신과 마찬가지로 매번 거처를 옮길 때마다 그런 식으로 마음을 다스린다는 것을 마틸데는 눈치채지 못했다.

미국을 떠난 후 취리히에서 1년, 도쿄에서 4년, 빈에서 4년을 보냈고 다시 스위스로 돌아와 베른에서 4년을 살다가 그다음에는 러시아로 옮겨 모스크바에서 4년을 보냈다. 코로나바이러스 사태는 모스크바 생활 3년 차에 발생했다. 그리고 상황이 좀 누그러지기 시작할 무렵 파키스탄의 수도 이슬라마바드로 옮겼다. 언어, 기후, 음식, 문화, 정치·경제적 상황 등 모든 것이 다른 도시로 옮겨 다니며 산다는 것은 얼핏 듣기에는 흥미진진할 것 같아도 실은 스트레스 강도가 높은 삶이다. 지속적인 사회연결망 구축이 어려워 자칫 고립될 수 있고, 애써 사람을 사귀어도 서로 '곧 떠날 사람'이라 여기니 인간관계가 좀처럼 깊어지지 않는다. 나이를 먹으니 낯선 언어를 새로 배우기도 쉽지 않다. 때론 만사 귀찮고 허무해져서 잠깐 머물다 떠나는 여행자처럼 지내고 싶은 유혹도 든다. 하지만 몇 주, 몇 달도 아니고 몇 년씩 거주하는 곳에서 그저 구경꾼으로 게으르게 살기는 싫었다. 내부자는 될 수 없더라도 성실한 생활인으로서 그 도시의 내부로 발을 내디뎌야 했다. 사람을 사귀고, 말을 배우고, 현지 음식을 즐기고, 역사책을 읽고, 현지 신문도 자주 들춰봐야 한다. 때로는 체력이나 인내심이 바닥나 퇴각하듯 다시 외부나 경계에서 서성거리기도 하지만, 하루하루를 성실하게 지내다 보면 어느새 삶이 풍성해졌다.

이렇게 쌓인 시간들이 빚은 내 정체성에 대해 책을 쓰며 새삼 자문했다. 여러 단어가 떠올랐다. 아내, 딸 같은 자명한 것들 외에 떠돌이, 번역자, 외부자, 소수자, 이민자. 이 정체성들은 모두 서로 얼마간 연결되어 있다. 외국 생활이 길어지면서 이렇게 살면서도 할 수 있는 일을 찾으며 고민하던 어느 날, 불현듯 번역가가 되어야겠다는 생각을 했다. 2000년대 중반은 이미 종이 사전이 필요 없는 세상이었다. 세계 어디에서도 인터넷과 컴퓨터만 있으면 번역 작업을 할 수 있었다.

담담하게 시작했던 일에 곧 빠져들었다. 홀로 디지털 화면 앞에 앉아 하나의 언어를 또 다른 언어로 차근차근 가지런히 옮기는 일이 편안하고 즐거웠다. 오랜 세월 영어에 노출됐어도 매번 모르는 단어나 표현이 나오니 새로 익히는 것이 즐거웠고, 주변에 한국인이 많지 않으니 자칫 시들 수 있는 모어를 잘 보듬어갈 수 있어 즐거웠으며, 새 말을 배우고 알던 말을 기억하는 것으로 그치는 것이 아니라 번역가로서 옮기는 기술이 살살 느는 경험을 하니 즐거웠다. 일이 즐거우니 곧 애정과 애착이 뒤따랐다. 낯선 곳을 떠돌며 새로운 환경과 불안정한 일상에 지칠 때, 번역이 제공하는 한결같은 공간에서 마음의 평화와 위안을 얻었다. 번역할 책을 고를 때는 되도록 내가 공감할 수 있고 내 정체성과 연관되는 소수자, 외부자, 여성, 노마드의 시선이 담긴 책, 혹은 통념에 도전하는 책을 찾았다.

내가 누구인지를 정리해보는 이 순간에도, 나의 정체성에 이중성과 역설이 스며 있음을 안다. 외부자이지만 내부자와 결혼하여 덤으로 얻은 준내부자 지위, 교육과 문화의 혜택을 받으며 엄연한 특권을 누렸음을 자각한다. 불의에 분노하면서도 열정적인 운동가는 되지 못하는 게으름뱅이, 통념에 의문을 제기하면서도 통념의 완전한 공백 속에 살 자신은 없는 겁쟁이, 떠도는 삶을 사랑하면서도 호시탐탐 정착을 그리워하는 모순덩어리다. 그런 내가 용케도 꾸준하고 일관성 있게 해내는 일은, 호기심을 놓지 않고 주변을 관찰하는 일, 언어의 묘미에 취하는 일, 지리적, 물리적, 감정적인 경계선을 밟고 서거나 건너다니면서 내가 편하게 느낄 수 있는 보금자리와 주변 관찰에 최적인 전망대를 찾아내는 일이다. 거기에 가부좌 틀고 앉아, 이해할 수 없는 생소한 것들을 풀어내기 시작한다. 조사하고, 해석하고, 소화하고, 그런 다음 남에게 전달한다.

어쩌면 나는 천생 번역자일까. 내 글을 쓸 때조차 번역을 하는 듯하다. 외국에서의 생활과 경험을 한국어로 전달하는 행위가 차라리 번역에 가깝기 때문이다. 대단한 의미도 내세울 동기도 뚜렷하지는 않지만 경계에서 서성이던 나의 시간, 나의 언어를 누군가에게 번역해 들려주고 싶다. 이 책도 이런 마음으로 썼다.

주된 계기는 엉뚱하게도 내 신체의 일부, 편도였다. 어린 시절 편도가 늘 부었고, 그때마다 부모님은 '펜브렉스'라는 캡슐 항생제로 고통을 해결해주셨다. 1970~1980년대는 항생제를 처방전 없이 약국에서 사다가 느긋하고 넉넉하게 남용하던 시절이었다. 의사가 편도를 떼어주라고 했다. 소아 편도 수술이 일상적으로 행해지던 시절이었다. 부모님은 어린 딸 목에 칼을 댄다는 생각에 수술을 주저했고, 하지 않기로 하셨다.

편도염이 다시 심해진 것은 사십 대가 되어서다. 수년 동안 고생하다가 급기야 한쪽 편도에서 낭종이 자라기 시작했다. 그래서 휴가 때 취리히에서 병원을 찾았다. 의사는 낭종과 함께 편도도 떼버리자고 했다. 만성 편도염이 낭종의 원인인 듯하니 원인까지 함께 제거하자는 뜻이었다. 며칠 후 한국에 들어갈 일정이 있었으므로, 한국 방문을 마치고 취리히로 돌아와 수술받기로 했다. 수술 후에는 출혈 위험 때문에 넉 주 동안 비행하면 안 된다는 의사의 명령이 떨어졌다. 그리하여 거주지인 이슬라마바드로 돌아가기 전에 취리히에서 홀로 시간을 보내게 됐다.

취리히에서 보낸 사십 일은 일종의 '작가 피정'(writers' retreat)

의 기간이었다. 성당을 멀리한 지 거의 30년이 되어가는 서류상의 가톨릭신자일 뿐이지만, 여전히 피정이라는 말을 들으면 고요한 곳으로 떠나야 할 것 같은 잔잔한 충동이 인다. 피세정념(避世靜念), 바쁜 일상에서 벗어나 조용한 수도원에서 묵상하며 마음의 평화를 찾는다는 뜻이다. 가톨릭과 무관하게, 일부 영미권 국가에서는 작가가 익숙한 환경에서 벗어나 집중을 방해하는 요소가 제거된 고요한 환경에서 글을 쓰도록 작가 피정 프로그램을 지원한다. 스스로 그런 피정을 계획하는 사람들도 적지 않으니, 예정에 없던 작가 피정을 선사 받은 일은 나에게 행운이었다.

통증이 크고 신체적으로 무리해서는 안 되는 이 회복 기간에 내가 할 수 있는 일은 극히 제한적이었다. 음식도 잘 못 먹고 다시 짐을 꾸려야 해 물건을 사기도 어려우니, 초점은 주로 소소한 활동에 맞춰졌다. 음악 듣기, 영화관이나 미술관 들르기, 넷플릭스 뒤적이기, 명소 산책하기 같은 손쉽고 게으른 문화 활동이었다. 그렇게 지내는 동안 조금씩 무언가가 떠올랐다. 이전에 지냈던 곳, 만난 사람들, 신기해하다 결국 익숙해진 언어와 음식 들이 오늘과 뒤얽혔다. 회복에 집중하느라 신경이 평소보다 무딜 것 같았는데 아니었다. 도리어 예민해져서 주변의 모든 것이 더 날카롭고 생생하게 각인되었다. 제3의 장소에서 홀로 오롯이 24시간을 보내는 사치는 머릿속을 맑게 했다. 그렇게 말갛게 떠오르는 생각들을 불완전한 스냅샷의 형태로라도 남기고 싶다는 욕망이 생겼다. 다양한 사회의 경계를 넘나드는 떠돌이 여성, 소수자, 이민자, 번역가로서 이 피정의 경험을 '번역'하고 싶은 충동이 일었다.

노트를 펴고 펜을 들었다. 퍼트리샤 하이스미스의 표현대로

마치 새가 시야 안으로 날아드는 것처럼 생각과 기억이 날아들었
다. 그것들이 서로 뒤얽히고 가지를 치며 뻗어나갔다. 그 새를 행
여나 놓칠까 봐 노트에 단어들을 정신없이 메모했다. 그리고 큰
심호흡으로 마음을 가다듬고, 묵상하는 마음으로 타이핑을 시
작했다.

17

서울에서 취리히로

이번 서울 방문은 2018년 여름 이후 처음이었다. 2년 9개월 만에 부모님을 뵌 셈이다. 아무리 전화로 안부를 여쭙고 메시지를 주고받아도 얼굴을 맞대고 이야기하고 한 밥상에서 식사하는 것과는 큰 차이가 난다.

오랜만에 뵈니 그사이 두 분 다 나이가 드신 것이 느껴졌다. 만 보 정도는 수월하게 걷던 아버지가 이제 육천 보를 걷고 피로해하신다. 드시는 약의 가짓수도 많아졌다. 머리 염색을 그만둔 엄마의 백발은 나이 들어 보이기는커녕 멋지고 우아했지만, 방바닥에 앉아 걸레질하시는 모습이 작고 연약해 보여 마음이 찡했다. 한때는 엄마가 그렇게 커 보이고 무서웠는데. 관절 마디마디가 튀어나온 깡마른 손을 더 자주 잡아드려야 하건만, 멀리서 사는 삶을 택한 나는 불효녀가 맞다.

부모님이 외출하신 사이 잠깐 나가서 엄마를 위해 꽃을, 아버지를 위해 와인 한 병을 샀다. 튤립과 프리지어는 둘 다 엄마가 좋아하는 보라색으로 골랐다. 이번에 서울에서 지내는 동안 집에 꽃이 끊이지 않도록 했다. 딸이 떠났다고 꽃이 있던 자리도 허전해지면 마음 아파하실까 봐 걱정됐다. 며칠이라도 더 싱싱한 꽃

을 보며 서운해하지 마시기를 바랐다. 와인은 스페인산 템프라니
요를 골랐다. 카늘레도 세 조각 샀다. 부모님께 카늘레를 처음 사
다드린 날, 식감이 쫄깃해서 떡과 케이크의 중간 같다고 신기해
하며 좋아하셨다. 그것들을 미리 써둔 카드와 함께 식탁 위에 모
양을 잡아 올려두고 짐을 마저 쌌다.

　여행 가방을 싸는 일은 이제 프로의 경지에 올랐다. 무거운 것
은 과감하게 빼고, 꼭 준비해야 하는 선물은 가능하면 가벼운 것
으로 사고, 옷도 가볍고 빨면 잘 마르는 소재로 필요한 만큼만 넣
는다. 부칠 짐 하나, 기내로 들고 들어갈 작은 가방 하나를 넘치
는 법이 없다. 무거운 짐은 바로 근육통과 관절통을 부르기 때문
에 짐 무게에 더더욱 신경 쓰지 않을 수 없다.

　　　　　*

극구 말리는데도 부모님이 공항까지 데려다주셨다. 하필이면 서
늘하고 비가 흩뿌리는 날에 가려니 마음이 더 쓸쓸했다. 평소라
면 승하차로 정신없이 분주할 터미널 앞이 텅 비어 있었다. 우리
말고 하차하는 차량은 눈에 띄지 않았다. 터미널 내부도 텅 비어
있기는 매한가지였다. 실제라고 믿어지지 않을 정도로 괴괴한 분
위기였다. 코로나가 아니었으면 인천공항의 이런 모습을 또 언제
볼 수 있을까 싶었다.

　출국장으로 들어가는 입구에서 부모님과 포옹했다. 가슴이
두근두근하고 눈물이 날 것 같은 느낌은 왔다가 떠나기를 몇 번
이나 거듭해도 변하지 않았다. 간신히 마음을 진정시키고 보안
검색과 출국 심사를 마쳤다.

비행 내내 경로를 관찰했다. 러시아의 우크라이나 침공으로 비행경로가 약간 바뀌었다. 직원에게 물으니, 우크라이나와 벨라루스 상공을 피해 발트해 쪽으로 우회한 다음, 독일 북부 해안을 통해 독일 상공으로 진입할 예정이라고 했다. 정말로 러시아 상공을 날던 비행기가 어느 순간 북서쪽으로 방향을 틀더니, 상트페테르부르크 상공을 지나 핀란드와 에스토니아 사이 핀란드만을 따라 발트해로 진입했다.

러시아 상공을 비행하는 동안 지난 4년간의 러시아 생활이 떠올랐다. 특별히 큰 정을 주지 않았지만 4년은 결코 짧은 세월이 아니다. 러시아는 내 마음속에서 또 하나의 익숙하고 편안한 장소로 자리 잡았다. 당연히 그곳에서 살아가는 모든 사람의 안녕을 기원하고, 정부가 올바른 결정을 내려 나라를 잘 이끌어가길 바란다. 그렇기에 푸틴의 우크라이나 침공은 내 심경을 아프고 착잡하게 했다. 도대체 왜? 안 그래도 힘들게 사는 우직한 러시아 서민들의 생활을 왜 어렵게 만드는데? 이렇게 영토 야욕을 채우면 옛 소련의 영광이 되살아나나? 우크라이나 침공 이후로 휴대폰을 들 때마다 뉴스를 확인했다. 러시아는 생각했던 것보다 훨씬 깊게 내 속에 파고들어 와 있었다.

경유지인 프랑크푸르트에서 스위스행 비행기에 몸을 실었다. 출발이 다소 지연되는 동안 승무원들이 러시아어 구사자를 찾았다. 항공사의 안전 규정상 영어 사용자 승객이 비상구 옆에 앉아야 하는데, 그 좌석에 앉은 러시아인 부부는 영어를 못했다. 승무원들은 러시아어를 못해 좌석 변경의 이유를 설명하지 못했고, 부부는 왜 자리를 옮기라는지 영문을 몰라서 역정을 냈다. 당황한 승무원이 러시아어 사용자를 황급히 찾은 이유였다. 내 옆에 앉아 있던 부부가 그들에게 갔다. 곧 익숙한 러시아어가 들렸다. 그들의 차분한 설명을 듣고서야 비상구 좌석에 있던 부부는 뒷자리로 옮겨 갔다. 상황 종료 후 네 사람이 정담을 주고받기 시작했다. 용건이 끝났다고 팽 자기 자리로 돌아가는 것이 아니라 동포를 만났다고 반가워 수다를 떠는 정 많고 따뜻한 사람들. 그게 바로 내가 기억하는 러시아인들이었다. 두 쌍의 부부는 우연히도 똑같이 남아프리카 요하네스버그로 향하는 중이었다. 현재 러시아 정부의 우크라이나 침공과 언론 자유 탄압에 불만인 지식인들이 대거 국외로 빠져나가는 상황이다. 저들도 그런 사례에 해당할까? 착륙 후 요하네스버그 환승 안내가 나오자 내 옆 부부가 아까 좌석을 옮긴 부부에게 손짓했다. 저들은 또 한 차례 긴 비행을 함께하며 아마 친구가 되리라.

취리히 숙소에 도착하니 밤 11시. 한국 시각으로는 아침 7시다. 밤을 꼬박 새우고 온 셈이다. 아무리 졸려도 짐을 풀지 않고 잘 수는 없다. 이도 닦아야 한다. 여타 도시라면 생수를 사거나 물을 끓였겠지만, 스위스에서는 생수를 따로 사는 일이 거의 없다. 수돗물을 그냥 마셔도 아무 지장이 없을뿐더러 물맛도 좋다. 정수하면 칼슘 성분이 아깝게 걸러지니 그대로 마시라는 조언도 들었다. 이런 나라는 전 세계에 극소수이다. 내가 사는 파키스탄은 물이 심각하게 부족할 뿐만 아니라 전체 인구 2억 3,000만 명 가운데 안전한 식수에 접근할 수 있는 인구 비율이 약 20퍼센트에 불과하다. 수도인 이슬라마바드만 해도 수돗물의 30퍼센트가 박테리아와 중금속에 오염되어 식수로 적합하지 않고, E 콜리 대장균 오염도도 15퍼센트 정도다. 대다수 국민은 생수를 사 먹을 여력이 안 되니 늘 식중독과 체내 중금속 축적의 위험에 노출되어 있다. 나도 처음 한 달은 물갈이 배탈로 큰 고생을 했으나 이후부터는 멀쩡했다. 남편과 나는 파키스탄에 도착했을 때 너무 깔끔을 떨지 말자고 일찌감치 합의했다. 마실 물은 사고, 끓여 마시거나 요리할 때는 정수한 수돗물을 썼으며, 나머지는 전부 그냥 수돗물을 썼다. 주재원 중에는 치아도 생수로 닦고 과일도 생수로 씻어 먹는 사람들이 있다. 이러면 현지 세균에 노출이 안 되어 오히려 계속 배탈이 난다. 예방접종하듯 일부러 조금씩 세균에 노출해 소화관에 일정한 자극을 주어야 면역계가 활성화되고 탈도 덜 난다. 예전에 만나본 적십자 현지 파견 근무원들은 오염 확률 높은 수돗물을 척척 마셨다. 빈곤국에서 인도주의 사업을 하는 사람들이라 이것저것 가리지 않고 재빨리 적응해 현지인처럼 살아가는 일에 주저함이 없었다. 지나치게 멸균 상태로 살지 말라는 것은 그들에게 들은 조언이기도 했다. 그렇게 했더니 정말로 서너 달 지나서부터는 파키스탄에 온 대다수 외국인 주재원들이 먹기를 주저하는 날 채소나 생선회를 먹어도 속이 멀쩡했다.

물갈이 배탈은 사실 스위스에서도 겪어봤다. 아무리 깨끗한 나라라 해도 오랜만에 방문해서 뱃속에 들어가는 세균이나 무기질의 종류가 달라지면 탈이 날 수 있다. 신속한 적응을 위해 수돗물을 한 잔 벌컥벌컥 들이켠다. 그리고 내일 해야 할 일을 생각나는 대로 메모한다.

일 일째

일요일에 장을 보려면 중앙역에 가야 한다. 스위스에서는 예나 지금이나 일요일에 상점을 열지 않는 것이 원칙이다. 예외로 기차역 내에 있는 가게들만 문을 연다. 하지만 내가 처음 이 나라를 알게 된 20여 년 전보다 일요일에 영업하는 음식점이 많이 늘어났다. 점포의 주중 개점 시간도 전반적으로 길어졌다. 노조가 힘을 잃고 있다는 징조다. 돈 벌려고 안간힘을 쓰지 않던 것처럼 보이던 취리히의 상인들이 갑자기 더 일하기 시작했다. 심해지는 경쟁 속에서 살아남기 위해 애쓰는 것이다.

취리히 중앙역은 늘 북적인다. 일요일이면 역내의 다양한 상점을 찾아오는 사람들로 오전부터 붐빈다. 게다가 몇 주 전에 실내 마스크 착용 의무가 해제되어서, 오늘은 맨 얼굴을 드러낸 사람들로 가득했다. 들어가기가 꺼려졌지만, 장은 봐야 하므로 KF94 마스크를 단단히 착용하고 사람들을 이리저리 피해 가며 필요한 물품을 바구니에 넣었다.

무엇보다 채소와 과일이 급했고, 특히 토마토가 먹고 싶었다. 한국에 체류하는 동안 중독되다시피 탐했던 대저 토마토를 대체할 즉효약이 필요했다. 다행히 한국에 대저 토마토가 있다면,

스위스에는 메린다 토마토가 있다. 정확히 말하면 메린다 토마토는 이탈리아 토마토다. 시칠리아 남동해안을 끼고 있는 시라쿠사 지방 — 미국 뉴욕주의 도시 시러큐스는 이 시라쿠사 지역명에서 유래한다 — 이 고향인 품종으로, 유럽 전역에 수출된다. 염분과 유기물이 많이 함유된 토양에서 재배하기 때문에 짭짤하게 간이 맞고 달큼하다. 낙동강 하구에서 자라는 대저 토마토가 달고 짭짤한 것과 같은 이치다. 껍질이 대저 토마토보다 좀 더 질기고, 동그랗고 매끈한 대신 울퉁불퉁하게 주름이 잡힌 모양을 지녔다는 점이 다를 뿐이다.

다음으로 급한 것은 치즈다. 깊이 숙성한 치즈 몇 점과 토마토 한 개, 그리고 통밀빵 한 조각이면 맛있고 건강한 한 끼가 된다. 어떤 때는 그런 생각도 든다. 죽을 때까지 매끼 먹을 세 가지 음식을 고르라면 치즈, 토마토, 통밀빵을 고를 것이라고. 그 세 가지 속에 생존에 필요한 영양소가 거의 다 들어 있다. 한국을 떠난 뒤 이제까지 살았던 어느 나라에서도 점심을 차리기 싫을 때면 실제로 내내 그렇게 먹었으니 앞으로도 평생 질리지 않을 것 같다. 한국 사람이 밥을 먹어야지, 사람들이 말하는 소리가 귀에 들리는 듯하다. 물론 밥도 먹으면 좋겠지만, 만일 세 가지만 골라야 한다면 밥은 미련 없이 후순위에 둔다. 네 번째 음식이 허락된다면 아마 견과류를 고를 듯하다. 밥은 탄수화물이라 통밀빵과 겹치니 말이다.

장보기를 마친 뒤, 역시 중앙역 역사 내에 있는 꽃집에 들렀다. 빨간색, 주홍색, 노란색 튤립이 각각 다섯 송이씩 섞인 꽤 큼직한 꽃다발을 샀다. 열다섯 송이에 9프랑, 한화로 1만 2,000원이니 서울에서 냈던 꽃값보다 훨씬 싸다. 이렇게 취리히에서 서울보다

저렴한 상품을 만날 때, 서울의 물가가 얼마나 높은지 새삼 실감
한다.

취리히에 올 때마다 꽃 한 다발을 사서 숙소에 꽂아두는 일은
이제 습관이 되었다. 한곳에 정착하지 못하고 떠돌며 사는 내게
어디엔가 도착해서 먹고 자는 곳에 꽃을 꽂아두는 행위는, 지금
이곳을 내 집으로 삼겠다는 내 나름의 의식이다. 꽃을 바라보노
라면 낯선 곳이 어느새 익숙한 곳으로 변하면서 마음의 안정이
찾아든다. 꽃다발의 물을 갈아주고, 시들어가는 꽃이나 이파리
를 하나씩 둘씩 골라내 보기 좋게 다듬고, 꽃송이의 수가 줄면
유리 물병에서 큰 물컵으로, 다시 작은 물컵으로, 한두 송이 남
으면 커피잔으로, 그렇게 꽃병의 크기를 줄여가며 끝까지 보살
피는 일은 은근한 즐거움이며 어지러운 마음을 위로하는 약이
된다.

숙소 찬장에 비치된 1.5리터짜리 큰 물병에 꽃을 꽂아 식탁 위
에 올려놓고, 통밀빵에 치즈와 토마토를 끼운 점심을 먹으며 친
구 선이가 준 이승윤의 앨범을 듣는다. 한국에 있는 동안 부모님
과 함께 〈싱어게인2〉를 시청했다. 그 말을 들은 선이가 이전 시즌
의 우승자를 좋아한다며 작별 인사할 때 내게 시디 한 장을 건넸
다. 가사가 참 좋은데 가수가 가사를 웅얼거리는 편이어서 잘 안
들릴 거라며, 음악을 들을 때 첨부된 책자에 담긴 가사를 꼭 함
께 읽어보라고 했다. 책자를 펼쳐 들고 노래를 들으며 그 속도에
맞춰 가사를 자막처럼 읽어 내려갔다. 한 구절에서 눈이 멈췄다.
"난 나라는 신화의 실체와 허구"라니, 이 세련된 자조를 어떡하
냐. 선이가 이 가수를 좋아하는 이유를 알 것 같았다.

이번에 한국에서 엉뚱하게 〈싱어게인〉 방송에 이끌린 건 시청

자의 눈과 귀를 노련하게 잡아끄는 노래 경쟁 프로그램의 통상적인 매력 요소에 더해, 젊은 가수들이 부르는 노래의 상당수가 내가 십 대와 이십 대 시절에 듣던 노래들이었기 때문이다. 외국에 살며 오랫동안 잊고 있던 이문세, 이소라, 유재하, 김광석의 노래를 다시 듣고 있자니, 안 그래도 오랜만에 다시 찾은 고향에서 내 멘털은 향수 범벅이 되고 만다. 그 노래들에 얽힌 기억들이 되살아나고, 그때로 되돌아간 기분마저 든다. 무명 가수들의 선곡에서 당시의 곡이 큰 비중을 차지하는 것을 보며, 역시 그때 노래들이 명곡이었나, 이후 좋은 노래가 그리도 없었나, 하는 전혀 내 것이어야 할 이유가 없는 생뚱맞은 세대적 자부심마저 고개를 든다. 이 말도 안 되는 의기양양함은 실은 자부심이라기보다는, 감수성을 그리도 자극하던 가슴 절절한 가요들을 듣고 즐기며 젊은 시절을 보냈다는 아련한 노스텔지어의 또 다른 표출 방식일 것이다.

번역할 때나 글을 쓸 때 종종 음악을 듣는다. 클래식도 좋고, 대중음악도 좋고, 테크노 음악의 강한 비트도 의외로 집중에 도움이 된다. 하지만 일할 때 틀어놓으면 안 되는 것이 하나 있으니, 가요다. 모국어 가사를 접하면 뇌가 조금 다른 식으로 반응한다. 한 단어 한 단어가 전부 인지되면서 연상 작용이 일어나고 어느새 딴생각을 하게 되니 일을 할 수가 없다. 적당히 거리감과 낯섦이 있어야 흘려버릴 수 있다. 모국어가 아닌 가사는 그렇게 흘려버리거나 머릿속 서랍에 대충 밀어 넣고 뿌옇고 흐릿하게 보관하는 것이 가능하지만, 모국어 가사는 그게 안 된다. 같은 맥락에서 모국어 가사가 일으키는 '딴생각'은 반복적인 집안일이나 운동의 고됨을 오히려 잊게 해주니 유용하다.

이제 '빵과 장미', 거기에 음악까지 보태니 마음이 든든하다. 앞으로 사십 일을 잘 버틸 수 있을 것 같다는 안도와 위로감이 깃든다.

이 일째

이번에 머무는 방에는 카펫이 없다. 이전에 남편과 함께 묵던 조금 큰 객실에는 커피탁자 밑에 카펫이 깔려 있어서 운동할 때 매트처럼 활용하곤 했다. 그러나 이 작은 원룸 객실에는 커피탁자가 없고, 고로 카펫도 없다. 나는 운동용 매트를 하나 마련하기로 했다. 스트레칭이라도 제대로 하려면 아무래도 이 딱딱한 나무 바닥에서는 무리였다.

매트를 사러 가려고 트램을 탔다. 시내가 가까워질수록 파랗고 노란 우크라이나 국기가 여기저기 눈에 띄었다. 특히 취리히 호숫가 뷔르클리플라츠 주변과 리마트강변을 따라서 커다란 우크라이나 국기가 여러 개 펄럭이고 있었다. 뒷좌석에서 어린 여자아이와 엄마의 대화가 들렸다.

"저게 무슨 깃발이야?"

"우크라이나 국기야."

"저걸 왜 걸었어?"

"연대의 표시야."

열 살이 미처 안 되어 보이는 아이가 그 말을 얼마나 알아들었을지 모르겠으나, 더 질문하지 않는 것으로 미루어 엄마의 대답에 만족한 것 같았다. 아이 엄마도 뭔가를 곰곰이 생각하는 듯 더 이상 말이 없었다.

스위스에 사는 러시아 사람들은 저 국기를 보며 무슨 생각을 할까. 2020년 통계에 따르면 스위스에 사는 러시아 국적자의 수가 1만 6,500명이다. 스위스 국적을 취득한 러시아계 스위스인까지 합치면 훨씬 많을 것이다. 스위스에 살아도 굳이 스위스 국적을 취득할 필요를 못 느끼는 오스트리아인이나 이탈리아인 같은 이웃 나라 출신들과는 달리, 러시아 사람들은 스위스 국적을 얻으려고 애쓴다. 지난 10년 동안 국적을 신청한 러시아인 비율이 다른 어느 이민자 집단보다 높았다. 입출국이 쉬운 오스트리아인이나 이탈리아인과 달리 러시아인은 스위스와 러시아를 오가는 절차가 번거롭기 때문일 것이다.

스위스에 사는 러시아인은 주로 취리히와 제네바 같은 대도시에 거주하면서 다양한 업종에 종사한다. 대도시라고 해봤자 스위스에서 제일 큰 취리히의 인구가 42만 명이므로 시내에 나가면 상대적으로 러시아 사람들이 꽤 눈에 띈다. 개중에는 그저 돈을 벌러 온 사람도 있겠고, 현 정권에 신물이 나서 고국에서 벗어난 지식인도 있을 테고, 스위스인 배우자를 만나 이주한 사람도 있을 것이며, 친푸틴 성향인 사람도, 반푸틴 성향인 사람도 있을 것이다. 어느 쪽이든 현 사태를 대하는 그 사람들의 심정은 복잡하고 착잡할 것이다.

내 심정 또한 그러하다. 러시아에서 인생의 4년을 보냈으니 아무런 감정적 영향을 받지 않는다면 이상할 것이다. 러시아 정권을 비판적으로 본 것은 사실이다. 모스크바에 사는 동안 남편 알베르토와 나는 악명 높은 연방보안국(FSB)이 우리가 사는 아파

트 거실 에어컨에 도청 장치를 설치했다고 농담 삼아 상정하고
"너희 말이야 우리가 러시아를 싫어해서 이런 얘기를 하는 게 아
니야, 하지만 문제가 많아" 하면서 며칠에 한 번꼴로 에어컨에다
대고 말을 거는 실없는 장난을 치기도 했다. 그런데 도청 장치가
에어컨 속에 설치되었다는 설정은 틀릴지 몰라도, 누가 어떤 식
으로든 우리 말을 정기적으로 엿듣기는 했을 것이다. 소련 때의
정보기관 KGB 본부였고 지금은 그 후신인 연방보안국이 쓰고
있는 루뱐카 건물이 엎어지면 코 닿을 거리에 있었다. 우리가 사
는 길 일대에 보안국 요원들이 바글거리는 것은 공공연한 비밀
도 아니고 누구나 아는 사실이었다.

그러나 러시아 정부와는 별개로, 일반 러시아 사람들의 훈훈
한 인심을 우리는 자주 경험했다. 지하철 계단을 힘겹게 올라가
는 할머니의 짐을 번쩍 들어 지상까지 올려다 놓는 젊은이를 보
았고, 길에 걸인이 있으면 그냥 지나치지 못하고 몇 푼 쥐여주며
걱정스러운 얼굴로 말을 붙이는 사람들도 많이 보았다. 지인 가
족이 한겨울에 시베리아 숲속에서 자동차가 고장 나 꼼짝없이
동사하게 생겼는데 인근 마을 사람들이 그들을 발견하고 마을
전체가 나서서 구조해준 일도 있었고, 알베르토가 출근길에 빙
판에서 미끄러져 대자로 누웠을 때 젊은이, 노인 할 것 없이 순식
간에 너덧 명이 달려와 괜찮은지 살핀 일도 있었다. 누구든 버스
와 지하철에서 노약자에게 좌석을 양보하는 것은 기본이고, 심
지어 중년 남성들이 중년 여성들에게 벌떡 일어나 자리를 양보
하는, 현대 서구나 한국에서 좀처럼 보기 힘든 뜻밖의 모습도 여
러 번 목격했다. 장유유서와 기사도가 합쳐진, 그러니까 아시아
와 옛 유럽을 섞어놓은 듯한 일종의 묘한 칵테일이었다. 그러면

서 가정폭력은 또 심각해서, 그야말로 역설이 많은 나라다.

남편과 내가 러시아 사람들의 다정함을 이야기할 때 꼭 되새김질하는 에피소드가 있다. 집 근처에 커피콩과 찻잎을 판매하는 전문점이 있었다. 그 가게에서는 직접 구운 과자도 팔았다. 원하는 과자 종류와 중량을 말하면 판매원이 뒤에 있는 창고에 들어가 비닐봉지에 대충 담아 가지고 나와 무게를 잰다. 늘 하는 일이어서인지 눈대중으로 넣은 과자의 무게가 매번 거의 정확했다. 영어가 안 통하니 우리는 줄 서 기다리는 동안 과자의 정확한 명칭과 러시아 숫자를 재빨리 두세 번 낮은 소리로 반복해 연습하곤 했다.

그날도 남편과 나는 무슨 과자를 살지 종류를 살펴 가며 고민하는 중이었다. 우리 바로 앞에는 마흔 전후로 보이는 남자와 열 살쯤으로 보이는 아들이 무언가를 사고 있었다. 아이 아버지가 우리가 나누는 대화를 듣고 무엇을 살지 망설이는 것을 눈치챈 모양이었다. 별안간 몸을 돌려 우리를 보더니, 이게 맛있다며 한번 맛을 보라고 들고 있던 비닐봉지를 확 열었다. 우리는 깜짝 놀랐다. 스위스 같으면 한 손님이 다른 손님에게 이게 맛있다느니 하는 소리를 거의 하지 않을뿐더러, 그런 사람이 있더라도 자기가 산 음식을 맛보라고 권하는 사람은 결코 찾아볼 수 없기 때문이다.

아이 아버지가 권한 것은 러시아인들이 좋아하는 해바라기 씨가 잔뜩 붙은, 달지 않은 크래커였다. 성의를 거절할 수 없어서 나는 감히 그 봉지에 손을 쏙 넣어—코로나 사태 이전의 일이다!—크래커를 한 개 꺼냈다. 두 개 집으라는 것을 하나만 집어 절반으로 뚝 쪼개 남편과 나눠 먹었다. 정말 맛있었다. 그는 치즈랑 와인이랑 곁들여서 먹으면 맛있다며 꼭 그렇게 먹어보라고 일 렀다. 그러는 세 어른의 모습을 순하게 생긴 아이가 호기심 어린 눈으로 지켜보았다.

우리는 아이 아버지에게 고맙다고 인사하고서, 똑같은 크래커 를 넉넉히 사서 전수받은 방식대로 치즈와 와인을 곁들여 먹었 다. 이후에도 상점에 가면 꼭 그 담백한 크래커가 있는지 찾아보 며―파는 과자의 종류가 매번 달라져서 특정한 것을 원한다고 살 수 있는 것이 아니다―그때 그 아버지와 아들을 떠올렸다. 낯 선 사람에게 친밀하게 음식을 권하는 아버지의 모습을 보며 자 란 아이도 필시 자라서 남에게 비슷한 방식으로 선의를 베풀 것 이라 짐작해본다. 코로나 시대를 거친 마당에 누가 그런 식으로 자기 과자 봉지에 타인의 맨손이 들어가는 것을 개의치 않고 음 식을 나누려 할지 의문이 들기도 하지만 말이다. 그래도 그런 것 을 개의치 않는 사람들이 있다면 바로 러시아 사람들일 것 같다 는 생각이 들 만큼, 내가 겪은 러시아인들은 소박하고 잔정이 있 었다. 그래서 우크라이나를 응원하는 마음과는 또 별개로, 이번 침공으로 러시아 정권만이 아니라 자칫 러시아 사람들 전체가 악한으로 비칠까 봐 마음이 아프다.

삼 일째

취리히 시내 옐몰리 백화점에서 에스컬레이터를 타고 서 있는데 앞에서 러시아어가 들린다. 삼십 대 후반으로 보이는 러시아 여성 두 명이 이야기를 나누고 있다. 슬쩍 귀를 기울여보지만, 음식 주문하는 정도의 러시아어만 할 수 있는 내가 알아들을 리 만무하다. 그런데 갑자기 "나발니"라는 말이 들려온다. 귀가 번쩍했다. 러시아 야권의 대표적인 지도자 알렉세이 나발니를 말하는 건가? 지난 2020년 푸틴 정권에 의해 독극물 중독으로 죽을 뻔하다가 독일 정부의 도움으로 간신히 살아난 뒤 귀국해 교도소에 갇혀 있는 인물이다. 나발니가 어쨌다는 걸까? 두 사람이 하는 얘기가 너무 궁금했다. 이럴 때면 러시아어 공부를 좀 더 열심히 하지 않은 일이 후회된다. 나발니는 독극물 후유증으로 건강 상태가 안 좋긴 하지만, 언젠가 어떤 식으로든 푸틴이 사라지면, 차기 정권에서 중요한 역할을 할 수도 있는 인물이다. 계속 지켜봐야 할 일이다.

집에, 아니 숙소에 돌아와 ─ 나는 이제 어딜 가도 숙소를 집이라고 부르는 버릇이 생겼다 ─ 인터넷으로 한국 신문들을 훑어본다. 대한항공, 아시아나항공 등 국내 항공사들이 러시아 노선

운항을 중단하고 유럽 노선의 경우 러시아 상공을 우회하기로 했다는 기사가 뜬다. 비행기가 러시아를 지나지 않고 중국, 카자흐스탄, 튀르키예 영공을 통해 오가게 된 것이다. 비행시간도 두세 시간 더 길어지고 연료도 더 들겠지만, 안전을 위해 항공사와 승객이 부담을 감수할 수밖에 없다. 안 그래도 스위스에 올 때 염려했던 점이었다. 불과 며칠 차이로 비행시간의 연장을 겪지 않고 올 수 있었으니 운이 좋았다.

알베르토와 통화했다. 러시아 지인 하나가 푸틴 지지 쪽으로 180도 돌아섰다고 했다. 스위스에서 유학하고 러시아에 돌아와 싱크탱크에서 일하는 여성이었다. 푸틴 정권에 비판적이었던 그는 러시아에서 우리와 알고 지내던 당시 관련 이슈로 토론하는 모임까지 주도하곤 했기 때문에, 우리는 충격을 받았다. 우크라이나 침공이 시작된 이후 외국으로 떠날 생각이 없는 엘리트의 일부가 살아남으려고 몸 사리기를 하는 것이겠지만, 그렇다고 굳이 푸틴을 열렬히 지지할 필요까지는 없지 않나. 자기 영화를 도모하겠다고 상식을 포기하고 푸틴의 우크라이나 침공을 노골적으로 옹호하다니 사람을 완전히 잘못 보았다.

그런 사람이 있는 반면, 사상과 표현의 자유를 탄압하는 수위가 높아지자 수많은 사람이 자유를 찾아 러시아를 떠나고 있다. 우크라이나 침공 후 불과 열흘 만에 20만 명이 러시아를 뜬 것으로 추산된다. 푸틴이 정권을 잡은 이래 외국으로 이주한 러시아인이 160~200만 명에 이르니 새삼스러운 일이라고 할 수는 없으나, 이번 사태는 러시아인들의 자국 탈출에 또 한 차례 불을 붙이는 계기가 됐다. 러시아 국민 다수는 국영방송에서 들려주는 가짜 뉴스를 그대로 신봉한다고 해도 의식 있는 사람들은 그나마

 몇 개 남지 않은 독립 매체를 통해 진실을 파악했는데 이번 전쟁이 시작된 후로는 정부에 비판적인 매체는 실질적으로 존립이 어려워졌다. 시위를 조직한다고 해도 아직 국민의 절대다수가 적극적이든 소극적이든 푸틴을 지지하는 상황에서 정권 교체도 어렵고 개인적인 위험 부담도 크다. 따라서 이들의 결론은 '헬노서아' 탈출이다. 우크라이나 침공 직후 외국으로 나가는 러시아인이 얼마나 많았던지 러시아의 각 공항이 대단히 붐볐다. 특히 개를 데리고 출국하는 사람이 많아서, 공항 직원들이 어디 외국에 개와 관련된 국제 행사라도 열리는지 물었다고 한다. 잠깐 여행하는 사람은 반려동물을 두고 간다. 하지만 영구 이주하는 사람은 반려동물을 데리고 간다.

 서구로 갈 형편이 되는 사람들은 서구로 가지만, 그렇지 못한 사람들은 비자 없이도 손쉽게 입국할 수 있는 아르메니아, 조지아, 키르기스스탄, 카자흐스탄, 튀르키예 등지로 향한다. 그렇게 떠나는 사람들 가운데 상당수가 IT 산업에 종사하고 있어서, 이 인재들이 새로 정착한 나라에서 벌써 홀로 또는 다른 기술 인력과 협력하여 IT 사업에 착수했다는 이야기가 들린다. 지금 러시아 평판이 땅에 떨어진 상황이라 러시아 탈출자들이 몰려오는 것을 경계하고 싫어하는 현지인도 있다. 특히 2008년 러시아와 전쟁을 치르고 적대적 관계에 있는 조지아 국민들이 그러하다. 집주인이 임대를 거절하기도 하고, 러시아에 돌아가서 반정부 시위라도 하라고 힐난하기도 한다. 개인은 외국에 나가서 자유를 찾고 안락함을 누려서 좋겠지만, 푸틴 정권에 반대하는 고급 인력이 줄줄이 빠져나가면 정권 교체가 더 어려워질 수 있으니 하는 말일 것이다. 하지만 탈출자를 받아주는 인접 국가 정부의 입

장에서는 자국 경제에 도움이 되는 고급 인력의 유입이 싫을 리
없다. 러시아 정부가 지난 20년간 실리콘밸리에 맞먹는 것을 조
성하려고 그토록 애를 쓰다 진척을 보지 못했는데 이번 우크라
이나 침공으로 엉뚱하게 여러 이웃 나라에 단기간에 성공적으로
조성해줬더라, 하는 냉소적인 말도 돈다.

한 나라에서 교육 수준 높은 중산층이 대거 빠져나가려고 애
쓴다는 것은 그 나라의 상태가 어떤지를 보여주는 간접적인 증
거다. 정권의 입장에서는 불편한 진실이다. 그래서 러시아 정부
는 통계조사기관 등 어떤 단체가 진실에 입각한 정보를 대중에
게 발표하면 반역 스파이 단체로 몰아 입을 막는다. 레바다라는
러시아 독립통계조사기관도 바로 그런 예다.

레바다는 두뇌 유출 관련 설문 결과를 포함해 정부가 감추고
싶어 하는 통계를 굳건히 공개하다가 2012년에 제정된 '외국첩자
법'에 의해 외국의 이익을 위해 활동하는 첩자로 낙인찍혔다. 러
시아 정부는 자기들이 직접 발표하는 통계 이외에는 통계 발표를
허용하지 않는다. 이를테면 2022년 2월 24일 우크라이나 침공 이
후 러시아군에 상당한 인명 피해가 있었는데도 공식 통계는 극
소수로 발표되고 있다. 이십 일이 지난 현재까지 서구가 예측하
는 러시아군 사망자는 약 7,000명이지만, 러시아가 공식 발표한
사망자는 498명에 불과하다. 러시아군의 사기가 떨어질 일을 염
려해 거짓말을 하는 것이다. 러시아 정부와 다른 수치를 내놓는
일은 범법행위로서 엄벌로 다스린다.

레바다가 2021년에 실시한 설문을 보면, 설문 대상 러시아인
의 22퍼센트가 외국으로 영구 이주하고 싶다는 의사를 표명했
고, 그중 10퍼센트가 이미 이주를 위한 일정한 절차를 밟기 시작

했다고 답했다. 해외 영구 이주를 원한 답변자 가운데 80퍼센트
가 18~39세로, 특히 젊은 사람들의 이민 욕구가 강한 것으로 드
러났다. 러시아는 동구권이 붕괴하고 경제적으로 극심한 혼란
에 휩싸였던 1990년대부터 이미 두뇌 유출이 심한 나라였다. 그
래도 이주를 바라는 사람이 90년대와 2000년대에는 11~13퍼센
트에 머물러 있었는데 이번 전쟁이 시작되기도 전인 2021년에 그
수치가 두 배로 늘어난 양상을 보인 것은, 그동안 시민 탄압의 수
위를 높이고 경제를 불안정하게 만든 푸틴의 실정 탓이다.

나는 러시아 사람들의 이민 욕구를 가까운 데서 목격했다.
러시아에 살 때 우리 부부에게 러시아어를 가르쳤던 마리야는
2018년에 헝가리로 떠났다. 1969년생이니 당시 쉰이었는데 부다
페스트에 있는 한 대학 노어노문과 석사과정에 지원해 합격했다.
헝가리어는 대학 때 전공해서 이미 유창했다. 마리야는 솔직했
다. 돌아올 생각이 없다고 밝혔다. 학위를 딴 뒤 무조건 현지에서
직장을 구해 자리 잡을 거라고 했다. 어머니가 의사이고 10여 년
전 일찍 세상을 떠난 남편이 외교관이었으니 엘리트층에 속하는
사람인데도 러시아에 희망이 보이지 않아 외국으로 가겠다는 거
다. 2018년은 러시아가 월드컵을 치르고 아직 분위기가 좋았던
시기였는데도 그러했다.

마리야에 뒤이어 우리에게 러시아어를 가르친 삼십 대 초반의
알리나도 외국으로 이주하고 싶어 하는 것은 마찬가지였다. 알리
나는 폴란드인과 일찌감치 결혼해 두 딸을 두었는데 남편이 몇
년 전 갑자기 세상을 떠났고, 원래 러시아 언어학 전공이라 박사
과정을 하면서 아르바이트로 외국인 주재원들을 상대로 러시아
어를 가르쳤다. 교과서는 부수적으로만 쓰고 우리가 일상 생활

하는 데 정말 필요한 회화 위주로 가르쳐서, 역시 마리야 세대의 선생님들과는 다른 세대라는 것이 느껴졌다.

예컨대 알리나는 우리가 세탁소에 옷을 맡기거나 옷을 수선할 때, 또는 미장원이나 신발 가게에 갔을 때 유용하게 쓸 수 있는 표현을 궁금해하면—세탁물은 언제 찾으러 오면 되나요, 팔은 이만큼 줄여 주세요, 너무 많이 자르지 말고 다듬어만 주세요, 신발 한 치수 큰 것으로 주세요 등등—그 경우 발생할 수 있는 모든 상황에 대비해 요긴한 표현을 가르쳐주고 받아 쓰게 한 후 외우게 했다. 그리고 다음 수업 시간에 우리가 그 표현들을 잘 외웠는지 확인하는 일을 몇 번이고 반복해서, 몇 주가 걸리더라도 결국 전부 몸에 배게 해주었다. 우리처럼 중년에 접어든 사람들은 새로운 언어를 배우려면 실용적인 표현을 중심으로 무한 반복하는 것이 열쇠임을 알리나는 잘 알고 있었다. 모스크바를 떠난 지금까지도 기억하는 몇 가지 러시아어 문장이나 어휘는 알리나 덕분에 외운 것들이다.

알리나는 수업 도중 잠시 휴식할 때면 스위스나 독일에 어떻게 이민할 수 있는지, 비자가 잘 나오는지 종종 물어보았다. 알리나의 입장에서는 시부모가 살고 또 딸들이 이중 국적을 가진 폴란드로 가는 것이 유럽연합 국가로 이민하는 가장 수월한 방법이었으나, 알리나는 폴란드의 경제가 열악하다며 영미권이나 독일, 스위스처럼 좀 더 부유한 서유럽 국가로 가고 싶어 했다. 러시아가 겪는 두뇌 유출 문제는 이렇듯 러시아어 선생님들만 보아도 생생했다. 조금이라도 외국어 능력이 있고 교육 수준이 높은 사람들은 서구로 이민할 생각을 했다. 마리야는 빠져나가는 데 성공했지만, 알리나는 아직 러시아에 있다. 우크라이나 침공 이후 영미권으로 이민 가는 일은 더 어려워졌을 것으로 짐작된다. 폴란드는 러시아와 이전부터도 앙숙이지만 그래도 애들 아버지의 나라이니 아직 갈 수 있을지도 모르겠다.

한 나라의 정권은 국민이 나라를 뜨고 싶은 생각만 안 들게 해도 준수한 성공을 거두는 것이다. 그런 의미에서 푸틴은 분명히 실패했다.

사 일째

길을 걷거나 트램을 타고서 주변 스위스 젊은이들의 옷차림을 보면 1980~1990년대 패션이 되돌아온 게 아닌가 싶다. 십 대, 이십 대 여성 중에 레깅스를 입은 친구들이 많다. 레깅스에 운동복 상의를 입었으면 운동을 하러 나온 거려니 하겠지만, 상의는 대부분 크고 헐렁한 청재킷 아니면 후드가 달리거나 또는 안 달린, 역시 평퍼짐한 스웨트셔츠로 매치해 입었다. 레깅스와 함께 정장 느낌이 나는 체크무늬 재킷이나 롱코트도 입는다. 거기다 바닥이 두툼한 운동화를 신고, 굽실거리는 머리를 휘날리며 날쌔게 걸어간다. 편안해 보여 좋긴 하다.

쫄쫄이가 인기인가 하면, 또 한편으로는 허리선 높고 바지통이 펄럭거리는 플레어 팬츠가 대유행이다. 포인트를 주어야 하니 플레어 통바지에는 짧고 상체에 달라붙는 상의를 받쳐 입는다. 서로 완전히 대조되는 이 두 바지의 공통점은 아마도 편하다는 점일 것이다. 레깅스는 몸에 딱 붙지만 유연하고 탄력이 있어 편하고, 통 넓은 바지는 끼지 않아 편하다. 둘 중 어느 것을 입든, 신발은 너도나도 운동화다.

스위스에 올 때마다 느끼지만, 여기서도 운동화는 이제 남녀

노소와 계절, 용도를 가리지 않고 확실하게 국민 신발로 정착했다. 격식 없는 옷에만 운동화를 신는 것이 아니다. 정장을 입은 남성들도 검은색이나 갈색 스니커즈를 신고, 여성들 역시 정장 차림으로 직장에 가든, 원피스를 입고 외출을 하든 다양한 색상의 스니커즈를 골라 신는다. 내가 러시아에서 보낸 마지막 여름, 그러니까 2021년 여름에 관찰해보니, 여성들이 아직도 하이힐에 크게 연연하는 그 나라에서조차 원피스와 운동화의 조합이 심심치 않게 눈에 띄었다. 어디서나 편한 것이 제일인 시대가 된 듯하다. 몸과 발이 편해야 일도 능률이 나고 몸 건강, 정신 건강에도 좋다. 이십 대 후반 이후로 하이힐을 팽개치고 운동화와 컴포트슈즈만 줄곧 신어온 나는 이 유행의 선봉에 있었으니, 뒤늦게 따라잡으신 분들에게 스니커즈의 은총이 함께하시길. 은총을 기원하는 이유는, 이제 나 혼자가 아니라는 안도감 때문이다.

*

사람 심리가 묘해서, 견과류나 감자칩 같은 깔깔하고 딱딱한 음식이 자꾸만 먹고 싶다. 시고 짠 음식도 먹고 싶다. 수술하고 나면 두 주 이상 거칠거나 자극적인 음식을 못 먹는다는 것을 알고 있기 때문이다. 평소에 잘 안 먹는 아몬드도 괜히 찾아 먹고, 까무잡잡하고 딱딱한 크러스트가 생기도록 구워 자칫하면 입안을 베이기 쉬운 빵 종류도 새삼스레 시도한다. 산도 높은 백향과를 플레인 요구르트에 넣어 먹고, 샐러드에도 평소보다 식초를 더 친다. 레몬, 라임, 자몽이 당기고 짭짤한 치즈와 훈제한 생선에도 손이 간다. 서구에서 신맛 나는 식재료 하면 빠지지 않는 시큼한 채소 루바브를 넣은 파이도 먹고 싶다. 사과도 일부러 시고 딱딱한 것을 고른다. 스위스의 마트에서는 사과를 적어도 두세 종류 이상 판다. 사과의 품종과 함께 맛이 신지, 단지, 아니면 그 중간인지 표시된 경우도 흔하다. 원래도 신 사과를 좋아하지만, 특히 이번에는 단 품종은 아예 거들떠보지도 않는다.

탁자 위에 큼직한 메모지 한 장을 놓고 틈날 때마다 수술 후에 먹을 부드러운 음식의 목록을 만든다. 목록이 길수록 먹을 수 있는 음식이 다양해진다는 뜻이니 생각나는 대로 적는다. 마트에 가서도 수술 후 무엇을 먹을 수 있을지 식재료를 눈여겨 살펴본다. 심지어 이유식 진열대 앞에서도 서성댄다. 수술 직후에 먹을 음식이 극도로 부드러워야 한다면 저거라도 먹자고 생각하며. 메모지에 적은 음식은 다음과 같다.

우유와 두유

플레인 요구르트, 코티지치즈, 리코타치즈 등 부드러운
   유제품

오트밀 죽

오트밀 죽에 넣을 단백질 파우더

계란찜

연두부

후무스

인스턴트 수프, 육수 큐브

사과 무스 등 각종 과일 무스 통조림/병조림과 푸딩

잘 익은 바나나, 아보카도, 파파야

한국에서 수술 직후에 주로 먹는 쌀죽 대신 식이섬유와 단백질이 풍부한 음식 위주로 식단을 짰다. 각종 유제품이나 후무스처럼 부드러우면서 영양가 높은 음식들이 회복기에 도움이 될 것 같았다. 냉동 코너에 가면 시금치를 잘게 채 썰고 데쳐서 얼려놓은 것도 파니까 그대로 전자레인지에 돌려서 우유나 두유를 넣으면 시금치 크림수프처럼 먹을 수 있을 듯했다. 약간의 창의력을 발휘하면 단조로워질 수 있는 식단에 다양성을 가미할 수 있을 터다. 게다가 완전히 조리된 수프를 진공 포장한 제품도 몇 년 전에 비해 마트 냉장고에서 쉽게 찾아볼 수 있게 됐고 종류도 다양해졌다. 어차피 수술 후에는 따뜻한 음식을 못 먹고 차갑거나 미지근한 음식을 먹어야 한다. 이런 제품을 잘 활용하면 전자레인지로 데울 필요도 없이 그대로 개봉해 편하게 한 끼를 해결할 수 있다.

한 눈으로는 부들부들한 음식을 정찰하고 한 손으로는 까슬까슬한 음식을 장바구니에 넣으며 겪는 자아 분열은, 다가오는 수술을 마음으로 준비하는 건강한 자세… 라고 생각하고 싶지만, 아마도 그보다는 덜 고상한 과잉 보상 심리에 불과할 것이다. 단순히 먹는 일에 대한 과잉 보상만이 아니라, 통제할 수 없고 불확실한 일이 다가올 때 '지금 이 순간 통제가 되는 부분'을 단속하고 정리하고 계획하려고 애쓰는 심리 말이다.

오 일째

매일 저녁 7시 30분이면 스위스 공영방송 SRF1 채널에서 주요
뉴스를 해준다. 오랜만에 스위스 저녁 뉴스를 들을까 하고 텔레
비전을 켰다가 나는 눈을 의심했다. 숙소에서 제공하는 케이블
채널에 스위스 공영방송 SRF1, SRF2, SRF인포는 없고 그 대신
독일 방송들이 채널 목록 상위에 줄줄이 포진하고 있었다. 독일
공영방송 ARD와 ZDF는 물론이고, 독일 각 주의 지역 채널과 민
영방송 채널도 여럿 포함되어 있었다. 마치 스위스가 아니라 독
일에 와 있는 기분이었다. BBC도 BBC월드를 비롯해 BBC 1, 2까
지 나온다. 영국 공영방송도 나오는데 스위스에서 스위스 공영
방송을 볼 수 없다니.

　숙소 매니저 두 명이 모두 독일인이었던 점과, 이곳에 숙박하
는 손님 가운데 독일인 비중이 큰 것으로 미루어 ― 내 객실 맞은
편에도 독일인 남자가 혼자 묵고 있다 ― 이 숙박업체가 독일 계
열 회사일 가능성이 있었다. 아무리 그렇다고 하더라도 스위스
에서 운영하는 숙박 시설에서 스위스 방송 채널을 하나도 갖춰
놓지 않다니, 전 세계에서 그런 사례를 찾아보기란 극히 어려울
것이다. 가까운 독일, 프랑스, 이탈리아만 해도 호텔에서 BBC나

CNN 중에 하나만 나오면 감지덕지이고 나머지는 자국 채널인 경우가 대부분이다.

또 하나의 가능성은 스위스 공영방송을 시청할 경우 의무적으로 내야 하는 수신료를 절약하려는 것일 수 있다. 스위스에서 일반 가정은 한 가구당 1년에 365프랑을 수신료로 내야 한다. 하루에 1프랑을 내라는 얘기이고, 원화로 환산하면 연간 약 46만 원이다. 기업은 연간 매출에 비례해 최저 365프랑에서 최고 3만 5,590프랑까지 낸다. 최고 수준인 수신료 3만 5,590프랑(원화 4,800만 원)을 내려면 연 매출이 10억 프랑(원화 1조 3,500억 원) 이상이어야 한다. 연산 매출이 50만 프랑 미만이면 면제받는다. 그 외에도 여러 가지 면제 요건이 있는데, 이런 숙박업체에서 사전에 일괄적으로 스위스 공영방송 채널을 불포함하면 아마 요금 면제가 가능할 것으로 짐작된다.

가구당 연간 46만 원이라니 엄청난 요금이지만, 이것도 조금 내린 것이다. 2018년까지는 가구당 451프랑(약 57만 원)이었다. 우리도 베른에 살 때 공영방송 지원은 보람된 일이라고 스스로 위로하며 매년 눈물을 머금고 수신료를 냈다. 내지 않으면 징수 업자가 문을 두드렸다. 그러나 높은 요금에 대한 시민들의 불만이 커졌고, 스위스 공영방송을 친좌파로 여기며 못마땅해하던 우파 세력이 여기에 가세하여 수신료 폐지 운동을 전개했다. 그리고 2018년 3월, 수신료 폐지의 찬반 여부가 국민투표에 부쳐졌다. 그 결과 놀랍게도 투표자의 72퍼센트가 수신료 폐지에 반대하여 공영방송을 살렸다. 그렇지만 수신료 폐지가 국민투표에 부쳐졌다는 사실만으로 스위스 공영방송이 겸손하게 스스로를 점검하는 효과가 일어났으며, 결과적으로 수신료를 인하하고,

징수 방식을 다변화하고, 구조 개혁으로 운영 예산을 대폭 절감하는 변화가 이루어졌다.

스위스의 국민투표 제도는 본래의 취지 외에도 부수적으로 그런 효과를 발휘한다. 투표 결과가 기존 제도를 유지하는 쪽으로 나오더라도 스위스 정부는 국민이 해당 이슈를 왜 문제 삼는지 귀담아듣고 적정하게 반영하려고 노력한다. 1989년 냉전의 종식이 다가오던 무렵 국민투표에 부쳐진 스위스 군대 폐지 발안도 비슷한 사례다. 발안은 부결됐지만, 투표자의 3분의 1이 넘는 36퍼센트가 군대 폐지에 찬성했다는 점에 충격을 받은 군대와 정부는 자칫 다음번 국민투표에서 군대가 진짜로 폐지되는 사태를 피하고자 대대적인 군 제도 개혁에 착수했다. 복무 기간을 줄이고, 대체복무 제도를 도입했다. 그렇게 함으로써 개혁의 의도대로 군대 폐지에 대한 국민의 의지는 궁극적으로 약화되었다.

다시 말해 스위스의 국민투표 제도는 국민의 주도로 제도를 바꾸는 것에만 의의가 있는 것이 아니라, 국민이 정부에게 메시지를 보내는 소통 수단으로서의 의의를 지닌다. 이를테면 군대가 폐지되는 사태 또는 공영방송 수신료가 폐지되는 사태를 맞기 싫으면 정신 차리고 개혁하라는 메시지가 국민투표를 통해 전달된다. 수신된 메시지는 개혁으로 이어진다. 그리고 이런 소통을 통해서 사회가 중도를 향해 통합되는 효과가 생긴다. 극심한 사회분열이 사전에 예방된다.

그나저나 그토록 비싼 수신료를 폐지하는 일에 스위스 국민다수가 반대했다는 점이 참 희한하다. 주별로 살펴봐도 수신료 폐지에 찬성한 지역은 한 군데도 없었다. 일견 이상해 보일 수 있지만, 거기에는 다원주의와 소수자의 권리 존중을 요구하는 스위스 국민의 바람이 담겨 있다. 다원주의나 소수자의 권리가 공영방송 수신료와 무슨 상관일까.

비록 독어권 주들도 수신료 폐지에 반대하기는 했지만, 스위스 국민 다수가 사용하는 언어인 독어를 쓰는 지역에서 상대적으로 수신료 거부 성향이 컸다. 반대로 소수 언어 사용 지역에서는 수신료 유지에 대대적으로 찬성했다. 스위스는 독어, 프랑스어, 이탈리아어, 그리고 구어체 라틴어의 후신인 로만슈어까지 공용어가 네 개이므로, 공영방송이 네 개 언어로 나간다. 인구가 860만 명인 나라에서 공영방송을 네 개 언어로 제작하려면 비용이 많이 든다. 특히 사용 인구가 적은 로만슈어나 이탈리아어 사용자를 위해 별도로 프로그램을 제작하는 일은 수지를 맞추는 일과는 전혀 무관한 공공 서비스에 해당한다. 그 말은 수신료가 사라지면 소수 언어 사용 지역의 주민들은 자기 모어로 제작된 공영방송을 볼 수 없게 될 수 있다는 뜻이다. 2018년 국민투표 결과에 이런 두려움이 반영되어 있다. 프랑스어권과 로만슈어권은 수신료 유지에 찬성하는 투표자가 80퍼센트에 가까웠다. 다시 말해 소수 언어 지역이 소수자의 권리를 보호하고 다원주의를 존중해달라며 국가를 향해, 그리고 다수자인 독어권 시민들을 향해 목청 높여 호소한 것이다.

스위스 상점에서 상품 라벨을 살펴보면 글씨가 유난히 작다. 한정된 공간에 내용물 정보를 최소한 독어, 프랑스어 두 개 공용어로, 경우에 따라 이탈리아어까지 추가해 세 개 공용어로 표기하느라 그렇다. 2018년 통계에 따르면 스위스에서 독어를 모어로 쓰는 사용자가 62퍼센트이다. 프랑스어 사용자는 23퍼센트, 이탈리아어 사용자는 8퍼센트, 로만슈어 사용자는 0.5퍼센트다.

참고로 제5의 언어는 영어다. 불과 20여 년 전인 2000년만 해도 스위스에서 영어를 주요 언어로 쓰는 사람의 비율은 1퍼센트에 불과했으나 2018년에 5.8퍼센트를 기록하면서 점차 늘어나는 추세다. 다시 말해 로만슈어를 한참 제치고 이탈리아어 사용자를 슬슬 따라잡을 정도가 됐다. 게다가 이 5.8퍼센트라는 것은 영어가 모어인 사람들을 뜻하고, 실제로 영어에 능통한 사람은 스위스 인구의 절반이 넘으며, 스위스인의 45퍼센트가 영어를 직장이나 사생활에서 일상적으로 사용한다. 소수 언어 사용자에게 다수의 언어를 강요하지 않고, 인구의 4분의 1이 넘는 외국인에게 공용어를 강요하지 않는 스위스에서 영어는 모두를 위한 편리한 소통 수단이 되어가고 있다.

과거에 독어 사용 지역은 제2 언어로 프랑스어 교육을, 프랑스어와 이탈리아 사용 지역은 독어 교육을 강조했고 지금도 최소한 공식적으로는 그런 외양을 유지하고 있으나, 이제는 어느 지역이든 영어 교육을 더 중요하게 여긴다. 취리히주는 그런 외양마저 떨궈버리고 2000년부터 학교 교육과정에서 프랑스어 대신 영어를 제2 언어로 가르치는 방침을 정식으로 채택해 프랑스어권의 원성을 샀다. 하지만 요즘은 취리히주뿐 아니라 다른 지역에서도 교과과정과 상관없이 학생들이 개인 차원에서 영어를 다른 언어보다 열심히 익히는 추세다.

그렇다 보니 프랑스어 사용자도 독어보다 영어가 편하고, 독어 사용자도 프랑스어보다 영어가 편해서 두 지역 사람이 서로 영어로 소통하는 경우가 흔하게 발생한다. 심지어 어느 공영방송 인터뷰 프로그램에서, 독어 사용자인 스위스 리포터와 프랑스어 사용자인 스위스 영화감독이 서로의 언어를 잘 구사하지 못하

는 바람에 인터뷰를 영어로 진행한 일도 있었다. 어차피 프랑스
어로 답변을 들어도 독어권에 방송을 내보낼 때는 독어 자막을
달아야 하니, 상대가 영어로 답하나 프랑스어로 답하나 방송국
입장에서는 작업에 별 차이도 없다. 관광객 등 주로 외국인을 상
대로만 사용했던 영어가 같은 스위스인들 사이에서 소통 수단으
로 쓰이는 비중이 이런 식으로 점점 높아져서, 스위스인들은 이
제 영어를 '사실상의 공용어'로 인정하기에 이르렀다.

다만, 민간과는 달리 연방정부에는 독특한 관례가 있어서 모
어가 다른 정부 구성원들이 모여 회의할 경우 각각 자신의 모어
로 발언할 수 있다. 예컨대 누가 독어로 질문을 했을 때 내가 프랑
스어 사용자이면 답변은 그냥 프랑스어로 하면 된다. 물론 거기
에는 대화 참여자 모두가 각기 상대방의 언어를 듣고 이해한다
는 전제가 깔려 있다. 다중 공용어를 서로 존중한다는 취지를 정
부 내에서 원칙으로 삼아 실행하는 관례이지만, 외부자가 보면
진기하기 짝이 없는 풍경이다.

이런 식의 소통을 맥줏집에서 목격한 적도 있다. 비즈니스맨
인 듯한 두 남자가 맥주를 놓고 대화를 나누는데 한 사람은 스위
스 독일어로, 다른 사람은 표준 독일어로 말했다. 스위스 독어 사
용자야 초등학교에 들어가면 표준 독어를 배우지만, 표준 독어
사용자는 따로 배우지 않으면 스위스 독어의 반도 못 알아듣는
다. 따라서 표준 독어를 쓰던 그 남자는 스위스에 오래 살아서 스
위스 독어를 잘 알아듣는 독일인이 틀림없었다. 스위스 사람들
이 쓰는 사투리 독어는 표준 독어랑 거의 별개의 언어라 해도 될
정도로 큰 차이가 나기 때문에 독일에서 스위스 방송을 틀어줄
때는 독일 시청자를 위해 자막이나 더빙을 입힌다. 글로 적는 언

어가 아니라 어릴 때부터 귀로 들으며 익히고 입으로만 말하는 음성 언어여서 문법책도 따로 없고 발음도 난감하다. 약간의 문법 규칙이 있긴 하지만 그마저도 주마다 다르고, 심지어는 같은 주 내에서도 동네에 따라 문법이나 용어 사용이 달라지는 경우가 있기 때문에 통일된 문법책을 마련하는 일 자체에 큰 어려움이 있다. 취리히 근교 출신인 남편은 베른에 살 때 내가 스위스 독어를 배우려고 하자, 베른식 스위스 독어는 취리히 사람이 보기에 촌스럽고 발음도 이상하다며, 훗날 취리히식 스위스 독어를 배울 것을 권했다.

이처럼 스위스 사투리 독어와 표준 독어의 간극과, 스위스 독어에 내재하는 지역별 다양성은, 도대체 왜 스위스에서 프랑스어 사용자와 독어 사용자가 서로 영어를 쓰는가, 하는 물음표에 하나의 해답을 제공한다. 스위스 프랑스어 사용자가 학교에서 제2 언어로 배우는 독어는 표준 독어다. 그러나 스위스의 독어권에서 일상적으로 통용되는 독어는 해당 지역 특유의 사투리 독어다. 프랑스어 사용자가 아무리 독어를 열심히 배워도 사투리가 난무하는 일상으로 친밀하게 접근할 수 없다. 그것은 프랑스어 사용자뿐만 아니라 나 같은 외국인도 마찬가지여서, 독어를 여러 해 배웠어도 스위스 독어는 인사말밖에 하지 못한다. 이것은 이민자를 현지 사회로 통합하는 일에도 장벽으로 작용한다.

한편, 집에서 부모, 형제, 동네 친구와 스위스 독어를 모어로 쓰며 성장하다가 6~7세가 되어서야 학교에 입학해 표준 독어를 익히는 독어권 사람들은, 표준 독어를 일종의 외국어로 인식하며 살아간다. 실제로 스위스 독어권 사람들은 표준 독어 쓰는 일을 심리적으로 불편해할 뿐만 아니라, 표준 독어를 구사할 때 일반적으로 독일인들의 독어보다 어눌하고, 어휘가 부족하고, 문법상의 오류도 잦다. 독일이나 오스트리아에 비해 세계적으로 알려진 스위스 문호가 적은 것도 이것과 관련이 없지 않다. 이런 상황은 때때로 약간의 열등감으로 이어져, 표준 독어에 대한, 특히 매끄럽고 유려한 도시 엘리트의 표준 독어에 대한 묘한 적개심과 반지성주의로 표출되기도 한다. 이를테면 어떤 독어권 정치인이 표준 독어를 너무 수려하게 구사하면, 그것을 쓸데없는 스타일 과시로 여기고 신뢰할 수 없는 정치인으로 간주한다. 따라서 누구나 쉽게 이해할 수 있는 단순한 "농민 스타일 독어"를 선호한다. 스위스의 극우 진영은 이런 정서를 이용하고 부추겨, 모든 것을 쉬운 말로 풀어내는 단순 흑백 논리로 승부를 보는 일에 힘을 기울인다.

표준 독어에 대한 스위스 독어권 사람들의 심리적 거리감은 더 나아가 독일에 대한 적개심으로 번지기도 한다. 특히 독일인 이민자들이 대거 스위스로 유입되고 있는 요즘, 독어권에서 반독일 정서가 슬슬 고개를 들고 있다. 하지만 나는 스위스 독어권에서 미래의 어느 순간에 반독일 정서가 물러질 수도 있겠다는 가능성을 보았다. 어느 날 취리히의 트램에서 초등학교 저학년 학생들과 그들을 인솔하는 독일인 남자 교사를 보았다. 어린 학생들이 하는 말에 귀를 기울여보니, 교사에게는 스위스 독어 억양이 상당히 제거된 매끄러운 표준 독어로 이야기하고, 고개를 돌려 자기들끼리 얘기할 때는 스위스 독어 사투리를 썼다. 저 어린아이들이 일상에서 독일인 담임교사를 통해 자연스럽게 표준 독어를 접하면서 독일어 구사가 편안하고 유창해진 듯했다. 이런 추세가 퍼진다면 지금 어린 세대가 앞으로 성인이 됐을 때는 표준 독어에 대한 거부감도 어쩌면 줄어들지 모른다.

한 나라에서 남이 나와 같은 언어를 꼭 쓰지 않을 수도 있다는 사실을 온 국민이 인식하며 살아가는 모습은 아직도 내게 참 낯설다. 이제껏 내가 만나온 스위스인들은 ─ 내 경험은 독어권 대도시에 한정된다 ─ 상대가 독어를 조금만 힘들어해도 영어? 프랑스어? 물어보고 비록 자기들이 그 언어가 유창하지 않아도 상대방과 소통할 수 있는 언어를 기꺼이 사용했다. 모임의 참석자 가운데 단 한 명만 독어를 못해도 그 한 명을 위해 전부 흔쾌히 영어를 썼다. 스위스 독어가 워낙 발음이 어렵고 배우기 힘들다는 점을 스위스 독어 사용자들 스스로가 잘 알기 때문에, 상대가 자기들 말을 구사하지 못하는 점을 고깝게 여기지 않는다. 이 현상은 도시로 갈수록, 교육 수준이 높을수록 현저해진다.

이렇게 언어 다원주의와 매일 함께 살아가는 스위스인들이기에, 자국의 숙박업소에서 스위스 방송이 안 나오는 것쯤이야 하나도 대수롭지 않은 일일 터다.

육 일째

한 출판사에서 번역 제안 메일을 보내왔다. 내가 선호하는 종류의 책이고 여성의 활약이 중심이 되는 글이어서 맡고 싶은 마음이 없지 않았지만, 마감해야 하는 날짜가 촉박했다. 최대한 정중하게 거절 답변을 보냈다. 편집자께서 실망하셨을 텐데도 다시 상냥한 답신을 보내오셨다. 속히 다른 좋은 번역자를 만나 순조롭게 출간이 이루어지길 바란다는 내 격려에 힘이 난다며 이렇게 보태셨다.

"평화와 안녕을 바라기 힘든 시절이지만, 서로를 응원하는 마음으로 견디는 것 같아요."

그 말을 곱씹으며, 가까운 사람들에게 그리고 격려가 필요한 사람들에게 따뜻한 말 한마디라도 더 건네며 살아야겠다고 생각했다.

*

번역은 나를 여러 번 구해주었다.

번역은 내게 행위라기보다 어떤 공간에 가깝다. 일터라기보다

쉼터이고 오아시스다. 낯선 곳을 돌아다니며 사느라고 새로운 환경과 급변하는 일상에 스트레스를 받을 때, 번역은 내가 안심하고 들어설 수 있는 한결같은 공간을 제공한다. 익숙해서 편안한 안식처이고, 현실에서 도피하는 피난처이다. 문밖에서와는 달리 익숙한 언어를 포기할 것을 강요당하지 않는, 아니 오히려 더 정제시켜 조심스레 안고 갈 수 있는 '안심 공간'이다. 집중해서 번역하면 세상이 어느 순간 눈앞에서 마술처럼 사라진다. 그 특별한 공간으로 빨려 들어가, 홀로 단어들을 부여잡거나, 공중에 던져 저글링을 하거나, 씨실 날실로 엮어내거나, 이리저리 천 조각처럼 덧붙여 퀼트를 만든다. 그것 말고 그 구역에는 아무도, 아무것도 없다. 그 안에서 시간은 때때로 확장되어 그 순간이 영원히 종료되지 않을 것만 같고, 때로는 축소되어 세 시간이 3분처럼 느껴진다.

내가 긴 외국 생활을 견뎌내고 있는 것도, 하루의 여러 시간을 번역에 쏟을 수 있기 때문일 것이다. 번역을 하는 시간은 한국에서 하더라도 똑같이 소모되므로, 어찌 보면 나는 번역을 하지 않는 순간에만 외국에 사는 것이다. 그렇게 방랑의 세월을 토막 내면 비록 삶의 절반인 26년을 외국에서 보냈다고 해도 그리 대단할 것이 없다.

번역은 연기와 비슷하다. 번역자는 저자의 의도를 짚어내어 어조와 감정의 결을 살려내는 일을 수행한다. 저자가 유머, 냉소, 반어법을 통해 독자에게 전달하고자 한 바를, 번역자는 번역서를 읽는 국내 독자에게 똑같은 방식으로 전해야 한다. 연기자가 캐릭터를 해석하고 글로 적힌 대사를 말로 바꾸어 청중에게 전달하듯, 번역자는 저자에 빙의하여 원서를 해석하고 그 내용을 독자에게 전달한다. 물론 해석에는 일정한 폭이 허용되기 마련이므로 번역자에 따라 표현은 조금씩 달라질 수 있다. 그 폭이 문학에서는 더 늘어나고, 논픽션에서는 줄어들고, 한국어와 일본어처럼 문장 구조가 유사하면 더욱 좁아진다. 그래서인지 비록 단 두 번 시도해보았지만, 일본어 논픽션 책을 번역하는 작업은 재미가 덜했다. 기계적으로 번역한다는 느낌이 들었다. 오래전에 공역했던 일본책 «다부진 나라, 스위스에 가다»를 예로 들면, 첫 장에서 저자가 사람들에게 빌헬름 텔 얘기를 꺼내는 장면이 나온다.

> 「ああ あの子供の頭にリンゴを載っけて それを弓矢で射っ
> た人ね」
> "아, 그 아이 머리에 사과 얹어놓고 그걸 화살로 쏜
> 사람이네."

구글 번역기로 돌려도 별 문제가 없을 정도로 어순과 문법이 비슷하다.

반대로 가장 힘들었던 번역은 소설 번역이었다. 해석의 폭이 넓으니 옮길 때 고를 수 있는 단어의 가짓수가 훨씬 많아지고, 수많은 선택의 여지 앞에서 결정을 못 하고 손가락이 마비되는 느낌이었다. 예를 들어 아냐 울리니치의 소설 «페트로폴리스» 1장에서 주인공의 엄마 류보프가 딸의 과외 활동을 찾아주려고 결심하며 이렇게 선언한다.

> "Children of the intelligentsia don't just come home in the

56

afternoon and engage in idiocy."

이러면 먼저 intelligentsia를 음독하여 '인텔리겐치아'로 표기할지, 아니면 '지식 계급', '지식인들', '식자층' 등으로 옮길지 고민한다. in the afternoon은 '오후에'이지만 학교에서 돌아온 후이니 '방과 후'로 옮기는 게 더 나아 보인다. engage in idiocy는 직역하면 어리석은 짓을 한다는 뜻이지만 여기서는 문맥상 '쓸데없는 짓이나 하며 빈둥거린다'는 의미다. 그래서 결국은 이렇게 옮겼다.

> "인텔리겐치아의 자녀는 방과 후에 집에서 빈둥거리지 않는 법이지."

그러니 아마도 시 번역은 한층 더 어려울 것이다. 문학을 번역하시는 분들에게 존경의 인사를 보낸다. 이리 보나 저리 보나 나는 천생 논픽션 영어책 번역가다.

번역은 내게 혹독하고도 즐거운 글쓰기 훈련의 시간이기도 하다. 좋은 원서라고 해서 모든 문장이 주옥같은 것은 아니다. 책을 옮기다 보면 저자의 문장과 글의 짜임새가 좋은지 나쁜지 인지된다. 좋은 문장은 번역할 때 그 자체로 좋은 학습이 된다. 영어로 좋은 문장은 잘 번역하면 한국어로도 좋은 문장이 된다. 행여 좋지 않은 문장을 만나도, 저자의 의도를 왜곡하지 않는 범위 내에서 국내 독자들을 위해 최대한 깔끔하게 손질한다. 그렇게 균형을 잡아 읽기 좋은 글로 옮겨낸다. 이 과정 자체가 훌륭한 글짓기 훈련이다. 나쁜 문장은 나쁜 문장 그대로 옮겨야 한다는 의견이 있을 수 있지만, 문학이 아니라 정보를 얻는 것이 주된 목적인 논픽션이라면 국내 독자가 번역서를 읽고 이해하기 좋도록 옮기는 것이 더 바람직하다.

편집자의 손을 거쳐 되돌아온 원고를 재검토하는 — 역시 혹독하고도 즐거운 — 과정을 여러 차례 거치고 나면, 글에 대한 감각은 매번 조금씩 더 날카로워진다. 그리고 그것은 다시 나의 글쓰기에 의식적, 무의식적으로 영향을 미친다. 지금 내가 써 내려가고 있는 글에도 지난 15년간 번역 일을 하면서 얻은 경험의 불가피한 자취가 남아 있다. 좋은 문장은 그 경험의 덕을 본 것이고, 나쁜 문장은 그 경험의 부작용이거나 그 경험으로부터 아직도 충분히 배우지 못했다는 증거이거나 둘 중 하나일 것이다.

번역 일이 앞으로도 계속 오아시스로 남아줄지 나는 알 수 없다. 그리고 알고 싶지 않다. 그저 그 안에서 마른 목을 축이며 시간이 왜곡되는 순간을 오롯이 즐길 뿐이다. 그 즐거움은 역설적으로 공포를 부른다. 책을 한 권 번역할 때마다 이것이 마지막 번역서가 되는 건 아닐까 하는 공포다. 근거 없는 감정이라고 하기에는 인간의 유한성이 너무 생생하다. 그렇다면 그 원초적인 감정을 외면하기보다는 똑바로 쳐다보고 동력으로 삼는 길도 있다. 한 권 한 권을 마지막 책처럼 정성스럽게 작업하는 것 말이다. 그리고 그중 한 권이 진짜로 마지막 책이 될 때, 나는 아무 아쉬움도 남기지 않고 뿌듯한 마음으로 오랜 세월 나를 보듬어주었던 쉼터의 셔터를 내릴 것이다.

칠 일째

2002년, 그러니까 20년 전, 당시 남자친구였던 알베르토의 가족을 방문하기 위해 취리히 근교에 있는 소도시 빈터투어를 찾았다. 정류장에서 버스를 기다리던 중이었다. 같은 정류장으로 다가오던 새하얀 할머니가 나를 보고 눈이 동그래졌다. 좀 더 자세히 보고 싶었던 모양인지 가방에서 주섬주섬 안경을 찾아 끼고 다시 뚫어지게 내 얼굴을 구경했다. 동물원 원숭이 취급에 기분이 썩 좋지 않았지만, 잘 걷지도 못하던 고령의 노인에게 따지고 들기도 그렇고 해서 썩은 미소나 한번 지어 보이고 얼굴을 돌려버렸다. 당시만 해도 빈터투어에서 아시아 여자를 보는 일이 그만큼 신기하고 드문 일이었다는 얘기다.

20년이 흐른 지금, 빈터투어는 외국인의 비율이 도시 인구의 4분의 1에 달하는 다문화 도시로 변모했다. 아시아인이 신기해서 안경을 고쳐 쓰는 사람은 더 이상 찾아보기 힘들다. 심지어 최근 빈터투어는 아랍계 테러 분자들이 네트워크를 형성하는 장소로도 알려져 치안 당국이 신경 써서 주시하고 있다. 그 문제와는 별개로, 나는 다양성이 커진 지금의 빈터투어가 너무나 편안하다. 알베르토의 식구들이 요즘도 그곳에 살고 있어 스위스를 방문할 때마다 인사차 들른다. 그럴 때면 시인 캐시 박 홍이 말한 '마이너 필링스'를 오래전 내 안에 촉발시켰던 빈터투어가 이제는 오히려 다른 장소가 자극하는 소수적 감정을 한풀 꺾어주며 나를 위로하는 곳이 됐구나 싶다. 20년 전 그 에피소드를 이야기하면 빈터투어의 지인들이 다들 신기해하며 웃을 정도가 되었으니 격세지감이 든다.

그럼에도 이런 날이 있다. 스위스에 아무리 익숙해졌어도 내가 이방인이라는 사실이 새삼 느껴지는 날 말이다. 대부분의 날은 괜찮다. 일상생활에서 필요한 일을 수행할 수 있을 정도의 기초 독어를 하고, 더 복잡한 일은 영어로 처리하고, 의외의 상황을 제외하면 평상시에는 편안하게 지내면서 불쾌한 일을 겪을 확률을 최소화하는 삶을 살아가기 때문이다. 그러나 현지어가 모국어가 아닌 한, 현지 문화가 어려서부터 몸에 밴 문화가 아닌 한, 삶이 그렇게 만만하게 매일 똑같이 돌아가는 것이 아닌 한, 그리고 다른 사람에게 최소한의 예의를 지키지 않고 살아가는 인간들이 있는 한, 당황스러운 일은 어딘가에 늘 도사리고 있다가 예기치 않은 순간에 불쑥 나타난다.

젊을 때는 나도 빠름을 추구했지만, 이젠 매사에 서두르지 않게 되었다. 일부러 그러려고 노력한 부분도 있고, 그럴 필요를 못 느끼는 것도 있으며, 몸이 이전만큼 재지 않은 것도 사실이다. 무언가를 시작할 때 숨을 한 번 쉬고 천천히 개시한다. 상점 계산대에서 기다릴 때도 앞사람의 일이 끝났다고 그 사람을 밀어낼 듯 돌진하지 않는다. 게다가 오늘은 잠시 상념에 잠겨 있었다. 앞사람이 계산대에서 떠났는데 내가 몇 초간 가만히 서 있었다고 뒤에 있던 젊은 스위스 여성이 인상을 쓰며 빨리 안 가느냐고 했다.

내가 안 움직이면 자기가 먼저 계산대로 갈 기세였다. 나는 그의 얼굴을 한 번 물끄러미 쳐다본 후 아무 말 안 하고 계산대로 향했다. 그랬더니 이번에는 계산하는 직원이 내게 무언가를 묻다가 내가 잘 못 알아듣는 것 같으니까 짜증스러운 얼굴을 했다. 앞 손님들한테는 내내 웃는 얼굴이던데 내게 왜 이러나. 나 혼자 유일하게 실내에서 마스크를 쓰고 있었는데 혹시 그것 때문인가 하는 실없는 의심까지 들었다. 병균을 퍼뜨린 아시아인 주제에 마스크는 제일 열심히 쓴다. 주변에서 그런 시선까지 느껴지는 것은 어쩌면 내 과대망상일 것이다. 나는 침착하게 다시 상대방의 질문 내용을 물어 확인하고 대답한 후, 심지어 웃으며 좋은 하루 보내라는 인사까지 했지만 즐겁지는 않았다. 가끔 겪는 일이다. 독어 지식이 조금 늘고, 정기적으로 반복되는 스위스 현지의 삶에 익숙해지면서 그 빈도가 점차 줄어들고, 나이를 먹어 넉살이 좋아지면서 예민함도 이전보다 무뎌졌지만, 소수자여서 이런 취급을 받는가 하는 의문과 경계심은 여전히 남아 내 기분을 상하게 한다.

소수적 감정은 촉수를 세우고 주변과 사물을 관찰하게 만든다. 때로는 상점 간판 같은 것에도 분노가 인다. 어제는 아시아 여성의 얼굴 반쪽이 일러스트로 들어간 유명 초밥 체인점 간판을 보았다. 왜 우리의 얼굴이 초밥집 마케팅 도구로 전락해야 하지? 왜 아시아 여성이 식욕을 돋울 거라고 생각하지? 우리가 초밥이냐? 인종주의, 성차별, 오리엔탈리즘을 용케도 한꺼번에 담아낸 멍청한 로고였다. 소수적 감정이 제대로 자극된 나는 집에 와서 그 체인점 대표 이메일에 보낼 편지를 작성했다. 그 내용을 요점만 발췌해 옮기면 이렇다.

스위스에 적을 둔 아시아 여성으로서, 귀사 로고와 관련해 다소 예민할 수 있는 이슈를 하나 제기하겠습니다. 어째서 그런 얼굴을 사용하는 것이 소비자에게 어필할 것이라고 생각하셨는지요? 왜 우리의 얼굴이 사람들의 식욕을 자극해야 합니까? 혹시 아시아 여성을 초밥에 빗대는 겁니까? 귀사의 식당을 지나칠 때마다 불쾌합니다. 인종주의적이고 성차별적입니다. 아시아 여성을 대상화하는 일이며, 사람들이 아시아 여성에 대해 지니고 있는 진부한 고정관념, 비현실적인 판타지를 영구화하는 일입니다.

귀사는 젊고 역동적인 기업입니다. 특정 인종이나 성별에 속하는 사람들에게 모멸감을 줄 수 있는 상술이 아닌, 신선한 아이디어로 승부해야 할 것입니다. 오히려 인종주의나 성차별 문제에 민감하고 세심한 방식으로 마케팅을 한다면 더 많은 소비자에게 사랑받고 번영할 것이라고 확신합니다. 그런 취지에서 아시아 여성의 얼굴을 로고에서 삭제해주면 좋겠습니다. 그렇게 해주시면 감사하겠습니다.

이메일을 전송했다. 일단 답신을 기다려보고 오지 않으면 다시 보낼 생각이다. 몇 달에 한 번씩 반복해서 보낼 의사도 있다. 스위스에 사는 친지들에게 지원 사격도 요청하려고 벼른다.

'소수적 감정'은 이렇게 내 안에 생생히 살아 있다. 캐시 박 홍의 《마이너 필링스》는 이제까지 내가 번역한 책 중에서도 가슴속에서 가장 공명이 컸던 책이다. 명시적이거나 묵시적인 인종차별에 늘 노출되는데도 그건 네가 지나치게 예민한 거라며 내 인식이 폄하당할 때 느끼는 혼란과 분노와 우울의 감정, 그것이 마이너 필링스다. 나는 어디에 살든 지금도 집을 나설 때면, 의식적으로나 무의식적으로나 너희가 나를 하찮은 존재로 만들 권리는 없다고 속으로 되뇌며 미리 갑옷을 걸친다. 그렇게 갑옷을 챙겨 입는 마음, 나는 왜 전장에 나가는 느낌으로 외출해야 하나 냉소하는 마음 또한 소수적 감정이다. 이 소수적 감정이 꼭 인종에만 적용되는 것이 아니라 여성, 장애인 등 모든 소수자에게 적용되는 것이라면, 비록 한국에 살았어도 그 감정을 모면할 수는 없었을 것이다. 한국에서 여성으로 성장하고 교육받고 직장생활을 하는 동안에도 나는 집을 나설 때마다 '너희가 나를 하찮은 존재로 만들 권리는 없다'라고 속으로 외쳤으니까. 그 외침은 앞으로도 어디서든 계속될 듯하다.

종종 소셜미디어에서 외국에서 생활하는 한국 여성들의 이야기를 접한다. 그중에는 《마이너 필링스》를 읽은 사람도, 아직 읽지 않은 사람도 있겠지만, 《마이너 필링스》를 번역한 뒤로는 그들이 타임라인에서 조용히 또는 격렬히 뿜어내는 불쾌한 인종적 경험담을 볼 때마다 그들이 느끼는 감정이 바로 '마이너 필링스'라는 생각을 항상 하게 된다. 이제까지 명칭이 없던 감정에 명칭을 달아주었다는 점만으로도 캐시 박 홍은 의미 있는 성취를 이뤄냈다. 그 감정이 나 혼자만 느끼는 착각이나 허상이 아니었다는 안도감을 선사한다. 감춰져 있던 고통에 이름이 생기면 고통의 실체가 드러난다. 문제를 드러내는 것은 그것을 해소하는 첫걸음이다.

서유럽에서 아시아인은 소수자이고 여전히 이국적인 존재로 여겨지지만, 그 대신 일본, 한국, 중국이 차례대로 이룬 상당한 경제 발전을 존중해서 아시아인을 열심히 일하는 똑똑한 인종으로 보는 분위기가 있다. 유럽에서도 아시아 이민 1세는 미국에 정착한 아시아 이민자들과 비슷하게, 본인은 언어 장벽으로 고생하더라도 자녀 교육에 크게 신경 써서 2세들은 대부분 성공적으로 현지에 동화해 중산층 이상으로 진입한다. 따라서 사적인 일상에서는 여전히 인종주의가 작동한다고 하더라도—이를테면 눈 찢는 동작처럼 생김새로 놀리는 것—최소한 경제적인 관점에서는 아시아 이민자 집단을 싸잡아서 멸시하는 일은 드문 편이다.

그러나 러시아는 상황이 조금 달랐다. 우즈베키스탄, 키르기스스탄, 타지키스탄 등 중앙아시아 국가 출신 이주 노동자들은 모스크바 같은 러시아 대도시의 저임금 인력 시장을 채운다. 매장 정리원, 택배원이나 기타 배달원, 거리를 청소하는 환경미화원과 식당 청소, 주방 보조 등 단순노무직에는 싼 임금으로 고용할 수 있는 중앙아시아 출신 노동자들이 큰 비중을 차지한다. 중앙아시아 국가들은 과거 소련의 일원으로 러시아어가 제2의 공용어이기 때문에 언어 장벽은 없다. 그러나 이들이 아시아 인종인 까닭에, 단순노무직 종사자와 그보다 임금이 높은 사무직 종사자 간에 외견상 인종이 나뉘면서 아시아계를 하류 계급으로 인식하는 현상이 생겼다.

처음 러시아에 가서는 사방에서 흔하게 볼 수 있는 아시아 얼굴들이 무턱대고 반가웠다. 시간이 흐르면서 그들이 러시아 사회에서 차지하는 위상에 대해 좀 더 알게 되었고, 이주 노동자들과 그들이 살아가는 러시아 사회를 바라보는 내 마음은 복잡해졌다. 종종 마트나 식당에서 만나는 중앙아시아계 점원들은 내게 관심을 보였다. 그중 좀 더 쾌활하고 외향적인 사람들, 특히 중년 여성들은 내게 어디서 왔는지, 혹시 중국인인지 묻기도 했다. 아시아계끼리 서로 돕는 경향이 있는지, 한번은 지하철에서 중앙아시아계 중년 여성 옆에 자리가 났는데, 주변에 사람이 많았음에도 그 여성이 나를 콕 집어서 이리 와 앉으라는 손짓을 했다. 감사하다는 뜻으로 살짝 목례하고 옆에 앉았는데 더 말을 걸거나 하지는 않았다. 자주 가던 식료품점에서 어느 날 포인트 적립 카드를 만들라고 권하면서 꽤 복잡했던 가입 절차를 무난히 마치도록 열심히 도와준 계산대 직원도 중앙아시아계 여성이었다. 중국인이냐고 묻기에 한국인이라고 했더니 고개를 한 번 끄덕이고 다른 질문을 하지는 않았다. 가입을 도와주어 고맙다고 하자, 너무 친절하지도 그렇다고 냉정하지도 않은 눈길로 나를 잠시 물끄러미 쳐다보다가 다시 자기 할 일을 했다.

러시아에서 인종차별은 다민족 사회였던 소련 시절부터 공식적으로 터부시되었다. 공산주의라는 하나의 기치 아래 결성된 소비에트 연방을 민족 분쟁 없이 유지하기 위한 정책이었다. 하지만 실질적으로는 크림 타타르인과 고려인이 중앙아시아로 강제 이주당하는 등 비슬라브계 소수민족들이 박해와 차별을 받았다. 소련 붕괴 이후 러시아에 남아 있는 비슬라브계 소수민족은 지금도 대부분 시골에서 저소득층으로 살고 있다. 이들의 취약한 처지는 엉뚱하게 우크라이나 침공이라는 특수한 상황에서 또렷이 드러났다.

러시아가 의외로 우크라이나 점령을 빠른 시일 내에 완수하지 못하면서 러시아군 사상자는 빠른 속도로 늘어났다. 러시아도 고령화가 급속하게 진행 중이어서, 우크라이나와의 전쟁이 예상보다 길어지자 징병으로 병력을 신속하게 충당하기에 젊은 인구

가 부족했다. 엘리트 계급의 자식들은 역시나 뇌물, 연줄 등 온갖
수단을 동원해 군대에 안 가고 빠져나갔다. 꼭 특권층에 국한된
얘기만도 아니었다. 일반 시민들 사이에서도 회피할 방법이 있
는데 요령 없이 군대에 가면 바보 취급을 당하는 분위기가 팽배
했다. 결국 군대에 가는 사람들은 연줄도 없고 뇌물을 바칠 경제
력도 없는 서민과 시골 농민, 그리고 소수민족 출신들이었다. 예
를 들어 러시아 아스트라한주의 인구 구성은 러시아인이 68퍼
센트, 소수민족 카자흐족이 16퍼센트인데 2022년 3월 우크라이
나에서 전사한 아스트라한주 출신 러시아 군인 일곱 명 가운데
여섯 명이 카자흐족, 한 명이 러시아인이다. 시골 소수민속 출신
의 죽음은 도시 엘리트의 자식이 전사하는 것보다 언론의 주목
을 덜 받고, 따라서 여론에 미치는 영향이 작다. 저소득층인 시골
소수민족 청년들은 급료를 잘 주겠다고 유인해 계약서에 서명시
키고 전장으로 보내기도 쉽다. 심지어 중앙아시아 이주 노동자
들까지 구슬려서 전장에 내보낸다고 하니 러시아의 심각한 병사
부족 상황을 짐작할 수 있고, 러시아군 징집 현실의 인종주의적
측면도 선명하게 관찰할 수 있다.

　무엇보다도 나는 징집되는 러시아 소수자들이 느낄 마이너 필
링스를 생각한다. 소수민족으로서 이렇게라도 러시아에 대한 애
국심과 충성심을 증명하여, 버젓한 러시아인으로 인정받고 내가
속한 종족의 위상을 올리고 차별을 줄이겠다는 심리의 작동을
짐작해본다. 과연 그들의 희생에 그들이 바라는 보답이 뒤따를
지는 의문이다. 지배 권력에 순응한다면 마이너 필링스는 결코
사라지지 않기 때문이다.

팔 일째

봉골레 스파게티가 먹고 싶어 이탈리아 식당을 찾았다. 실내가 손님으로 붐볐다. 안으로 들어가자니 꺼려지고, 왠지 오늘따라 가슴도 조금 답답했다. 바깥 기온이 영상 15도밖에 안 됐지만, 야외 좌석에 앉았다. 뒷자리에서 스위스 남자 세 명이 살짝 취한 목소리로 시끄럽게 떠들었다. 자리를 잘못 잡았나 잠시 후회하다가, 갑자기 조용해져서 돌아보니 먹은 음식을 각자 계산하느라 바쁘다. 한국은 김영란법 시행 후에야 각자 내기 문화가 본격적으로 시작됐지만, 스위스 식당에서는 예나 지금이나 한 테이블에 앉은 손님들이 함께 주문하고 식사해도 계산서와 영수증은 개인별로 따로 발급해주는 것이 전혀 이상하지 않다. 특히 업무 관계로 함께 식사하는 사람이 많은 점심시간에는 아예 종업원이 각자 계산인지 먼저 물어보고 계산서를 발행해 가져온다. 스위스에서도 친한 사람들끼리 축하할 일이 있으면, 축하받아야 할 장본인에게 밥을 사주거나 한 번은 내가 사고 한 번은 네가 사는 식으로 주거니 받거니 하는 일이 전혀 없지는 않지만, 그런 경우는 예외에 속하고 대부분 각자 내기가 기본이다. 이번에 다른 사람이 내면, 그걸 기억했다가 다음번에 갚는 식의 관계 유지가 귀찮고 불필요한 부담이라고 생각한다. 실제로 내가 밥값을 계산하려다가 그런 취지를 일일이 '설명당한' 적도 있다. "네가 이번에 내면 내가 그걸 기억했다가 다음에 갚아야 하는 게 번거롭다. 그러지 말고 각자 내자"라는 말이 방금 밥을 같이 먹은 상대방의 입에서 나오는 것을 직접 들었다. 머리로는 이해하지만, 그 말이 냉정하게 느껴지는 것은 어쩔 수 없었다. 각자 내기가 차갑게 느껴지는 것은, 당장 앞으로 볼 일이 없어도 서로 신세 진 것이 없으니 부담 없이 관계를 끊을 수 있다는 풀이도 가능하기 때문일 것이다. 실제로 이 스위스 여성은 그날 이후로 나와 더 이상 만나려고 하지 않았다.

일본 역시 각자 내기가 단단히 정착한 나라다. 남에게 부담을 주는 것도, 내가 부담을 받는 것도 싫어하는 국민들에게 각자 내기는 자연스러운 귀결이다. 그럼에도 나는 일본에 살 때 사귄 현지인에게 오묘한 얘기를 들었다.

도쿄 사람, 오사카 사람, 나고야 사람이 만나 식당에서 함께 저녁을 먹었다. 식사가 끝나가는 즈음에 세 사람은 속으로 무슨 생각을 했을까.

> 도쿄 사람: 내가 한턱내고 싶은데 그래도 되나?
> 오사카 사람: 세 사람 먹은 걸 다 합쳐서 셋으로
>   나누면 얼마지?
> 나고야 사람: 어떻게 하면 돈 안 내고 얻어먹지?

도쿄 사람은 돈을 후하게 잘 쓰고, 오사카 사람은 셈을 잘하고, 나고야 사람은 인색하다는 우스갯소리이다.

일본인 친구의 설명에 따르면, 도쿄 토박이들은 에도 시대 때부터 남한테 한턱내는 걸 즐기고 그날 벌어서 그날 쓰는 성향이 있었다. 그런 기질이 생긴 가장 큰 이유는 화재의 빈발이었다. 에도 시대에는 에도(도쿄)에 1년에 거의 두세 차례 큰불이 났고, 게다가 사람들이 사는 집에 잠금 장치가 없어서 숨겨놓은 돈을 언제 도둑맞을지 몰랐다. 애써 모은 돈을 화재로 잃거나 도둑맞는 것보다는 미리 다 써버리는 편이 낫다는 생각에, 돈 잘 쓰는 에도 토박이 기질이 생겼다는 것이다.

한편, 오사카 사람들은 상인 기질이 있어서 항상 셈에 밝고 끊임없이 머리를 굴리는 사람들이라는 이미지가 일본인들 사이에서도 있는 듯하다. 앞서 소개한 농담에 따르면 오사카 사람이야말로 각자 내기가 머릿속에 기본 장착되었고, 도쿄 사람이나 나고야 사람은 의외로 조금 다른 모습을 드러낸다.

이 농담은 '일본인은 무조건 각자 내기'라고 뭉뚱그려 판단했던 내게 신선한 딴지를 걸어주었다. 자기 출신 지역의 성향과 관련해 굳어진 선입견을 '농담인데 뭐. 실제로도 좀 그렇지 뭘' 하며 느긋하게 웃어 넘기는 일본 사람들의 태도도 신선했다. 다른 문화권에 진입할 때 초기 경험이 그 사회 전반의 규칙으로 착각하게 되는 경우는 흔하다. 내가 스위스인들의 각자 내기 문화에 조금 뒤늦게 노출된 것도 스위스로 진입한 최초의 통로가 남편과 시댁 식구들이었기 때문일 것이다. 이탈리아에서 태어나 성인이 된 후 스위스에 이민 온 시부모님과 이민 2세인 남편 알베르토, 그리고 남편의 형 잔니가 가까운 사람들과 만나 각자 계산하는 모습을 별로 본 적이 없다. 시댁 식구들은 항상 자기가 계산하려고 투덕거리고 "다음에 네가 사면 되잖아"라는 말로 상대방이 내 호의를 받아들이도록 설득하는 모습이 흡사 한국인 같았다. 이탈리아를 비롯해 대다수 남유럽 사람들은 한국인의 감성과 비슷하게 각자 내기를 정이 없다고 여기고 남에게 한턱내며 호의를 베푸는 것을 미덕으로 여긴다. 최근 들어 남유럽 젊은이들 사이에서도 슬슬 각자 내기가 확산하고 있는 것은 사실이지만, 북유럽과 비교하면 여전히 차이가 난다.

스위스 아저씨들이 어느덧 계산을 마치고 사라졌다. 주변이 조용해지니 곧 다른 소리가 들린다. 후루룩후루룩 쩝쩝. 누가 한국 아저씨들 국물 들이키는 소리를 내는가 하고 봤더니 두 자리 건너 앉은 빨간색 후드디 차림의 둥퉁하고 장백한 백인 중년 남자가 요란한 소음을 내며 수프를 먹는다. 식탁 밑에는 아이 장난감인 듯한 선물이 놓여 있다. 웨이터에게 하는 말이 들린다. 유창한 미국식 영어지만, 수프를 저렇게 소리 내며 먹는 것을 보니 미국인은 아니다. 말에 슬라브어 억양이 묻어나는 것이, 혹시 러시아인이 아닐까 하는 생각이 들었다. 이탈리아 식당에 와서 그 다양한 애피타이저 중에 하필이면 수프를 먹는 것도 그렇고, 쌀쌀한 날씨에 야외 좌석에서 먹는 것도 그렇고, 몇 가지 심증이 가는 이유가 있었다. 러시아인은 한국인이 국을 찾듯 일상적으로 수프를 찾으며, 추운 날씨에 단련되어 영상 15도쯤이면 여름이 온 듯 야외 좌석에서 식사를 즐기기 때문이다. 전화기가 울렸다. 그가 누군가와 통화했다. 러시아어다! 비즈니스 통화인 듯했는데, 카자흐스탄 어쩌고 하는 말만 조금 알아들었다. 나는 이제 러시아인 탐지기가 다 된 듯하다.

러시아인 탐지기라는 표현은 물론 나의 오만이다. 거기에는 러시아인은 공통적으로 이러이러하다고 일반화하는 선입견이 담겨 있다. 다른 어디에서나 마찬가지로 러시아인들도 다양하다. 당연한 얘기지만, 수프를 조용히 먹는 러시아인도 있고, 수프를 좋아하지 않는 러시아인도 있으며, 추운 것이 질색인 러시아인도 있다. 게이임을 굳이 숨기지 않는 전문직 젊은이, 크렘린 근처는 가기도 싫어하는 타타르인 이슬람교도, 조국 관념이 복잡한 유대인 등 내가 개인적으로 만나본 러시아인들만 해도 각양각색이었다.

마리야가 헝가리로 떠나기 전, 마리야와 짝을 이루어 교대로 우리에게 러시아어를 가르쳤던 아냐는, 코로나 사태로 수업을 중단하기까지 러시아에서 내가 2년간 가까이 알고 지낸 유일한 유대계 러시아인이다. 성이 바인베르크였다. 전형적인 유대인 성이다. 짙은 갈색 머리에 키가 무척 큰 편이었고, 패션 감각이 독특해서 상의, 하의, 모자, 장갑, 목도리를 매번 한 가지 색상, 그것도 빨강, 노랑, 파랑 등 원색 계열로 통일해서 입고 다녔다. 그러나 옷의 색상은 바뀔지언정 한결같이 바뀌지 않은 것이 있었으니 바로 그의 목에 걸린 금빛 다윗의 별 목걸이였다. 그는 그렇게 공개적으로 자신의 민족적 배경을 드러냈다. 2017년 말 어학원에서 크리스마스 파티를 했을 때, 그 자리에 한국을 비롯해 세계 삼십여 개국의 국가를 부를 줄 아는 독특한 남학생이 있었다. 그가 부르는 몇몇 국가를 가까이에서 듣고 있던 아냐가 그 학생에게 이스라엘 국가를 불러달라고 요청했다. 그가 불러주자 아냐는 얼굴이 환해지면서 같이 따라 부르기 시작했다.

아냐는 우리 부부 연배로, 가르치는 방법 면에서 옛날식을 고수했다. 러시아 알파벳은 인쇄체와 필기체가 꽤 차이가 나는데, 먼저 그 두 가지부터 익혀서 완벽하게 쓰고 읽는 것부터 시작했다. 또한 문법과 해석 중심으로 된 교과서의 틀을 전혀 벗어나려 하지 않았다. 틀리면 딱 불쾌한 표정을 지으며 정확하게 익힐 때까지 반복 학습시키는 모습에서 소련 시절 교육이 저랬겠구나 짐작도 되고, 또 어렸을 때 한국에서 받은 초중고 주입식 교육이 떠올라 웃음이 나왔다. 덕분에 아냐에게 회화는 제대로 배우지 못했지만, 지금도 키릴 문자로 쓰인 글을 보면 뜻은 모르더라도 최소한 발음은 할 수 있게 된 것, 그리고 러시아에 살 때 식당 메뉴판이나 마트에서 상품명이 필기체로 표기되었더라도—그런 경우가 꽤 흔했다—크게 애쓰지 않고 해독할 수 있었던 것은 순전히 이냐의 스파르타식 훈련 덕분이었다.

수업 시작 후 몇 개월이 지났을 무렵 아냐가 진지한 클래식 음악 팬임을 눈치챘다. 틈만 나면 오페라나 연주회를 보러 다녔고, 감상한 소감을 나누었으며, 우리에게도 많은 공연 정보를 주었다. 어느 날 수업이 끝나갈 무렵, 싱글벙글 기분이 좋아 보이기에 무슨 일이 있느냐고 물었다. 이튿날 볼쇼이 극장에 오페라 <보리스 고두노프>를 보러 간다고 흥분해 있었다. 어쩌다가 그렇게 클래식 음악을 좋아하게 됐느냐는 이야기를 하다가, 어느 순간 아냐가 자기 아버지 얘기를 했다. 아버지가 작곡가인 미에치스와프 바인베르크(러시아 이름은 모이세이 바인베르그)였다. 바인베르크의 사진을 검색해보니, 눈매며 코며 막내딸 아냐의 얼굴은 영락없이 아버지와 판박이였다.

1919년 폴란드 바르샤바에서 음악가 아버지와 배우 어머니 사이에서 태어난 미에치스와프 바인베르크는 오늘날 쇼팽 음대라고 불리는 바르샤바 음악원에서 피아노를 배우고 작곡 활동을 시작했다. 2차 세계대전이 터져 부모와 여동생은 강제수용소에서 목숨을 잃었지만, 바인베르크는 벨라루스 민스크를 거쳐 현 우즈베키스탄의 수도 타슈켄트로 피신했으며, 거기서 작곡한 1번 교향곡을 드미트리 쇼스타코비치에게 보낸 것이 인연이 되어 두 사람의 평생에 걸친 친교가 시작되었다. 그가 모스크바에 정착하기로 결심한 것도 바인베르크의 재능을 알아본 쇼스타코비치의 설득 때문이었으며, 이후 두 사람은 가까운 거리에 살면서 서로 작품을 보여주고 조언을 구하고 영감을 나눴다. 유대인 예술가들을 애국심 없는 부르주아 집단으로 의심스럽게 바라보고 억압하던 스탈린 정권에 감시받고 체포되기도 했던 바인베르크를 여러 차례 감싸고 옹호해준 것도 쇼스타코비치였다. 바인베르크는 1996년 세상을 떠났다.

바인베르크는 많은 사람들에게 여전히 생소한 작곡가이지만, 2019년 서울국제음악제에서 국내 청중에게 소개되기도 했을 정도로 최근 들어 세계 각국에서 다시 새롭게 조명을 받고 있다. 쇼스타코비치와 활발히 교류한 까닭에 그의 음악에서 대선배의 영향을 감지할 수 있으며, 거기에 유대 음악과 그가 음악 교육을 받은 폴란드의 음악적 요소가 더해진다. 바인베르크의 음악을 다 들어보지는 못했지만, 들어본 중에서 내가 순식간에 사로잡힌 작품은 <첼로 협주곡 Op. 43>이었다. 음울하고도 아름다우며 묘한 중독성이 있어서 자꾸만 듣게 된다.

이렇게 특별한 배경을 지닌 아버지를 둔 아냐에게 조국 관념은 간단히 '러시아'라고 말하고 끝낼 수 있는 것이 아니었다. 비록 외국인에게 러시아어를 가르치고 러시아 음악과 언어와 문화유산을 사랑하는 러시아 국적자일지언정, 아냐는 자기 정부에 비판적이었다. 러시아 대통령 선거가 다가오던 무렵, 푸틴 대통령이 재선될지 어떨지, 전반적으로 시국을 어떻게 바라보는지, 말을 아끼는 아냐에게 살살 그의 생각을 물어보았다. 그러자 그는 우울한 어조로 20년 전 최초로 푸틴을 대통령으로 뽑아놨을 때, 모든 사람이 암묵적으로 그가 종신 대통령을 할 걸로 알고 뽑아준 거라고 했다. 누구나 그리될 줄 알고 있었단다. 다른 대통령이 뽑히는 일이란 일어나지 않을 것이며, 자신을 포함해 아무도 이 상황이 달라지리라고 생각지 않으므로, 자기는 투표하러 가는 시간 낭비를 하지 않겠다고 했다.

그 순간 아냐의 얼굴에 스치던 냉소적인 표정은 이스라엘 국가를 따라 부를 때의 그 환하던 얼굴과는 큰 차이가 있었다. 아냐는 이스라엘로 이민하는 것을 고려해보지 않았다고 했다. 러시아가 자신의 나라라고 했다. 우크라이나 침공으로 수많은 사람이 러시아를 떠나고, 러시아 외교부 장관이 유대인인 젤렌스키 우크라이나 대통령을 모욕하기 위해 히틀러도 유대인이었다는 헛소리를 해대는 요즘에도 아냐의 생각이 바뀌지 않았는지 궁금하다.

구 일째

수술에 관해 안내받고 주의사항을 들으러 가는 날이다. 가야 하
는 곳은 취리히 대학병원 이비인후과와 마취과 두 곳이다. 마취
과를 따로 들르는 것이 특이하다. 미리 이메일로 받은 마취과 설
문지를 작성해두었다. 과거에 수술했던 경험과 병력 등을 꽤 자
세히 물어본다. 전신마취를 했던 과거 두 차례의 수술 이력 말고
는 따로 특별히 기재해야 할 사항이 없다고 생각하다가, 언뜻 떠
오르는 것이 있어 정확한 용어를 찾아봤다.

　이십 대에 한국에서, 그리고 3년 전 러시아에서 수술받을 일
이 있었다. 그때마다 심전도 검사 결과가 이상하게 나와 재검사
를 해야 했다. 수년 전 건강검진을 받았을 때도 의사가 특이한 심
전도 결과를 간단히 언급했었다. 러시아 병원은 재검사 후에도
24시간 심장박동을 모니터링하는 기록계까지 상반신에 부착해
집에 보냈고, 내가 아무리 이전부터 알던 증상이라고 설명해도
굳이 심장초음파 검사까지 받게 했다. 결국에는 수술에 문제가
없을 것 같다는 판정을 받고 수술을 무사히 마칠 수 있었다. 이번
에도 같은 일이 반복되지 않도록 과거의 기록을 찾아 영어명을
확인했다. "left anterior fascicular block" 줄여서 LAFB. 좌각전 섬

유속 차단. 심장이 뛰는 건 심장 안에 있는 전도계에서 생성된 전기 자극이 심장 근육으로 전도되면서 수축을 일으키기 때문이다. 동방결절에서 발생한 전류가 심장 상부의 심방을 통과해 하부인 심실로 이동한다. 이때 좌심실로 전기 신호를 전달하는 좌각전 섬유속이 막힌 경우를 가리켜 좌각전 섬유속 차단이라고 한다. 기저 심장 질환이 원인일 수도 있지만 내 경우는 다른 심장 질환이나 자각 증상 없이 이십 대에 발견되어 지금까지 똑같은 상태를 유지하며 살아왔으므로 선천적일 확률이 높다. 나는 좌각전 섬유속 차단 진단을 언제 처음 받았고 언제 재확인했는지 등의 내용을 포스트잇에 간략히 적어 실문지에 부착했다.

취리히 대학병원은 내게 익숙한 곳이다. 4년 전 알베르토가 뇌하수체 종양 제거 수술을 받느라고 열흘쯤 입원했던 곳이어서 구석구석이 눈에 익었다. 당시의 아픈 기억이 되살아나려는 것을 간신히 억누르고 진찰실로 들어갔다. 젊고 명랑한 의사가 수술할 때 일어날 수 있는 상황, 수술 후의 주의 사항을 하나하나 상세히 설명해주었다. 심지어 전신마취를 하는 동안 기도 확보를 위해 삽관을 할 텐데 그때 후두경 때문에 치아가 손상될 수도 있다는 것까지 알려준다. 나는 불안해져서 그럴 확률이 얼마나 되는지 물었다. 내 근심스러운 얼굴을 보더니 의사가 편안한 미소를 띠며 확률은 아주 낮다, 치아가 원래 약한 사람들, 특히 노인들은 그럴 가능성이 있지만, 만약의 경우를 대비해 알려주는 것일 뿐이라며 허술한 치아가 있는지 묻는다. 없다고 답하다가, 문득 이게 나중에 소송을 피하려는 병원 측의 노련한 방침일 수도 있겠다는 의심이 들었다. 특히 마지막에 자신이 이런 내용을 소상히 알려주었으며, 내가 그 내용을 이해했으면 안내 서류 마지막에 서명하라는 요청을 받고서 의심은 확신으로 변했다. 서명하면서 이제 후두경에 치아가 깨져도 할 말이 없겠구나, 하는 생각이 들었다.

마취과는 한 층 위였다. '마취상담실'이라고 표시된 방 앞에서 잠시 기다리니 의사가 나와 내 이름을 부른다. 시절이 시절이니만큼 의사는 악수를 청하지 않았다. 코로나 사태 이전에는 스위스에서 병원을 찾으면 의사들이 직접 진찰실 문을 열고 나와 환자의 이름을 부르며 꼭 악수를 청했다. 그렇게 악수하고 나면, 환자는 마음이 안정되고 의사를 더 신뢰하게 되며, 의사도 환자를 컨베이어 벨트 위에 올려진 존재로 보기 어렵게 된다. 그러나 코로나가 바람직한 관례 하나를 지난 몇 년간 앗아갔다. 무엇보다 환자와 의사의 악수는 꼭 다시 돌아왔으면 좋겠다. 오스트리아에서 경험한 치과에서는 연세 지긋한 선생님이 내가 긴장한 것을 보더니 내 손을 자신의 양손으로 꼭 잡으며 안심시켜주고 따뜻한 커피를 권하기도 했다. 그때 손을 잡는 행위가 서로 잘 모르는 사람 사이에서 이루어진 것이라도 얼마나 큰 심리적 위안을 주는지 깨달았다. 아마 손만이 아니라 쌍방의 양해와 선의를 바탕으로 하는 다정한 다독거림, 어깨동무, 포옹 같은 인간과 인간 사이의 신체 접촉은 모두 조금씩 그런 효과를 일으킬 것이다.

마취과 의사가 설문지를 훑어보다가 내가 붙여놓은 포스트잇을 유심히 보았다. 내가 찬찬히 그 내용을 설명하니 미리 알려주어서 잘했다고 칭찬했다. 안 그랬으면 수술하는 도중에 심전도를 보고 이상히 여겨서 차질이 생겼을 수도 있다고 했다. 그럼 수술 전에는 따로 심전도 검사를 하지 않느냐는 내 질문에, 의사는 특별한 이유 없이는 하지 않는다고 답했다. 이렇게 환자와 병력을 보며 상담하는 이유도 불필요한 검사를 하지 않기 위해서라고 덧붙였다. 예상한 대로였다. 오랜 세월 지니고 살았던 증상이니 그동안 별 변화가 없었으면 걱정할 필요가 없다고 했다. 어차피 수술을 안 해줄 것도 아니었으면서 과도한 부수적 검사로 환자의 경제적, 심리적 부담을 가중시키던 러시아 병원과 비교됐다. 이렇게 말하면 스위스 의료 체계가 대단히 월등한 것 같지만, 꼭 그렇지만도 않다. 역설적으로 내가 러시아에서 수술받고 병을 고쳤던 것도, 자꾸만 재발하던 증상에 관한 내 호소를 스위스 병원이 대수롭지 않게 여기고 추가 검사를 해주지 않아 결과적으로 질환이 더욱 악화됐고, 그것을 러시아 병원에서 상세히 검사해주어 수술의 필요성을 확인받았기 때문이다.

환자는 자신을 괴롭히는 질환이 있으면 스트레스 상태에 놓인다. 그런 불안한 마음은 검사를 더 해서 위로받을 수도 있고, 덜해서 위로받을 수도 있다. 정확히 말하면 꼭 필요한 검사는 더 받고, 불필요한 검사는 덜 받는 것이 정답일 것이다. 우리는 과도한 검사와 부족한 검사 사이에서 균형을 잘 잡는 의료 시스템을 바라지만, 때로는 꼭 필요한 검사는 못 받고, 불필요한 검사는 더 받는 괴로운 상황이 발생한다. 잘사는 나라라고 해서 그런 균형이 완벽하게 잡히지는 않는다. 뇌수술처럼 고도의 기술을 요하는 수술이라면 선진국 병원에서 받는 것이 유리하겠지만, 그런 중병이 아니라면 우리가 일반적으로 바라는 병원, 그러니까 치료 후 안심하며 기분 좋게 나올 수 있는 이상적인 병원은, 이런저런 나라에서 병원과 친하게 지내온 내 경험상 한 나라의 경제 수준보다는 환자를 대하는 의료인의 태도와 크게 비례했다. 악수까지는 바라지도 않는다. 바쁜 것을 뻔히 아는데 하소연을 길게

들어달라고 하는 것도 아니다. 의료진의 작은 몸짓, 눈빛 하나로
도 환자가 순식간에 안도감과 좌절감 사이를 오가는 것은 만국
이 공통이더라는 얘기를 하는 것이다.

십 일째

오랜만에 장난감 가게에 갔다. 인형을 하나 살까 해서다. 뉴욕에 역사 깊은 상난감 가게 FAO 슈워츠가 있다면, 취리히에는 프란츠 카를 베버가 있다. FAO 슈워츠처럼 프란츠 카를 베버도 19세기에 창립되어 지금까지 스위스 장난감 가게의 왕좌 자리를 지키고 있다.

부활절이 다가와서인지 토끼 인형이 많았다. 나는 촉감이 보들보들한 연보라색 토끼 인형 하나를 골라 선물 포장을 해달라고 부탁했다. 남편의 파키스탄 동료 우마르가 최근에 아들을 얻었다. 우마르와 아내 무스칸은 우리가 파키스탄에 도착한 지 얼마 안 되었을 때 우리를 집으로 초대해 파키스탄 음식, 더 정확하게는 파슈툰인의 전통 음식을 소개해주었다. 파키스탄 인구의 15.4퍼센트를 차지하는 파슈툰인은 — 이슬라마바드를 비롯해 파키스탄 북부에서는 주로 '파흐툰'이라고 발음하며 영어 명칭 '퍼탄'(pathan)도 이 '파흐툰'에서 비롯한다 — 펀자브인(44.7퍼센트)에 이어 파키스탄에서 두 번째로 큰 종족 집단이다. 파키스탄 인구가 2억 3,000만 명이니 그중 15.4퍼센트이면 3,500만 명이 넘는다.

파슈툰인, 펀자브인 할 것 없이 파키스탄 현지인 집에 식사 초대를 받으면 이내 한 가지 공통점이 관찰된다. 응접실 소파에 앉아 커피탁자를 식탁 삼아 식사한다는 점이다. 아니, 파키스탄 사람들은 커피보다는 차를 훨씬 많이 음용하니 커피탁자라고 부르는 것은 커피를 많이 마시는 문화의 선입견이 담긴 용어가 되겠다. 그러니 응접탁자라고 부르자. 처음 몇 번은 응접탁자에서 먼저 음료수를 마신 뒤 식탁으로 자리를 옮길 것으로 예상했다. 그러나 지금까지 이슬라마바드 가정에서 경험한 모든 식사는 예외 없이 전 코스가 응접실에서 이루어졌다. 집주인이 손님 앞에 음식을 차례로 내오거나 한 상 푸짐하게 펼쳐놓았고, 뷔페식일 때도 한쪽에 따로 차린 음식을 접시에 담아서 응접실로 다시 돌아와 접시를 무릎이 낮은 응접탁자에 올려놓고 먹었다. 그러면 아무래도 접시와 입 사이의 거리가 멀어지기 때문에 처음에는 음식을 흘리거나 허벅지 위에 올려놓은 접시가 기울어져 떨어질까 봐 긴장했다. 접시를 한 손으로 꼭 붙들고 있느라 손목이 아프기도 했다. 그건 정녕 문화 체험이었다. 사실 응접탁자와 소파의 조합도 도시 중상류층의 얘기다. 멀리 농촌에서 초대받아 갔던 집에서는 바닥에 깔린 카펫에 앉아서 먹었다. 그러나 후한 인심으로 푸짐하게 차린 것은 어느 도시 부잣집 못지않았다.

초대받은 집에 도착해 응접실에 앉으면 제일 먼저 음료를 대접받는다. 서구에서라면 알코올이 들어간 음료를 권하겠지만, 이슬람 국가 파키스탄에서 그런 일은 거의 없다. 앞 문장에 "거의"라는 부사를 보탠 것은 예외가 있기 때문이다. 조심스러워서 드러내놓고 표현하지는 않더라도 신앙심이 없는 사람도 있고, 신앙심이 있는 무슬림이라 하더라도 아주 가까운 사람들끼리 모이면 특히 남자들은 음주를 즐기는 일이 없지 않다. 우마르는 자기는 아무 종교도 믿지 않으며 주말에 진토닉을 즐기는 것이 낙이라고 했다. 그러더니 두 종류의 진과 토닉워터를 꺼내 진토닉을 만들어주었다. 이것은 지극히 예외적인 경우로 파키스탄에서 알코올음료를 접대받은 유일무이한 사례였다. 그렇지만 그도 부모님 앞에서는 감히 술을 마시는 모습을 보이지 않는다고 했다. 부모님 앞에서는 자중한다니 역시나 아시아인이다.

파키스탄에서 모임에 초대받아 가면 일반적으로 권하는 음료는 주로 콜라와 세븐업 또는 스프라이트다. 주스만 해도 벌써 고급스러운 음료에 속해서 귀한 손님이 와야 내놓는다. 파키스탄 사람들은 스프라이트와 세븐업을 정말로 좋아해서 식사 모임에서 그 둘 중 하나가 빠지는 법이 없다. 너무 좋아하는 나머지, 스프라이트나 세븐업을 우유와 반반 섞은 밀크소다 음료도 편자브 지방에서 아주 인기다. 마셔보면 탄산수의 톡 쏘는 맛과 파키스탄 우유 특유의 진하고 고소한 맛이 어우러지면서 달고 부드럽게 혀에 감기는 것이 은근히 맛있다. 특히 라마단 기간에는 저녁에 금식이 해제될 때 밀크소다를 마시며 갈증을 해소하는 사람이 많다. 때로는 콜라나 다른 탄산음료도 우유와 섞어 마신다. 설탕이 첨가되지 않은 탄산음료는 식품점 구석에 잘 찾아보면 있긴 하지만, 모임에서 내놓는 경우는 거의 없고 사람들도 별로 좋아하지 않는다. 설탕을 먹으면 기운이 펄펄 나는데 왜 다이어트 음료 따위로 소중한 에너지원을 마다하느냐며 낭비로 여기는 분위기인 듯하다.

당도 높은 음료를 선호하는 것은 남아시아와 중동 일대가 공통된다. 파키스탄과 인도 사람들이 즐겨 마시는 밀크티 '차이'만

해도, 내 입에는 우유에 함유된 유당만으로도 충분히 달짝지근한데 현지인들은 기본적으로 한 잔당 설탕을 최소한 서너 티스푼 넣는다. 커피든 밀크티든 설탕을 일체 안 넣는 나를 보며 파키스탄 사람들은 대체 무슨 맛으로 먹냐며 이상하게 여긴다. 주스도 대체로 과즙 30~50퍼센트의 설탕물이며, 100퍼센트일 때도 단맛을 더 강하게 내기 위해 과당 등의 감미료를 넉넉히 추가하는 경우가 흔해서 우리에게 익숙한 과즙 100퍼센트 주스보다 훨씬 달다. 파키스탄 전통 과자류 역시 재료의 대부분이 설탕이라고 해도 과장이 아닐 정도로 듬뿍듬뿍 들어간다. 이렇게 당 폭탄을 선호하는 성향은 당뇨병으로 이어져, 2021년 통계에 따르면 파키스탄은 성인 네 명 중 한 명에 해당하는 3,300만 명이 당뇨병 환자다. 비슷하게 고탄수화물 식습관이 있는 중국(1억 4,000만 명), 인도(7,400만 명)에 이어 세계에서 세 번째로 당뇨병 환자가 많다. 현지에서 직접 사람들의 식습관을 접해보니 하나도 놀랍지 않다. 오이나 토마토를 몇 점 날로 썰어 먹는 것 말고는 신선한 채소를 다양하게 먹는 샐러드 문화가 거의 발달하지 않았고, 특히 파키스탄 남자들은 채소로 만든 음식을 열등하고 하찮게 여겨서 고기와 탄수화물 중심의 식단을 선호한다. 그러나 전반적으로 소득이 낮고 고기가 비싸니 식사는 쌀과 밀가루 위주가 된다. 부족한 열량은 쌀을 기름으로 볶거나 밀가루 음식을 튀겨서 보충한다. 그리고 여기에 당도 높은 음료와 디저트류가 더해진다.

이런 식문화는 현지인들과 식사를 함께하면 할수록 점점 더 확연해졌다. 과거 영국 식민지 시절의 영향으로 파키스탄에서 하나의 식문화로 자리 잡은 '하이티' — 원칙적으로 High Tea라고 표기해야 하나 파키스탄에서는 흔히 Hi-Tea로 표기한다 — 에도 전형적으로 튀긴 음식과 고기 요리, 그리고 다양한 디저트가 나온다. 원래 영국의 하이티는 음식이 귀엽게 한입 크기로 나오는 귀족적인 애프터눈티와는 달리, 따뜻한 요리나 최소한 햄, 로스트비프처럼 식힌 고기 음식이 빵과 함께 나오는 서민들의 이른 저녁 식사를 가리키는 용어였다. 이것이 영국의 각 식민지로 퍼지면서 지역마다 특색 있게 변형되었다. 일단 파키스탄에서 하이티에 초대받는다고 하면, 애프터눈티보다 훨씬 다양하고 든든한 음식을 기대해도 좋다. 꼭 이른 저녁일 필요도 없다. 나는 오전 11시 반에도 하이티에 초대받은 적이 있다. 그 얘기는, 오늘날 파키스탄에서 하이티는 식사 시간을 가리키는 용어라기보다는 초대받은 손님의 입장에서 어떤 음식이 나올지 예상할 수 있는 용어임을 뜻한다.

　지금까지 내가 경험한 파키스탄 하이티에는 병아리콩, 토마토, 오이를 요구르트 소스에 버무린 샐러드가 두어 번 나왔고, 그 외에는 채소류 음식을 보지 못했다. 튀김 음식이 매번 단골로 등장했으며, 닭고기 완자나 케밥 같은 한두 가지 고기류가 빠지지 않았다. 거기에 밥이나 납작빵이 곁들여졌다. 그리고 장미수 시럽에 담근 미니 도넛 '굴랍자문'(گلاب جامن)이나 달콤한 쌀 푸딩 '키르'(کهیر) 또는 캐슈너트를 갈아 버터와 시럽으로 반죽한 것에 식용 은박지를 붙여 정연하게 마름모 꼴로 자른 '카주 카틀리'(کاجو کتلی) 등 다양한 전통 디저트가 푸짐하게 나왔다.

　무스칸과 우마르는 우리를 하이티가 아니라 저녁 식사에 초대했다. 우리 눈에 하이티가 아무리 묵직한 성찬으로 보여도, 파키스탄에서 하이티는 일반 저녁 식사보다 격식 없고 가벼운 식사라는 이미지가 있다. 그리고 초대에 '하이티'라는 말이 특별히 언급되지 않을 경우, 초대하는 사람 입장에서는 하이티에 따라붙는 특정한 형식에 구애받지 않고 나름대로 자유롭게 음식을 준비할 수 있다. 대신에 하이티가 아닌 일반 저녁 식사 초대에는 고기가 나오는 비중이 비약적으로 커진다. 너무 커지다 못해 채소 요리는 아예 구경도 못 할 때가 많다. 손님에게는 귀하고 비싼 고기를 대접해야 한다는 생각이 강하다 보니 생기는 현상이다. 파키스탄에서 저녁 식사에 초대받는다는 것은 고기 잔치가 벌어진다는 뜻이다. 무스칸과 우마르 부부는 진토닉으로 우리의 식욕을 돋운 뒤 생선 요리, 닭고기, 그리고 양고기를 응접실 탁자에 차례로 내왔다. 육해공 구색을 갖춘 것이다. 그리고 고백하기를, 생선은 음식점에서 포장해 왔고, 닭고기 요리는 무스칸의 어머니가, 양고기 요리는 우마르의 어머니가 준비하셨다고 했다. 부부 둘 다 직업이 있는 데다 무스칸이 당시 임신 중이어서, 양가 어머니들이 나서서 요리를 하나씩 도와주신 것이다. 이 또한 너무나도 아시아적이었다.

하이라이트는 양고기였다. 파슈툰인들이 전형적으로 조리하는 식으로, 큼직한 넓적다리 사태살에 갖은 양념을 발라 뼈째로 오븐에 넣어 장시간 구운 음식이었다. 추수감사절에 통으로 구운 칠면조 요리에서 살을 발라내 가족에게 나눠주듯, 우마르가 양고기 살점을 칼로 쓱쓱 도려내 접시에 올려주었다. 우마르는 우리에게 직접 운전해서 왔는지 아니면 운전기사와 함께 왔는지 물었다. 운전기사와 왔다고 하니 큰 접시 하나에 쌀밥을 넓게 펴 담고 그 위에 양고기와 닭고기를 푸짐하게 올려 콜라와 함께 밖으로 내갔다. 밖에서 기다리는 기사에게도 저녁을 대접한 것이다. 이게 파키스탄 인심이었다. 이런 경우를 여러 번 목격했기 때문에 우리도 이제는 누구를 집으로 식사에 초대하면 꼭 기사분들에게도 음식을 나눠드린다.

양고기는 맛있었다. 무엇보다도 전혀 맵지 않았다. 파키스탄 펀자브 지방의 요리는 전반적으로 맵다. 고기도 제육볶음을 요리하듯 미리 맵싸한 양념에 재워두었다가 굽는 경우가 많다. 생선이나 새우도 프라이팬에 구운 뒤 매운 소스를 끼얹어 마무리한다. 그래서 음식점에 가면 메뉴판에서 안 매운 음식은 극소수에 해당하고, 맵다고 따로 표기되는 일도 없으니 매운 음식이 싫으면 물어서 확인해야 한다. 안 맵다는 대답이 돌아와도 매움에 대한 기준이 나르브로 액면 그대로 믿기 어렵다. 미리 매운 양념에 재워둔 고기는 양념을 닦아낸다고 해서 이미 스며든 매운맛이 빠질 턱이 없으므로 덜 맵게 해달라고 요청해봤자 소용없다. 예컨대 안 매울 듯한 영국식 생선 튀김 '피시 앤 칩스'를 시킨다고 해보자. 벌써 튀김옷부터 매콤하고, 함께 나오는 타르타르소스까지 맵다. 타르타르소스에 오이피클 대신 할라피뇨를 막 다져 넣는다. 매운맛을 진정시키려고 소스를 듬뿍 찍어 먹었다가는 낭패를 보게 된다. 한국인과 유전자를 공유하는 모양인지, 펀자브인들은 음식에 화끈하게 매운맛이 없으면 입원 환자에게 주는 병원 음식 같다며 제대로 식사하지 않은 듯한 기분이란다. 그에 비해 파슈툰인의 전통 음식에는 매운 양념이 거의 들어가지 않는다고 무스칸과 우마르가 설명했다. 그런 점은 중앙아시아와도 비슷해서, 투르크메니스탄과 타지키스탄 출신 지인들도 이슬라마바드 음식이 너무 맵다고 불평한다. 자기들은 음식에 매운 양념을 하지 않으며, 매콤한 소스가 있긴 하지만 따로 나온다고 했다. 그러나 매운맛이란 상대적이다. 매콤한 펀자브 음식도 더 남쪽 지방, 이를테면 파키스탄 최대의 도시 카라치가 있는 신드 지방보다는 덜 맵다. 카라치 출신의 지인 부부가 푸짐하게 차린 네댓 가지 요리가 전부 격하게 매워서, 눈물 콧물 뒤범벅이 되어 티슈를 놓지 못하고 뜨거운 식도를 납작빵으로 달래가며 식사한 적이 있다. 이 부부는 이슬라마바드 요리가 자기들 입에는 심심하다며 카라치 요리가 늘 그립다고 했다. 카라치에 가면 일부러 그 지역 특유의 매운 향신료를 사 온다나.

양고기나 염소고기는 파키스탄에서 고급 육류에 속해서, 이것을 대접받았다는 것은 극진한 대접을 받았다는 뜻이다. 파키스탄에 와서 처음에 혼동했던 것은 '머튼'(mutton)이라는 용어였다. 서구에서 머튼은 양고기를 뜻하는데 파키스탄에서는 일반적으로 염소고기를 가리키는 말로 쓰기 때문에 내가 무엇을 주문하는지 정확히 확인하고 싶으면 물어봐야 한다. 파키스탄에서 양고기는 보통 '램'(lamb)으로 표기되며, 적어도 내게 익숙한 펀자브 지방과 북부 길기트-발티스탄 일대에서는 염소고기가 양고기보다 흔하다.

식사가 끝나자 우마르가 디저트를 내왔다. 추억의 '아이스케키'를 닮은 빙과류였다. 연유로 만든 아이스바였는데 '쿨피'(قلفی)라고 불렀다. 파키스탄의 전형적인 디저트라서 우리에게 선보이고 싶었다고 했다. 각종 과일이나 아몬드, 피스타치오 같은 견과류나 카다멈이나 사프란 같은 향신료가 들어가기도 한다고 했다. 그날 맛본 것은 캐러멜 맛이었다.

너무나 후한 대접을 받으며 나는 슬쩍 정보 탐색에 돌입했다. 이 부부를 답례로 초대할 때 그들이 좋아하는 음식을 해주고 싶었기 때문이다. 알고 보니 무스칸이 이탈리아 음식 팬이었다. 취미가 이탈리아 음식 요리 프로그램을 보는 거란다. 나는 벌써 머릿속으로 메뉴를 떠올리고 있었다. 이탈리아 음식을 해준다고 해도 파키스탄식으로 육류가 푸짐하게 들어가야 하니 고기와 치즈를 듬뿍 넣은 라자냐를 준비해볼까. 그리고 산달을 한 번 더 확인하면서 앞으로 태어날 아이 선물도 준비하자고 마음먹었다.

그로부터 넉 달이 흘렀다. 파키스탄에 파슈툰인 인구가 또 한 명 늘었다. 프란츠 카를 베버 상점 계산대의 점원이 흔들 목마 문양의 상점 로고가 박힌 알록달록한 포장지로 연보라색 토끼 인형을 정성스럽게 포장해주며 어떤 색 리본으로 묶을지 묻는다. 니는 파기스탄의 색상인 녹색을 고른다.

십일 일째

취리히호숫가에 수영복 차림의 십 대 소녀와 소년이 보였다. 아무리 햇살이 따스하다고 해도 호수의 수온은 아직 꽤 낮을 텐데, 기운 넘치는 저 아이들은 개의치 않고 봄날을 즐긴다. 역시나 물이 차가웠던 모양인지, 호수에 뛰어드는 순간 날카로운 비명을 지르며 둘이서 깔깔거린다. 취리히호수는 여름철에 낮 기온이 30도가 넘을 때도 수온은 24~25도를 유지한다. 3월 평균 수온은 13~14도에 불과하다. 지금 쟤네들은, 말하자면 바디감 가벼운 레드와인 시음 온도의 물속으로 다이빙을 하고 있는 셈이다. 잠시 지켜보니, 결국 느긋이 수영하지 못하고 후다닥 물 밖으로 튀어나온다.

　호반을 산책하는 사람이 많았다. 나와 같은 방향으로 걷거나 반대 방향으로 스쳐 지나가는 사람들이 휴대폰으로, 또는 동반자와 나누는 대화의 파편이 내 귓속으로 흘러들었다. 외국인이 도시 인구의 3분의 1을 차지하는 국제도시 취리히답게 온갖 언어가 어지러이 향연을 벌였다. 평소 습관대로 귀에 들리는 말이 어느 나라 언어인지, 독일어나 영어에 억양이 섞였으면 그게 어느 지역의 억양인지, 본토인인지 외국인의 억양인지 판별을 시도

해본다. 직업과 관련 있어 그렇든 타고나길 그렇든 언어에 민감해서 생긴 버릇이다. 실패할 때가 훨씬 많지만, 종종 제대로 맞힐 때면 혼자 만족해하는 나홀로 오락이기도 하다. 호기심이 수줍음을 압도할 때면, 말을 걸어도 될 만한 상대인지 가늠해본 뒤 무슨 언어인지 과감하게 물어본다. 하지만 아무리 궁금해도 걸어가는 사람을 붙잡고 물어볼 만큼 대담하지는 못하다. 카페나 기차처럼 사람들이 일정 시간 머무르는 정적인 공간에서 상대를 조금 지켜보고 시도한다. 대답이 내가 예측한 것에 가까우면 혼자 흐뭇해하고, 아닐 때는 앞으로 다시 비슷한 언어가 들릴 때 알아듣겠다는 일념으로 뇌에 힘수어 등록하면서 조금씩 늘어나는 데이터베이스에 즐거워한다.

고개를 들어보니 저 멀리 호수 반대편으로 취리히의 명소 가운데 하나인 위틀리베르크가 보였다. 취리히 사람들이 하이킹을 즐기는 장소로, 해발 870미터이니 북한산보다 살짝 더 높은 정도다. 해발 800미터 지점까지 기차를 타고 가서 정상까지 슬슬 걸어 올라갈 수도 있다. 정상에 호텔, 레스토랑, 전망대가 있어 느긋하게 쉴 수 있고, 날씨가 좋은 날에는 멀리 눈 덮인 알프스산맥이 보인다. 2004년 취리히에서 결혼했을 때, 부모님을 모시고 함께 올라갔던 일이 기억났다. 그때는 나도 취리히를 잘 모를 때여서 알베르토와 시댁 식구들이 안내를 도맡았다. 부모님이 또 한 번 오시면 그동안 내가 발견한 취리히를 더 잘 보여드릴 수 있을 텐데. 지금도 매일 나는 이 도시의 몰랐던 면모를 배워가는 중이다.

융프라우가 해발 4,158미터, 마터호른이 4,478미터라고 해서 대단하게 생각했던 때가 있었다. 그건 스위스 국민들도 마찬가지여서 위엄 넘치는 알프스에 대한 자부심이 대단하다. 스위스 알프스의 최고봉은 뒤푸르봉으로 4,634미터이다. 등반가가 아닌 일반인은 정상에서 훨씬 아래에 위치한 전망대만 가도 몸을 빨리 움직이면 숨이 차기 때문에 뛰지 말라고 경고 문구가 적혀 있다. 하지만 파키스탄에 온 이후로 높은 산의 기준은 한층 상향 조정되었다. 해발 6,000미터가 넘는 산이 백 개가 넘는 파키스탄 북부 산악지대에서 4,000미터짜리 봉우리는 언덕 수준이다. 세계에서 두 번째로 높은 산인 K2(8,611미터)를 포함해 낭가파르바트(8,126미터), 가셔브룸 1봉(8,080미터), 브로드피크(8,051미터), 가셔브룸 2봉(8,035미터) 등 전 세계의 8,000미터 넘는 봉우리 열네 개 가운데 다섯 개가 파키스탄에 있다. K2를 비롯해 8,000미터 넘는 산을 등반하는 사람들은 최소한 6,000미터 봉우리에서 준비 훈련을 한다. 이들에게 스위스의 4,000미터짜리 봉우리들은 훈련 장소도 못 된다는 뜻이다.

알베르토와 나는 파키스탄 북부의 카라코람산맥 일대를 방문한 적이 있다. 카라코람산맥의 상당 부분을 품고 있는 길기트-발티스탄주는 인종, 언어, 문화가 서로 다른 길기트 지역과 발티스탄 지역을 합쳐 만든 행정구역으로, 산다운 산이 없고 여름이 무더운 펀자브주 관광객에게 여름 휴가철 여행지로 인기다. 이 지역 일대는 7세기부터 15세기에 이슬람교로 개종하기 전까지 불교 영향권에 있었고, 이슬람 종파도 파키스탄에서 절대다수를 점하는 수니파가 아니라 소수 시아파가 강세여서 분위기가 남쪽과는 사뭇 다르다.

우리를 안내한 가이드 나와즈는 길기트 훈자계곡 출신이었다. 덕분에 길기트-발티스탄주와 다른 지방과의 차이점뿐 아니라, 길기트와 발티스탄의 차이점에 대해 들을 수 있었다. 훈자계곡 주민은 부르샤스키라는 희귀한 고립어를 사용하는 부루쇼 민족이며, 시아파 분파인 이스마일파이다. 같은 시아파여도 발티스탄이 종교적으로 엄격하고 문화적으로 보수적인 것과 다르게 훈자계곡 주민들은 온건 개혁 성향인 아가 칸 분파의 영향으로 개방적이고 교육을 중요하게 여기며, 여성도 다른 지역보다 더 큰 자유를 누린다. 히잡을 쓰지 않아도 되고, 사원에서 예배 볼 때도 남녀를 분리하지 않는다. 48세의 나와즈는 청바지와 폴로셔츠에 야구모자 차림이었는데 자기가 입은 옷을 손가락으로 가리키며 길기트인은 사원에 갈 때도 자기처럼 자유롭게 입고, 다른 지방에서 대디 수가 일상적으로 입는 전통 의상 샬와르 카미즈는 훈자계곡에서는 관혼상제를 치를 때나 입는다고 했다. 라마단 때도 금식을 엄격히 지키지 않고 물도 마시며, 원칙대로라면 5회 해야 하는 기도도 3회 정도로 마치고 새벽에 따로 기도하려고 일어나지 않는다고 했다. 심지어 그 지역에서 나는 열매로 술을 담가 마시는 전통이 있어서, 도로에서 음주 운전하지 말라는 경고판도 볼 수 있단다. 세 아들 중 장남과 차남이 이슬라마바드에서 대학을 다니고 있고 중학생인 막내아들도 대학에 보낼 거라며 교육을 중시하는 자기 고장에 대한 자부심이 컸다.

발티스탄의 한 식당에서 훈자 출신 학생과 이야기를 나누다가 나와즈가 해준 말을 실감했다. 머리카락이 다 보이도록 느슨하게 히잡을 걸치고 체크무늬 셔츠와 청바지 차림에 동그랗고 힙한 안경을 쓴 학생이 우리 부부를 보더니, 어느 나라에서 왔는지 물으며 함께 사진을 찍어도 될지 허락을 구했다. 흔쾌히 승낙하고 그 학생에게도 어디서 왔는지 물었다. 훈자에서 엄마와 함께 주말여행을 왔다고 했다. 그 학생에게 발티스탄에 와보니 훈

자와 어떤 차이점이 보이더냐고 재빨리 질문했다. 발티스탄이 훈
자보다 폐쇄적인 곳 같다며 "우리 훈자 사람들은 훨씬 개방적이
고 유연하다"고 자랑했다. 우리 뒤쪽 식탁에서 나와즈와 다른 훈
자 출신 가이드가 이야기를 나누고 있었는데, 학생이 깜짝 놀라
그쪽을 쳐다봤다. 고향의 언어 부르샤스키어를 알아들은 모양이
었다.

나와즈는 지금은 나이도 들고 해서 우리 같은 약골 관광객을
위한 가이드 일을 하지만, 원래는 등정대를 K2 베이스캠프까지
안내하는 일을 30년 넘게 한 베테랑 산악 가이드다. K2의 경우
베이스캠프에서 정상 사이에 캠프가 네 개가 더 있는데 그는 제3
캠프까지 가봤다고 했다. 눈사태 속에서 생환했고, 사고로 동료
를 여럿 잃었으며, 전설의 산악인 라인홀트 메스너와 친분이 있
다고 했다. 나와즈는 발티어를 좀 할 줄 알아서, 히말라야산맥에
속하는 낭가파르바트를 제외한 나머지 8,000미터급 봉우리 네
개가 있는 발티스탄 쪽에서 산악 가이드 일을 오래했다. 그러나
발티어는 티베트어족에 속하고 우르두어와는 큰 차이가 나서 아
직도 굉장히 어렵다고 불평했다. 나는 나와즈와 발티인 운전기
사 아프잘이 어떤 언어로 소통하는지 물었다. 아프잘은 발티스
탄의 주된 행정도시 스카르두 출신이었다. "일단 발티어로 말하
다가 막히면 표준어인 우르두어로 바꿔가며 대화한다"고 나와
즈가 답했다.

발티인들은 인종도 티베트 민족과 타지크인이 섞여서 내가 생
활하는 펀자브 지방 사람들보다 피부색과 머리색이 연하고, 밝
은 갈색 눈이나 심지어 파란 눈을 지닌 사람도 많았다. 종종 백인
에 가까운 외모도 보이고 얼굴은 아시안인데 눈만 파랗거나 금

발일 때도 있어서, 이 일대가 아시아인종과 백인종이 교차되는 지점이라는 것이 명확하게 느껴졌다. 나와즈의 지인으로 역시 산악 가이드로 일하는 스카르두 출신 발티인 에자즈도 아주 연한 갈색 눈동자를 지녔다. 나와즈에게 연락받은 에자즈는 즉흥적으로 우리를 집에 초대해 발티스탄의 전통차인 소금버터차를 선보였다. 큰 솥에 물을 끓여 거기에 찻잎과 베이킹소다를 넣고 물이 다 졸아들 때까지 끓이면 소다가 찻잎에서 색깔을 최대한 빼내는 역할을 해서 진한 자줏빛 진액이 만들어진다. 거기에 다시 끓인 물을 붓고 버터 약간과 우유, 소금을 넣는다. 설탕은 들어가지 않는다. 발티인들은 특히 추운 겨울에 납작빵과 이 고운 핑크색 소금차를 아침 식사로 먹는다. 내 입에는 차보다는 차라리 수프에 가까웠는데, 난생처음 경험하는 그 희한한 맛이 싫지 않아서 넉넉한 찻잔을 깨끗이 비웠다.

발티스탄에서 발견한 또 다른 식재료는 러시아에서 자주 소비했던 메밀과 산자나무 열매, 일명 비타민나무 열매였다. 이 지역 주민들은 메밀로 납작빵을 구워 먹고, 산자나무 열매로 잼을 만들어 납작빵에 발라 먹었다. 한랭 기후인 산간지대여서 자라는 작물이 러시아와 비슷했다. 더운 펀자브주에서는 산자나무는 고사하고 메밀이 뭔지 모르는 사람도 많다. 펀자브가 고향이고 파키스탄 내 다른 지역에 거의 가보지 않은 지인 여성에게 한국산 메밀차를 권했더니, 처음 마셔볼 뿐 아니라 처음 접해보는 향이라고 했다. 메밀차가 너무 고소하고 맛있대서 그 친구에게 주려고 한국에서 한 상자를 챙겨왔다. 그런 메밀을 길기트-발티스탄 지역에서는 일상적으로 먹는다니 괜스레 반가웠다.

나는 엉뚱하게 발티스탄에서 러시아 향수에 젖어 메밀가루

두 상자와 산자나무 열매로 만든 잼 한 병을 고이 챙겼다. 이슬
라마바드에서는 구경조차 할 수 없는 귀한 식재료들이었다. 잼
한 병이 450루피, 한화로 3,000원이고 메밀가루도 500그램짜리
한 상자가 1,500원 정도로 저렴했다. 관광객이니 가격을 좀 더 올
려 받았을 텐데도 그 정도였다. 러시아 사람들은 설탕에 절인 산
자나무 열매에 끓는 물을 부어 달콤한 차로 마시는데 발티스탄
에서도 그러느냐고 점원에게 물어보니 "러시아에선 그렇게 꿀처
럼 물에 타 마시는군요. 여기선 빵에만 발라 먹어요" 하며 신기해
했다.

발티스탄의 백미는 무엇보다도 풍경이었다. 등반은 꿈도 못 꾸
고, 기껏해야 한 시간짜리 하이킹이나 몇 차례 즐기는 물컹한 관
광을 했을 뿐이지만, 언제 어디서나 파노라마로 펼쳐지는 장엄
한 산세는 진정 우리를 전율케 했다. 어느 곳을 향해 셔터를 눌러
도 《내셔널지오그래픽》 잡지에 나올 법한 사진이 찍혔다. 평생
잊지 못할 풍경이 뇌리에 박혔다. 인더스강 발원지에 아주 가까
이 와 있었다. 그 강을 바라보고 있자니 교과서에서나 봤던 인더
스 문명에 관해 상상의 나래가 펼쳐지고, 해발 2,000미터가 넘는
지점에서 갑자기 나타나는 사막에 기가 질리고, 때때로 강, 호수,
녹지대, 사막, 산봉우리가 한눈에 들어와 사람을 어리둥절하게
했다. 알프스의 나라 출신인 남편도 자기 나라 산은 여기에 비할
바가 아니라며 감탄했다. 우리는 봉우리에 하얀 눈 모자를 덮어
쓴 거무죽죽한 산들을 ─ 카라코람, 즉 까만 자갈이라는 이름이
붙은 이유를 알 것 같았다 ─ 지칠 줄 모르고 하염없이 응시했다.

나는 나와즈에게 산이 없는 고장에서 사는 것을 상상해본 일
이 있는지, 평지인 이슬라마바드에서 유학하는 아들들이 혹시

그곳에 취직해 정착하면 은퇴 후 그리로 옮겨갈 수 있겠는지 물었다. 나와즈는 절대로 그런 일은 없을 거라고, 산이 없는 곳에서는 살 수 없으며, 죽는 날까지 훈자계곡을 떠나지 않을 거라고 했다. 우리는 다음번엔 꼭 훈자계곡을 방문하겠다고 나와즈와 약속했다. 그는 훈자의 명물인 살구가 탐스럽게 여무는 계절에 오라고 했다.

십이 일째

입원에 앞서 코로나 PCR 검사를 받으러 간다. 검사 결과가 양성이면 수술이 일주일쯤 미뤄질 것이므로 이슬라마바드로 돌아가는 일정에 행여나 차질이 생길까 봐 걱정됐지만, 그래봤자 내가 통제할 수 있는 일이 아니므로 마음을 비운다.

수술이 예정된 환자들은 일반인과 구분해 따로 검사했기 때문에 오래 기다리지 않아도 됐다. 하지만 이번에는 정말로 코가 아팠다. 지난 2년 동안 러시아와 스위스, 스위스와 파키스탄, 스위스와 한국, 이렇게 세 구간을 오가면서 여러 차례 PCR 검사를 받았지만, 이번만큼 콧속 깊이 따끔하게 찔림을 당한 적은 없었다. 30분이 지나도록 콧속이 얼얼하고 눈물이 나려고 했다. 얼추 봐도 면봉이 코안으로 손가락 길이만큼은 족히 들어가던 스위스에 비해, 기껏해야 2센티미터 정도 밀어 넣고 1초 만에 끝난 파키스탄의 PCR 검사가 생각나서 웃음이 났다. 설렁설렁. 대강대강. 비록 짧은 기간이나마 내가 본 파키스탄은 그렇게 굴러갔다.

집에 돌아와 검사 결과를 기다리는 동안 입원에 필요한 물건 목록이 적힌 안내 서류를 다시 확인했다.

□ 편안하고 미끄럽지 않은 실내화

□ 읽을거리, 독서용 안경, 기타 오락물

□ 잠옷, 실내복

□ 세면도구: 머리빗, 비누, 샴푸, 칫솔, 치약, 면도기,
　틀니 보관 용기 등

□ 운동복, 편안한 티셔츠, 목욕가운, 속옷, 양말

입원 환자에게 환자복을 주기는 하지만 집에서 가져온 편안한 옷을 입어도 좋다고 적혀 있다. 그렇다면 굳이 우울하게 환자복을 입고 있을 필요가 없다. 나는 품이 넉넉한 반소매 티셔츠와 허리에 고무줄이 들어간 종아리 길이의 헐렁한 바지를 가방에 챙겨 넣었다. 읽을거리를 가져오라지만, 수술 후 과연 책 읽을 기운이 있을지 의심스러워 수동적으로 즐길 수 있는 '기타 오락물'을 택하기로 했다. 태블릿에 영화 두어 편과 우크라이나 사태와 관련한 팟캐스트 방송 몇 가지를 다운로드 받고, 같은 방 환자를 방해하지 않기 위해 이어폰을 챙기는 것도 잊지 않았다. 요즘 들어 어딜 가나 늘 가지고 다니는 립밤도 가방에 넣었다. 수술하는 동안 반 시간은 입을 쩍 벌리고 있어야 할 터이니 미리 립밤을 충분히 발라두어 입술이 찢어지는 불상사가 없도록 할 셈이었다. 혹시 몰라 한국에서 쓰던 비판텐 크림도 챙겼다. 갱년기에 접어든 이후로 핸드크림 바르기를 조금만 게을리하면 금방 손이 여기저기 트고 갈라져서, 상태가 아주 안 좋을 때는 비판텐을 바른다. 작고 가벼워서 입원 2박용으로 맞춤하다. 온갖 로션과 크림은 친구 삼아 늘 곁에 두어야 한다.

　짐은 다 챙겼다. 아울러 입원서류도 작성했다. 가입한 건강보

험회사에 관한 정보도 기입했다. 스위스 건강보험제도는 의무 가입이다. 그러나 한국과는 달리 건강보험공단이 없고, 개인이 민영 보험회사 중에 하나를 자유롭게 고른다. 연 단위로 보험사를 변경할 수도 있다. 한국과 또 한 가지 다른 점은, 직장가입자가 가족을 피부양자로 등재할 수 있는 제도가 없기 때문에 개개인이 개별적으로 보험에 가입해야 한다. 따라서 보험료 부담이 상당히 커진다. 그 대신 저소득층은 정부가 보험료를 직접 보조해준다. 전체적으로 스위스 건강보험 체계는 자동차보험과 비슷해서 어느 한도까지 본인이 자비로 부담하다가 그 이상의 비용이 들면 본인이 10퍼센트를, 보험사가 90퍼센트를 부담하게 된다. 이때 본인 10퍼센트 부담액에도 상한이 있어서 성인은 1년에 700프랑, 아동은 350프랑이 넘어가면 그때부터는 보험사가 전액 부담한다.

보험료 책정도 한국과는 다르게 소득 수준과 무관하고, 본인 부담 상한액을 어떻게 설정하느냐에 따라 달라진다. 본인 부담금은 가입자가 1년에 300프랑에서 2,500프랑 사이로 결정할 수 있는데 상한액이 높을수록 보험료가 저렴해지고, 반대로 상한액을 낮게 설정할수록 보험료가 비싸진다. 의료서비스의 오남용을 막으려는 의도다. 이를테면 내가 보험료를 절약하려고 본인 부담금을 연간 2,500프랑으로 설정하면, 매년 의료비가 2,500프랑에 도달할 때까지는 내 돈이 그대로 나간다. 이러면 웬만해서는 병원에 안 가게 된다. 스위스에서는 병원에 한 번만 가도 200~300프랑이 우습게 깨지므로 한국에서처럼 열 좀 나고 감기 기운이 있다고 병원에 가는 사람은 찾아보기 어렵다. 덕분에 불필요한 의료 과소비가 줄어들고, 그에 따라 병원이 붐비지 않아 서비스의 질이 높아지는 장점이 있지만, 반면에 심각한 질환을 초기에 잡아내지 못하는 경우도 생긴다. 게다가 스위스는 한국처럼 국가가 주도하는 건강검진제도가 없으므로 본인이 몸이 좋지 않을 때 능동적으로 병원에 가지 않으면 질병의 조기 발견이 쉽지 않다. 내가 스위스 사람들에게 한국의 저렴한 건강보험 제도 얘기를 하면 병원에 너무 쉽게 가서 의료제도에 부담이 가지 않겠느냐고 신기해하지만, 그 말에 수긍하면서도 두 나라의 제도를 몸소 경험해본 나로서는 쉽사리 스위스의 제도가 우월하다고 단언하기가 망설여진다.

병원에서 전화가 왔다. 원래 예정된 시간보다 한 시간 이른 오전 9시 45분으로 수술이 앞당겨졌으니, 두 시간 전인 7시 45분까지 와서 입원 수속을 하라고 알려주는 전화였다. 그러면서 혹시 나보다 수술이 더 급한 응급 환자가 들어올 경우에는 내 차례가 다시 뒤로 밀릴 수 있다는 말까지 친절하게 덧붙인다. 그럴 확률은 적지만 미리 알려드리는 거란다. 그렇지. 빨리 수술을 끝내버리고 싶은 내 마음이 아무리 급해도, 세상에는 나보다 치료가 급한 환자들이 있기 마련이라는 것을 겸허하게 환기시켜주는 말이었다.

십삼 일째

오전 7시 45분. 병원에 도착했다. 입원 수속을 마치고 안내받은 대로 A층 208호실 앞에서 기다렸다. 내 이름을 부르는 소리에 방으로 들어가니 간호사가 내게 몸 상태가 어떤지, 혹시 어지러운지 물었다. 괜찮다고 했더니 칸막이로 나뉜 공간 중 하나로 나를 데리고 들어가 의자에 앉혔다. 그리고 커다란 플라스틱 상자 하나와 입원복을 주면서, 팬티와 입원복만 입고 나머지 옷, 신발, 소지품을 전부 그 상자에 넣으라고 일렀다. 상자 겉면에는 내 이름과 생년월일이 적힌 스티커가 붙어 있었다. 내가 수술실로 들어가면 상자를 플라스틱 보안 실(seal)로 봉해서 입원실로 보내준다고 간호사가 설명했다.

　나는 천천히 옷을 갈아입은 후 모든 물품을 새파란 플라스틱 보관함에 차곡차곡 넣고 의자에 앉았다. 어젯밤부터 금식해서 기운이 없었지만 머리는 맑았다. 잠시 후 간호사가 내 팔에 분홍색과 하얀색으로 된 두 가지 종이 팔찌를 채워주었다. 분홍색 팔찌에는 이름, 성별, 생년월일, 환자등록번호가 적혀 있었고 하얀색 팔찌에는 역시 이름, 생년월일과 함께 수술명이 적혀 있었다. 양쪽 편도 절제, 오른쪽 편도낭종 절제.

휴대폰을 잠시 보다가 상자 안에 넣어버렸다. 눈을 감고 쉬기로 했다. 하늘색 천으로 된 칸막이에 시야가 막혀 가로세로 2미터 정도의 공간 안에 있는 물품 외에는 아무것도 보이지 않았다. 시야가 막히니 내 예민한 귀에 대기실에서 나는 모든 미세한 소리가 더욱더 선명하게 감지됐다. 다른 환자가 기침하는 소리, 누군가가 슬리퍼를 끌고 화장실 가는 소리, 전화기 울리는 소리, 전화 받는 간호사의 신중한 목소리가 귀 안으로 날아들었다. 이 방에 들어온 지 40분이 지났다. 나는 초조해하지 말고 들리는 소리에 호기심을 가져보기로 했다. 이윽고 한 의사가 할머니 환자와 대화하는 소리가 들렸다. 의사는 녹일인이었다. 북부 독일인의 정확하고 빠른 말씨였다. 병세로 고생한 지 몇 년이나 됐느냐는 의사의 질문에 할머니가 답한다.

"채–"(zäh)

"츠바이?"(zwei)

"채–"(zäh)

"츠반치히?"(zwanzig)

모음이 살짝 늘어지는 '채–'는 스위스 독어로 10이라는 뜻이다. 표준 독어로 '첸'(zehn)에 해당한다. 그런데 독일인 의사가 그 말을 못 알아듣고 "2년이요? 20년이요?" 하고 계속 되물은 것이다. 나는 숨죽여 웃었다. 남 얘기가 아니다. 나도 스위스에 처음 왔을 때 저걸 못 알아들어서 가게나 식당에서 종업원이 가격을 말할 때 "얼마요?" 하고 다시 물어봤던 일이 한두 번이 아니다. 저 의사는 스위스로 취업 이민하러 온 지 정말로 얼마 안 된 사람이 분명했다. 결국 간호사 한 명이 듣다못해 쫓아와 "채–는 첸"이라고 해석해주는 소리가 들려왔다.

스위스에는 요즘 독일 출신 의사가 굉장히 많다. 최근에 생긴 현상만도 아니다. 1999년 스위스가 유럽연합과 '인력의 자유로운 이동에 관한 조약'을 체결한 이후 유럽연합 국가의 의사들이 스위스로 다수 유입되었고, 특히 언어 장벽이 없는—비록 언어로 인한 해프닝은 있으나—독일 의사들이 큰 비중을 차지했다. 2019년 통계에 따르면 스위스에서 일하는 의사 총 3만 7,882명 가운데 외국인 의사의 비율이 36.3퍼센트, 즉 3분의 1이 넘었다. 이웃 나라 독일과 오스트리아에서 외국인 의사 비율이 각각 13.5퍼센트와 12퍼센트인 것과 비교했을 때 훨씬 높은 수준이다. 그리고 스위스에서 일하는 외국인 의사 1만 3,751명 중에서 독일인의 비율은 53.4퍼센트로 절반이 넘는다.

외국인 의사들이 스위스로 대거 취업 이민을 온 이유는 무엇보다도 스위스에 의사가 부족했기 때문이다. 1980년대에 스위스 정부가 의대 정원을 제한하는 정책을 채택했던 것이 결정적인 원인이었다. 우수한 학생만 받아 의료 인력의 수준을 높게 유지한다는 것이 명목상의 이유였지만, 실은 대학 교육이 무료인 스위스에서 의사를 육성하려면 큰 비용이 들기 때문에 정원을 제한해 비용을 절감하려는 의도가 있었다. 또한 의사가 많아지면 자기 몫이 적어질 것을 우려한 의사 이익 단체의 로비도 있었다. 다시 말해 정부와 의사 단체의 이익이 맞물려서 도입된 정책이었다. 그러나 그 결정은 단견이었다. 고령 인구가 늘고 꾸준한 이민자 유입으로 스위스 인구가 빠르게 증가하는 등 전반적으로 의료 수요가 크게 늘어나는 바람에 스위스 의사의 숫자만으로는 이 수요를 충족할 수 없게 되었다. 게다가 스위스의 젊은 세대가 장시간 근무를 꺼려서 아예 의사라는 직업을 피하든지, 의대를

나오고도 의사가 되기를 포기하든지, 아니면 의사가 되고도 자
진해서 근무 시간을 줄였다. 이러니 의료계의 인력 부족은 더욱
심해졌다. 이런 상황에서 외국인 의사들은 구세주였다. 이들은
이민자들이 흔히 그렇듯 긴 근무 시간도 마다하지 않고 열심히
일했고, 남들이 일하려고 하지 않는 주말이나 공휴일에 응급실
당직을 자청했다. 봉급 수준이 높은 나라에서 장시간 일하니 그
만큼 보상도 커서 외국인 의사들은 본국에서보다 높은 소득을
올렸고, 스위스는 관료주의도 덜해서 병원 예산이나 환자 1인당
진료 시간 등 진료 관련 의사 결정에서 의사의 재량이 큰 편이라
는 장점도 누릴 수 있었다.

　나도 개인적인 경험을 통해 이 통계를 실감했다. 베른에 살 때
눈병으로 안과에 가니 독일인 의사가 내 눈을 봐주었고, 위장 통
증으로 내과를 찾으니 이란인 의사가 나를 진료했다. 하루는 발
목을 심하게 접질려서 부러진 줄 알고 일요일에 베른 대학병원
응급실에 간 적이 있는데, 응급실을 전담하던 사십 대 후반으로
보이던 전문의는 오스트리아인이었고 그를 보조하던 수련의는
아시아계였다. 그 앳되고 잘생긴 아시아계 수련의는 나를 엄마나
이모 보듯 측은하게 바라보며 발목을 살필 때 행여 깨질세라 유
리 다루듯 살살 건드렸다. 그 모습을 지켜본 남편이 나중에 내게
이르기를, 그가 나를 진찰하고 내게 말을 걸 때 다른 스태프에게
말할 때와 달리 손윗사람을 대하는 아시아인의 자세로 바뀌었
다며 이민 1.5세나 2세가 분명하다고 했다. 외국인 의사도, 외국
인 환자도 많다 보니 이렇게 같은 문화권 출신인 의사와 환자가
마주치는 경우가 종종 생긴다.

　대화 상대가 어떤 문화권 출신이냐에 따라 자세가 바뀌는 것

은 나 역시 마찬가지여서, 남편은 내가 서구인과 이야기할 때와 같은 한국인, 특히 연장자나 사무적으로 만나는 사람들과 대화할 때의 몸자세가 확연히 달라서 신기하다고 말하곤 한다. 이를테면 왼편에 있는 서구인과 이야기하다가 몸을 돌려 오른편에 있는 한국인 연장자에게 한국어로 말할 때면 영어를 쓸 때 자주 사용하던 손동작이 줄어들고, 웃을 때 입을 좀 더 가리고, 꼬았던 다리를 풀고, 편안하게 떨어져 있던 두 무릎이 서로 가까이 붙고, 어깨가 더 굽어진다. 나 같은 이민 1세, 그리고 이민 1세 부모와 한 가족으로 자란 이민 2세까지는 이처럼 서로 다른 문화를 수 분, 수 초 내로 오가며 적응하는 현상이 흔하게 나타날 것으로 짐작된다. 이것은 기력 소모가 많은 스트레스다. 그러나 다문화 상황에서 사회적 상호작용을 부드럽고 매끈하게 이행해 낼 수 있는 것은 이민자들의 강점이기도 하다.

시계를 보니 수술 예정 시간이라던 9시 45분을 한참 넘겨 벌써 10시 30분이 지났다. 간호사가 들어와 앞사람 수술이 예상보다 오래 걸린다며 사과했다. 어제 언급했던 것처럼 응급환자가 들어온 상황은 아니었다. 그러고서 15분쯤 더 기다리니 드디어 내 차례가 되었다. 수술 침대에 누워 있는 동안 간호사 두 명이 나를 챙겨주었다. 한 명은 경험이 많아 보이는 마흔 전후의 독일인 간호사였고, 다른 한 명은 수련 중인 것이 분명한 어린 남아시아계 간호사였다. 독일인 간호사와 나누는 표준 독어에 스위스 독어 억양이 짙게 밴 것으로 미루어 스위스에서 자란 이민 2세나 3세 같았다.

약물과 수액이 들어갈 정맥 주사 바늘을 꽂을 차례였다. 나는 노련한 선배 간호사가 해주기를 바랐건만, 그가 후배 간호사에게 해보라고 지시한다. 의료인을 교육해야 하는 대학병원이니 어쩌겠는가, 연습용 기니피그가 되는 수밖에. 내 손등에 혈관이 울퉁불퉁 잘 튀어나와 있는데도 젊은 간호사가 정맥을 한 번에 못 잡고 잘못 삽입했다. 순식간에 손등에 시퍼렇게 멍이 들었고 꽤 아팠다. 염려한 대로 경험이 부족한 간호사였다. 선배가 옆에서 계속 지시하며 요령을 가르쳐준다. 다행히 같은 손등을 다시 찌르지 않고 이번에는 팔등 혈관을 조준해 주삿바늘을 꽂아 넣었다. 성공이었다. 앳된 간호사가 기뻐하는 모습이 귀여웠다. 팔등은 손등보다 덜 예민해서 통증이나 이물감도 덜했다. 앞으로 사흘간 꽂고 지내야 할 텐데, 그나마 이것도 자그마한 전화위복이었다.

얇은 담요를 덮었지만 맨 어깨가 담요 밖으로 훤히 드러나 으슬으슬했다. 수술실 온도는 균의 증식을 막기 위해 가능한 한 낮게 유지된다. 간호사가 추운지 물었다. 그렇다고 했더니 히터를 켜주겠다고 했다. 그 히터라는 것이 진공청소기를 벽에 부착한 것처럼 생겼는데, 담요의 발 부분을 들어 올리고 벽에 붙어 있던 틈새 청소형 노즐처럼 생긴 막대기를 죽 잡아당기더니 내 양쪽 다리 사이에 끼워준다. 그리로 따스한 바람이 꽤 세게 들어오면서 담요 전체가 풍선처럼 살짝 부풀어올랐다. 전신에 편안한 온기가 퍼졌다. 방 전체의 온도를 올리지 않으면서 환자의 체온만 올려주는 일종의 부분 난방이다.

"이거 집에도 하나 있으면 좋겠네요."

내가 농담했다.

"그죠. 여자들은 역시 몸이 금방 차가워진다니까요."

간호사들이 웃으며 동조했다.

그렇게 누운 상태로 30분을 더 기다렸다. 지루했지만 짜증이 날 만한 기력도 다 떨어져서 그저 심호흡을 하며 마음을 가라앉혔다. 그리고 시간이 되었다. PVC 재질의 마취 마스크가 코와 입을 덮었다. 숨을 들이쉬었다 내쉬었다 하면서, 의식을 잃지 않고 얼마나 더 버틸 수 있나 궁금해하던 것을 마지막으로 나는 정신을 잃었다.

*

회복실에서 정신을 차렸다. 마취가 덜 풀려서인지 통증은 별로 느껴지지 않았다. 대신 목이 칼칼하고 계속 기침이 났다. 회복실 담당 간호사가 얼음주머니를 목에 대주며 상태를 물었다. 그리고 미리 입원 서류에 적어두었던 알베르토의 연락처로 전화해 수술이 끝났다고 알린 뒤 나를 바꾸어주었다. 남편의 목소리를 들으니 반갑고 안심이 되었다. 잠시 후 수술을 집도한 의사가 와서 수술이 잘됐다고 했다. 왜 기도 부근이 아프고 기침이 나는지 물으니 기도에 삽관을 해서 그런 거라고, 시간이 가면 사라진다고 알려준다.

입원실로 이동했다. 내 소지품이 담긴 보관함이 옷장 앞에 놓여 있고, 플라스틱 보안 실은 이미 개봉되어 있었다. 나는 살살 일어나보았다. 어찔했지만 움직일 만했다. 최대한 느릿느릿하게 상자 속에 있던 물품을 옷장으로 옮기고 휴대폰과 태블릿, 그리고 이어폰을 꺼내 침상 옆 탁자에 올려두었다. 그 정도의 움직임만으로도 숨이 차고 녹초가 됐다. 다시 누워 침상의 각도를 조절하는 이런저런 버튼을 눌러보고 몸을 뒤척였다. 얼굴 전체에 소독약을 발랐는지 느낌이 안 좋아서 화장실에 가서 세수를 했다. 아차, 고개를 숙이면 안 되는 모양이었다. 별안간 입안에 비릿하고 뜨뜻한 물이 차는 느낌이 들어 거울을 보니 혀가 새빨갛다. 출혈이었다. 깜짝 놀라 다시 누워 얼음찜질하니 곧 피가 멈췄다.

첫 식사가 나왔다. 여긴 쌀 문화권이 아니므로 여러 온라인 수술 후기에서 보았던 차갑게 식힌 미음까지는 바라지도 않았다. 하지만 적어도 식힌 수프 정도는 나올 줄 알았다. 그런데 뜨거운 크림수프와 함께 버섯 리소토가 나왔다! 리소토도 일종의 쌀죽이랄 수 있겠지만, 갈거나 쌀이 완전히 풀어지도록 푹 익혀 나온 것이 아니라 밥알이 싱딩히 딱딱해서 잘 씹지 않으면 넘기기 어려운, 전통적인 '알덴테'로 나오셨다. 출혈 위험 때문에 뜨거운 것을 먹으면 안 된다고 알고 있는데 심지어 뜨겁기까지 했다. 아니 이럴 거면 아예 와인도 한 잔 주지 그래? 에스프레소도 달란 말이다.

음식이 상온으로 식을 때까지 기다려서 밥알을 두세 알 떠서 입에 넣어봤으나 도저히 먹을 수가 없었다. 리소토가 식으니 밥알갱이가 더 딱딱해졌다. 부드러운 버섯만 골라 깨작깨작 억지로 넘기다 그것도 그만두었다. 함께 나온 커피잔 용량의 크림수프만 좀 떠먹은 뒤, 거의 손도 못 댄 리소토를 식사 담당 직원에게 보여준 뒤 요구르트를 줄 수 있겠느냐고 청했다. 내 해쓱하고 허탈한 표정에 직원이 측은한 얼굴을 하며 딸기 요구르트를 가져다주었다. 내일 아침 식사는 또 뭐가 나와 나를 놀래려나.

십사 일째

아침 식사가 담긴 쟁반에서 가장 먼저 눈에 들어온 것은 커피와 우유였다. 뜨거운 커피와 함께 역시 뜨겁게 데운 우유가, 심지어 보온 용기 두 개에 따로따로 담겨 있었다. 역시 서양이라서 이렇게 수술 후 바로 뜨뜻한 커피를 주는 것인가. 감탄 반, 경악 반의 심정으로 어차피 나온 것, 마셔도 되니까 가져왔을 테니 맛이나 보자는 생각에 둘을 반반 섞어 카페라테를 만들어놓고 식기를 기다렸다. 쟁반 위에는 스위스식 모닝롤 '벡글리'(Weggli) 하나, 딱딱한 크러스트를 잘라낸 회갈색 호밀빵 두 쪽, 그리고 버터와 잼이 놓여 있었다. 벡글리는 — 스위스 독어에서 단어 중간에 'gg'가 들어가면 한국어의 쌍기역처럼 발음하므로 벡글리나 베끌리로 표기하면 원음에 가장 가깝다 — 프랑스어권에서는 프티팽 올레(Petit pain au lait: 작은 우유빵)라고 부른다. 이름 그대로 우유식빵 맛이 나는 흰 모닝빵으로, 부드럽고 맛이 순해서 아이들이나 이가 시원치 않은 노인도 쉽게 먹을 수 있다. 하지만 아무리 부드러워도 지금 내 상태로는 먹는 일이 고역이다. 결국 엄지손톱만 한 크기로 뜯어서 식은 카페라테에 찍어 조금씩 녹여 먹었다.

벡글리는 아무리 봐도 예쁜 아기 엉덩이처럼 생겼다. 빵 반죽 윗면에 일자로 칼집을 깊게 넣어 굽기 때문에 칼집 양쪽으로 빵이 통통하게 부푼다. 내가 이 모닝롤을 농담으로 "애스 브레드"(ass bread)라고 부르기 시작한 지 20년이 지난 지금도 남편은 그 말만 들으면 키득키득 웃는다. 스위스 아동들이 이 빵에다 스틱형 초콜릿을 박아 간식으로 즐겨 먹기 때문에 빵 가게에서는 흔히 브랑슈(branche, 프랑스어로 나뭇가지를 의미한다) 혹은 브랑슐리(branchli, 작은 나뭇가지)라고 부르는 손가락 굵기의 막대기 초콜릿을 함께 판매한다. 이걸 벡글리 중앙에 꽂으면 농담은 더욱 그럴듯하게 완성된다(진땀 삐질 이모티콘). 그나저나 이 모닝빵과 초콜릿의 조합은 에너지바에 견줄 만한 탄수화물 덩어리로 단박에 혈당을 올리는 데 최고다. 특히 갓 구운 벡글리에 다크 초콜릿 스틱을 곁들이면 정말 맛있다. 벡글리는 햄버거빵 대용으로도 제격이어서, 시중에서 따로 파는 햄버거빵보다 훨씬 낫다.

아침 식사가 끝나니 간호사가 와서 혈압과 체온을 재고 몸 상태와 기분이 어떤지 물었다. 한국에서 사 온 비판텐이 침대 곁에 놓여 있는 것을 간호사가 잠시 눈여겨보더니, 저거 비판텐 같이 생겼는데 대체 무슨 언어가 쓰여 있냐고 묻는다. 파란색 색상, 디자인, 튜브의 재질까지 유럽에서 판매하는 비판텐과 똑같아서 알아본 모양이다. 스위스에서도 비판텐은 대중적으로 사용된다. 한국어라고 했더니 반가워했다. 자기가 몇 년 전 영국에서 영어 어학연수를 하던 시절에 한국인 친구를 사귀었는데, 그 친구는 지금 서울로 돌아갔으며 종종 연락한다고 했다.

어제부터 정맥 주사로 몸에 뭐가 들어가나 궁금했던 나는, 이

동형 수액 거치대에 걸린 주사액을 힐끔힐끔 살폈다. 큰 주머니 하나, 작은 주머니 하나가 걸려 있었다. 큰 주머니에는 글자 그대로 '링거'라고 적혀 있었다. 작은 것은 진통제였다. 항생제는 언제 주는지 간호사에게 물으니 주지 않는다고 했다. 감염되기 전에는 미리 쓰지 않는 것이 원칙이란다. 다른 사람들의 수술 후기에서 항생제 부작용으로 속이 안 좋거나 배탈이 났다는 이야기를 흔하게 읽었던지라 항생제를 당연히 쓸 것으로 생각하고 부작용에 대한 마음의 준비까지 했는데 오산이었다. 혹시 감염되면 어쩌나 불안한 마음도 없지 않았지만, 내성이 생기지 않도록 남용을 방지하려는 의도를 충분히 이해할 수 있었다. 의사로 일하는 사촌오빠에게 마침 안부 메시지가 왔길래 그 얘기를 전했다. 금방 답신이 왔다. "항생제를 안 쓰다니 훌륭한 의사들이군."

점심은 잘게 썬 치킨과 마카로니였다. 전혀 부드럽게 넘길 수 없는 음식이었다. 역시 얼마 먹지 못했다. 정말 이렇게밖에는 못 주나 싶었다. 차라리 서구인들이 흔하게 먹는 오트밀죽이나 리코타치즈, 코티지치즈 같은 것을 퍼먹도록 한 통 주면 좋겠다. 그 옆에 놓인 프루트칵테일도 통조림이라서 생과일보다는 부드러웠으나 시큼해서 상처에 닿으니 아팠다. 그냥 빨리 퇴원해서 내가 혼자 알아서 챙겨 먹는 것이 나을 듯했다.

점심을 먹는 동안 옆 침상에 누워 있던 입원실 룸메이트가 내 앞을 지나다가 맛있게 드시라는 인사를 했다. 긴 갈색 머리에 안경을 낀 삼십 대 후반이나 사십 대 초반으로 보이는 여성이었다. 얼굴 한쪽이 많이 부어 있었다. 반가운 마음에 같은 인사를 되돌려주고 괜찮은지 물었다. 그러자 몹시 고통스럽다고, 목에 종양이 있어서 제거했다고 했다.

우리는 둘 다 목이 아팠음에도 외로운 마음에 나지막한 소리로 한참 이야기를 주고받았다. 포르투갈 출신 파울라는 내가 리스본에 며칠 머무른 적이 있다고 하니 반가워했다. 자기 고향은 포르투라면서, 포르투가 리스본보다 훨씬 좋다는 이야기를 덧붙이는 것을 잊지 않았다. 심지어 포르투갈의 명물 에그타르트도 포르투에서 만드는 것이 더 맛있다고 주장했다. 두 버전이 어떻게 다른지 묻자, 포르투 에그타르트는 커스터드 맛이 리스본 것보다 더 부드럽고 농후하다고 했다. 스위스에는 포르투갈 이민자가 많아서 이젠 에그타르트도 꽤 쉽게 찾아볼 수 있다. 여러 해전 베른에 살 때도 포르투갈인 친구가 알려주어서 포르투갈 식품점에서 매주 목요일마다 신선하게 구워내는 에그타르트를 종종 사다 먹곤 했다. 그 기억을 떠올리며 군침을 흘리다가 까칠한 파이 크러스트에 상처가 긁히는 상상을 하니 입맛이 뚝 떨어진다. 아무래도 타르트 종류는 지금부터 최소한 두 주는 무리다.

스위스에 거주하는 포르투갈인은 현재 약 26만 명으로, 이탈리아인 32만 명, 독일인 30만 명에 이어 이민자 규모로 3위를 차지한다. 포르투갈인은 특히 2008년 세계 금융위기가 발생했을 때 대규모로 유입됐다. 파울라도 금융위기로 포르투갈에서 일자리를 잃고서 배우자 및 두 아이와 함께 스위스 장크트모리츠로 삶의 터전을 옮겼다. 지금은 장크트모리츠시 외곽에 있는 한 호텔에서 남편과 함께 일하고 있으며, 역시 취업에 어려움을 겪고 있는 남동생도 불러와 같은 호텔에서 일할 수 있도록 주선했다. 파울라는 휴대폰을 열어 가족사진도 보여주고, 포르투갈에서 이혼하고 혼자 사는 어머니가 장크트모리츠에 놀러 와서 찍은 사진도 보여주었다. 어머니가 무척 젊어 보였다. 십 대 때 파울라를 낳아서 아직 오십 대 초반이라고 했다. 자기가 일하는 호텔 사진도 보여주었다. 나중에 놀러 와 자기를 찾으면 숙박비를 할인해주겠다는 친절한 제안도 잊지 않았다.

파울라는 영어가 유창했으나 독어를 하지 못해 종종 통역이 필요했다. 흥미롭게도 간호사 가운데 포르투갈인이 많았다. 통역이 필요할 때면 이 포르투갈 출신 간호사들이 들어와 도와주었다. 스위스는 의사뿐 아니라 간호사와 기타 돌봄 인력이 전체적으로 부족한 상황인데, 역시나 이민자들이 이를 메꾸어주고 있었다.

식사 담당 직원이 점심을 걷어가며 저녁밥으로 또 치킨이랑 마카로니 먹을래? 아니면 카이저슈마른도 있는데, 너 혹시 그게 뭔지 알아? 하고 묻는다. 나는 눈이 번쩍 떠졌다. 오스트리아에서 알던 그 카이저슈마른? 프란츠 요제프 1세 황제와 엘리자베트 황비가 먹은 그 카이저슈마른 말인가. 달달한 팬케이크를 두툼하고 폭신하게 구워, 프라이팬 위에서 한입 크기로 갈기갈기 찢은 뒤, 그 찢어진 면에 살짝 캐러멜화된 크러스트가 생기도록 좀 더 지지고 가루 설탕을 포슬포슬 뿌려 마무리한다. 거기다 자두잼이나 사과잼을 곁들인다. 이것이 바로 오스트리아 디저트 카이저슈마른이다. 네 알아요, 알아요, 그걸로 주세요. 그렇게 대답한 후 나는 기대에 차서 저녁 시간을 기다렸다. 심지어 캐러멜화된 부분이 수술 부위에 닿으면 아프지 않을까 하는, 전혀 안 해도 되는 염려까지 했다. 정작 나온 것은 허무하게도 카이저슈마른이라고 도저히 부를 수 없는, 오스트리아인들이 봤으면 필시 욕을 퍼부었을 밍밍하고 축축하고 달기만 한 가로세로 1센티미터의 정방형 팬케이크 조각들이었다. 적어도 먹기에 부드럽긴

하다며 스스로를 위로하면서도, 한편으로 오스트리아 사람들에
게 일러바치면 명칭 도용으로 소송 들어가지 않을까 하는 실없
는 생각도 해본다. 그만큼 실망했단 소리다. 하지만 병원 음식에
서 뭘 바라겠는가. 빨리 퇴원이나 하자.

십오 일째

퇴원할 시간이다. 통증이 여전히 심한 파울라는 이틀 더 병원에 있다가 장크트모리츠로 돌아갈 예정이라고 했다. 나는 파울라에게 빠른 회복을 기원하며, 기회가 되면 그가 일하는 호텔에 한번 찾아가겠다는 말과 함께 작별 인사를 했다. 경비원 한 명만 입구를 지키는 일요일 아침에 텅 빈 병원을 빠져나가는 기분이 묘하면서도 작은 안도가 찾아들었다. 별다른 문제 없이 예정대로 퇴원할 수 있어서 감사했다. 마침 서머타임이 시작되는 날이어서 실질적으로 한 시간 일찍 퇴원하는 셈이었다. 싫지 않았다.

진통제 몇 가지를 처방받았다. 일요일에는 병원 약국을 열지 않아서 트램을 타고 중앙역까지 갔다. 이것저것 들어 있어 꽤 무거운 입원 가방을 메고 역내 약국을 찾아가는데 몸이 휘청거렸다. 현기증이 일었다. 가방 무게에 어깨가 눌려 편도를 잘라낸 부위에 당겨지는 느낌이 왔다. 터져 피가 날까 봐 두려웠다. 나는 심호흡하며 최대한 천천히 걸었다. 초보자가 스케이트 타듯 보폭을 짧게 해서 조심조심 미끄러지듯 움직였다. 전신 마취의 부작용인지, 아니면 2박 3일 침대에만 누워 있었던 까닭인지, 다리에 힘이 없고 균형감각이 약해진 느낌이 확연했다. 불과 2박 3일 정도로 이 모양인데 큰 수술로 오래 입원한 사람들은 오죽할까. 몇 년 전 뇌하수체에 생긴 탁구공만 한 종양을 제거하는 수술을 받은 남편은 퇴원하고 두 주 가까이 계단을 오르내릴 때마다 내 어깨를 손으로 꼭 붙들었고, 그때마다 나는 그 손의 온기와 함께 전해지는 몸의 미세한 휘청거림에 가슴이 뭉클하여, 행여 눈물이라도 나올까 봐 딴청을 부리곤 했다.

약사에게 처방전을 건넸다. 목소리를 크게 내면 상처가 아파서 속삭이듯 말해야 했다. 거기다 마스크까지 쓰고, 약사와 나 사이에 투명 유리판까지 있었으니 약사가 내 말을 잘 알아듣기 어려웠을 것이다. 그러나 처방전이 있으니 별다른 설명이 필요 없었다. 약사는 통증을 이해한다는 듯 약을 건네고 빨리 회복하길 바란다고 했다.

처방받은 진통제는 파라세타몰, 투명한 물약, 목에 뿌리는 스프레이, 이렇게 세 가지였다. 파라세타몰은 아세트아미노펜의 또 다른 명칭이다. 여섯 시간마다 1,000밀리그램씩 복용하게 되어 있었다. 투명한 물약의 상표는 노발긴, 즉 메타미졸이다. 검색해보니 강력한 진통 효과가 있기는 한데 부작용이 있어서 한국, 일본, 미국, 캐나다, 호주 등지에서는 판매가 금지되어 있고 독일, 스위스, 오스트리아 등 중부유럽과 동유럽에서는 처방받아 사용할 수 있다. 문득 궁금해서 러시아를 살펴보니 처방전 없이도 약국에서 메타미졸을 살 수 있다고 나온다. 별로 놀랍지 않다. 예전에 러시아에서 눈병이 나서 약국에 갔더니, 스위스에서는 거금의 병원비와 약값을 내고 반드시 처방받아야 쓸 수 있었던 특정 성분의 항생제 눈약을 아무 제재 없이 매우 저렴한 값에 팔고 있어서 놀랐던 기억이 있기 때문이다.

116

노발긴 40방울을 하루에 네 번 복용하라고 되어 있다. 맛을 보니 입원 중에 주던 물약과 똑같은 맛이다. 쓰고 역하기 짝이 없으나 통증을 삭이기 위해 꾸역꾸역 복용한다. 그런데 40방울 맞나? 아주 작은 20밀리리터짜리 병이라서 40방울을 스푼에 덜고 나니 양이 벌써 확 줄었다. 스프레이는 입원 중에 받은 진통 및 소독용 스프레이와 똑같은 상표로 졸지에 두 병이 생겼다. 편도염이나 목감기를 앓을 때 종종 사용하던 성분이어서, 새로 받은 한 병은 뜯지 말고 파키스탄으로 고이 가져가 비상약으로 쓰기로 했다. 이런 생각이 드는 걸 보니 벌써 마음 한구석에서 파키스탄으로 돌아갈 준비를 하기 시작한 듯하다.

집에 오니 좋았다. 비록 임시 숙소이지만, 그래도 병원에 있다가 나오니 이것도 집이라고 마음이 편하다. 따뜻한 샤워를 하고, 편하고 깨끗한 옷으로 갈아입고, 음악을 틀고, 잠시 누워서 쉬다가, 점심으로 플레인 요구르트 작은 것 하나와 유리병에 든 유아용 야채 이유식을 비웠다. 목에 걸리는 게 없으니 살 것 같았다. 저녁으로 먹을 부드러운 계란찜도 기운이 날 때 미리 만들어놓기로 했다. 뜨거우면 먹지 못하므로 미리 만들어 식혀두어야 한다.

문득 꿀물 같은 것이 마시고 싶어졌다. 어린 시절 시골 외가를 찾았다가 갑자기 인후염에 걸린 손녀딸에게 외할아버지는 소중히 간직해둔 꿀을 밥숟가락 하나 가득 입에 넣어주시면서 입에 머금고 천천히 넘기라고 가르쳐주셨다. 벌꿀에 항염증 효과를 내는 성분과 천연 항생물질이 들어 있다는 것을 경험으로 알고 계셨다. 평소에 즐기지도 않는 꿀물이 별안간 생각나는 걸 보니 목이 아픈 감각이 미묘하게 어린 시절의 기억과 연결되면서,

그걸 먹으면 목이 좀 나아지지 않을까 하는 희망을 자극한 모양이다.

꿀은 이제까지 먹어본 것 가운데 러시아에서 맛본 피나무꽃 꿀이 가장 맛있었다. 스위스 알프스 산등성이에서 채집한 유기농 벌꿀, 이런 거 다 소용없다. 스위스 유기농 식품점에서 엄청나게 비싸게 파는 고급스러운 꿀을 몇 종류 맛본 적이 있지만, 러시아 피나무꿀에 비하면 맛과 향기가 밋밋하여 상대가 안 된다. 여기서 포인트는 '피나무'다. 다른 꿀은 러시아도 평범하다. 피나무는 러시아어로 리파(Липа), 독어로는 린덴바움(Lindenbaum)이라고 부르는 나무다. 슈베르트의 연가곡집 <겨울나그네>에 담긴 '보리수'는 바로 이 린덴바움을 오역한 것으로 실은 보리수가 아니라 피나무다. 하지만 음성이 촉발하는 이미지 측면에서 피나무 그늘보다는 보리수 그늘 아래서 단꿈을 볼 확률이 더 높아 보이니 오역이 아니라 현명한 의역이라 하겠다.

내가 처음 접한 피나무 관련 식품은 스위스 슈퍼마켓에서 발견한 피나무꽃 티백이었다. 피나무꽃은 향기가 아주 좋아서, 잘 말려서 꽃잎차로 판다. 다른 지역은 알지 못하니 언급하기 어렵지만, 내가 살거나 자주 왕래했던 스위스, 오스트리아, 독일에서는 피나무꽃 차를 마트에서 쉽게 구할 수 있다. 흡사 재스민과 같은 향내가 나는데, 그보다는 좀 더 순하고 캐모마일보다는 강하다. 카페인이 없고 진정 작용이 있어서 자기 전에 마시면 좋다. 그런데 러시아에 가보니 사방에서 피나무꿀을 팔았다. 러시아에서도 피나무꿀은 다른 꿀보다 비싸서 귀한 손님을 대접하거나 선물용으로 애용한다. 나는 모스크바 도심의 어느 찻잎 가게에서 열린 벌꿀 시식 이벤트에서 이 꿀을 처음 맛보았다. 대여섯 종류

를 먹어보았는데 남편도 나도 이견 없이 피나무꿀을 1등으로 꼽
았다. 이후 러시아에 사는 동안 집 찬장에는 피나무꿀이 늘 끊이
지 않았다.

　하루는 러시아어 선생님 아냐가 우리 집에 들렀다. 나는 아냐
가 좋아하는 홍차와 과자, 설탕 대신 차에 넣을 피나무꿀이 담긴
병을 냈다. 작은 병이었지만 아직 3분의 1 정도 남아 있어서 충분
하겠다고 생각했다. 그런데 갑자기 아냐가 병뚜껑을 열고 찻숟가
락을 넣어 꿀을 한 스푼 뜨더니 홍차에 넣는 것이 아니라 입에 넣
었다. 그리고 병을 아예 손에 들고 퍼먹기 시작했다! 남편과 나는
눈이 휘둥그레져서 "차에 넣지 그러냐"라고 하자 "아, 뭐 그냥 이
렇게 먹으면 된다"라는 오묘한 대답이 되돌아왔다. 우리는 모른
척 더 이상 아무 말도 하지 않았다. 아냐는 병을 깨끗이 비우고
맛있었다며 고맙다고 했다. 그가 돌아간 후, 우리는 인터넷 검색
도 해보고 주변에도 물었다. 직감이 맞았다. 러시아인들이 흔히
꿀을 종지에 담아 후식이나 간식으로 떠먹는 것을 미처 몰랐던
것이다. 꿀은 러시아 음식점의 디저트 메뉴에도 종종 올라가 있
었다. 다시 말해서 아냐는 염치를 모르는 무뢰한이 아니라 우리
가 권한 디저트를 말끔히 비웠던 거다. 꿀이 디저트인 줄 진작에
알았으면 예쁜 그릇에 담아서 줄 걸 그랬다는 생각이 들면서 아
냐를 오해했던 것이 미안해졌다.

　그나저나 이슬라마바드에서 운이 좋으면 집에 앉아 꿀을 채집
할 수 있을지도 모른다. 입주하자마자 발코니 양지바른 구석에
꽤 큰 스타라이트 벤자민 화분 하나를 들여놓았는데 거기에 어
느새 벌집이 달리더니 야금야금 커졌다. 살살 다가가 살펴보니
몸집이 작고 검은 벌들이 다닥다닥 달라붙어 있었다. 혹시 위험

한 종류의 벌인지 주변에 물었다. 일부러 나뭇가지를 붙잡고 흔들어 평온을 어지럽히지 않는 한, 순하고 무해한 꿀벌들이니 그냥 놔두라고 했다. 파키스탄 사람들은 꿀벌이 자기 집에 벌집을 지으면 행운이 찾아올 징조라 하여 일부러 없애지 않는다. 채집 시기인 초여름에 연기를 피워 벌들을 쫓고 벌집을 떼면 약간의 꿀을 얻을 수도 있다. 마지막으로 보았을 때 벌집 크기가 참외만 했다. 이슬라마바드로 돌아가면, 피나무꿀은 아니더라도 행운이 서린 꿀로 목을 달랠 수 있을까.

십육 일째

상처가 여전히 아팠지만 그럭저럭 견딜 만했다. 진통제부터 빨리 털어 넣고 거울을 보니 아직도 두 뺨과 목이 통통 부은 상태다. 허리도 아팠다. 수술 전날을 마지막으로 허리 운동을 하지 못한 지 나흘째다. 게다가 지난 며칠간 병원 침대에서 대부분의 시간을 보낸 까닭에 온몸이 뻣뻣하고 다리도 여전히 힘이 없다. 그러나 퇴원 전에 병원에서 의사가 최소한 두 주는 운동은 물론이고 스트레칭도 하지 말라고 단단히 당부했다. 출혈이 일어날 수 있기 때문이다. 출혈이 있으면 응급실로 뛰어가면 되느냐고 했더니 의사가 정색을 한다.

"절대로 뛰어오시면 안 됩니다. 차 타고 오세요."

"비유였는데요."

1초 후 우리는 둘 다 껄껄 웃었다.

아침 식사로 코티지치즈 약간과 두유 한 잔을 마셨다. 수술할 때 입을 최대한 벌려놓는 바람에 상악과 하악을 연결하는 턱관절 인대가 늘어나서, 수술 직후부터 입을 여닫을 때마다 왼쪽 귀에서 아지작아지작 모래 비비는 소리가 났다. 처음에는 귀지 소리인 줄 알고 면봉으로 제거하려는 허무한 짓을 하다가 이내 그게 원인이 아님을 깨달았다. 턱관절이 바로 귀 옆이어서 소리가 요란하게 들려 괴로웠다. 게다가 목구멍 속을 들여다봐야 하니 시야를 확보하려고 혀를 세게 누르는데 그 부작용 때문인지 미각에 왜곡이 왔다. 모든 것의 맛이 변했다. 평소에 좋아하는 유제품과 두유가 전부 비릿하게 느껴지고 원래의 고소한 맛이 사라졌다. 심지어 커피도 비렸다. 혹시 커피에 문제가 있나 하여 찬장에 보관하던 다른 상표의 새 커피를 개봉해 맛을 봤으나 역시 똑같이 비렸다.

어젯밤에 미리 내려 밤새 식혀둔 비릿한 커피를 냉장고에서 꺼내 마시며 이메일과 휴대폰 메시지를 확인했다. 남편과 부모님, 한국에 있는 절친 은이와 선이, 독일에 사는 앙케와 파울 부부가 여느 해처럼 올해도 잊지 않고 생일 축하 메시지를 보내왔다. 다들 수술 직후에 혼자 생일을 맞은 일을 측은해했다. 나는 염려하지 말라는 내용을 담아 하나씩 답신을 작성했다.

누가 초인종을 눌렀다. 나가 보니 배송 직원은 벌써 사라지고 문 앞에 커다랗고 튼튼한 갈색 종이봉투가 놓여 있다. 갖고 들어와 열어보니 커다란 꽃다발과 프로세코 한 병이 담겨 있다. 파키스탄에 있는 남편이 스위스 현지 주문으로 배달한 선물이었다. 그나저나 프로세코라니. 술은 두 주는 기다려야 마실 수 있을 텐데. 그래도 회복하는 동안에 낙으로 삼고 기다릴 일이 생겨서 즐겁다.

점심은 냉장고에 있던 차가운 연두부를 포장만 벗기고 간장을 살짝 쳐서 먹었다. 식사 후 외출 준비를 했다. 날씨가 청명해서 잠시라도 걷고 싶었다. 몇 블록을 천천히 걸어 마트에 갔다. 채소 판매대에 진열된 완전히 무르익은 아보카도 두 알을 바구니에 넣었다. 그리고 여러 가지 디핑소스가 진열된 냉장 코너에 가서 가지로 만든 바바가누쉬 크림과 후무스를 각각 한 통씩 집어 들었다. 그 이상은 사지 않았다. 어제 무거운 가방을 들고 다닐 때 느꼈던 불편한 감각, 그러니까 편도가 잘려 나간 부위의 상처가 당겨져 터질 것 같은 감각을 또다시 느끼기가 두려웠다. 하지만 기왕 생일인데 어디서 부드러운 케이크 한 조각이라도 사고 싶었다. 그래서 오랜만에 슈프륑글리 제과점으로 향했다. 1836년에 개점한 취리히의 명과 슈프륑글리는 지금은 린트 초콜릿을 제조하는 '린트&슈프륑글리'가 경영하고 있다. 브랜드에 차등을 두어 린트 초콜릿은 대량 생산으로 대중화해 전 세계에 내다 팔고, 슈프륑글리는 취리히 및 스위스의 몇몇 도시에서 고급 제과점 및 카페로 운영한다.

제과점 진열대 앞에서 잠시 망설이다 다크초콜릿 크림이 들어간 트러플 초콜릿케이크를 한 조각 샀다. 조그만 식용 금박 조각이 상단을 장식하고 있어 생일 축하용으로 적합해 보였다. 언제 찾아가도 항상 있는 케이크인데, 마지막으로 먹어본 것이 언제인지 기억도 나지 않았다.

취리히가 고향인 슈프륑글리는 취리히 시민들만큼이나 보수적이어서 메뉴가 잘 안 바뀐다. 특히 케이크와 페이스트리 종류는 내가 이곳을 처음 알게 된 20년 전이나 지금이나 거의 변함이 없다. 다만 샌드위치 등의 식사류는 최근 트렌드를 반영해 예전보다 채식 메뉴가 많이 늘었다. 불과 몇 년 전만 해도 슈프륑글리에서는 찾아볼 수 없었던 아보카도 후무스 샌드위치나 식물성 패티를 넣은 채식 버거 같은 것이 눈에 띄었다. 대신에 내가 2000년대 초부터 즐겨 먹던 품목 하나가 사라졌다. 부드럽게 데

친 녹색 아스파라거스와 얇게 썬 삶은 계란을 마요네즈 바른 호 밀빵에 끼운 샌드위치가 아쉽게도 종적을 감춘 것이다. 스위스 가 아닌 곳에서 지낼 때는 스위스에 갈 때마다 사 먹었고, 베른에 거주할 때도 식사 시간에 기차 탈 일이 생기면 역에 있는 슈프링 글리 베른 지점에서 꼭 이 아스파라거스 샌드위치를 사서 기차 안에서 먹으며 갔던 추억이 있다. 그거야말로 나무랄 데 없는 채 식 메뉴—더 엄밀히 말하면 계란이 들어 있으니 락토 오보 채식 메뉴—였는데 왜 사라졌는지 영문을 알 수 없다. 비용 절감과 관 계가 있을까. 아스파라거스 공급에 차질이 생긴 걸까. 남편도 애 석해한다. 짐작건내 이 품목의 판매 종료를 아쉬워하는 사람은 우리만이 아닐 듯하다. 되돌려놓으라고 떼쓰는 항의 서한이라도 보내볼까.

생일 저녁 식사를 준비한다. 아보카도 하나를 다 먹을 수 있을 것 같지 않아서 절반으로 갈라 반쪽은 랩으로 싸서 냉장고에 넣 었다. 다른 반쪽은 씨를 제거한 다음 큰 스푼으로 살을 살살 도 려내어 씨가 있었던 움푹한 부분이 위를 향하도록 그릇에 올려 놓는다. 그리고 그 오목한 홈을 작은 종지 삼아 바바가누쉬를 소 복하게 올린다. 제법 그럴싸한 모양새다. 바바가누쉬는 자극적이 지 않고 부드러워서 먹을 만하다. 하지만 파키스탄에서 맛보았 던, 현지인이 직접 선보인 홈메이드 바바가누쉬의 불맛은 나지 않는다. 훨훨 타오르는 센 가스 불에 가지를 척 올려놓고, 표면이 골고루 까맣게 타도록 가지 꼭지를 붙잡고 조금씩 돌려가며 속 까지 익도록 오래 굽는다. 번거롭지만 이렇게 해야 으깬 가지에 서 선명하고 매력적인 불맛이 난다. 겉을 태운 가지를 식힌 뒤, 손 으로 쓱쓱 문질러 껍질을 잘 벗기고 살만 남긴다. 여기에 레몬즙,

마늘, 양파, 소금, 후추, 올리브오일 등의 양념을 넣어 으깬다. 중동이라면 타히니라고 부르는 깨 소스를 넣겠지만, 파키스탄에서는 넣지 않는다. 완성된 바바가누쉬는 납작빵과 함께 먹는다.

납작빵에 올린 스모키한 가지 크림이 아니라 아보카도에 올린 밋밋한 가지 크림이어도, 그저 먹을 수 있어서 감사하다. 다른 건 몰라도 생일에 왠지 죽만큼은 먹고 싶지 않았다. 상처가 아프고, 턱관절에서 으지직 소리가 나고, 모든 것이 비릿하더라도, 오늘만큼은 음식다운 음식을 소량이나마 먹어보고 싶었다. 생일 케이크를 먹는 사치도 부려보고 싶었다.

차가운 커피와 함께 트러플 초콜릿케이크를 한 수저 떠먹어보았다. 부드러울 줄 알고 골랐건만 아차, 실수였다. 의외로 점도가 높아서 식감이 거의 떡처럼 쫄깃했고, 아뿔싸, 바닥에는 와플 비스킷이 몰래 한 켜 깔려 있어 바삭하기까지 했다. 길이 10센티미터, 높이 5센티미터, 두께 3센티미터 밖에 안 되는 디저트 한 조각을 기껏해야 3분의 1도 못 먹고 남기고 말았다. 고동색 직육면체 윗면에 위태롭게 부착된 고급스러운 미니 금박에 도달하지도 못한 채 포기해야 했다. 생일을 자축하려는 노력이 이렇게 눈물겨워서야. 차라리 평범하게 스펀지케이크나 아이스크림을 살 걸 그랬다. 뒀다가 내일 먹자. 한쪽 코너가 삐뚜름하게 포크로 잘려나간 케이크를 냉장고에 넣으면서 내일은 양껏 먹을 수 있을지 자신이 없었다. 내쉬는 나의 한숨에 금박 장식이 한가롭게 팔락였다.

십칠 일째

벌써 사흘째 제대로 못 잤다. 통증보다도 숨쉬기가 불편해서다. 수술 후 부이오른 목이 호흡기관에 영향을 미쳐서 누워 있으면 숨이 막혔다. 깨어 있는 동안에는 특정 자세에서 기도가 막히면 본능적으로 몸을 움직였으나 잘 때는 그게 어렵기 때문에 갑자기 숨이 막혀 깨는 일이 수없이 반복되었다. 마침 어제 마취과 의사에게 내 몸 상태를 묻는 전화가 왔었다. 호흡에 장애가 있다고 호소했더니, 그쪽은 자기 전문 분야가 아니므로 이비인후과 의사에게 따로 문의해보라는 말과 함께, 일단 베개를 여러 개 쌓아 머리를 높이 올리고 비염 치료용 스프레이를 사용하면 도움이 될 거라고 조언했다. 그 말대로 해보았으나 증상은 전혀 경감되지 않았다. 어젯밤에는 너무 지친 나머지 갖고 있던 진정제 한 알을 반으로 쪼개 먹기도 했다. 하지만 아무 소용없었다. 통증은 진통제로 조절할 수 있어도, 호흡 장애는 미각 장애나 턱관절 장애 같은 다른 편도 수술 부작용과 마찬가지로 참을성 있게 시간이 흐르기를 기다리는 수밖에 없는 듯했다. 신문이라도 읽으면 잠이 올까 싶어 병원에서 가져온 신문을 읽다가 첫 장부터 마지막 장까지 다 읽고 말았다.

간신히 세 시간 정도 자는 둥 마는 둥 하다가 좀비 상태로 일어나 아침에 찬 우유를 조금 마셨다. 여전히 비린 맛이 났지만, 그래도 스위스 우유의 깔끔하면서도 고소한 맛이 서서히 느껴지는 것을 보니 몸이 조금은 회복된 모양이다. 한때는 스위스 우유가 이제까지 마셔본 우유 중 제일 맛있다고 생각했으나 파키스탄에 가서 생각이 바뀌었다. 파키스탄 우유는 스위스 우유보다 진하고 깊은 감칠맛이 났다. 지방 함량의 차이가 원인인가 싶어 확인해봤지만 스위스 일반 우유의 지방 함량은 제품에 따라 3.5~3.8퍼센트이고 파키스탄에서 내가 늘 사 마시는 우유는 3.6퍼센트이니 큰 차이가 없다. 그런데도 파키스탄 우유는 진한 크림처럼 농후하다.

우유가 그리 맛있으니 우유가 들어간 음료도 더불어 맛있어진다. 덕분에 평소에 커피를 블랙으로 마시던 내가 파키스탄에서는 나도 모르게 자꾸만 우유를 넣는다. 밀크티도 예전에는 그걸 무슨 맛으로 마시나 하고 관심을 두지 않았는데, 파키스탄에서 밀크티를 맛본 후로는 일주일에 한 번은 일부러 찾아 마신다. 우유가 맛있고, 또 파키스탄에서 파는 홍차 잎이 맛있으니 밀크티도 자동으로 맛있어진다.

파키스탄을 비롯해 인도 아대륙 전역에서 널리 마시는 밀크티의 원래 명칭은 '마살라 차이'다. 차이는 중국어 '차'에서 유래한 것이고 마살라는 향신료를 뜻하니, 향신료가 들어간 차라는 뜻이다. 보통은 마살라를 생략하고 그냥 '차이'라고 부른다. 따라서 현지에서 누가 "차이줄까?" 하고 물을 때 "네" 하고 냉큼 답하면 다름 아닌 밀크티가 나온다. 차이는 과자나 케이크 같은 단 음식과 함께 먹을 뿐만 아니라 사모사 튀김이나 병아리콩 샐러드 같은 짭짤한 음식과도 함께 즐긴다. 자주 접하다 보니 어느덧 익숙해지기는 했지만, 밀크티와 짭짤한 음식과의 조합은 아직도 내 입맛에는 이상하게 느껴진다. 식당이나 시장에서 파는 밀크티는 지나치게 달아서 밀크티가 마시고 싶어지면 직접 만든다. 현지인에게 전수받은 레시피를 따르되 설탕은 넣지 않는다. 사실 밀크티 레시피는 꽤 유연하다. 마시는 사람의 기호에 따라서 차, 우유, 설탕의 농도를 얼마든지 조절할 수 있다.

밀크티에는 아삼티나 잉글리시 브렉퍼스트 같은 몰트향이 깊은 홍차가 적합하다. 실론티는 몰트향이 덜하지만, 다른 홍차가 없다면 대용으로 쓸 수 있다. 아주 진한 맛을 원할 때는 한 잔(200~250밀리리터)에 홍차 티백 두 개를 쓰면 되고, 순한 맛을 선호하면 한 잔에 티백 하나를 쓰면 된다. 파키스탄 가정에서는 다들 립톤티를 쓴다. 샛노란 바탕에 빨간색과 흰색으로 선명한 상표명이 박힌 립톤티를 보며 나는 불현듯 추억에 휩싸였다. 어렸을 때 엄마는 이른바 '미제집'에서 종종 립톤티를 사다 드셨다. 초등학교 5학년이나 6학년 때쯤이었을까. 반 친구 몇 명이 집에 놀러 왔을 때 엄마가 립톤티로 홍차를 끓여 예쁜 찻잔에 담아 내준 적이 있다. 정확한 연도나 찾아왔던 친구들이 누구였는지는 가물가물한데도, 희한하게 당시 느꼈던 감정과 감각 몇 가지가 선명하게 기억에 남아 있다. 엄마가 친구들에게 특별하고 맛있는 음료를 품격 있게 대접해주셨다는 점에 대한 흡족함, 벌써 그 나이에 느꼈던 품격에 대한 자각, 홍차를 마시니 어른이 다 된 것 같아 뿌듯했던 느낌, 우유 없이 설탕만 들어간 그때 그 검붉은 홍차의 독특한 몰트향, 달콤하고 따뜻한 액체가 목으로 넘어갈 때 느껴지던 총체적 쾌감이 40년이 지난 지금까지 생생하다.

　요즘 립톤티는 한국에서나 서구에서나 저렴하고 대중적인 이미지가 크고 맛도 평범해서 특별히 사랑받는 처지는 아닌 듯하다. 그러나 파키스탄에서 맛본 립톤티는 달랐다. 오묘하고 복잡한 향미는 내지 못하더라도, 맛있는 밀크티를 만드는 데 필수인 깊은 몰트향은 다른 어떤 고급 아삼 홍차에 뒤지지 않았다. 이렇게 해서 나는 수십 년 만에 다시 립톤티의 매력에 중독되고 말았다. 어렸을 때 마셨던 바로 그 홍차의 향기였다. 한국에 갈 때 엄마에게 티백 100개가 든 파키스탄 립톤티를 한 상자 갖다 드렸더니, 엄마가 남대문에서 구한 립톤티를 찬장에서 꺼내 보여주셨다. 우리는 두 홍차를 동시에 준비해서 맛을 비교했다. 똑같은 립톤 옐로 레이블 홍차인데도 두 홍차는 완전히 다른 차였다. 엄마가 산 립톤티는 '유니레버 러시아'가 케냐산 홍차 잎으로 러시아에서 제조한 것을 '유니레버 코리아'가 수입해 파는 제품이었다. 파키스탄산 립톤티는 풍미가 깊은데 러시아산은 밋밋하고 향이 덜해서 인도 아대륙에서는 도저히 팔리지 않을 상품이었다. 홍차 맛을 비교한 후 부모님께 파키스탄 립톤티로 밀크티를 만들어드렸다.

　밀크티의 맛은 물과 우유의 비율에 따라서도 달라진다. 그 비율은 1:1이 바람직하며, 최대한 양보해도 물이 4일 때 우유가 1이어야 한다. 우유의 비율이 커질수록 깊은 맛이 나기 때문에 물을 안 넣고 우유만으로 진하고 두텁게 끓이면 맛도 있을 뿐 아니라 출출할 때 마시면 한두 시간은 거뜬할 정도로 든든하다. 그다음 재료는 설탕이다. 파키스탄 사람들은 차이에 흰 설탕만 쓰고 꿀 같은 건 넣지 않는다. 냄비에 찻잎을 넣고 끓일 때 설탕도 함께 미리 넣는데, 차 한 잔에 설탕 한 큰술 정도의 비율로 넣는다. 사실 설탕을 전혀 안 넣어도 우유의 유당 때문에 기본적으로 단맛이 은은하게 한 켜 깔리므로 설탕이 싫으면 생략해도 된다. 파키스탄 차이에 들어가는 마지막 재료는 향신료 카다멈이다. 인도 등 다른 지역에서는 계피나 생강, 팔각, 정향 등 다양한 향신료를 넣지만, 파키스탄에서는 카다멈만 넣는 경우가 대부분이다. 때로는 회향씨를 넣기도 한다. 카다멈은 한 잔에 한 개, 회향씨는 한 잔에 한 꼬집 분량으로 넣으면 된다. 카다멈은 껍데기가 살짝 벌어지도록 눌러서 냄비에 넣으면 향기가 잘 우러난다.

실제로 조리하는 방법은 이렇다. 립톤 티백에 붙은 종이 쪼가리를 미리 잘라버린다. 냄비에 우유와 물, 티백, 카다멈, 설탕을 잔 수에 맞추어 넣는다. 끓이는 동안 수증기가 날아가므로 액체를 10~20퍼센트 더 넉넉히 넣어야 나중에 차가 찻잔의 절반밖에 안 되는 유감스러운 사태를 방지할 수 있다. 우유는 끓이면 순식간에 넘치기 때문에 방심하지 말고 지켜보다가 일단 한 번 끓으면 재빨리 약한 불로 줄여야 한다. 이걸 잘 저으면서 7~8분 더 끓인 다음 티백을 건져내고 잔에 따라 마시면 된다. 진한 맛을 원하면 10분을 훌쩍 넘겨도 괜찮다. 향신료는 자연스럽게 냄비 바닥으로 가라앉으므로 잘 따르면 번거롭게 따로 체에 밭칠 필요도 없다. 회향씨는 살살 씹어 먹으면 향기롭고 몸에도 좋은 식재료여서 찻잔에 따라 들어와도 상관없다.

지금은 남아시아인들이 세계 최대의 차 소비 집단이 됐지만, 19세기 이전에는 남아시아에서 차를 재배하지도 일상적으로 마시지도 않았다. 자생하는 고유의 차나무가 있긴 했어도 지역 주민들이 때때로 약초로 썼을 뿐 지금처럼 널리 음용하지는 않았다. 그랬던 곳이 홍차의 메카로 변신한 계기는 역시나 영국의 식민 정책 때문이었다.

  동인도회사는 최대의 차 수출국이던 중국의 차 무역 독점을 우회할 방법을 찾다가 19세기 초 아삼 지역에서 상업적인 차 경작을 개시했다. 차나무 경작에 관한 노하우가 부족한 상태에서 사업을 시작하는 바람에, 영국 식민지에서 생산된 초창기의 찻잎은 재배 역사가 길고 재배 기술이 정교한 중국산 차보다 질이 떨어졌다. 하지만 19세기 중반부터 생산은 지속적으로 증가했고, 차 농장 주인들은 남아도는 저품질 홍차를 팔아줄 소비자층을 식민지 내에서 발굴해야겠다고 마음먹었다. 현지인을 대상으로 펼친 이들의 적극적인 홍보가 이내 효과를 발휘했다. 점차 현지 수요가 늘어나고, 차를 끓여 파는 노점상도 곳곳에 생겨났다. 차에 우유와 설탕과 향신료를 넣어 오늘날의 마살라 차이의 형태로 자리 잡게 된 것도 싸구려 찻잎의 떫고 거친 맛을 부드럽고 달콤하게 변신시키려는 시도에서 비롯되었다. 홍차의 독특한 향미, 우유와 설탕에서 얻는 즉석 열량, 카페인이 주는 각성 효과까지 삼박자가 맞아떨어져 피지배자들은 밀크티에 제대로 중독되고 말았다.

  그로부터 한 세기 넘게 세월이 흐르고 영국의 지배에서 벗어난 지 오래지만, 이들은 오늘도 식민 역사의 어두운 그림자가 한 꺼풀 드리워진 음료를 홀짝이며 고된 하루를 견딘다.

십팔 일째

아침에 극심한 고통 속에 잠에서 깼다. 아세트아미노펜만으로는 도저히 통증이 가라앉지 않았다. 노발긴 진통제는 어제 이미 바닥이 났다. 하루에 40방울씩 네 번 복용하면 8밀리리터가 사라지고, 한 병이 20밀리리터이니 이틀 반이면 동이 난다. 통증이 생각보다 경미하니 강력한 진통제는 더 복용하지 않아도 되지 않을까 희망적으로 생각했던 것이 완전히 오산이었다. 진통제를 먹었기 때문에 덜 아프게 느낀 것이지, 실은 통증이 여전히 심했던 거다. 빨리 약국에 가서 약을 더 받아 와야 한다.

혹시라도 별도의 처방전이 없으면 약국에서 추가로 진통제를 주지 않을까 봐 걱정이 됐다. 지난번에 사용한 처방전의 복사본을 지참하고, 전에 구입한 노발긴 약병이 20밀리리터 용량이었다는 점을 증명하려고 다 쓴 약병도 잘 챙겨서, 퇴원하던 날 방문했던 중앙역 약국을 다시 찾았다. 내가 긴장한 얼굴로 자세히 사정을 설명하니, 약사가 상황을 이해한 듯 옅은 미소를 띠고 염려하지 말라며 나를 안심시켰다. 새로 처방전을 받아 오지 않아도 된다고 했다. 환자가 진통제를 남용할 수 있기 때문에 처음 약을 줄 때는 가장 작은 용량으로 주는 것이 약국의 방침이라고 설명했다. 약사가 다음번 병원 진료 예약이 언제인지 묻고는 그때까지 약국에 다시 올 필요가 없도록 필요한 용량을 계산해서 아예 넉넉하게 50밀리리터짜리 약병 두 개를 주었다. 처음부터 큰 용량으로 줬으면 이 고통을 참고 다시 약국을 찾는 수고를 안 해도 됐을 텐데, 남용 방지를 위한 것이라고 하니 뭐라고 불평할 수도 없다.

별것 아닌 일이었으나 몸이 허약하니 전쟁을 치른 듯 힘이 빠진다. 중앙역 조용한 구석에 있는 돌 벤치에 털썩 주저앉았다. 숙소에서 티스푼을 하나 챙겨 왔다. 숙소에 돌아갈 때까지 통증을 참을 수 있을지 자신이 없었기 때문이다. 그 티스푼을 꺼내 진통제 40방울을 떨어뜨렸다. 약을 삼키고 잠시 쉬었다. 목이 타서 바로 옆에 있는 역내 편의점에서 작은 생수를 한 통 샀다. 생수를 한 모금 마시고 생수병을 물끄러미 바라보다가, 혹시 파키스탄에서 보았던 글귀가 여기에도 박혀 있는지 찾아보았다. 없었다. 파키스탄에서 생수를 담아 파는 페트병이나 유리병에는 예외 없이 이렇게 표기되어 있다. "Crush this bottle after use"(다 쓴 다음 으스러뜨리시오).

왜 그런지 의아했는데, 알고 보니 그럴 만했다. 다 쓴 생수병에 아무 물이나 다시 담아 새 물인 것처럼 속여 파는 경우가 많기 때문이었다. 그런 일을 방지하는 차원에서 페트병은 눌러 찌그러뜨리고 유리병은 깨버리도록 권장하는 표기를 식품안전법으로 규정하고 있었다. 이것은 옆 나라 인도도 마찬가지였다. 이 표기를 목격한 후로는 생수를 살 때마다 병마개가 이미 개봉된 것은 아닌지 한 차례 확인해보는 버릇이 생겼다.

수분을 보충하니 기운이 났다. 나는 역내 지하로 내려가 당근 주스와 바닐라 아이스크림을 샀다. 집에 가서 당근 주스에 올리 브오일을 몇 방울 떨어뜨려 마실 생각이었다. 그러면 당근에 함 유된 베타카로틴의 흡수 효과가 올라간다는 것을 수년 전 독일 슈투트가르트를 여행할 때 우연히 들어갔던 어느 주스 전문점 점원에게 배웠다. 그 점원은 정보를 주고 나서 내가 주문한 당근 주스에 올리브오일을 직접 살짝 따라주었다. 올리브오일로 버무 린 당근 샐러드를 먹는 듯한 은은한 향기가 입안에 퍼지면서 맛 도 좋았다. 올리브오일도 좋지만 호박씨 기름 토핑은 어떨까. 진 하고 고소한 호박씨 기름을 우리가 참기름 소모하듯 샐러드, 메 인 요리, 디저트 할 것 없이 온갖 음식에 뿌려 먹는 오스트리아 사람들이라면 아마 당근 주스에도 호박씨 기름을 떨어뜨려 마 실 것 같다는 생각이 문득 들었다. 오스트리아 사람들은 이 기름 을 심지어 바닐라 아이스크림에도 뿌려 먹는다. 그렇게 아이스 크림과 호박씨 기름이 뒤섞인 감칠맛이 생각보다 느끼하지 않고 꽤 오묘하다. 손님이 원하면 마음껏 토핑으로 쓰라고 카운터에 아예 병째 올려놓은 아이스크림 가게도 빈에서 본 적이 있다. 그 나저나 바닐라 아이스크림을 샀는데 갑자기 호박씨 기름을 쳐서 먹고 싶어진다. 하지만 앞으로 몇 주 머물지 않을 텐데 아이스크 림 한 그릇 때문에 기름 한 병을 사기는 아까울뿐더러 지금 오스 트리아산 호박씨 기름을 찾아다닐 기운이라곤 없다. 호박씨 기 름도 원산지가 여러 곳이어서 스위스에 있을 때는 스위스 것을, 러시아에 있을 때는 러시아산과 슬로바키아에서 수입한 제품을 사다 먹었다. 스위스산과 러시아산은 밋밋하고, 슬로바키아산은 지리적으로 가까워서인지 그나마 오스트리아산과 좀 더 비슷했 으나, 과연 오스트리아 호박씨 기름의 총본산 슈타이어마르크에

서 생산하는 점도 높고 구수한 흑녹색 액체에 감히 비할 바가 아
니었다.

숙소로 돌아오니 옆방에서 쿵작쿵작하는 댄스 음악 소리가
들린다. 이웃 남자가 아직 출근하지 않은 모양이다. 저 양반은 출
근 준비를 하면서 늘 댄스 음악을 틀어놓는다. 벽이 얇아 음악 소
리도 들리고 때로는 전화하는 소리도 들린다. 드나들 때마다 현
관문을 부서져라 세차게 닫아서 나가고 들어오는 시간을 모르려
야 모를 수가 없다. 목소리 또한 우렁차서 매번 복도에서 휴대폰
통화하는 소리가 또렷하게 들린다. 덕분에 저 사람이 독일인이라
는 것을 통화할 때 억양을 듣고 일찌감치 알아챘다. 희한하게도
아직 마주친 적은 없다. 아니다, 어쩌면 딱 한 번 본 것도 같다. 수
술하기 전 마지막 일요일에 외출했다가 숙소로 돌아올 때였다.
트램을 탔는데 두 열 앞 좌석에 키가 아주 큰 남자가 앉아 있었
다. 갈색 장발을 고무줄로 느슨하게 묶어 포니테일이 찰랑거렸고
발치에는 유명 슈퍼마켓 로고가 박힌 종이봉투가 놓여 있었다.
휴대폰으로 뭘 보느라 여념이 없었다. 그는 나와 같은 정거장에
서 내렸고, 긴 다리로 휘적휘적 내가 묵는 숙소 건물을 향해 걸어
가더니 이윽고 건물 입구 속으로 사라졌다. 승강기는 이미 위로
올라갔고, 아래에서 기다리는 내 귀에 이윽고 "쾅" 하고 요란하게
현관문 닫는 소리가 들렸다. 아 저 사람이었구나. 얼마나 박력 있
게 닫았으면 1층에까지 그 소리가 울렸다.

드디어 간신히 통증이 가라앉았다. 혀에 비릿하게 와닿는 바
닐라 아이스크림을, 호박씨 기름 토핑이 실종된 채로 조금씩 입
에 밀어 넣으며 내일은 생필품을 사는 것과는 무관한, 산책만을
위한, 산책다운 산책을 하는 외출을 해야겠다고 다짐했다.

십구 일째

아침에 일어나니 숙소가 으슬으슬했다. 외풍 때문에 쌀쌀한 건
아니었다. 스위스 건물은 문과 장문이 두툼하고 유리창에 틈새
가 없어서 어딜 가도 외풍 차단이 완벽한 편이다. 그러므로 난방
을 심하게 하지 않아도 되고 에너지를 절약할 수 있다는 장점이
있다. 하지만 또 그렇기 때문에 겨울에 실내에서 반소매를 입을
정도로 후끈해질 때까지 불을 때는 일도 드물다. 티셔츠에 스웨
터 한 장 입을 정도의 온도로 난방하는 것이 일반적이다. 그 정
도로 난방하면 충분하다고 여기는 것이 당연할 것 같지만, 내가
1990년대에 처음 경험한 미국은 그렇지 않았다.

　1991년 1월 교환학생으로 생전 처음 미국 땅을 밟은 나는, 역
시 생전 처음 입어보는 초창기 오리털 '잠바'를 ─그때는 패딩이
라는 용어를 쓰지 않았다 ─ 꽁꽁 여미고 하얗게 얼어붙은 캠퍼
스에 도착했다. 기숙사에 입사하자마자 가장 먼저 나를 놀라게
한 것은 실내의 열기였다. 그것은 일종의 문화 충격이었다. 일리
노이주의 1월은 서울의 1월 못지않게, 때로는 그 이상으로 매섭
게 춥고 칼바람이 불었다. 그런데 기숙사 내부는 말 그대로 여름
이었다. 학생들이 일제히 반소매 티셔츠와 반바지 차림으로 돌

아다녔다. 입사해서 처음 며칠 밤은 갈증 때문에 밤중에 잠에서 깼다. 실내 온도가 높아서 심하게 건조했기 때문이다. 겨울옷만 잔뜩 가지고 갔던 나는 구내 매점에서 학교 로고가 박힌 반소매 티셔츠를 급하게 하나 사 입었고, 다른 학생들이 각자 방에 장착한 가습기를 부러운 눈길로 바라보다가 급기야는 수건을 적셔서 매일 밤 자기 전에 방에 걸어놓기도 했다.

반년이 지나 여름이 되자 반대 상황에 봉착했다. 실내가 겨울이었다. 도서관 열람실에 갈 때면 스웨트셔츠나 스웨터를 반드시 챙겨야 했다. 안 그러면 손발이 순식간에 얼었고, 툭하면 감기에 걸리기 일쑤였다. 한번은 여름에 친구와 영화관에 갔다가 중간에 나와버린 적도 있었다. 너무 추워서 견딜 수가 없었기 때문이다. 에너지가 싸고 나라가 부유하니 자원을 펑펑 써대고 있었다. 기후변화가 아직 요즘처럼 자주 거론되지 않던 시절이어서 특별히 그 문제를 인식했던 것은 아니었음에도, 나는 당시 그런 낭비 자체에 큰 의문이 들었다. 어째서 그렇게 냉방과 난방을 극심하게 해야만 하는 건지 이해가 가지 않았다. 그러나 대다수 미국인은 그것을 안락함으로 여겼다. 나는 시간이 흘러 깨달았다. 비록 단편적이기는 해도 내가 겪은 일은, 지난 세월 미국이 어떤 식으로 기후변화에 큰 영향을 미쳤는지를 보여주는 하나의 증거였다는 것을 말이다.

미국이 지금은 기후변화 대응의 선도자인 양하지만, 일상에서의 에너지 낭비벽부터 바로잡아야 미국이 하는 말을 진지하게 받아들일 수 있을 것 같다. 오랫동안 편안함에 길들여진 미국인들이 그 편안함을 포기해야 진정한 변화가 뒤따를 텐데 과연 그럴 준비가 되어 있는지 궁금하다. 여름에 실내에서 스웨터를 입

지 않아도 되고, 겨울에는 실내에서 스웨터를 입어야 되는 온도
가 미국 땅 전역에 정착될 때, 나는 비로소 미국의 기후변화 해결
의지를 믿을 것이다.

*

끓인 물에 오트밀과 소금을 넣고 오트밀이 부드러워질 때까지
몇 분 기다렸다. 거기에 단백질 파우더와 아몬드 버터 한 스푼을
넣고, 어제 마시다 남은 차가운 당근 주스와 약간의 요구르트를
넣어 식혔다. 이렇게 간단히 준비한 창의적인 괴식이 그럭저럭 먹
을 만했다. 이래 봬도 섬유소, 탄수화물, 단백질, 비타민, 무기질,
프로바이오틱이 골고루 담긴 영양식이다ー라고 스스로를 위로
하며 아침 식사를 마친 뒤 슬슬 나갈 준비를 한다. 내일이면 4월
인데 아침 기온이 섭씨 10도에도 못 미친다. 비도 약간 뿌린다. 더
이상 입을 일이 없을 줄 알았던 패딩을 꺼내 입으며 지도를 다시
한번 살핀다. 목적지는 빌라 파툼바이다.

1885년에 세워진 이 저택의 주인은 카를 퓌르흐테고트 그로
프라는 사람이었다. 미들네임이 무려 퓌르흐테고트(Fürchte-
gott), 영어로 'fear god', 즉 '하나님을 두려워 하라'는 뜻이다.
17~19세기 독일어 성명에는 이렇게 신이 끼어든 이름이 많다. 고
트프리트(Gottfried)는 '하나님의 평화'이고 고틀리프(Gottlieb)
는 '하나님의 사랑을 받는'이라는 의미다. 고틀리프 다임러는 신
의 사랑을 듬뿍 받아 내연기관과 자동차 개발의 선구자로 이름
을 드날렸는지도 모른다. 고트힐프(Gotthilf)라는 이름의 의미
는 '하느님이여 도우소서'이다. 독일의 수리논리학자 고틀로프

(Gottlob) 프레게의 이름은 '하느님을 찬양하라'라는 뜻이다.

1830년 취리히에서 빵집 아들로 태어난 그로프는 상업학교에서 경리 교육을 받은 후 이탈리아를 거쳐 1869년에 인도네시아 수마트라로 떠났다. 거기서 스위스인 동업자와 함께 처음에는 향신료 육두구 재배 농장을 운영하다가, 2년 후 담배 농장을 시작했다. 5,000헥타르로 시작한 농장이 수년 내로 다섯 배인 2만 5,000헥타르 규모의 거대한 플랜테이션으로 확장되었고, 고용된 노동자의 수도 4,000명을 넘겼다. 물론 시대가 시대이니만큼 그 일꾼들은 노예나 다름없는 노동 조건에서 착취당했을 것이 뻔하다. 그렇게 번 떼돈으로 나중에 빌라 파툼바 같은 저택을 지을 수 있었던 거다.

스위스는 국가 차원에서는 식민지를 지배하지 않았지만, 강대국들이 17세기부터 세계 각국에 본격적으로 일군 식민지 인프라에 스위스인 개인이나 기업이 슬쩍 끼어 혜택을 본 것이 엄연한 사실이다. 이익을 본 것은 개별적인 사업자만이 아니었다. 중요한 산업 원자재인 천연고무 자원 확보로 화학공업이 발달하고 인도에서 들여온 면 덕분에 섬유공업이 발달하는 등 스위스는 남이 차린 식민 밥상에 숟가락을 얹음으로써 산업 선진국으로 도약할 수 있었다. 한편 무역업이 융성하자 그와 더불어 자연스럽게 보험업과 은행업이 발전하여 스위스를 금융 강국으로 만드는 데 일조했다. 식민국이 아니었다고 해서 스위스가 도덕적인 척할 수 없는 이유는 바로 이런 점 때문이다.

돈을 벌 만큼 번 그로프는 수마트라로 떠난 지 10년 만인 1879년 취리히로 귀환해, 부잣집 딸과 결혼하고 취리히호수와 시내가 잘 내려다보이는 언덕에 토지를 매입했다. 그리고 당시 취리히에서 잘나가던 건축가 듀오 알프레트 치오데라와 테오필 추디—취리히의 전통 깊은 극장 샤우슈필하우스와 장크트모리츠의 5성급 바르루트 팰리스 호텔도 이들의 작품이다—를 고용해 르네상스, 로코코, 스위스 샬레풍, 동남아시아 스타일 인테리어, 영국식 정원이 뒤섞인, 지금 보면 아담한 편이지만 당시 기준으로는 거대하고 화려한 저택을 지었다. 이게 바로 빌라 파툼바다. 폼 나게 집을 짓고 싶은 집주인의 과시욕과 보수적이고 장식적인 스타일을 선호하는 건축가들의 성향이 맞아떨어져서 나온 작품이다. 파툼바는 인도네시아어로 '그리운 곳'이라는 뜻이라는데 집주인이 수마드라에 살던 시절을 그리워했다는 건지, 인도네시아에 있을 때 앞으로 취리히에 지을 가상의 저택을 꿈꾸며 그걸 그리워했다는 뜻인지, 정확한 의미는 알 수 없다. 집주인은 아쉽게도 집이 완공된 지 불과 7년 만에 수마트라에서 얻은 열대병이 도져 62세의 나이로 사망했다.

현재 빌라 파툼바는 1995년에 설립된 파툼바 재단의 소유로 되어 있고, 대지는 공원으로 조성되어 누구나 무료로 드나들 수 있다. 밝은색 목재에 유리를 끼운 저택 현관이 낮에는 열려 있어 안에 들어가 볼 수 있지만, 이 현관은 저택의 전면과 후면, 본채와 별채를 이어주는 통로의 역할을 할 뿐 저택 내부로 직접 들어가는 입구는 아니다. 통로라고는 해도 내부가 독특해서 한번 들어가 구경해볼 만하다. 황갈색으로 마른 담뱃잎을 주렁주렁 매달아 식민지 시절의 모습을 복원해놓았고, 천장에는 겨자색, 주홍색, 초록색 삼색 바탕에 인도네시아 느낌이 나는 섬세한 꽃 그림이 그려져 있어 이국적인 분위기가 물씬 풍긴다. 저택 내부로 들어가는 문은 통로의 좌우에 하나씩 설치되어 있으며, 왼쪽 문은 본채로 오른쪽 문은 별채로 이어진다. 본채로 들어가는 왼쪽 문은 박물관 입구이기도 해서 입장료를 내면 박물관으로 조성된 저택의 일부를 구경할 수 있다.

잘 가꾸어진 영국식 화단 한구석에는 장식적인 주철 지붕이 덮인 유리 정자가 있다. 안에 들어가 보고 싶었으나 굳게 잠겼다. 정자 바로 옆에 놓인 벤치에 젊은 아이 아빠가 유아차를 옆에 두고 책을 읽고 있다. 나는 그 앞을 지나 천천히 정원을 거닌다. 간밤에 비에 젖은 잔디에서 기분 좋은 풀 내음이 진동하고 사방이 밝은 초록빛이다. 수련화가 잔디를 노랗게 수놓고, 나무에는 분홍색 목련이 하나 가득 매달려 있다. 공원 한쪽에는 벚꽃도 창백하게 피어 있다. 아직 쌀쌀한 공기에도 봄기운이 피부에 완연하게 와 닿았다. 내 옆으로 나이 지긋한 여인이 개를 산책시키며 지나가고, 잔디밭 반대편에서는 젊은이 두 명이 담소를 나누며 걸어간다. 산책길 옆으로 하맘이 보였다. 빌라 파툼바 부지는 공원일 뿐만 아니라, 튀르키예식 공중목욕탕 하맘, 목욕용품 같은 소소한 물건을 파는 바자르, 중동 음식점 등을 갖춘 친환경 아파트 단지로도 개발되어 2013년에 완공됐다. 말이 아파트 단지이지, 실은 3~4층 높이의 연립주택에 가깝다. 빌라 파툼바와 공원 녹지를 대부분 오롯이 남겨둔 채, 공원의 북서부 귀퉁이에 한 동, 남서부 귀퉁이에 한 동, 이렇게 두 동을 비대칭적이고 이국적인 느낌으로 예쁘장하고 아담하게 지어놓았다.

식민주의의 유산인 건물을 옆에 낀 채 이슬람 문화를 차용해 상품화하고, 거기에 친환경이라는 말까지 붙여서 고급스러운 오리엔탈리즘 생활권을 만들어놓은 스위스인들의 영리함에 감탄과 짜증이 동시에 밀려온다. 부지를 개방해 누구나 마음껏 드나들며 쉴 수 있게 해놓은 점은 바람직하지만, 내 심경은 복잡하다. 비판적인 자기 성찰이 담긴 안내판이나 팸플릿 한 장 없이, 공짜로 들어올 수 있게 해주는 걸로 속죄하면 된다는 식의 책임지지 않는 태도가 느껴져서이다. 역사적 건축물을 잘 보존하고 공공재로 활용하는 것은 좋지만, 거기에 겸허한 자기 성찰이 실종되면 천박한 문화유산 과시로 변질되기 쉽다. 조지 산타야나가 말한 대로다. 과거를 기억하지 못하는 자들은 과거를 되풀이하기 마련이다.

이십 일째

먹는 것이 시원치 않으니 기력이 많이 떨어졌다. 갱년기 여성 대다수가 체중 증가를 겪는다는데, 나는 반대로 지난 1년 동안 체중이 2킬로그램 넘게 줄었다. 어쩌면 파키스탄으로 이사하면서 이것저것 신경 쓰고 적응하느라 그랬는지도 모르겠다. 신경 쓰이거나 집중할 일이 생기면 밥의 중요도가 급속히 뒤로 밀리면서 식욕을 잃어버린다. 살이 빠진다니 좋을 것 같지만 그렇지 않다. 경험상 체중이 49킬로그램 밑으로 내려가면 기운이 하나도 없어서 일할 기력도 떨어지고 걸을 때 휘청이기 때문에 그 이상을 유지하려고 애쓴다. 한국에서 열심히 먹으면서 간신히 49킬로그램을 넘겨 스위스에 왔는데 수술 후 바지가 헐렁거리다 못해 펄럭이는 것을 보아하니 그 이하로 다시 내려간 것이 틀림없다. 나는 옷장을 뒤져 바지 허리를 조일 혁대를 찾아냈다.

비가 내린다. 오전 기온이 영상 3도를 가리키고 바람까지 심하게 분다. 기상 예보를 보니 하루 종일 비가 내리고 낮 최고 기온이 5도다. 최소한의 체력만 들이면서 알차게 외출할 수 있는 방법을 궁리하다가, 얼핏 길에서 본 프리다 칼로의 작품 세계와 생애를 비디오 아트로 꾸며 전시한다는 안내 포스터가 기억났다. 전시장 한구석에 자리 잡고 앉아 영상을 보면 되니 그다지 힘들지 않을 것 같았다. 전시장에 가려면 트램을 타고 중앙역으로 가서 도시 통근철도 S-반을 타거나 버스를 타고 한 번에 가는 방법이 있었다. 이동 시간은 중앙역에서 S-반을 타는 쪽이 빨랐지만, 갈 아타고 어쩌고 하는 것이 귀찮아서 버스 정차 시간에 맞추어 숙소 근처에 있는 버스정류장으로 나갔다.

버스는 오랜만이었다. 주로 번화가를 다니는 트램과는 달리, 내가 탄 이 버스는 주택가를 가로질렀다. 출근 시간이 이미 지났기 때문에 승객은 몇 사람 없었다. 저 앞에는 검정 후드티를 입고 검정 마스크를 쓴 젊은 여성이 후드를 푹 뉘십어쓴 재로 휴내폰을 들여다보는 중이다. 나는 넋을 잃고 창밖을 내다보았다. 고요하고 정연하고 깔끔한 취리히의 중산층 주택가를 지나쳤다. 나는 과연 노후에 여생을 저 주택가에서 보내게 될까. 아니면 한국으로 돌아가게 될까. 다시 차 안으로 시선을 돌렸다. 후드티 차림의 아까 그 여성이 쓰고 있던 마스크가 어느새 턱 아래로 밀려 내려가 있다. 아니 저 사람이 무슨 생각으로 마스크 규정을 무시하는가. 나는 맨 뒷자리에 앉아 있었고, 문제의 '턱스크' 승객의 자리는 운전기사 근처여서 딱히 전염이 두려운 것은 아니었지만, 남을 생각지 않는 행동에 기분이 상했다.

리히트할레(lichthall). 영어로는 라이트 홀(light hall). 그러니까 '빛의 전당'쯤으로 옮기면 될까. 이 전시장의 명칭이다. 이른바 몰입형 또는 체험형 미디어 아트로 알려진 이머전 아트 전용 전시장이다. 빈센트 반 고흐의 <별이 빛나는 밤>을 소재로 제작된 미디어 아트 작품이 세계 각지에서 히트를 치면서 최근 몇 년 동안 전 세계에서 각광받기 시작한 이머전 아트는 가볍고 부담 없

144

고 소셜미디어 친화적이다. 궁전처럼 고급스러운 건축물 공간에 값비싼 원본 작품을 고이 모셔다 놓고, 한 수 가르쳐주겠으니 와서 배우시라는 느낌으로 방문객을 맞는 전통적인 미술관이 부담스러운 사람들을 공략한다. 전시를 준비하는 측의 입장에서는 전통적인 미술 전시에 비해 비용이 적게 들고 인내심과 집중력이 떨어지는 디지털 세대를 편안한 방식으로 미술의 세계로 이끌 수 있어 유리하다. 관람객 입장에서는 미술에 관심은 있는데 거기에 압도되거나 공부 압박감 따위에 시달리고 싶지 않을 때 이머전 아트가 딱 알맞다. 난 앉아서 구경만 할 테니 날 즐겁게 해봐, 내게 근사한 체험을 시켜줘 봐, 이런 속 편한 자세로 예술을 소비할 수 있다. 수술로 체력이 바닥을 친 내가 이번 전시에 이끌린 것도 그러고 보면 우연이라고 할 수 없다. 집중과 적극적인 지적 호기심을 요구하는 고전적 형태의 미술 전시는 관심만으로는 부족하다. 체력이 받쳐주지 않으면 만족스럽게 즐기기 어렵다. 지금 내 상태는 '내게 근사한 체험을 시켜줘 봐' 모드에 놓여 있다.

거대한 직육면체 전시장 안 이곳저곳에 계단형 좌석이 설치되어 있고, 의자도 드문드문 놓여 있다. 꼭 의자나 계단이 아니더라도 아무 데나 원하는 곳에 주저앉으면 된다. 나는 접이형 의자를 택했다. 관람객이 어디에 자리를 잡아도 영상에서 놓치는 부분이 없도록 내부를 설계했다는 것을 금방 파악할 수 있었다. 전시장의 여섯 면과 전시 공간 한가운데에 놓인 세로로 긴 직육면체 구축물에 영상이 반사되었다. 프리다 칼로의 역을 맡은 성우가 스페인어 억양이 섞인 독일어로 자신의 삶을 시간 순서대로 설명했고, 그 설명에 맞추어 칼로 본인의 사진, 가족사진, 칼로의 작품 이미지가 차례대로 등장했다가 사라졌다. 바람 소리, 기차 소리, 음악 소리 등 이미지에 적절하게 맞춘 음향 효과도 고성능 스피커를 통해 울려 퍼졌다.

칼로의 아버지가 독일인이라는 사실은 이번에 처음 알았다. 스무 살에 멕시코로 이민한 아버지 기예르모 칼로의 원래 이름은 카를 빌헬름 칼로였고—기예르모는 빌헬름을 스페인식으로 표기한 것이다—프리다 칼로도 자기 이름을 내내 독일식인 'Frieda'로 표기하다가 1930년대 말에 독일에서 나치가 부상하자 이름에서 'e'를 삭제하여 독일의 흔적을 지워버렸다. 프리다와 기예르모 부녀가 가까운 사이였다 하니, 이민 2세이며 독일인과 멕시코인의 혼혈인 프리다의 예술 세계에 독일이라는 절반의 뿌리가 어떤 식으로 영향을 미쳤을지 궁금하다.

전시장을 나서니 그새 빗발이 잦아들었다. 돌아올 때는 S-반을 탔다. 오늘따라 열차 안에 마스크를 착용하지 않은 승객이 유난히 많았다. 주로 젊은 남자들이 마스크를 벗었고, 여성과 노인들은 아직 쓰고 있는 사람이 다수였다. 마스크 착용 규칙을 지금까지 착실히 따르던 스위스인들이 갑자기 웬일인가 의아했다. 아무래도 이상한 기분이 들어 휴대폰으로 스위스 뉴스를 확인했더니 4월 1일인 오늘부터 스위스 전역에서 대중교통수단 이용 시 마스크 착용 의무를 해제했다고 나와 있다. 아까 버스에서 본 턱스크 승객도 휴대폰으로 뉴스를 보다가 마스크 착용 의무가 해제된 것을 깨닫고 새롭게 맞은 자유를 시험해봤던 것인지 모른다. 그렇다고 해도 800만 인구의 나라에서 하루 확진자가 아직 매일 2만 명이 넘는데 마스크 의무 착용 지침을 이렇게 풀어버리다니, 이거야말로 만우절 농담이 아닐까 싶었다.

중앙역에 도착해 반호프슈트라세를 따라 잠시 걸었다. 스와치 상점을 지나는데 진열대에 놓인 시계 하나가 눈에 들어온다. 프리다 칼로를 모티프로 하는 시계였다! 스위스의 영리한 시계 장사꾼과 전시 장사꾼들이 벌써 협업하여 신상품을 내놓은 모양이었다. 스와치는 전시회 덕분에 시계가 팔리니 좋고, 리히트할레 전시장은 스와치 덕분에 전시회 광고가 되니 좋다. 비판적인 시각으로 째려보는 중에도 예뻐서 사고 싶은 마음이 들게 만드니 스위스 상술은 역시 대단하다.

봄비는 반호프슈트라세를 벗어나 옆길로 들어섰다. 코너를 한 번 돌았을 뿐인데 고요함이 깃들었다. 한적함을 즐기며 얼마간 멍하니 걷다가 적막을 깨는 갑작스러운 고성에 정신이 번쩍 들었다. 저 앞에서 젊은 남자가 혼자 고래고래 소리를 지르고 있었다. 목청은 엄청나게 컸지만 지나가는 사람을 공격하려는 것 같지는 않았다. 스위스 도시에서 길을 걷다 보면 이따금 이렇게 정신이 건강치 않은 사람들과 마주친다. 이들은 대체로 자기만의 세계에 침잠한 채 평화로운 편이고, 타인의 신체에 위협을 가하는 일은 드물다.

빠른 걸음으로 그를 지나치면서 곁눈으로 그의 움직임을 관찰하다가, 문득 워싱턴DC에서 생활하던 시절이 떠올랐다. 워싱턴DC에서는 이런 식으로 주변을 살피며 빨리 걷는 것이 일상이었다. 워낙 범죄율이 높은 도시여서 조금만 방심하면 길에서 강도를 당할 수 있기 때문이다. 걸을 때뿐만 아니라 차를 몰고 다닐 때도 조심해야 해서, 워싱턴에 처음 정착하면 우범 지역인 남동 지구에서는 도로에 빨간 신호등이 켜져도 정지하지 말고 지나가라고 조언받는다. 운이 없으면 잠깐 정지한 사이에 총기를 휘두르는 강도범에게 당할 수 있기 때문이다.

워싱턴은 북서, 북동, 남서, 남동, 이렇게 네 개 지구로 나뉘는데, 그중 남동 지구가 가장 험악한 범죄 다발 지역이고, 북서 지구가 가장 부유하고 안전하다. 그런 북서 지구에서조차 노상강도 사건이 드물지 않아서 내 앞, 뒤, 양옆으로 누가 걸어가고 있는지 항상 주변을 살펴야 하는 것은 상식이었다. 한 단계 더 확실한 방법은 주변에서 움직이는 타인들의 얼굴을 일부러 똑바로 쳐다보고 '내가 너를 보았다'고 눈도장을 찍는 거였다. 나는 이것을 호신술 강좌에서 배웠다. 노상 강도범이나 강간범은 상대가 의식하지 못하는 사이에 기습하는 편을 선호하기 때문에 누가 이미 자기 얼굴을 보았다고 생각하면 그 사람은 사냥감으로 잘 노리지 않는다고 강사가 설명했다. 그렇다. 생각해보니 호신술 강좌까지 들었다. 토요일마다 네 시간, 5주 동안 이어진 프로그램이었다. 그러니까 기본 호신술을 배우고 강의를 듣는 데 스무 시간을 쓴 것이다. 그만큼 미국에서 생활할 때 안전을 염려하며 긴장했었다는 뜻이다.

호신술 강좌에서 제일 먼저 연습시킨 것은 목소리를 내는 일이었다. 수많은 여성이 위협적인 상황을 만났을 때 주눅이 들어 목소리도 크게 못 내고 비명마저 제대로 지르지 못한다고 강사는 설명했다. 당시 강좌에 등록한 학생들은 전원 여성이었다. 강사가 수강생들에게 돌아가면서 한 명씩 "악!" 하고 큰 소리를 질러보라고 하는데, 아무런 위험에도 노출되지 않은 안전한 강의실에서조차 나를 포함해 수강생 대다수가 시원하게 소리를 내지르지 못했다. 씩씩한 편인 젊은 미국 여성들도 의외로 소극적이었다. 우리는 소리 지르는 연습부터 실컷 한 다음, 실제 상황을 연기하면서 공격자가 다가올 때 "꺼져!", "도와주세요!" 하고 소리치는 연습을 했다. 마치 성악 연습이라도 하듯, 목이 아니라 복부에서 소리가 나오게 해야 울림이 크고 멀리 전달된다는 조언도 들었다. 범인들은 여성 피해자가 큰 소리를 낼 것으로 예상하지 못하기 때문에 운이 좋으면 소리치는 것만으로도 범인이 달아날 수 있다고 했다. 첫날은 그 연습만으로도 진이 빠졌다.

내가 워싱턴에서 공부하던 시절은 워싱턴 일대에서 무차별 연쇄 저격 사건이 일어났던 시기와 겹친다. 2002년 10월 2일 첫 희생자가 발생한 후 10월 24일 범인들이 체포되기까지 열세 건의 저격 사건에 열 명이 숨지고 세 명이 다쳤다. 범인은 전직 군인과 그의 양아들이었다. 이들은 차 안에 엎드린 채로 사람들을 저격할 수 있도록 승용차 뒷좌석과 트렁크를 개조하고 차 뒷부분에 구멍을 뚫어 그리로 총을 쏘았다. 언제 어디서 총을 맞을지 모른다는 공포가 도시를 잠식했고, 나 또한 숙소와 강의실을 오갈 때 가능한 빠른 걸음으로 걸으면서 주변을 살폈다.

총격에는 호신술이 먹히지 않으니 밖에 나다니는 일을 최소한으로 줄이는 수밖에 없었다. 다들 똑같이 생각했는지 무차별 저격이 벌어지던 3주 동안 거리가 눈에 띄게 한산했다. 그럼에도 나는 친구와 둘이 워싱턴 교외에 있는 쇼핑몰에 가는 무모한 짓을 하기도 했는데 주차장도 쇼핑몰도 완전히 텅 비어 괴괴하기 짝이 없었다. 뭘 사려고 갔다기보다는 그런 분위기를 목격하는 신기함을 탐하여 갔었던 것 같다. 쇼핑몰 사랑이 남다른 미국인들이 온데간데없이 싹 사라져 텅 비어버린 몰의 모습은, 아마도 이번에 코로나바이러스 사태가 발생하기 전까지는 쉽게 볼 수 있는 장면이 아니었을 것이다.

　미국인들은 왜 큰 비용을 지불하고 범죄, 총기, 공포와 일상을 함께 살아가는 선택을 하는지, 나는 지금도 종종 혼란스럽다. 미국에 범죄가 많은 주요 요인 하나는 극심한 소득 불평등이다. 미국에선 1980년대 이후 40여 년 동안 상위 1퍼센트의 연 소득은 두 배로 증가한 반면, 같은 기간 하위 50퍼센트의 소득은 늘어나지 않았다. 2021년 미국 상위 1퍼센트가 나라 전체 부의 3분의 1을 차지했으나, 하위 50퍼센트의 부 점유율은 2.6퍼센트에 불과했다. OECD 국가 중에 빈부 차가 가장 극심하다. 조세 제도는 부자와 기업에 유리하게 운영됐고, 최저임금제와 노조는 약화됐으며, 교육 접근권도 불평등해서 격차가 빠른 속도로 확대됐다. 열심히 일해도 소득이 최저 생계비에 미달하고, 빈곤으로 삶이 막막해지면 때로는 절박한 선택을 하기도 한다. 갱에 입단하면 갱단이 생계를 해결해주고 유대감과 소속감까지 제공해주니 유혹을 느낀다. 미국 같은 돈 많은 나라가 극심한 빈부 격차를 왜 못 줄이느냐는 의문이 들지만, 그게 쉽지 않다. 불평등을 해소하려면 정부가 조세, 복지, 교육, 사회, 금융정책 등에 다각적으로 개입해야 하는데 미국인들은 정부의 개입이라면 진저리를 치며 알레르기 반응을 보인다. 그래서 정책과 사회적 합의로 해소될 문제를 안 고치고 매일매일을 불안하게 산다. 말하자면 자초한 일이다. 2004년 미국을 떠난 이후로 나는 전후좌우를 살피는 버릇을 서서히 잃어버렸다. 미국 이후에 살았던 그 어떤 나라도 거리가 미국처럼 살벌하지 않았기 때문이다. 다만 오늘처럼 드물게 길에서 평소와 다른, 일종의 위험 신호로 간주되는 상황에 접할 때, 옛날 워싱턴 호신술 강좌에서 배웠던 내용들이 불현듯 머릿속에서 되살아나면서 반사작용처럼 신체적인 반응을 일으킨

다. 이런 몸의 기억이 신기하기도 하고, 또 내게 이런 훈련을 시켜
준 미국을 생각하면 마음이 여러모로 복잡해진다.

151

이십일 일째

4월인데 함박눈이 펑펑 내린다. 오늘 최저 기온 영하 2도, 최고 기온 0도. 날이 쌀쌀하고 목이 아프니 오늘따라 따뜻한 죽 생각이 난다. 죽을 먹고 싶으면 꼭 한국식 쌀이 아니더라도 요즘 스위스의 아무 가게에서나 구할 수 있는 풀풀 날아다니는 동남아시아 쌀이라도 사서 푹 끓이면 될 텐데 그게 귀찮다. 전기밥솥이 없으니 냄비에 끓여야 하는데 몸이 불편하니 불을 지피고 그 앞에 서서 음식이 익는 것을 조심스럽게 지켜봐야 하는 간단한 노동조차 고역이다. 그래서 자꾸만 요구르트나 사과 무스 아니면 물컹한 야채가 든 통조림만 따서 먹고 있다.

추운 날 죽 생각을 자꾸 하다 보니 문득 일본에서 정월에 먹는 야채죽, 나나쿠사가유(七草がゆ)가 떠오른다. 사실 오늘 취리히의 기온이나, 도쿄의 1월 기온이나 별반 차이도 없어서 따끈한 야채죽 먹기에 딱 알맞은 날씨다. 일본 사람들은 매년 1월 7일에 일곱 종류(七)의 야채(草)를 넣은 죽(粥), 즉 칠초죽을 먹으며 병치레 안 하는 건강한 한 해를 기원한다. 이 관습은 연말연시에 과식해서 피로한 위를 달래는 의미도 있고, 겨울 동안 부족했던 야채의 섭취를 보충하고자 하는 뜻도 있다. 헤이안 시대에는 죽에

152

야채가 아니고 일곱 가지 곡물을 넣었는데, 이후 점차 야채를 넣는 습관이 생기고, 지역별로 구할 수 있는 야채가 다른 연유로 집어넣는 야채도 지역에 따라 달랐다고 한다. 그러다 에도 시대로 오면서 일곱 가지 야채를 넣는 관습이 정착했다. 지금은 나나쿠사가유에 미나리, 냉이, 쑥, 별꽃, 광대나물, 그리고 순무와 무가 들어간다. 전통적으로 일본 죽은 물 분량이 많아서 묽고, 특정 시기에만 채소를 넣지 보통은 별다른 재료가 들어가지 않지만, 내가 일본에 머물던 무렵에 여러 가지 다양한 재료를 넣은 죽이 유행하기 시작했다. 여기에 일조한 것이 한국식 죽의 유행이었다. 심지어 텔레비전 방송에서 "올해는 색다르게 한국식 오카유(죽)가 어떻습니까" 하면서 도쿄 몇 군데에 진출한 한국 죽집 '본죽'을 소개하기도 했다.

그러거나 말거나 나는 지금 오히려 다른 어느 재료보다도 칠초죽에 들어가는 미나리, 냉이, 쑥 향기가 갑자기 너무나도 그리워진다(별꽃이나 광대나물 맛은 알지 못하니 그립고 말고 할 것이 없다). 그 향기로운 풀들을 잘게 채 썰거나 갈아 넣어 끓인 하얗고 부드러운 죽이 눈에 아른거린다. 그러나 죽을 끓일 정력을 어디서 쥐어짜낸다고 하더라도 취리히에서 미나리, 냉이, 쑥을 구할 방법을 알지 못한다. 무는 어찌어찌 구할 수 있을지 모르겠지만, 무죽을 먹고 싶은 마음은 전혀 없으니 결국 오늘도 나는 요구르트나 과일 무스를 퍼먹든지 아니면 물컹한 채소가 담긴 통조림을 따야 할 형편이다.

나의 게으름이 선정한 오늘의 물컹한 채소는 렌즈콩이다. 치킨스톡 큐브를 물에 넣고 끓여 식힌 뒤, 렌즈콩 통조림을 따서 미지근한 수프에 빠뜨렸다. 통조림 렌즈콩이 꽤 부드러운 편인데도

153

상처에 닿을 때마다 아파서 못 넘기고 끙끙대다가, 문득 오늘 밤부터 라마단이 시작된다는 것이 생각났다.

라마단은 이슬람교에서 쓰는 태음력에서 아홉 번째 달을 가리키는 말이다. 따라서 현재 전 세계에 통용되는 그레고리력으로는 매년 달라진다. 더 정확히 말하면, 매년 조금씩 더 빨리 찾아온다. 이 기간에 무슬림들은 해가 떠서 질 때까지 금식하며 정신을 가다듬고 무슬림으로서의 정체성을 재확인한다.

라마단 단식 기간에는 물도 마시지 못한다. 라마단이 겨울철에 돌아오면 해가 짧고 조갈이 덜 나서 견디기가 조금 수월하지만, 여름철에 돌아올 경우에는 파키스탄처럼 여름 낮 기온이 40도가 넘는 곳에서 일출에서 일몰까지 물 한 모금 못 마시니, 고통스러울 뿐만 아니라 탈수 현상을 겪을 수 있어 위험하기까지 하다. 아직 4월이지만 이슬라마바드는 이미 낮 최고 기온이 30도를 넘어섰다. 이런 상황에서 최선의 자구책은 몸을 덜 움직이는 것이다. 사람들의 걸음이 느려지고, 말이 줄고, 허기와 목마름을 잊기 위해 쉬거나 낮잠을 청한다. 근무 시간도 짧아지고 전반적으로 경제 활동이 둔화한다. 사무 업무는 물론이고 제조업이나 특히 건설 현장처럼 신체를 많이 쓰는 산업 분야에서는 라마단 기간에 진척을 기대하기 어렵다.

단식 규정에는 예외가 있다. 생리 중이거나 출산 후 오로 배출이 있는 여성은 아예 단식하지 못하게 되어 있다. 임신 또는 수유 중인 여성, 병이 있는 환자, 여행 중인 자, 병약한 노인은 예외적으로 단식하지 않는 것이 허락된다. 그리고 이렇게 예외로 단식하지 않았을 경우에는 그 예외 사유가 사라졌을 때, 그러니까 임신과 수유가 끝났거나 병이 완쾌했거나 여행에서 귀가했을 때,

단식하지 않은 날만큼 별도로 단식을 이행하여 보충하는 것이 원칙이다. 회복이 불가능한 병에 걸린 환자나 몸이 약한 고령자처럼 예외 사유가 사라지지 않는 경우에는 빈민을 위해 일정한 금액을 헌금하여 보상하게 되어 있다.

사춘기에 도달하지 않은 아동 역시 단식하지 않아도 된다. 하지만 현지인들 말로는 부모의 단식에 관심을 보이며 함께 참여하고 싶어 하는 아이들이 많다고 한다. 그러면 부모는 할 수 있는 만큼 해보라고 동참하게 하거나 아직 이르다고 생각하면 만류한다. 이슬라마바드 출신 운전기사 자후르는 열세 살 된 딸이 금식하고 싶어 하는데 너무 비쩍 마른 체형이어서 건강을 해칠까 봐 못 하게 했다는 얘기를 들려준 적이 있다. 열한 살짜리 아들에겐 정 원하면 며칠만 해보라고 허락했단다. 아이들도 이런 식으로 어려서부터 금식에 서서히 익숙해진다.

자후르는 음식보다도 금식 시간에 담배를 못 피우는 게 더 힘들다고 털어놓은 적도 있다. 흡연도 금지되기 때문이다. 담배뿐만 아니라 음악을 듣는 일도 금지된다. 입이 단식하니 귀도 단식해야 한다는 논리다. 내 짧은 생각으로는 좋아하는 음악이라도 들으면 허기를 잊을 것 같은데, 핵심은 허기를 잊는 것이 아니라 모든 종류의 쾌락이 결핍된 상태를 만들고 겸허한 마음으로 그 안에 푹 잠겨서 삶의 의미를 생각해보는 데 있다. 한 파키스탄 지인이 내게 말했다. "배고프다고 짜증 내고 다른 사람을 나쁘게 생각하거나 욕하는 행동을 한다면 라마단 금식을 수행하는 의미가 없습니다. 라마단 기간에는 마음을 잘 다스리고 평화롭게 유지하는 것이 과제이고 의무입니다."

그런 의의를 수긍하고 염두에 둔다고 하더라도 극단적으로 느껴지는 부분이 없지 않았다. 어떤 사람들은 혹시라도 치약 성분이 위장으로 흘러 들어갈까 봐 금식할 때 이도 닦지 않는다. 단식하면 침 분비가 원활히 안 되고, 더구나 물까지 안 마시면 입안에서 증식하는 박테리아가 침과 물에 의해 자연스럽게 씻겨 내려가지 않아 입 냄새가 심해진다. 그런데 열두 시간 넘게 치아마저 닦지 않으면 그게 과연 현명한 일일지 의심스럽다. 더 염려되는 것은 타인의 안전을 책임지고서 고도의 집중이 요구되는 정밀한 일을 수행하는 사람들이 금식하는 경우다. 금식 중인 비행기 조종사가 조종하는 비행기를 나는 과연 기꺼운 마음으로 탈 수 있을까. 금식 중인 신경외과 의사가 집도하는 뇌수술에 안심하고 내 몸을 맡길 수 있을까.

또 한 가지 냉소를 자아내는 현실은, 이도 안 닦을 정도로 금식 규정을 엄격하게 실천하는 것은 주로 서민들이고 교육 수준 높은 엘리트 계급일수록 금식을 제대로 지키지 않는다는 점이다. 내가 아는 사십 대 초반의 영국 유학파 파키스탄 남성은 자기는 라마단 금식을 아예 하지 않는다고 공공연히 밝혔고, 남편이 만나본 한 파키스탄 정부 고위 관료는 금식하면 도저히 제대로 일할 수 없어서 남들이 보지 않는 곳에서 조심스럽게 식사와 흡연을 한다고 담담히 말했다. 계급에 따라 잣대가 달라지는 건 종교 규율도 예외가 아니다.

단식하면 사람들이 마르고 우울해질 것 같지만 꼭 그렇지는 않다. 인간은 어디서 결핍이 생기면 다른 방식으로 부족한 부분을 보충하는 데 능통한 동물이다. 때로는 결핍을 필요 이상으로 보충해서 문제다. 라마단 단식도 마찬가지여서 해가 지고 금식이 해제되면 엄청난 고칼로리 음식을 섭취한 뒤 소화도 되기 전에 취침하고, 다시 동트기 전 3시쯤 기상해서 금식이 시작되기 전에 고칼로리 아침 식사를 한다. 그래서 라마단 기간에 오히려 하루 평균 음식 섭취량이 늘고, 그와 함께 체중이 느는 사람이 적지 않다. 라마단 기간에는 사람들 기분도 좋은 편이다. 음식을 한참 먹지 않다가 먹으면 후각과 미각이 예민해져서 맛과 향기가 더 강렬하게 감지되는 법이다. 허기진 상태에서 맛있고 향긋한 음식을 먹고 에너지가 치솟는 느낌을 받는 경험은 희열에 가까운 행복감을 가져다준다.

거의 열다섯 시간을 금식하다 음식을 먹으니 기운도 펄펄 난다. 그래서 밤 9시가 넘으면 낮에 그리도 조용하던 거리가 시끌시끌해진다. 특히 젊은이들은 부른 배를 두드리며 밖에 나와 쌩쌩 오토바이를 타고 선선한 밤공기를 즐기거나 친구들과 모여 떠들며 논다. 꾹 닫혀 있던 식당이 열리면서 실내외 좌석이 꽉꽉 들어차고, 하하 호호 웃음소리가 울려 퍼진다. 먹고 떠드니 행복하다. 이 행복은 낮 동안의 결핍 때문에 배가된다.

일몰 기도 후 음식 섭취가 허락되면, 전통적으로 무슬림들은 말린 대추야자 열매를 먼저 한두 알 먹고 물로 목을 축인다. 대추야자 열매는 당분, 철분, 칼륨이 많이 함유되어 있어서 즉석에서 기운을 차리게 해주는 연료 역할을 한다. 금식 후 처음 마시는 물에 레몬즙을 섞어 비타민을 보충하기도 한다. 자후르의 경우는 대추야자 열매와 물을 섭취한 후 저녁 먹기 전에 일단 담배부터 태운다. 분명 꿀맛일 것이다.

라마단 기간에는 저녁 식사로 튀긴 음식이 인기다. 사모사(سموسا)를 튀겨 먹고, 닭튀김을 해 먹고, 감자, 가지, 양파 등 다양한 채소를 채 썬 것에 병아리콩 가루로 반죽한 튀김옷을 입혀 만드는 야채 튀김 '파코라'(پکوڑا)도 라마단 저녁상에 자주 오른다. 몬순기인 7~8월을 제외하면 도무지 비가 안 내리는 건조한 이슬라마바드에서, 어쩌다가 날씨가 끄물거리고 비라도 내리면 이 얼마나 낭만적인 날이냐며 너도나도 길거리로 쏟아져 나와 파코라를 사 먹거나 집에서 튀겨 먹는다고 해서 웃었던 기억이 있다. 날이 끄물끄물하면 빈대떡이나 파전이 먹고 싶어지는 한국인의 정서와 유사하기 때문이다. 굵은 강판에 갈거나 잘게 채 썬 무에 고수와 각종 양념을 넣고, 발효하지 않은 통밀가루를 즉석에서 반죽해 넓게 편 것 두 장 사이에 끼워 프라이팬에 구운 납작빵 '물리 파라타'나 '물리 차파티'도 펀자브 지방에서 사랑받는 음식이다. '물리'(مولی)는 무를 뜻하며, 반죽에 녹인 버터가 켜켜이 들어간 기름진 납작빵은 '파라타'(پراٹھا), 안 들어간 담백한 납작빵은 '차파티'(چپاتی)라고 부른다. 우리가 잘 아는 '난'(نان)은 이스트를 넣어 부풀린 것이어서 이스트가 안 들어가는 파라타나 차파티와 구별된다.

현지인 말로는 남자들은 주로 고기와 튀긴 음식을 탐하고, 여자들은 저녁과 새벽 아침 식사 준비에 파김치가 되고 자신들이 조리한 음식 냄새에 질려 식욕을 잃고 과일 주스와 달달한 간식을 탐한다고 했다. 그렇다. 남자들은 여자들이 차린 밥을 먹을 뿐이지만, 여자들은 똑같이 금식하면서도 남자들보다 새벽에 한두 시간 일찍 일어나 음식을 준비해야 한다. 늦은 저녁 식사 후 몇 시간 못 자고 다시 새벽 2시쯤 기상해 온 가족이 낮 동안의 단식을 견딜 수 있을 만큼 묵직하고 든든한 아침 식사를 차린다. 내게 그 얘기를 해준 지인은 파키스탄에 드문, 혼자 씩씩하게 돈 벌며 사는 사십 대 비혼 여성이었다. 자기는 다른 동년배 기혼 여성과는 달리 아침밥을 준비하지 않고 더 푹 잘 수 있다, 그 이점을 활용하지 않는 것은 미련한 일 아니겠냐면서, 금식이 시작되는 일출 직전의 첫 기도 시간 10분 전에 알람을 맞춰 놓고 일어나 물만 충분히 마시고 기도한 후에 다시 잔다고 했다. 숙면과 아침 식사 중 기꺼이 숙면을 택하겠노라고 했다. 세계 각지에서 삶의 수많은 것이 그렇듯, 라마단 역시 여자들에게 더 힘들다.

라마단이 끝나면 '이드 울 피트르'(Eid ul-Fitr) 축제가 시작된다. '이드'는 축제를, '울 피트르'는 금식을 멈추는 일을 뜻하니 말 그대로 '금식이 끝난 것을 축하하는 축제'다. 파키스탄에서는 사흘간 공휴일이다. 이때 사람들은 서로 "이드 무바라크"(Eid Mubarak)라는 축하의 말을 주고받는다. 무바라크는 '축복받은'이라는 뜻이다. 호스니 무바라크 이집트 전 대통령의 성도 이 뜻을 지니며, 버락 오바마 대통령의 이름 '버락'도 무바라크와 어원과 의미를 공유한다.

축제가 시작되기 전날, 파키스탄 남자들은 말끔하게 이발하고, 여성들은 헤나로 양손에 아름다운 전통 문양을 그린다. 어른들은 새 옷을 한 벌씩 장만하고 애들은 때때옷을 입고, 은행에서 금방 발행한 빳빳한 지폐로 자녀에게 용돈 주는 전통도 있어서 마치 우리의 설을 연상시킨다. 이 기간에 멀리 있는 가족을 방문하거나 같은 지역에 있는 친지들이 모여 맛있는 음식을 잔뜩 해 먹는다. 이 음식을 차리는 것도 물론 여성의 몫이다. 축제가 이어지는 동안 여성들의 가사노동은 배가된다. 남편과 같은 직장에서 일하는 파키스탄 여성 동료의 집에도 축제 때마다 타지역에 사는 친척이 대여섯 명씩 찾아와 여러 날 묵고 간다고 했다. 찾아온 친척은 반드시 환대하여 집에서 준비한 따뜻한 요리로 푸짐하게 대접하는 것이 전통이므로, 아무리 풀타임으로 일하는 직장 여성이라고 해도 젊은 여성인 그가 새벽에 일어나 가족과 손님을 합쳐 8인분의 아침 식사를 요리하고 퇴근 후에도 서둘러 장을 봐서 저녁을 준비해야 한다. 스트레스가 크다. 그러기를 사흘 정도 반복하면 근무 시간에 깜빡 잠이 들 정도로 피로에 시달린다. 출근을 구실로 점심을 차리지 않아도 되는 것이 천만다행이란다.

나는 지금 한시적으로 식사를 잘 못 하고 있을 뿐이지만, 선택의 여지없이 음식 섭취를 제한당하고 있으니 마치 금식이라도 하는 기분이다. 이참에 나도 라마단을 지키는 무슬림처럼 마음을 비우고 삶을 돌아보는 계기로 삼아보면 좋으련만, 나의 성스럽지 않은 멘털은 빠른 회복과 맛있는 음식을, 그러니까 소소하지만 확실한 행복을 희구하는 쪽으로 기울어진다.

이십이 일째

취리히 일대의 영화관 상영작을 살펴보다가 오늘 오페라 상영이 있다는 것을 알았다. 좋은 영화를 엄선해 상영하는 취리히의 영화관 체인 '아트하우스' 지점들 가운데, 중앙역에서 멀지 않은 '아트하우스 알바'에서 베르디의 오페라 <시몬 보카네그라>가 상영될 예정이었다. 옛날 베른에 살 때도 영화관에서 보여주는 오페라 공연을 종종 찾았다. 스위스 대도시의 영화관에서는 상영 일정에 일정 간격으로 오페라를 끼워 넣는 사례가 드물지 않다. 오페라극장에서 라이브 공연을 볼 수 있는 여력이 되지 않는 사람들을 위한 일종의 문화 서비스다. 취리히 오페라극장에서 무대가 웬만큼 잘 보이는 좌석은 200프랑 전후, 그러니까 약 26만 원을 지불해야 표를 살 수 있으니 30프랑 이하의 가격으로 볼 수 있는 영화 버전 오페라는 그나마 고마운 대안이다.

영화관에는 사람이 많지 않았다. 다른 관객 사이에 끼어 앉는 답답함과 위험 부담이 싫어 통로 바로 옆자리를 예매했다. 둘러보니 다들 마스크를 쓰지 않았다. 나는 벗지 않았다. 예매한 좌석에 앉으려고 하니, 통로에 서 있던 깡마른 중년 남자가 "거기는 제 자리인데요" 이런다. 내가 휴대폰에 저장된 좌석표를 보여주자, 그제야 자기가 착각했다며 건너편 통로 자리로 비켜 가 앉았다. 몇 분 후 연세 지긋한 부부가 나와 같은 열에서 서성거렸다. 그들이 예매한 자리에 아까 그 중년 남자가 앉아 있었기 때문에 어리둥절해하는 중이었다. 듣자 하니 이번에도 그자는 여기가 자기 자리라며 똑같은 말을 반복했다. 부부도 나처럼 표를 내밀며 그에게 자기들 좌석임을 확인시켰다. 그러자 남자는 다시 몇 자리 옆으로 물러났다. 저 사람은 일단 괜찮은 자리에 눌러앉은 다음, 자리 주인이 안 오면 좋고, 오면 대충 둘러대며 비키는 고약한 버릇을 지닌 파렴치한이거나, 아니면 표 검사를 철저히 하지 않는 스위스 영화관의 특성상 아예 논을 안 내고 들어온 사람인지도 모른다.

〈시몬 보카네그라〉는 1857년 베네치아 라 페니체 극장에서 초연했다가 보기 좋게 실패했다. 베르디의 다른 히트작들과는 달리 귀에 딱 꽂히는 아리아도 없고, 줄거리도 복잡하고, 테너와 소프라노의 역할이 미미한 대신 두 명의 바리톤과 두 명의 베이스가 어둡고 육중하게 극을 이끌어가는 우울하기 짝이 없는 작품이었기 때문이다. 결국 베르디는 소프라노와 테너 역을 보강하는 등 대본 작가 아리고 보이토와 함께 관객이 좋아할 만하게 대본을 대폭 손질해서 24년 후인 1881년에 밀라노 라 스칼라 극장에서 개정판을 초연했다.

때는 14세기. 장소는 이탈리아 제노바. 해적 출신 시몬 보카네그라는 파올로의 도움으로 제노바의 도제(총독)가 된다. 파올로는 자신에게 빚진 시몬을 이용해 정치적, 물질적 야심을 채울 속셈이었고, 시몬은 도제가 되면 사랑하는 여인 마리아와 결혼할 수 있으리라는 지극히 개인적인 소망이 있었다. 마리아와 딸까

지 두었는데도, 마리아의 부친이자 권세 높은 귀족인 피에스코
는 두 사람의 혼인을 허락하지 않고 딸을 자기 성에 가두었다. 시
몬이 도제가 되던 날 마리아는 병으로 죽고 만다.

그로부터 25년이 흐른다. 피에스코의 수양딸 아멜리아는 젊은
귀족 가브리엘레와 사랑에 빠졌다. 그러나 파올로는 피에스코 집
안의 돈과 권력을 노려 시몬에게 아멜리아와 혼인할 수 있게 도
와달라고 요청한다. 시몬은 아멜리아와 대화하다가 아멜리아가
자신이 잃어버렸던 딸임을 알게 된다. 그리고 파올로에게 아멜리
아와 결혼은 어림도 없다고 통고한다. 분개한 파올로는 아멜리아
를 납치하고, 시몬에게 반대하는 무리를 선동해 폭동을 조장한
다. 아멜리아가 시몬의 정부라는 파올로의 거짓말에 속아서 질
투심에 불타 반란을 이끌던 가브리엘레는 진실을 알고서 시몬의
충복으로 변신하고, 파올로는 반란 혐의로 사형을 언도받지만
이미 시몬의 물잔에 독약을 탔다. 독약을 마신 시몬은 피에스코
에게 아멜리아가 그의 손녀임을 알리고 화해한다. 그리고 가브리
엘레를 차기 총독으로 임명한 뒤 숨을 거둔다.

오늘 상영된 작품에서는 죽어가는 시몬과 피에스코가 화해
한 뒤 둘이서 이중창을 부르는 마지막 장면을, 피에스코가 시몬
을 뒤에서 꽉 부둥켜안고 관객을 향해 둘이 함께 절규하듯 노래
하는 것으로 연출했다. 아무래도 영화 버전이라 두 사람의 얼굴
과 상반신을 클로즈업으로 처리해서 그런지 몰라도 굉장히 호모
에로틱한 효과가 일어났다. 딸이 죽었을 때는 비닐 위에 눕혀 무
대 위를 질질 끌고 다니기만 하고 어루만지지도 않더니만, 시몬
이 죽게 생기니까 온 힘을 다해 땀을 뻴뻴 흘리며 스푼허그를 하
다니. 일단 한 번 그렇게 동성애 코드를 감지하자 상상이 꼬리에

163

꼬리를 물었다. 피에스코가 실은 시몬을 사랑했던 거야. 사랑하는 사람이 자기가 아니라 자기 딸을 탐했기 때문에 격분하고 질투해서 딸을 가두고 죽음에 이르게 한 거야. 그리도 증오하던 시몬을 피에스코가 갑자기 용서하고 정열적으로 포옹하는 것도 두 사람의 피가 섞인 아이가 있었다는 깨달음 때문이었을 거고, 사랑하던 사람이 눈앞에서 목숨을 잃게 되니 절박해져서 그랬을 거야. 그간에 자기가 퍼부은 저주를 후회하는 몸부림인 게야.

이게 다 연출가 칼릭스토 비에이토 탓이다. 파괴적, 폭력적, 전위적, 도발적이라는 수식어가 따라붙고, 전통적으로 우리가 생각하는 오페라를 툭하면 갈가리 찢어 파격적으로 재구성해대는 바람에 도살자라는 별명까지 붙은 인물이다. 그래도 이 <시몬 보카네그라> 연출 버전은 모던하긴 해도 파격적이라고는 할 수 없었다. 2018년 파리 공연 당시 별로 좋은 평은 못 들었다고 하는데, 그래도 모던한 연출을 좋아하는 내게는 목의 통증도 잊어버릴 만큼 의외로 즐거운 두 시간 반이었다. 연출도 연출이지만 시몬 역의 바리톤 뤼도비크 테지에, 피에스코 역의 베이스 미카 카레스가 낮게 뿜어내는 섹시하고 감동적인 목청과 두 사람의 '케미 쩌는' 연기력이 관전 포인트다.

베르디가 시몬 보카네그라라는 인물을 통해 보여주고 싶었던 것은 이상적인 지도자의 모습이었다. 강력한 지도력을 발휘하면서도 성품이 어질고 너그러우며, 전쟁 도발이 아닌 평화로운 대화를 통해 이웃 국가와 화합하고 공존하려고 애쓰는 지도자 말이다. 베르디는 리소르지멘토, 그러니까 분열된 이탈리아반도의 통일을 바라던 인물이어서, 시대 배경은 달라도 이 작품에 자신의 그런 바람을 담고자 했다. 이런 점이 드러나는 부분이 바로 고관 회의 장면이다. 회의에 참석한 고관과 귀족 의원, 평민 의원들은 해양무역국 제노바의 경쟁자인 베네치아와의 전쟁을 원했다. 그러나 시몬은 평화를, 화합과 공존을 원했다. 아드리아해안이나 리구리아해안이나 '다 같은 이탈리아 조국이 아니냐'며 전쟁의 끔찍한 비명이 들려서는 안 된다고 일갈한다. 여기에 고관과 의원 들은 '우리의 조국은 제노바'라고 반박한다.

　지금 또 다른 전쟁의 끔찍한 비명이 들려온다. 푸틴은 이 전쟁을 또 다른 리소르지멘토로 여기고 싶을지도 모르겠지만, 우크라이나는 러시아가 아니다. 분명히 같은 나라가 아닌 곳을 놓고 푸틴은 '다 같은 러시아 땅이 아니냐'며 침공했다. 화합과 공존은 커녕 '우리의 조국 러시아'의 이익만 계산하여 무력 침략으로 우크라이나 사람들이 피눈물을 흘리게 했다. 불필요한 전쟁으로 양국 모두에 불필요한 인명 피해를 대거 초래했다. 그런 푸틴을, 아마도 베르디는 잔인하고 박덕한 지도자라고 경멸했을 법하다.

이십삼 일째

수술 후 처음으로 병원을 방문해 경과를 확인했다. 병원 입구를 들어서는데 경비 요원이 이선처럼 백신 패스를 확인하지 않았다. 병원에 들어갈 때마다 경비 요원과 함께 입구에 나란히 버티고 서서, 손 소독제를 반강제로 뿌려주며 오늘 새 마스크를 쓰고 왔냐고 물어보던 의대생들도 사라졌다. 새 마스크가 아닐 경우에는 그들이 보는 앞에서 쓰고 있던 마스크를 휴지통에 버리고 입구에 준비된 새 마스크를 써야 했다. 4월 1일 이후로 코로나바이러스가 증발이라도 한 양 모든 지침이 일제히 폐기되었다. 다행히 실내에 들어가니 환자들도 의료진도 모두 마스크를 단단히 쓰고 있다.

"미세스 노."

콧수염을 기른 젊은 의사가 진찰실 문을 열고 나와 경쾌한 목소리로 내 이름을 불렀다. 이제까지 만났던 의사는 아니었다. 벌떡 일어나 의사에게 "구텐 모르겐" 하고 인사했더니, 이번에도 "헬로, 하와유?" 하고 영어 인사가 되돌아왔다. 이 병원에 여러 번 와봤지만 이런 일은 또 처음이었다. 미리 내 파일을 살펴보고 영어 사용자임을 확인했던 모양이다. 복수 언어의 나라 스위스에서는 병원뿐 아니라 관공서나 은행, 그리고 회원제 형식으로 고객 파일을 관리하는 일반 상점에서도 개인 신상이 적힌 서류에 고객이 사용하는 언어를 표시해둔다. 표시는 해놓되 그걸 확인해서 해당 언어에 맞춰 응대하는 일은 드문데, 이 처음 보는 의사 선생은 세심하게도 환자의 사용 언어까지 확인하셨다. 어쩌면 내 이국적인 이름이 한몫했을지 모른다.

상처는 잘 낫고 있다고 했다. 나는 의사에게 호흡 장애와 미각의 변화, 그리고 턱관절에서 나는 소리에 관해 물었다. 그는 시간이 지날수록 모든 증상이 호전될 것이고 지금 당장 해결할 수 있는 방법은 없으므로, 여섯 달 후에도 같은 증상이 지속되면 정밀 검사를 해보자고 했다. 그리고 이제 내 수술 사례는 일단 종료해도 될 것 같다며 동의를 구했다. 다시 경과를 보러 병원에 올 필요가 없다는 뜻이었다. 그렇게 내 치료는 '종료'되었다.

홀가분한 마음으로 병원을 나섰다. 배가 고팠다. 나는 시내에 있는 유기농 식료품점 냉장고에서 토마토수프 하나를 집어 들었다. 집에 가져가기보다는 어디 밖에 앉아 먹고 싶었다. 마침 식료품점 뒤편에 '샨첸그라벤'이라는 얕은 하천이 하나 있다. 점심시간이면 물가 벤치는 도시락을 까먹는 직장인들로 늘 붐빈다. 녹음 우거지고 평화로운 도심 속 휴식처다. 라이프스타일 잡지 《모노클》은 취리히를 매번 살기 좋은 도시 3위 안에 넣어주면서— 취리히는 《모노클》 대표 타일러 브륄레가 아주 좋아하는 도시다—시민들이 이곳에서 발 담그고 노닥거리는 사진을 단골로 곁들이곤 한다. 사실 이곳은 자연 하천이 아니다. 19세기에 취리히 구시가지 주위에 구덩이를 파서, 리마트강과 질강과 취리히호수를 연결해 물이 흐르도록 일종의 해자로 구축한 인공 하천이다. '샨첸'(schanzen)은 참호나 보루를 뜻하고 '그라벤'(graben)은 구덩이 또는 해자를 뜻하니 명칭에서도 기원을 짐작할 수 있다. 중세 때부터 취리히 성벽 외곽에 있었던 지그재그형 방어벽을 따라 조성한 하천이어서, 지도를 검색해 지그재그로 물 흐르는 모습을 드론 시점으로 관찰하면 중세 시대에 방어벽이 어떤 형태였는지 상상할 수 있다.

기온이 영상 5도밖에 안 되어서인지 아직 점심시간인데도 물가가 한산했다. 마음에 드는 벤치를 하나 골라잡았다. 발치에 맑은 물이 졸졸 흐르고 오리가 이리저리 줄지어 헤엄쳤다. 숙소에서 챙겨 가지고 나온 스테인리스 스푼으로 한 술을 삼켰다. 목넘김이 수월하진 않았지만, 둔해진 미각을 관통해 입맛을 돋우는 강렬하고 자극적인 맛이었다. 일순간 칼바람이 불었다. 차가운 수프 용기를 들고 있던 손이 좀 시렸지만, 패딩과 털모자로 코어를 보호했으니 무서울 게 없다. 나는 혼자 중얼거렸다. "너 완전 러시아 사람 다 됐어."

러시아에서 생활하던 첫해, 러시아인들이 섭씨 14~15도 날씨에 야외 좌석에 앉아 식사하는 모습을 보고 질겁을 했다. 그러나 한 해, 두 해 시간이 흐를수록 추위에 익숙해지기 시작했다. 모스크바 생활 4년 차가 되자, 기온이 영하로 내려가지 않으면 내복 하의를 입지 않게 되었고, 영상 10도만 넘어도 야외 좌석에서 커피 마시는 일을 주저하지 않게 되었다. 스위스 사람들이 겨우 섭씨 0도에 몸을 떨며 캐나다구스 같은 혹한지용 파카를 입고 다니는 모습에 코웃음을 쳤다. 모스크바 시민들은 영하 10도는 돼야 비로소 얼굴을 좀 찡그리며 옷깃을 여민다. 그렇다고 해서 러시아 사람들이 겨울에 옷을 허술하게 입는다고 생각하면 오산이

168

다. 패딩을 단단히 껴입고, 찬바람이 불기 시작하면 남녀노소 할 것 없이 반드시 털모자를 눌러쓴다. 겨울철에 니트모자를 안 쓴 사람은 좀처럼 찾아보기 어렵다. 나는 그 모습에서 일종의 문화 충격을 받았다. 직접 써보니 너무 따뜻해서 배신감까지 들려고 했다. 서울도 겨울이 만만한 편이 아닌데 모자 쓰는 사람은 예나 지금이나 그리 많지 않다. 모자를 챙겨 써야 칼바람에 머리를 보호할 수 있다는 간단한 진리가 한국에서는 왜 확산되지 않았을까. 이번에 한국에 방문했을 때도 바람이 꽤 매서웠던 날들이 있었다. 러시아에서 든 버릇대로 털모자를 쓰고 나갔더니 날 쳐다보는 사람들이 있네. 털모자 착용은 서울에서 기능보다는 멋부림으로 간주되는 듯했다. 털모자의 진정한 파워를, 모자 하나만 써도 영하 날씨에 실외를 돌아다니는 일이 훨씬 편안해진다는 그 간단한 진리를, 나는 러시아에 가서야 배웠다.

*

오후에는 벼르던 영화를 보러 갔다. 사람들이 마스크를 착용하지 않아 조금 불안했지만, 주중 낮 시간이면 관객이 별로 없을 것 같아 감행하기로 했다.

> "글에 관한 아이디어는 곁눈으로 보이는 새들처럼
>   내게 찾아든다."(Ideas come to me like birds that I see
>   in the corner of my eye.)

소설가 퍼트리샤 하이스미스가 한 말이다. 그의 일생에 관한 다

큐멘터리 영화 <러빙 하이스미스>는 이 말과 함께 시작되었다. 눈 한구석에 새처럼 날아든 글감을 잡아내 종이에 옮기는 작업이란 어떤 것일까. 하이스미스에게 창작의 영감은 그렇게 찾아왔다.

사람 앞에 '러빙'(loving)이라는 단어가 붙으면 다중적인 의미가 생성되면서 몇 가지 다른 해석의 여지가 열린다.

(누군가가) 하이스미스를 사랑하기

(누군가를) 사랑하는 하이스미스

'러빙'을 동사 현재 진행형 대신 형용사로 보아 '사랑스러운 하이스미스'로 풀이하는 것도 가능하나.

영화를 보는 동안 그 세 가지 해석이 다 가능하겠다는 생각이 들었다. 영화는 하이스미스와 연애했던 여성들의 인터뷰를 담았고, 그들의 이야기에서 하이스미스라는 인물이 조금씩 모습을 드러냈다. 그는 특이하고 괴팍한 구석도 없지 않았지만, 항상 정력적으로 사랑하고 사랑받았으며, 열정의 대상을 깊이 아끼고, 때때로 남에게 사랑스러운 모습을 보여주기도 하는, 그야말로 사랑에 열심인 사람이었다.

하이스미스는 말년을 스위스 티치노주에서 보냈다. 묘지도 거기에 있다. 그가 1960년대 말부터 15년 동안 생활하며 정을 붙였던 프랑스에서의 삶을 정리하고 1981년에 스위스로 거주지를 옮긴 이유는 세금이었다. 탈세 혐의로 프랑스 경찰이 하이스미스가 살던 집을 덮치자 하이스미스는 그 집을 팔고 스위스로 이주해버렸다. 스위스는 세금 따위로 유명인을 귀찮게 하는 나라가 아니니까. 예전에 《스위스 방명록》을 집필하면서 스위스에서 살거나 생을 마감한 유명인을 조사해 목록을 작성할 때 애초에 하이스미스도 염두에 두었었다. 결국 그를 책에 넣지 않은 것은 하이스미스와 스위스와의 관계가 그리 긴밀하지 않아 보였기 때문이고, 그 직감은 이 영화를 보면서 재확인되었다. 하이스미스가 애착을 보였던 장소는 프랑스와 영국이었다. 하이스미스가 깊이 사랑한 여성들이 그곳에 살았기 때문이다.

하이스미스의 대표작 가운데 하나인 1952년작 《캐롤》은 애초에 '클레어 모건'이라는 가명으로 펴냈다. 아직 시대가 시대이니만큼 레즈비언 소설을, 그것도 자전적 요소가 담긴 소설을 출판하면서 본명을 밝히기가 꺼려졌을 것이다. 출간 자체도 쉽지 않았는데, 가장 큰 이유는 레즈비언 소설이라는 점이 아니라 결말이 해피엔드였다는 데에 있었다. 주인공들이 '부도덕'한 사랑에 대한 잘못을 뉘우치고 본래의 생활로 되돌아가거나, 아니면 인생이 불행해져야 하는데 감히 해피엔드라니.

고교 시절이 떠올랐다. 같은 반에 짧게 친 머리에 남학생 같은 차림을 하고 밴드에서 드럼을 치던 친구가 있었다. 담임 선생에게 문제아로 찍혀 출석부로 머리를 맞는 것을 보고 분노가 치밀었던 기억도 있다. 당시 기준으로 소위 '불량'해 보이면서도 얼굴이 하얗고 갸름하고 예쁘장한, 그러나 쓸쓸한 그림자가 서려 있던 ─ 윤상 1집 사진 같은 이미지였다 ─ 그 친구를, 내 시선은 자주 따라다녔다. 혼자 좋아했던 것이다. 그 친구는 알았을까? 알았던 것도 같다. 얌전한 모범생이 자꾸 자기 주변을 맴돌았으니 이상하게 생각했을 것이다. 하지만 나를 밀어내지 않았다. 그는 내게 희미한 미소를 지어주곤 했고, 나는 굳이 그 미소의 의미를 더 캐려고 하지 않았다. 다만 그 미소에서 슬픔이 묻어난다는 생각을 했을 뿐이다.

 이후 여성에게 연애 감정 비슷한 것을 가졌던 것은 만 스무 살 때였다. 우리는 외국에서 외로움이 극에 달했을 때 만나 1년 동안 거의 한순간도 서로 떨어져 있지 않았고, 각자 기숙사 방으로 돌아가서도 다시 전화통을 붙잡고 밤새 이야기를 나눌 정도로 긴밀한 우정을 나눴다. 육체관계가 없었을 뿐, 소통에서 주고받는 교감과 희열, 서로에게 이해받고 위로받는 정신적 상호 의존의 강도 면에서 연애와 매한가지였다. 아니, 서로 기쁠 때 안아주고 슬플 때 보듬어주고 격려할 때 쓰다듬어 주었으니, 그 또한 일종의 육체관계였다. 그 친구의 포옹에서 나는 늘 깊은 위안을 얻었다. 그것은 어떤 섹스와도 대체할 수 없는 종류의 것이었다. 바꿀 수 없이 소중한 신체적 접촉. 그게 사랑이 아니면 뭐란 말인가.

 사춘기 직후에 있었던 몇 가지 신호에도 불구하고 동성에 대한 관심이 어느 한도 이상으로 완전히 발현되지 않은 것은 내 안에 있는 동성애 성향을 나 자신과 사회가 억눌러 통제했기 때문일 수도 있고, 타고난 '레즈 성향'의 비중이 그 정도에 머물렀기 때문일 수도 있다. 앞서 두 경험 이후로 내 연애 경험이 대체로 이성에게 쏠린 것으로 미루어 아마 후자였을 것이다. 인간이 각자 갖고 태어나는 성적 지향의 섬세한 눈금에서 내가 바이섹슈얼과 이성애자의 중간 정도에 위치했을 것 같다는 뜻이다. 어쩌면 특정 시기에 우연히 내 앞에 나타난 사람들 자체도 요인이었을지 모른다. 젠더보다도 어느 인간 개인이 주는 매력이 애정의 대상을 선택하는 일에 결정적인 요소가 됐을 거라는 의미다. 우연히 좋은 '남자 사람'을 만났는데 그게 어쩌다 보니 개인적으로나 관례적으로나 결혼하기 적절한 시기여서 혼인하긴 했지만, 지금도 멋진 여성을 보면 종종 저 사람과 사랑하며 함께 생활하는 삶은 어떨까 상상할 때가 있어서 하는 말이다.

　숙소에 돌아와 식탁에 앉았는데 갑자기 오른쪽 엄지발가락과 발목을 잇는 힘줄이 뒤틀리면서 쥐가 났다. 오른쪽 종아리에도 통증이 일었다. 아침에 스트레칭하고, 추운 바깥에서 점심 먹고, 운동을 하는 김에 조금 더 하자고 왕복 한 시간 거리를 걸어서 다녀온 것이 도에 지나쳤던 모양이다. 겨우 이 정도 몸을 움직였다고 생전 안 나던 쥐가 나다니. 운동을 쉰 지 불과 열흘 만에 근육이 이렇게 약해진 것에 새삼 놀랐다. 천천히 가자. 콧수염 의사 선생님 말대로 회복에는 시간이 걸린다.

이십사 일째

부모님의 만 53년째 결혼기념일이다. 축하 메시지를 보냈더니 잠시 후 사진 한 장과 함께 답신이 왔다. 오미크론 때문에 외식은 피하기로 하고, 대신 백화점 식품 코너에서 드시고 싶은 음식을 사와 집에서 드셨다고 했다. 아버지가 좋아하시는 광어회, 엄마가 좋아하시는 각종 채소, 그리고 이번 서울 방문 때 나 때문에 처음으로 두 분이 맛을 들이신 카늘레 두 조각이 보였다. 메시지를 보냈다. "카늘레도 보이네요. ㅎㅎ" 엄마가 화답한다. "카늘레가 곳곳에 보인다. 모르면 안 보이는 법. 의외로 맛있다."

오늘 내 점심은 부드러운 파파야와 염소젖 치즈, 그리고 미지근한 커피다. 여전히 수술 후 회복 식단이다. 파파야를 반으로 갈라 까만 진주 같은 씨들을 수저로 살살 파내고, 칼로 껍질을 벗겼다. 반쪽만 접시에 올리고 나머지 반쪽은 랩으로 싸서 다시 냉장고에 넣었다. 프랑스식 염소 치즈 셰브르는 무척 부드러워서 칼로 자르기 어렵다. 큰 수저로 두 스푼 분량을 파파야 옆에다 떠놓았다. 파파야 한 조각에 치즈를 발라 입에 넣었다. 기대하던 바로 그 향미가 입안에서 퍼졌다.

옛날에는 파파야나 염소 치즈가 아예 눈에 인지조차 되지 않았다. "모르면 안 보이는 법"이라는 엄마 말씀대로다. 그랬던 이 두 가지 음식을 서로 곁들여 먹게 된 계기는 10여 년 전에 살던 도시 빈에 있던 어느 카페였다. 전통적인 오스트리아 음식보다는 젊은 고객을 상대로 채식 요리나 퓨전 음식을 팔던 곳이었다. 어느 주말에 그곳에 갔다가 고른 음식이 파파야, 염소 치즈, 아보카도를 토핑으로 올린 불구르 샐러드였다. 튀르키예와 중동에서 유래하는 불구르는 듀럼 통밀을 살짝 데친 후 말려서 거칠게 빻은 것으로 10~15분 물에 끓여 익혀 먹으면 되는데, 쿠스쿠스보다 입자가 굵고 씹는 맛이 있다. 파스타나 쿠스쿠스와 마찬가지로, 그야말로 냉장고에 있는 식재료를 아무거나 올려서 샐러드로 먹으면 적당한 음식이다. 그런데 빈의 그 카페에서 불구르에다 파파야와 아보카도를 올려 멕시코풍을 더하고, 거기다 크리미한 프랑스식 셰브르를 곁들였으니, 이건 중남미와 중동과 유럽의 퓨전이었다.

그 음식을 접하고 나는 파파야와 염소 치즈에 눈을 떴다. 염소 치즈는 살짝 짭짤하면서 크림치즈보다 곱고 부드러운 입자가 느껴지며, 호불호가 갈리는 특유의 향이 난다. 이것을 밍밍한 파파야와 곁들여 한꺼번에 입에 넣으면 두 음식이 입안에서 희한하게 어우러진다. 파파야의 은은한 당도가 염소 치즈의 섬세하고 독특한 풍미와 잘 어울린다. 파파야가 아니라 망고였다면 그 진한 단맛이 점잖은 염소 치즈를 압도했을 것이고, 염소 치즈 대신 페타나 블루치즈처럼 염분이 높거나 퀴퀴한 치즈였다면 그 짜고 강렬한 향미가 수줍은 파파야의 기를 눌렀을 터다. 이후 나는 다른 재료 없이 파파야와 염소 치즈 두 가지만 따로 조합해서 여러 차례 시식해보았다. 때로는 염소 치즈를 코티지치즈나 리코타치즈로 바꿔보기도 하고 파파야 대신 수박이나 멜론을 골라보기도 했지만, 제일 잘 어울리는 조합은 여전히 파파야와 셰브르 염소젖 치즈였다. 여기에 샴페인을 한 잔 보태면 손님 접대나 호화로운 주말 브런치용으로 부족함이 없는 훌륭한 애피타이저가 된다. 그러나 안타깝게도 나는 아직 술을 마실 수 없다. 며칠만 더 견디자.

*

네이트 바가치의 스탠드업 코미디 〈테네시에서 왔습니다민〉을 넷플릭스로 시청했다. 쌍욕과 노골적인 섹스 조크가 난무하는 요즘 스탠드업 코미디와는 다르게 자신의 일상을 조곤조곤 재미나게 풀어놓는 스타일이 차라리 신선하게 느껴졌다. 문득 이 코미디언의 개인적인 이력에 관심이 갔다. 특히 '바가치'(Bargatze)라는 묘한 성의 유래가 궁금했다. 사람 이름을 보며 어떤 언어의 영향을 받은 이름인지 궁금해하는 버릇이 또 발동했다. 이탈리아계 아니면 유대계일 것으로 짐작했다. 검색에 착수했다. 위키피디아에는 그의 아버지가 이탈리아계라고만 나오고 다른 정보는 없었다. 거기서 그쳤으면 흔하디 흔한 또 한 명의 이탈리아계 미국인이겠거니 하고 말았겠지만, 문제는 그다음에 접속한 genealogy.com이었다. 수많은 가계 정보를 모아둔 이 사이트에서는 미국 테네시주에서 주로 발견되는 바가치라는 성의 유래를 다음과 같이 설명했다.

스위스 출신의 개척자 시메온 바르게치과 아내 카타리나 하
인리히가 일곱 명의 자녀와 함께 1846년에 미국에 도착했다.
같은 스위스 그라우뷘덴주 출신의 여러 스위스 가정과 함께
그들 모두는 이루어질지 알 수 없는 야망을 뒤쫓았다. 시메온
은 테네시주 모건 카운티에 토지를 매입했다. 독일인 및 스위
스인 정착지로 제시된 지역에 이주민들은 크게 실망했고, 그
실망감은 1861년 남북전쟁 발발로 최고조에 달했다. 바르게
치(Bargätzi)/바가치(Bargatze) 집안은 1862년 내슈빌로 옮
겨 '독일촌'이라고 부르던 내슈빌 북부 이민촌에 정착했다.

그러니까 현재 미국 테네시주 전역에서 찾아볼 수 있는 바가치
라는 성은 이탈리아 성이 아니라 스위스 그라우뷘덴주에서 유
래한 로만슈어 성이었다! 같은 문서는 '바르게치'라는 이름이
15~16세기부터 현재까지 스위스 그라우뷘덴주에 존재하는 '파
르게치'(Pargätzi)와 동일한 이름이라고 설명한다. 시메온 바르게
치의 아버지 성명이 바로 크리스티안 파르게치(Pargätzi)였다. 그
이름이 19세기에 시메온이 미국으로 이민하면서 P가 B로 바뀌
고, 그의 자녀 세대에서는 a에서 움라우트가 떨어져 나갔다. 다
시 말해 스위스 그라우뷘덴 출신 이민자들이 테네시로 이민 와
서 그 자손들이 바가치라는 이름으로 쭉 퍼진 것이다. 그렇다면
코미디 쇼의 영어 원제목대로 그야말로 "테네시 키드"(Tennessee
Kid)인 네이트 바가치는 아무래도 시메온 바르게치의 자손이 아
니겠느냐는 심증이 갔다. 검색을 멈출 수가 없었다. 셀럽의 혈통
을 다루는 웹사이트 ethnicelebs.com에 네이트 바가치의 부계 쪽
조상이 자세히 적혀 있었다.

네이트의 부계 쪽 할아버지 바비 레이 바가치는 알프레드 리 바가치의 아들. 알프레드는 프레데리크 빌헬름 바가치의 아들. 그의 아버지 안톤 바가치/파르게치는 스위스 뤼엔 출신.

뤼엔은 그라우뷘덴주에 있는 지역명이다. 네이트 바가치의 5대조 "안톤 바가치/파르게치"가 스위스인이라니, 시메온의 일곱 자녀 중 하나일 거라는 확신이 들었다. 이번에는 유명 족보 검색 사이트인 ancestry.com에서 시메온 바르게치의 가계도를 찾아보았다. 시메온을 따라 미국으로 건너온 일곱 자녀 가운데 과연 안톤 바가치(1840-1921)가 있었다. 시메온 바르게지는 코미디언 네이트 바가치의 6대조였다. 자녀들의 성을 살피니 벌써 당대에 바가치(Bargatze)와 바르게치(Bargetzi) 두 가지로 변형되는 양상을 보였다.

네이트 바가치 본인은 자기 가계도에 관해 얼마나 자세히 알고 있을까. 언제 메시지라도 하나 보내볼까. 미국인들은 대개 자기 조상이 누군지 더듬어보고 족보 구경하는 일을 큰 의미 부여 없이 즐기는 경향이 있다. 혹시라도 자기 이름에 얽힌 역사를 잘 몰랐다면, 재미있어하며 스탠드업 코미디의 소재로 쓸지도 모르는 일이다.

스위스는 지금은 다른 나라 사람들이 이민 가고 싶어 하는 부국이지만, 19세기만 해도 가난한 농업 국가였다. 흉년이 이어지고 기근이 발생하자 수많은 스위스인이 타국으로 이민을 떠나기 시작했다. 일부 주 정부는 자기 주의 빈민 수를 줄이려고 이민 자금까지 쥐어가며 이민을 장려했다. 그때 떠난 스위스인들의 주요 목적지는 아메리카 대륙이었다. 가난을 면하려는 목적만이 이민

의 동기가 아니었다. 스위스와 남독일에 많이 분포했던 재세례파
는 탄압을 피하고 종교의 자유를 찾기 위해 미국으로 떠났다. 재
세례파의 주요 분파인 아미시, 메노나이트, 후터라이트 가운데
아미시는 창시자가 베른 출신 야코프 암만(Amman)이다. 아미
시라는 명칭도 창시자의 성에서 유래한다. 지금도 암만은 스위
스 독어권에 흔해 빠진 전형적인 스위스 성이다. 암만이라는 성
을 가진 유명인으로는 스키 점프 선수 시몬 암만이나 한국에도
왔었던 요한 슈나이더 암만 전 스위스 대통령이 있다. 아미시는
18세기부터 펜실베이니아주에 정착하여, 지금도 현대문명과 단
절한 채 자기들끼리 공동체를 이루어 살아가고 있다. 이들을 가
리키는 또 다른 용어이자 그들이 구사하는 독일어 사투리를 뜻
하는 '펜실베이니아 더치'는 네덜란드인이나 네덜란드어와는 전
혀 무관하며 '도이치'가 '더치'로 변형된 것일 뿐이다. 이 아미시들
의 언어가 바로 옛날식 스위스 독어다. 아미시는 심지어 스위스
독어로 요들도 부른다.

　18~20세기에 스위스인 이주자들이 주로 미국으로 향했던 까
닭에 잘 살펴보면 유명한 스위스계 미국인이 꽤 있다. 예를 들어
펜실베이니아주에서 허쉬 초콜릿 제조업체를 창립한 밀턴 허쉬
는 18세기에 펜실베이니아주로 이주한 스위스계 메노나이트 공
동체의 일원이며 스위스 독어를 쓰며 자랐다. 허쉬(Hershey)라
는 이름도 스위스에 흔한 성 히르시(Hirschi)가 영어식으로 변형
된 것이다. 미국 자동차 브랜드 쉐보레의 창립자 루이 셰브럴레
이는 스위스 뇌샤텔주에서 태어나 미국으로 이주한 이민 1세다.
뉴욕 구겐하임 미술관으로 유명한 미술품 수집가 솔로몬 R. 구
겐하임은 스위스 이민 2세다. 그의 아버지 마이어 구겐하임은 스

위스 아르가우주에서 태어난 유대계 스위스인으로, 1847년 미국에 이민해 광산 경영과 제련업으로 대부호가 되어 유명한 구겐하임 가문을 일궜다. 미국 남부를 주된 소재로 글을 쓰고 소설 《낙천주의자의 딸》로 1973년 퓰리처상을 수상한 작가 유도라 웰티(Welty)의 조상은 종교의 자유를 찾아 미국에 온 스위스 베른주 출신의 재세례파 벨티(Wälti) 집안이다.

좀 더 최근으로 내려오면, 배우 러네이 젤위거(Zellweger)의 아버지 에밀 에리히 '첼베거'가 장크트갈렌주에서 태어난 이민 1세다. 배우 짐 커비즐(Caviezel)의 성은 바가치와 마찬가지로 전형적인 그라우뷘덴주 로만슈어 성, 즉 '카비첼'이다. 가수 신디 로퍼(Lauper)도 할아버지가 스위스 사람이다. 로퍼, 그러니까 '라우퍼'라는 이름도 스위스에 흔하다. 싱어송라이터 주얼의 할아버지 율리 킬혀(Yule Kilcher)는 스위스에서 알래스카로 이주한 사람이다. 잘 검색되지 않아 정확히 알 길은 없지만, 어쩌면 알베르토와 성이 같고 아버지가 펜실베이니아 메노나이트의 일원인 가수 겸 배우 조너선 그로프도 스위스계 아니면 최소한 스위스에 인접한 남독일계일지 모른다. 남편은 화면에 조너선 그로프만 뜨면 "사촌동생 나왔네" 하고 농담한다. 족보를 잘 짚어보면, 농담이 아니라 정말로 먼 친척일지 누가 알겠는가.

이십오 일째

오늘도 오전 6시를 조금 넘겨 일어났다. 새벽노을에 하늘이 분홍빛으로 물들었다. 영상 8도. 환기하려고 창문을 활짝 열었으나 별로 쌀쌀하게 느껴지지 않았다. 굽지 않은 식빵 한 조각에 어제 먹다 남은 염소 치즈를 바르고 그 위에 훈제연어 한 조각을 얹었다. 빵을 토스터로 노릇노릇 구웠으면 더 맛있겠지만, 바삭하면 상처가 아프니 참아야 한다. 왓츠앱을 확인하니 남편에게 메시지가 와 있다. "지리놉스키 죽었어. 기억나?"

극우 민족주의 성향의 정치인 블라디미르 지리놉스키 러시아 자유민주당 대표가 코로나19 합병증으로 사망했다. 반대 진영 인사와 몸싸움을 벌이고 욕설을 퍼붓는가 하면, 알래스카를 무력으로 탈환하고 발트 삼국에 방사성 폐기물을 갖다 버리자고 주장하는 등 막말과 기행을 일삼던 괴짜 정치인이었다. 백인 우월주의, 슬라브 민족주의 과격 발언은 단골 메뉴였고, 아버지가 유대인인데도 반유대주의 발언 역시 서슴지 않았다. 그는 자신의 원래 성이었던 '에델슈테인'을 어머니의 전남편 성인 '지리놉스키'로 일찌감치 갈아치워 유대인 배경을 세탁하고 혈통을 부인하다가 2000년대에 와서야 유대계임을 자인하고 이스라엘에 있는 아버지의 무덤을 방문했다. 정치인이라기보다는 차라리 코미디언에 가까운 인물이어서, 반대자는 물론이고 심지어 지지자들조차도 그가 하는 말을 재미있고 통쾌하게 여겼을 뿐 진지하게 받아들이지는 않았다. 야당 당수라고 해도 푸틴에게 해가 되는 인물은 전혀 아니었고, 집권 세력과 기본 철학도—좀 더 극렬한 버전이긴 했지만—비슷하고 지지층도 겹쳤기에 푸틴 정권에 크게 견제당하지 않고 정치인으로서 장수할 수 있었다.

나는 2021년 겨울, 모스크바의 어느 식당에서 선홍색 양복 차림의 지리놉스키가 설치는 모습을 본 적이 있다. 스태프와 경호원을 잔뜩 대동하고 등장해 큰 목소리로 수줍스레 사람들의 이목을 갈구하는 동안, 식당 매니저가 쩔쩔매며 그 옆에서 시중들던 장면이 기억난다. 그렇게 정력적이고 쇼맨십 강하던 양반이 불과 반년 만에 세상을 떠날 줄 누가 알았겠는가. 2018년 BBC 인터뷰에서 그는 서구와 러시아의 관계에 대해 "서구가 지금 운이 좋은 것"이라며 그 이유를 이렇게 덧붙였다. "푸틴이 참을성이 많거든. 지금 참고 있는 거야."

나는 그 말을 곱씹다가, 푸틴의 그 "참을성"이 지금 바닥나서 폭발한 거로구나, 하는 깨달음이 왔다. 푸틴이 우크라이나를 집어삼키고 싶은 욕심을, 서구를 향해 가운뎃손가락을 치켜들고 싶은 욕망을 그동안 꾹 참고 있었다는 것을 국내 정치인들은 이미 몇 년 전부터 알고 있었다는 얘기다.

*

쿤스트하우스 취리히, 통칭 '취리히 미술관'이 신관을 열었다. 영국 건축가 데이비드 치퍼필드가 설계한 신관 건물이 2020년 말에 완공되자, 유명한 '에밀 뷔를레 컬렉션'이 독립된 미술관에서 이곳으로 이관했다. 신관을 짓는 동안 뷔를레 컬렉션은 도쿄 국립신미술관(2018년), 파리 마욜 미술관(2019년) 등 세계를 한 바퀴 돌고, 신관 개관에 맞추어 취리히로 돌아왔다. 오늘은 수요일. 매주 수요일은 취리히 미술관 상설 전시장을 무료로 입장할 수 있는 날이다. 오디오 가이드도 무료다. 입장료와 오디오 가이드 대여료를 합해 23프랑을 절약할 수 있다. 하지만 이 사실을 아는 취리히 시민들이 많이 찾아오니, 되도록 문 여는 시간에 맞춰 일찍 가는 것이 좋다.

황동으로 제작한 거대한 현관 안으로 들어서니 훤하게 뚫린 로비가 나를 맞는다. 밖에서 볼 때는 몰랐는데 자연광이 생각보다 훨씬 환하게 비쳐 들어와서, 칙칙하고 육중한 연회색 석재로 된 실내가 오히려 환하고 따스하게 느껴졌다.

미술품 수집가 에밀 뷔를레에 관해 처음 알게 된 것은 2013년부터 4년간 베른에 살 때 사귀었던 프랑스인 친구 베아트리스 덕분이다. 문화예술 쪽으로 박학다식하고 직업도 그쪽과 연관되어 있어서 내게 전시회 정보를 주곤 했다. 이 친구가 뷔를레의 소장품만 모아 따로 전시하는 미술관이 있으니 꼭 가보라고 권했다. 드디어 어느 날 취리히에 갈 일이 생겨 그 참에 가보려고 했더니 그새 문을 영구적으로 닫아버렸다. 그때가 2015년이었다. 뷔를레가 집중적으로 수집한 인상파 작품들이 워낙 인기가 있다 보니 그 미술관이 은근히 이름이 났는데, 보안 체계가 철저하지 못해서 급기야 2008년에는 세잔의 <붉은 조끼를 입은 소년>, 고흐의 <꽃이 핀 밤나무> 등 미술품 네 점을 도난당했다가 간신히 환수하는 사건이 일어났다. 이후 이 미술관의 존속 여부를 점검하는 과정에서 취리히 미술관이 나섰다. 취리히 미술관은 과거에 에밀 뷔를레에게 후원도 받고 작품도 기증받는 등 ─ 1950년대에 모네의 대형 <수련> 연작 두 점을 기증받았다 ─ 뷔를레와 인연이 깊었다. 취리히 미술관은 뷔를레의 소장품을 20년간 장기 대여하기로 했다. 그리고 뷔를레 전시실을 별도로 갖춘 신관이 완성될 때까지 소장품을 해외 전시에 내보냈다.

취리히시 북부에 외를리콘이라고 부르는 구역이 있다. 취리히 도심과 취리히 공항의 딱 중간 지점이다. 외를리콘은 콘서트장, 전시장, 에스닉푸드 식당, 채식 카페가 포진한 개성 있고 힙한 지역이다. 최근에는 현대적인 아파트 건물이 속속 들어서면서 젠트리피케이션이 빠르게 진행 중이지만, 내가 그곳에서 독어 학원에 다니던 18년 전만 해도 상점도 별로 없고 허름하고 우중충한 분위기에 사방이 공사장이고, 집값과 임대료가 저렴한 서민 동네였다. 어딘지 신도시 같은 인상이 있지만 게르만족이 벌써 1,000년 전에 정착했던 오래된 고장이다. 외를리콘이라는 지역 명칭도 처음 이곳에 정착한 게르만 부족의 족장 이름인 오릴로에서 유래한다. 빨리감기하여 18세기로 오면, 이 동네에 철로가 놓이고 큰 역이 생긴다. 교통의 요지가 되자 공업 중심지로 탈바꿈한다. 세계 3대 엔지니어링 기업 ABB의 전신인 '기계공장 외를리콘'이 ─ 그 자체로 기업명이다 ─ 바로 이곳에 거대하게 자리 잡는다.

이 지역에 설립된 또 다른 제조업체로 '공작기계공장 외를리콘'이 있었다. 이 기업이 1923년 독일 기업에 인수되면서 독일 본사에서 파견된 에밀 뷔를레가 이곳 현지 공장의 CEO가 되고, 그의 감독하에 여기서 이른바 '오리콘 대공포' ─ 오리콘은 외를리콘의 일본식 발음이다 ─ 를 비롯한 각종 무기가 제조되기 시작했다. 1936년 뷔를레는 현지 공장을 아예 자기가 사들여 소유자로 변신하고, 이듬해 스위스 시민권을 얻었다. 그리고 2차 세계대전이 터지자 나치 독일과 이탈리아에 군수품을 공급해서 현재가치로 수십억 달러에 달하는 떼돈을 벌었다. 그리고 나치 치하의 파리에서 그 돈으로 유명 인상파 걸작들을 헐값에 신나게 사들였다. 그게 현재 뷔를레 컬렉션의 핵심을 이룬다.

총 수집품 600점 가운데 이때 사들인 작품이 150여 점이고 그중에 나치가 유대인들에게서 강탈한 작품도 적지 않다. 전쟁이 끝나자 나치가 약탈한 것으로 판정된 작품은 열세 점뿐이라며 적법한 소유자에게 돌려주었지만, 그중 아홉 점은 ─ 아무래도 전후 형편이 군색했을 ─ 원소유자들로부터 다시 사들였다. 그 외에도 소장 이력이 의심쩍은 작품이 여러 점 남아 있었으나 대중의 무관심 속에 이 문제는 흐지부지 묻혀버렸다.

그리고 시간이 흘러 취리히 미술관 신관에서 뷔를레 컬렉션을 장기 대여해 전시한다는 소식이 퍼졌다. 2020년대는 1950년대가 아니었다. 과거보다 비판적이고 지각 있는 세대가 들고일어났다. 전시하는 건 좋은데 뷔를레 컬렉션의 전력을 또 스리슬쩍 덮고 지나갈 거냐? 부끄러운 실상에 대한 역사적 성찰 없이 돈이나 벌고 넘어갈 거냐? 뷔를레 재단의 후원을 수십 년간 듬뿍 받아온 취리히 미술관이 그에 관한 진실을 제대로 밝히고 전시를 비판적으로 조명할 수 있겠냐? 독립적인 외부 전문가가 개입해야 하는 것 아니냐? 취리히시와 취리히주가 주민투표를 거쳐 신관 건축에 지원한 금액이 각각 8,800만 프랑(한화 약 1,200억 원)과

3,000만 프랑(한화 약 400억 원)이다. 시민의 세금이 들어갔으니 시민의 목소리가 마땅히 반영되어야 하는 것 아니냐?

수세에 몰린 취리히 미술관은 전시장의 일부를 할애해 벽에 연표와 일러스트를 붙이고 뷔를레와 그가 운영한 기업의 내력을 설명해놓았다. 나는 그 부분을 유심히 살펴봤다. 무기 제조 및 판매로 미술 수집품 자금을 마련한 일, 수집한 작품 가운데 일부가 나치의 약탈품이었던 것, 나치 정권에 무기를 공급했다가 연합군에 의해 블랙리스트에 오른 일, 전후 냉전 시대가 도래하자 서방 각국에 다시 무기를 조달하기 시작한 일, 한국전쟁 발발이 기업 회생에 질호의 기회를 제공한 것, 1960년대에 세계 각 분쟁 지역에 불법으로 무기를 팔았던 일, 비아프라전쟁에서 구호 활동 중이던 적십자 수송기가 격추됐는데 거기에 쓰인 대공포가 뷔를레 기업 제품이라 항의 시위가 벌어졌던 일 등이 상세히 기록되어 있었다. 어조는 스위스 사람들답게 수줍고 신중했지만 입이 있어도 말은 없는 빌라 파툼바에 비하면 준수했다. 그나마 시민들이 맹렬하게 아우성쳤기 때문에 이만큼 솔직하게 수집가의 치부가 공개될 수 있었다. 깨어 있는 사람들의 역할이란 얼마나 소중한가.

이십육 일째

오늘은 목요일. 청소 직원들이 오는 날이다. 객실 청소와 정리를
위해 일주일에 1회, 일정한 요일과 시각에 방문을 두드린다. 대체
로 정확히 시간을 맞춰 오지만, 때때로 한두 시간 어긋날 때도 있
다. 아직 코로나 시국이어서 청소 직원이 오면 방에서 나가 있어
야 한다.

내 방 청소일은 원래 매주 수요일이었다. 그러니까 수요일이었
던 어제, 오전 10시에 오겠다고 해서 나갈 준비를 하고 기다리는
데 직원들이 오지 않았다. 마침 바로 맞은편 객실을 청소하는 소
리가 들렸다. 그리로 건너가서 가능하면 내 방을 오전 중에 청
소해줄 수 있을지 직원들에게 물었다. 그들은 조금 주저하더니
12시에 해줄 수 있다고 했다.

취리히 미술관에서 일부러 넉넉히 시간을 보내고 1시 반에 돌
아왔는데 방이 나갈 때 모습 그대로였다. 들어오다가 건물 입구
에서 청소팀을 보았기 때문에 날쌔게 내려가 어찌 된 일인지 물
었다. 그들은 의아한 얼굴로 내일 12시에 청소하기로 하지 않았
느냐고 되물었다. 내일이라니 무슨 소리지? 조금 더 대화해보니
오해가 있었다. 내가 영어로 "in the morning"이라고 한 것을 그들

이 나름대로 독어의 '모르겐'(morgen)으로 해석하고 '내일'로 알아들은 것이었다. '모르겐'은 아침이라는 뜻도 있지만, 내일이라는 뜻도 있다. 그제야 상황을 파악한 우리는 모두 한바탕 웃었다. 이제까지 만난 스위스인이나 독일인 독어 구사자 가운데, 영어에 내일을 가리키는 '투모로'(tomorrow)라는 용어가 엄연히 있는데 '인 더 모닝'을 '모르겐'으로 이해하는 사람은 없었다. 예상대로 그 직원들에게 독어는 모어가 아니었다. 이민자들이었다. 투숙자와 직원 다수가 스위스인이 아니다 보니 서로 마주치면 영어로 의사소통하는 편이지만, 영어도 독어도 모어가 아닌 사람들끼리 소통하다가 이렇게 특이한 오해도 발생한다. 정확하고 체계적으로 사무가 돌아가는 스위스에서, 예정된 일 처리가 무려 하루씩이나 늦어진 사연이다.

스위스 숙박 시설에서 해주는 청소는 비교적 저렴한 곳이든 고급이든, 단기 체류하는 전통적인 호텔이든 장기 체류하는 아파트형이든, 지극히 깨끗하고 만족스럽다. 가까운 독일만 가도 3성, 4성급 호텔 수건에서 쉰내가 난다. 다른 건 몰라도 한 번도 사용하지 않은 새 수건에서 퀴퀴한 냄새가 나는 건 정말 질색이다. 스위스는 그런 불쾌한 경험을 할 확률이 매우 낮은 곳에 속한다. 냄새로 말하자면, 오스트리아의 커피하우스가 멋지고 커피 맛이 좋긴 하지만, 물컵에서는 십중팔구 달걀 비린내가 난다. 손님들이 달걀 음식을 많이 주문하는 주말 브런치 시간에는 물컵 비린내가 최고치를 찍는다. 그런데 국경 넘어 스위스로 오면, 각종 잔에서 신기하게 그 냄새가 사라진다. 평균적인 빈 커피하우스에서 커피잔, 물잔, 와인잔을 손으로 대충 쓱쓱 씻는다면, 평균적인 취리히 커피 바에서는 김이 펄펄 나는 온도로 온종일 식기

세척기를 돌린다.

중년이 되면서 생긴 손 피부 갈라짐 증상이 코로나바이러스 확산으로 소독제를 빈번히 쓰면서 더 심해졌다. 자구책으로 손에 물이 한 번씩 닿을 때마다 강박적으로 핸드크림을 바른다. 그로 인해 가구며 태블릿이며 손 닿는 모든 곳에 기름진 손자국이 묻어나는 것은 어쩔 수 없이 감수해야 하는 부작용이다. 숙소에 놓인 식탁도 손자국 찍힌 모습이 가히 예술품을 방불케 한다. 그런데 청소팀이 한 번 돌풍처럼 왔다 가면 방 안 모든 가구에서 손자국이 깨끗이 사라진다. 사라지기만 하는 게 아니라 반짝반짝 반들반들 광까지 난다. 타인이 내가 생활하는 공간을 청소해주는 일이 종종 사적 공간의 침해처럼 느껴질 때가 있어 마음 한구석에 불편함도 없지 않지만, 마술 같이 정리된 방을 보면 사적 공간 엄호 따위 일주일에 한 번 쯤은 포기할 수 있다.

이슬라마바드 생활 이전까지 우리가 살던 집은 우리 부부가 직접 청소했다. 그런데 이슬라마바드에 오니까 좀 다른 상황이 기다리고 있었다. 이론적으로야 이전대로 살 수도 있었다. 하지만 전임자가 고용했던 두 사람, 그러니까 청소하는 분과 운전하는 분은 만일 우리가 고용하지 않으면 당장 어려운 지경에 빠졌다. 그들을 우리가 꼭 계속 고용해야만 하는지 주변에 의논했더니, 그렇게 하지 않으면 생계가 막막해지고 가족을 부양할 수 없게 되므로 그들의 월급이 끊기지 않도록 하는 것이 도리라는 조언이 되돌아왔다. 우리 부부는 그 조언에 따랐다. 다만, 전임자 시절에 매일 풀타임으로 일했던 청소 도우미를 주중에 세 번만 오도록 조정했다. 두 식구뿐이라 매일 청소해야 할 만큼 일거리가 많지 않을뿐더러 이제까지 생활했던 패턴을 며칠만이라도 구현하고 싶었다.

생경한 땅에서 운전해주고 청소해주는 사람이 있으니 편하긴 했으나, 한편으론 마치 타임머신을 타고 식민 시대로 되돌아가서 피지배자를 부리는 식민 지배자가 된 기분이었다. 임금이 스위스나 한국보다 훨씬 싸니 우리는 현지인을 고용해 궂은일을 맡긴다. 물론 저들도 우리를 이용한다. 외국인 주재원들이 제공하는 노동 조건이나 임금이 파키스탄 현지인이 제공하는 일자리보다 나은 경우가 대부분이므로, 다들 영어 한마디라도 더 익혀 외국인 주재원 가정에서 도우미나 운전사로 일하려고 애쓴다. 서로 이해관계가 맞아떨어져서 하는 일인데도 여전히 마음이 편치 않다.

알베르토와 나는 어떤 경우든 우리가 고용한 사람들을 인간적으로 존중하고, 그들이 들려주는 현지 이야기를 경청하고 배우기로 미리 의논한 바 있었다. 일단 그렇게 마음을 먹고 나니 매일같이 그들에게 무언가를 묻게 되었다. 살면서 어떤 경험을 했는지 묻고, 파키스탄의 정치나 사회 돌아가는 일에 의견을 묻고, 가족과 친지의 근황을 묻고, 파키스탄 음식의 레시피를 물었다. 그들이 내게 던지는 물음에도 성의 있게 답한다. 그러면서 매번 조금씩 더 그들을 이해하고, 파키스탄을 이해하게 된다. 그들은 피고용자이지만, 현지 문화를 가르쳐주는 선생님이기도 하다.

지난 성탄절, 청소를 도와주는 아스마와 나는 크리스마스카드와 선물을 주고받았다. 아스마는 가톨릭교 신자다. 파키스탄에서 기독교도의 수가 총인구의 1.3퍼센트에 불과하고 그중 가톨릭교도가 절반, 개신교도가 절반을 차지하니 극소수자 집단의 구성원인 셈이다. 파키스탄 기독교도의 70퍼센트 이상이 이곳 펀자브 지방에 거주한다. 그리고 그들 대부분은 힌두 카스트 중에서 최하 계급인 달리트 계급 출신이다. 파키스탄이 무슬림 국가로 탄생하기 이전 시절의 얘기다. 파키스탄, 인도 구분 없이 아직 영국령 인도 제국이었을 때 이 일대에 살던 달리트의 일부가 힌두교에서 기독교로 개종했다. 오늘날 파키스탄 기독교도의 90퍼센트, 인도 기독교도의 70퍼센트가 달리트 계급 출신이다.

인도 제국 시절 힌두교 특권 계급은 기독교로 개종해서 특별히 얻을 것이 없었다. 개종하면 상위 힌두교 카스트 계급으로서 누리던 기존 특권을 포기해야 했다. 그러나 천대받고 극심한 빈곤에 시달리던 달리트 계급은 반대로 잃을 것이 없었다. 오히려 하느님 앞에서 모두가 평등하다는 기독교 선교사들의 메시지에 위로받았다. 저주받은 신분에서 벗어나고자 기꺼이 힌두교를 포기했다. 교회와 선교사들이 제공하는 여러 가지 지원도 받을 수 있었다. 하지만 개종했다고 해서 수 세기 끈덕지게 이어져온 사회적 차별이 없어진 것은 아니었으며, 분뇨 수거, 시궁창 청소, 사체 처리 등 남들이 피하는 일과 험한 육체노동은 여전히 그들의 몫이었다.

지금도 파키스탄과 인도 양국에서 기독교도는 극빈 계급이다. 몹시 가난할 뿐만 아니라 종교가 다르다는 이유로, 그리고 달리트 출신이었다는 이유로 온갖 박해와 차별을 받는다. 특히 파키스탄에서는 이슬람과 조금이라도 배치되는 행동을 하면 불경죄로 엄격히 다스리고, 툭하면 불경죄를 소수 종교 박해의 수단으로 이용해 기독교 신자들을 투옥하거나 사형 선고를 내린다. 불경한 행위가 전혀 없었는데도 증오의 감정이나 개인적인 원한을 품고서 해코지할 목적으로 불경죄를 오남용한다. 이슬람 극단주의자들은 파키스탄 내의 교회나 기독교 관련 시설을 습격하거나 자폭 테러를 자행하기도 한다. 이런 테러 행위는 미국의 아프가니스탄 전쟁 이후 더 증가했다.

아스마에게 기독교인이어서 어려운 점이 있냐고 물어봤다. "Not nice sometimes." 가끔 안 좋은 경험을 한다는 뜻으로 이해되는 대답만 짧게 했을 뿐, 더는 말을 아꼈다. 아무래도 그런 질문이 불편한 듯했다. 하지만 그의 어조와 표정에서 소수자로서의 힘든 삶이 배어났다.

아스마는 기독교인만 따로 모여 사는 가난한 마을에 산다. 다행히 우리 부부가 사는 집에서 걸어서 20분 거리여서 쉽게 출퇴근할 수 있다. 나는 아스마의 집을 가봤다. 나만 괜찮으면 자기 집을 보여주겠다고 했다. 와보라고 하는데 가보는 것은 당연하다. 그곳은 제대로 된 집이 아니고 골격만 대충 잡아 시멘트를 덕지덕지 바른 가건물에 가까웠다. 현관문도 없이 축축하게 흙이 덮인 컴컴한 복도를 걸어 들어가면 왼쪽에 방문이 하나 나온다. 아스마가 그 문을 열었다. 별로 크지 않은 방이 가구 몇 점으로 꽉 찼다. 정면에 거대한 장미목 침대 하나, 오른편에 찬장 하나, 그리고 침대를 마주보는 벽면에 낮은 소파 하나가 놓여 있었다. 소파 발치에는 낡고 고풍스러운 카펫이 깔렸다. 아스마가 나를 소파에 앉혔다. 장미목 침대 위에는 여자 세 분이 그림처럼 앉아 있었다. 형광등 불빛에 다들 창백해 보였다. 왼편에 앉은 두 사람은 시어머니와 시누이, 오른편에 앉은 젊은 여성은 여동생이었다. 여동생은 얼굴이 동그랗고 눈매가 날카롭고 어깨가 넓은 체격이 아스마와 많이 닮았다. 그도 외국인 주재원 집에서 도우미로 일한다고 했다.

세 여자분과 인사 나누는 동안 아스마가 위층에서 남편과 두 아이를 데리고 내려왔다. 위층에 있는 방은 자기 부부와 두 아이가 쓰고 아래 내가 앉아 있던 방은 시어머니의 안방 겸 응접실이라고 했다. 남편은 키가 훤칠하고 잘생기고 눈매가 선해 보였다. 시 정부에서 사무원으로 일하고 있으며, 종종 아스마를 오토바이에 태워 출근시킨다고 했다.

얼핏 보니 아스마의 시누이가 자꾸 자기 목을 어루만진다. 괜찮으시냐고 물으니, 그날 남편이 모는 오토바이 뒤에 타고 가다가 헤드스카프가 바퀴에 끼어 목이 졸리는 사고를 당했다고 했다. 이분은 다행히 큰 불상사를 면했지만, 파키스탄에서는 이런 사고로 질식하거나 도로에 떨어져 크게 다치는 여성이 적지 않다. 파키스탄 최대의 도시 카라치에서는 여성의 헤드스카프나 길고 헐렁한 옷이 원인이 되어 발생하는 오토바이 사고가 매일 평균 한 건씩 발생한다는 보도도 있었다. 기독교인들이니 헤드스카프를 안 쓰면 될 것 같지만, 그렇게 간단하지 않다. 앞서 말했듯 자칫하면 불경죄로 처벌받을 수 있기 때문이다. 같은 이유로 기독교도 역시 돼지고기를 전혀 먹지 않는다.

아스마의 가장 큰 관심은 아이들 교육이다. 기독교도들은 교육제도 안에서도 차별받지만, 아스마는 단호하다. 가난에서 벗어나는 길은 교육밖에 없다는 것을 잘 알고 있다. 그래서 자녀 학자금을 모으고 친한 사람들과 '계' 모임도 한다. 설명을 잘 들어보니, 매월 돈을 부어 회원들이 돌아가면서 목돈이 필요할 때 사용하는 것이 우리가 아는 계 조직과 똑같았다. 한국 서민들 특유의 자조 조직인 줄 알았는데 아니었다. 사람이 생각하는 것은 어디나 비슷하다.

＊

운전기사 자후르는 세상 물정에 밝은 스트리트 스마트(street smart)의 전형이다. 이슬라마바드 토박이인데다가 오랜 세월 택시 기사 생활을 해서 모르는 장소가 없고 여기저기 아는 사람도 많았다. 어떤 정보를 물어보면 ― 어느 세탁소가 좋은지, 괜찮은 이발소는 어디인지, 화재경보기용 배터리는 어디서 구할지 등등 ― 척척 알려주고 필요한 물건을 직접 구해다 주기도 했다. 우리는 이슬라마바드에 도착한 초기에 자후르에게 맥주를 살 수 있는 곳이 있을지 조심스럽게 물어보았다. 파키스탄 국내 맥주 제조업체가 있다고 들었기 때문이다. 제조업체가 있으면 어디엔가 외국인이나 비무슬림을 상대로 판매하는 곳도 있을 것 같았다. 역시나 자후르는 알고 있었다. 이른바 '퍼밋 룸'(permit room)이라는 특별한 주류 판매소를 찾아가야 한다고 했다.

이슬라마바드 메리어트 호텔 정문이 면한 아가 칸 길에서 호텔을 끼고 아타투르크 길로 좌회전하면 호텔 주차장이 나온다. 이 주차장을 마주보는 호텔 측면 벽면에 눈에 잘 띄지 않는 작은 문이 하나 있다. 그 앞에는 인상이 무시무시한 경비원이 칼라시니코프 소총을 들고 서 있다. 거기가 바로 퍼밋 룸, 즉 주류 판매점의 입구다. 긴장해서 입구를 향해 다가가면 총 든 경비원이 별안간 싱긋 웃어줄 때도 있어서 인지부조화가 촉발된다. 안에 들어가면 먼지 냄새가 나는 좁은 공간에 창구가 하나 뚫려 있고, 왼쪽 벽면에 상품 목록이 붙어 있다. 이곳에서는 오로지 무리 양조회사 제품만 살 수 있다. 이슬라마바드에서 북동쪽으로 약 30킬로미터 떨어진 지점에 '무리'라는 동네가 있다. 무리 양조회사는 바로 이 지역에 주둔하던 영국 군인 및 민간인의 수요를 충족하기 위해 1860년에 창립된 주류업체로, 파키스탄에서 가장 오래되고 가장 큰 규모를 자랑한다. 메리어트 호텔 퍼밋 룸에서 구입할 수 있는 무리 회사 제품은 '무리 클래식 라거', '무리 라이트', '무리 스트롱' 등의 맥주를 비롯해 위스키, 진, 그리고 스톨리치나야 보드카로 착각할 만큼 빨갛고 하얀 라벨이 유사한 보드카도 판매한다.

　이곳에서 술을 사려면 외국인이나 비무슬림 신분을 증명하기 위해 신분증을 제시해야 하는 것이 원칙이지만, 알베르토와 나의 외모를 보고 당연히 외국인으로 여겼는지 아예 신분증 보여달라는 소리조차 안 한다.

"뭐 드려요?"

"무리 클래식 라거 두 상자 주세요."

　스무 캔들이 한 상자의 가격은 7,000루피, 한화로 약 4만 원이다. 500밀리리터 캔 한 개에 2,000원꼴이다. 현지 물가를 고려하면 상당히 비싼 가격이다. 돈은 현금만 받는다. 영수증 같은 건 없다. 이거 메리어트 호텔 한구석을 빌려서 장사하는, 제대로 된 상점 맞나? 의문점이 하나둘이 아니지만, 그 자리에서 풀 수 있는 의문이 아니므로 일단 담담히 주어진 상황을 받아들인다. 돈을 지불하자 돈 받는 직원 옆에 서 있던 기운 세 보이는 젊은 직원이 창고로 들어가 맥주 두 상자를 들고나온다. 창구 뒤편으로 연결된 창고 출입문이 활짝 열려 있어 술 상자가 가득 쌓인 우중충한 창고 내부가 훤히 들여다보인다. 그 와중에 깡마른 중년 파키스탄인 한 명이 들어와 맥주 한 캔을 사서 나간다. 기도할 때 쓰는 토피 모자를 쓴 것으로 미루어 아무리 봐도 무슬림 노동자로 보인다. 역시 이번에도 신분증 제시를 요구하지 않았다. 현금만 내면 아무한테나 파는 듯하다. 소총 쏠 일만 안 일으키면 누구나 환영인 모양이었다.

우리는 그날 저녁 이슬람 국가 파키스탄에서 파키스탄제 맥주를 홀짝이는 이상한 체험을 음미하며, 이곳에서 지내는 동안 고용된 분들과 잘 지낼 수 있기를 기원했다.

이십칠 일째

허리가 아프다. 오트밀 죽을 입에 밀어 넣다가, 어제 샴푸로 빤 모직 스웨터를 펴서 말리느라고 펼쳐 세워둔 다리미판이 눈에 들어왔다. 불현듯 저것을 스탠딩 데스크로 사용하면 되겠구나 싶었다. 스웨터를 치우고, 다리미판 높이를 최대로 끌어 올려 태블릿을 놓아보니 꽤 적당했다. 판의 표면이 푹신해서 손목도 편했다. 왜 진작 이 생각을 못 했을까.

스탠딩 데스크는 이제 필수가 된 지 여러 해다. 책상에 앉았을 때 허리로 집중되던 부담이 일어선 자세에서는 분산되므로 확실히 허리가 덜 아프다. 그리고 일어서면 체중이 왼발에 실렸다 오른발에 실렸다 하면서 자연스럽게 몸이 움직이니 통증 완화에 큰 도움이 된다. 서 있을 때 내 체중이 왼쪽 다리에 더 실린다는 것도 서서 일하기 시작하면서 처음 알았다. 청소년 시기부터 늘 왼쪽 종아리가 오른쪽보다 굵어서 왜 그런가 했더니, 일찍이 어린 시절부터 신체의 좌측으로 몸무게가 쏠려서 그랬던 모양이다. 서서 일하면 칼로리 소모도 크다. 처음으로 스탠딩 데스크를 쓰기 시작했을 무렵 너무 빨리 허기져서 깜짝 놀랐던 기억이 있다. 맹점은, 무리하면 발바닥이 아프다는 것이다. 자칫하면

족저근막염이 올 수 있다. 실내용 스니커즈를 하나 마련하거나 편한 실내화를 착용하면 좋고, 맨발을 선호하면 데스크 앞에 운동 매트를 깔아도 된다. 아, 그렇다. 다리미판 밑에 운동용 매트를 깔자.

이리하여 이곳 취리히 숙소에 다리미판과 운동 매트로 완성된 임시 오피스가 탄생했다. 아름다운 요소라고는 전혀 찾아볼 수 없는 이 이상하면서도 편리한 인테리어를 떠나는 날까지 고수하게 될 것 같다. 청소 직원들이 보면 아마 내가 다림질을 열심히 하는 줄로 생각할 듯하다.

*

오늘은 편도 제거 수술 환자들이 입을 모아 말하는 이른바 마법의 두 주 차에 해당하는 날이다. 수술 후 두 주가 지나면, 아주 거친 음식만 아니면 뭘 먹어도 큰 통증이 없고 유난하게 음식 조절을 안 해도 된다는 의미에서 그렇게들 칭한다. 이날을 축하하기 위해 저녁으로 무엇을 먹을까 잠시 고민하다가 햄버거를 먹기로 했다. 냉장고에 와인 반병이 남아 있다. 수술 전에 사다 놓고 마시던 것이다. 간에서 대사되는 진통제를 끊은 지 거의 일주일이 되어가니 한 잔쯤 마신다고 간에 부담이 가지는 않을 것 같고, 상처도 다 나아가니 너무 따갑지만 않으면 와인을 시도해보고 싶었다. 에스프레소 잔에 조금 따라서 맛을 봤다. 코르크로 꽉 막아 냉장 보관해서 그런지 맛도 크게 변하지 않았고 상처도 아프지 않았다. 나는 외투를 주섬주섬 챙겨 입고 트램으로 다섯 정거장 거리에 있는 맥도날드로 향했다.

주문한 음식을 기다리는 동안, 정확히 한 달 전인 3월 8일 맥도날드가 러시아에서 영업을 중단한 일이 떠올랐다. 우크라이나 침공에 대한 항의 차원에서 취한 조치다. 러시아 전역 850개 매장을 모조리 닫아버렸다. 러시아와 우크라이나를 합치면 맥도날드 전 세계 매출액의 9퍼센트를 차지하니 다소 타격이 있겠지만, 운영을 지속하다가 러시아에 분노하는 다른 나라 소비자의 항의를 받는 등 기업 이미지에 문제가 생길 수 있으므로 전격적으로 결정한 듯하다. 맥도날드가 러시아에 들어온 것은 1990년이다. 그해 1월 31일 모스크바 푸시킨 광장에 1호점이 개점하자 러시아인들은 열광하며 줄을 섰다. 그렇게 냉전의 종식이라는 역사적 의미를 담았던 브랜드가 러시아 진출 후 30년이나 지나서 처음으로 판매를 중지했다는 사실은 지극히 상징적이다.

영업을 중단한 것은 맥도날드뿐이 아니다. 러시아에 백여 개 매장을 운영하던 스타벅스도 맥도날드와 같은 날 영업을 중단했고, 코카콜라와 펩시콜라도 철수했다. 유니클로는 옷은 인간의 기본권이라는 어이없는 이유를 갖다 붙이며 영업을 고집하다가 국제적으로 욕을 먹자 어쩔 수 없이 중지했다. 유니클로가 계속 영업하고 싶어 했던 마음은 이해할 수 있다. 러시아에서 장사가 너무 잘됐기 때문이다.

맥도날드에서 내가 주로 고르는 메뉴는 빅테이스티다. 패티가 다른 메뉴보다 크고 두꺼워서 빅테이스티 단품이 빅맥보다 가격이 살짝 높다. 한국에서는 2006년에 시판되었다가 오래 못 가 판매를 중지했지만, 유럽에서는 여전히 판매되고 있다. 빅테이스티라는 녀석을 발견한 곳은 모스크바였다. 스위스의 빅테이스티 패티는 이른바 쿼터 파운드, 즉 0.25파운드에 해당하는 113그램이지만, 러시아 빅테이스티 패티는 0.3파운드인 150그램에 빵 크기도 스위스보다 커서 나는 다 먹지 못하고 나머지를 남편에게 건네곤 했다. 가격도 차이가 난다. 스위스 빅테이스티는 러시아보다 크기도 작은데 7.90프랑(원화 만 원)이고, 푸짐한 러시아 빅테이스티는 249루블(원화 4,000원)이다. 가격과 크기 차이까지 고려하면 스위스 물가가 러시아의 세 배쯤 된다는 얘기다.

재료 현지화 정책에 따라 스위스 맥도날드에서 쓰는 햄버거 패티는 스위스 현지에서 사육하고 도축한 고기를 사용한다. 재료 정보를 보니 햄버거에 들어가는 베이컨은 유명한 가공육 업체인 '말부너' 제품이다. 말부너는 스위스가 아니라 리히텐슈타인 회사이지만, 스위스에 공장이 있다. 빅테이스티에도 베이컨을 추가할 수 있으나 시도해본 적은 없다. 그런데 말부너 베이컨을 쓴다는 말에 괜히 마음이 동한다. 이슬라마바드 갈 날도 얼마 안 남았는데 베이컨을 넣어봐? 하지만 그만두기로 한다. 먹는 일에는 절도가 필요하다. 일부러 큼직한 햄버거를 고르는 행위만으로 쾌락은 충분하다. 특별히 베이컨을 좋아하지도 않는다. 마지막으로 언제 먹었는지 기억도 안 나니까. 그런데 파키스탄에서 돼지고기를 전혀 못 먹으니까 쓸데없는 유혹을 느낀 것이다.

베이컨을 생각하다가 요즘 스위스를 비롯해 서구 전역에서 고기 맛이 나는 비건 가공육과 비건 햄버거 패티가 큰 인기를 얻는 현상이 떠올랐다. 심지어 말부너도 비건 육포를 판다. 기술이 발전하면서 진짜 가공육과 가공육 맛이 나는 비건 제품의 맛 차이도 점차 좁혀지고 있다. 그러다 보니 급기야는 서구에 이주해서 생활하는 무슬림 이민자와 그들의 자녀들 사이에서 돼지고기 가공육과 거의 비슷한 맛이 나는 비건 소시지, 비건 햄, 비건 베이컨 등을 무슬림이 먹어도 될지 토론이 벌어진다. 진짜 돈육이 아니면 상관없다, 돼지고기와 똑같은 맛이라면 피해야 한다, 돼지고기를 탐하는 것과 다를 바 없기 때문이다 등등의 견해가 엇갈릴 뿐 아직 결론은 나지 않았다.

맥도날드의 재발견은 사실 코로나바이러스 덕분이었다. 코로나가 창궐하기 전까지, 그러니까 러시아로 이사 간 2017년 여름부터 2020년 3월 무렵까지 2년 반 동안, 집에서 코 닿을 거리에 있는 맥도날드 매장에 한 번도 간 적이 없었다. 특별히 맥도날드에 반감이 있어서는 아니었다. 그저 새로운 곳에 도착해 현지 음식을 탐색하기도 바쁜데 굳이 맥도날드에 갈 이유를 느끼지 못해서였다. 그전에도 맥도날드는 1년에 한 번 갈까 말까였다. 돌이켜보면 음식 천국이던 도쿄나 빈에 살 때는 단 한 번도 가지 않았다. 그러나 2020년 봄 모스크바가 코로나로 봉쇄되면서 대부분의 식당이 문을 닫았다. 비록 포장 한정이라 해도, 맥도날드는 러시아에서 엄중한 봉쇄 기간에 영업을 지속한 극소수 업체에 해당했다. 특유의 사업 역량을 발휘해 용케 러시아 정부의 허가를 받아낸 것이다. 집 근처에 문을 연 몇 안 되는 음식점 중 하나라는 단순한 이유로 우리 부부는 맥도날드에 출입하기 시작했다. 봉쇄 기간에 스리슬쩍 늘어난 와인 소비에 곁들일 안주로도 좋았다. 그리하여 금요일 저녁이면 격주로 햄버거에 와인을 마시는 것이 어떤 의식처럼 굳어지고 말았다. 매주가 아니고 격주인 이유는 알베르토의 최애 음식인 피자와 금요일을 공평하게 나눠야 했기 때문이다.

이젠 그때만큼 햄버거를 자주 소비하지 않는다. 그렇더라도 이제 와인과 햄버거의 조합은 건강이 허락하는 한, 아무래도 평생 내려놓지 못할 것 같다. 이전에는 그 매력을 미처 알지 못했다. 이 조합을 소개해 우리를 중독시킨 책임은 전적으로 알베르토의 전 상사 루이에게 있다. 프랑스 와인에 관해서라면 지식과 시음 경험이 웬만한 소믈리에에게 뒤지지 않는 루이는 러시아에서 지낼 때 우리 부부와 자주 함께 식사했다. 식사 자리에 그는 늘 귀한 보르도 와인을 가져왔다. 돌아가신 아버지로부터 물려받은 고향집 지하 와인 창고에 프랑스 와인 수백 병이 보관되어 있다고 했다.

루이가 와인을 마실 때 가장 곁들이기 좋아하던 음식이 바로 햄버거였다. 보통 그렇겠지만, 나는 햄버거를 먹을 때 십 대, 이십 대 시절에는 콜라를 마셨고, 삼십을 넘겨서는 햄버거를 별로 입에 대지 않았으나 드물게 먹을 기회가 생기면 주로 맥주를 마셨지 와인을 함께 마실 생각은 하지 못했다. 알베르토도 마찬가지였다. 한 사람은 서울에서, 한 사람은 취리히에서 자랐지만, 햄버거와 함께 마시는 음료가 콜라에서 맥주로 바뀐 것은 크게 다르지 않았다. 그랬던 것이 또 한 차례 진화를 거쳤다. 코로나가 확산되기 직전, 우리는 루이와 음식점에 갔다. 언제나 그렇듯 그는 좋은 와인부터 주문한 뒤, 메뉴도 다양한 식당에서 어김없이 햄버거를 골랐다. 루이에게 그 이유를 묻자 "영화 <사이드웨이> 봤지?" 하는 엉뚱한 대답이 돌아왔다. 곧 눈치챘다. 루이의 답변은, 주인공 마일스 역의 폴 지어마티가 전처의 임신 소식을 듣고 패스트푸드점에 가서 애지중지하던 1961년산 샤토슈발블랑 생테밀리옹 한 병을 일회용 스티로폼 컵에 따라 햄버거와 함께 꾸역꾸역 먹던 장면을 가리키고 있었다. 평소에 말이 많은 루이가 더 길게 설명하지 않았다. 왜 저렇게 아까운 방식으로 먹느냐가 아니라, 저렇게 먹는 게 정말 맛있다는 뜻이었다. 내 생각이 맞느냐고 물으니 루이가 빙긋 웃었다.

　이후 햄버거만 보면 자동으로 와인이 당기고, 와인을 보면 종종 햄버거가 생각난다. 불맛 나는 고기와 어울리는 바디감 있고 산도 낮은 와인이 좋다. 햄버거는 품질이 대중없는 일반 식당 햄버거보다는, 언제나 똑같은 맛이 보증된 체인점 햄버거가 적절하다. 나는 오늘도 그렇게 위험을 피해 일관성 있는 만족감을 추구한다.

203

이십팔 일째

저녁에 텔레비전을 켜니 아르테 채널에서 우크라이나 시트콤 <인민의 종>이 방영되고 있었다. 독일과 프랑스가 공동으로 설립해 운영하는 방송국 아르테는 예술성과 사회성 있는 콘텐츠를 중심으로 수준 높은 프로그램을 편성한다. 러시아의 우크라이나 침공 상황에 맞추어 일부러 <인민의 종>을 편성한 것도 역시 아르테다웠다.

정치 풍자 시트콤 <인민의 종>은 고등학교 역사 선생님이 졸지에 대통령에 당선되어 부정부패 척결을 위해 좌충우돌하는 이야기다. 현재 우크라이나 제6대 대통령으로 재임 중인 코미디언 출신 정치인 볼로디미르 젤렌스키가 기획, 제작, 감독, 주연했던 작품이다. 2015년부터 세 시즌에 걸쳐 방송되면서 엄청난 인기를 얻자 젤렌스키는 아예 시트콤 제목과 똑같은 이름으로 정당을 창당하고 2019년 4월 대통령 선거에 출마해 73퍼센트라는 압도적인 지지율로 당선됐다. 그렇게 해서 픽션은 논픽션으로 거듭났다.

젤렌스키는 41세라는 젊은 나이에 정치 경험이 일천했지만, 의외로 법대 출신이고 정치 야심이 전혀 없던 사람도 아니었다.

〈인민의 종〉의 인기 덕택에 대통령이 된 것은 분명하나 시트콤이 큰 반향을 일으키자마자 곧장 이를 발판으로 대선 준비에 착수하며 전략적으로 기회를 포착했다. 자기가 제일 잘하고 재능을 보일 수 있는 방식으로 스스로를 띄워 대통령까지 됐으니 그 노련함이 결코 아마추어로 보이지 않는다. 그는 취임사에서 우크라이나 동부에서 지속되던 러시아와의 분쟁을 종결하고 부정부패를 척결하겠다고 약속하고, 다음과 같이 덧붙여서 듣는 사람들의 탄성을 자아냈다.

> 나는 여러분 사무실에 내 사진을 걸기를 원하지 않습니다. 대통령은 우상도, 숭배의 대상도 아니고, 벽에 거는 초상화도 아닙니다. 대신에 여러분 자녀의 사진을 걸어놓고 매사 결정에 앞서 바라보세요.

출발선은 잘 끊었으나 취임 후 첫 2년은 눈에 띄는 성과를 내지 못해 지지율이 하락했다. 정치 경력이 전무한 저 사람을 우리가 대통령으로 뽑은 것이 과연 잘한 일인가 회의하던 우크라이나 국민의 의구심은, 뜻밖에도 러시아의 침공을 받으면서 완전히 가셨다. 침공 직후 그는 외국으로 피신할 기회가 있었는데도 우크라이나에 꿋꿋이 남아 군의 사기를 북돋우고, 국민을 위로하고, 활발한 외교전으로 국제 여론을 우크라이나 편으로 이끌었다. 우크라이나가 예상과 달리 선전하며 항전을 지속하고 있는 것은 젤렌스키 대통령이 보인 용기 있고 영리한 행보의 공이 크다. 러시아는 젤렌스키 정권을 네오나치 정권이라며 모욕하고 침공을 정당화하려 했지만, 젤렌스키는 증조부와 종조부들이 나치에 살해당한 유대인이므로 당치도 않은 헛소리다.

<인민의 종> 시즌 1, 제9화에는 주인공이 마음 맞는 동료들과 모여 서로 어려움을 토로하는 장면이 나온다. 그들은 "힘겨운 상황이 닥쳤을 때, 도망가는 방법이 있고 된통 당하더라도 끝까지 남아 싸우는 길이 있다, 우리는 끝까지 남아 싸우겠다"라고 맹세한다. 그것을 연기로만 끝내지 않고 현실에서 실천에 옮기는 모습을 보니 소름이 돋는다. 그는 대통령 취임사를 이렇게 끝맺은 바 있다.

국민 여러분, 저는 평생 우크라이나인들에게 웃음을 주기 위해 최선을 다했습니다. 그것이 제 사명이었습니다. 이제 저는 최소한 우크라이나인들이 더 이상 울지 않도록 있는 힘을 다할 것입니다.

그는 지금 그 약속을 지키는 중이다.

*

약 6년 전, 스위스 베른에서 러시아어를 처음 배우며 모스크바로 이사할 준비를 하던 시기였다. 하루는 러시아어 선생이 학생들 앞에서 러시아 지도를 펼쳐놓고 설명하다가 갑자기 크림반도를 가리켰다. 그리고 러시아가 크림반도를 침공해 합병한 일을 자랑스러운 투로 이야기하며 "이제 그곳은 엄연한 우리 땅"이라고 당당히 외쳤다. 그 말에 남편과 내가 서로 눈을 마주치며 표정 관리를 하느라 애쓰던 기억이 난다. 그러고서 2017년 여름 모스크바에 도착했더니 러시아 중앙은행이 크림반도 도안을 넣은 200루블 신권을 발행해 뿌리고 있었다. 자기 나라 땅이라는 공포였다. 그러나 실효 지배하고 있을 뿐, 국제사회에서 정식으로 러시아 영토로 인정받지 못해 지금도 인정을 구걸 중이다. 하지만 이번 전쟁으로 러시아가 크림반도 영유권을 인정받을 전망은 더더욱 어두워졌다.

절묘한 시기에 러시아를 떠나서 다행이야.

2022년 2월 말 푸틴이 우크라이나 침공을 감행하자, 주위의 친지들이 그렇게 다들 한마디씩 건넸다. 맞다. 잘 피했다. 러시아에 남아 있는 동료와 지인 들은 당장 그 영향을 피부로 느꼈다. 급속도로 냉각된 사회 분위기, 하나둘씩 떠나는 외국 기업들, 비자와 마스터카드의 철수로 신용카드를 못 쓰고 현금을 쟁여야 하는 일상생활의 불편함. 그래도 현금을 쟁여서 생활이 해결될 정도면 형편이 괜찮은 사람들이다. 바른말 하다가 잡혀갈까 두렵다, 이 나라 꼴 보기도 싫다며 외국으로 도피할 여유가 되는 사람들 역시 운이 좋은 편에 속한다. 오도 가도 못하는 러시아 서민들은 망가지는 경제와 수치심 사이에 끼어 괴로워한다. 적어도 내가 아는 현지인들은 그렇다. 물론 수많은 또 다른 러시아 국민들이 여전히 푸틴을 지지하며 우크라이나의 서구화를 결사반대한다. 그렇다고 그 사람들이 우크라이나를 특별히 가깝게 느끼는 것도 아니다.

헝가리로 유학 간 러시아어 선생 마리야는 암 투병을 했다. 첫 수업에 나타났을 때 가발을 쓴 것을 눈치챘는데 수업 횟수가 거듭되자 어느 순간 자신이 암 환자라고 솔직하게 털어놓았다. 러시아의 암 치료 기술이 서구에 뒤처져서, 지난 두 해 동안 일 년에 세 차례씩 독일에 방문해 항암 치료를 받을 수 있도록 부유한 친구 부부가 자기를 도와준 얘기도 했다. 러시아 병원의 담당 의사는 그 사실을 모른 채, 종종 연락이 끊기고 오라는 날짜에 치료받으러 오지 않는 마리야에게 살기를 포기한 거냐며 야단쳤다. 마리야는 입을 꾹 다물고 독일에서 치료 중이란 사실을 말하지 않았다. 러시아 의사의 자존심이 상하지 않도록 하는 배려였다.

다행히 독일에서 받은 치료가 성공적이어서 완치되었다. 마리야는 선선히 인정했다. 러시아에서 항암 치료를 받았으면 이런 결과가 가능했을 것 같지 않다고 했다. 그는 어느덧 가발을 벗고 새로 나는 머리카락을 보여주었다. 옛날에는 곧은 금발 머리였는데 이제 진한 갈색 곱슬머리가 난다며, 치료를 도와준 친구 부부가 유대인이어서 그들의 돈으로 치료한 까닭에 이리된 것 같다며 킬킬 웃었다. 특정 민족과 신체적 특징을 결부 짓는 인종주의적 농담에 움찔했지만, 친구에게 금전적 신세를 져가며 치료해야 했던 자신의 딱한 처지를 농담으로 승화해내는 그의 태평한 유머 감각에, 정치적 올바름은 잠시 옆으로 밀어두고 함께 피식 웃어주었다.

암 치료가 잘 마무리된 후 마리야는 헝가리 대학원에 합격했다. 2018년 여름의 일이었다. 가을 학기를 시작하러 떠나기 전에 송별회 삼아 우리 부부가 밥을 사기로 했다. 마리야가 좋아할 만한 식당 두 군데를 골라보았다. "우크라이나 식당 '오데사 마마'에 갈까요, 아니면 조지아 식당 '존졸리'에 갈까요?" 둘 중에서 마리야에게 고르라고 했다. "조지아 식당이요." 마리야는 별로 망설이지도 않고 그렇게 답하고서 금방 덧붙였다. "근데 '오데사 마마'가 무슨 우크라이나 식당이에요. 러시아 식당이지."

208

아니, 오데사가 엄연히 우크라이나 땅인 걸 알면서 무슨 소리?
물론 '오데사식 유대인 음식'을 마케팅 포인트로 삼는 곳이므로
우크라이나 음식점이라는 말에 어폐가 있을 수 있다고 치더라도
러시아 식당이라고 주장하는 건 좀 지나치다.

고등학교 지리 시간에 열심히 배운 대로 우크라이나의 비옥한
흑토지대는 북미 프레리, 아르헨티나 팜파스와 함께 세계 3대 곡
창지대에 속한다. 이렇게 흑토지대에서 재배한 방대한 양의 곡물
이 수출되는 주요 항구가 바로 예카테리나 2세가 1794년 흑해 북
서해안에 건설한 도시 오데사다. 무역과 상공업 발전으로 오데
사가 대도시로 성장하자 다양한 사람들이 이 '흑해의 진주'로 몰
려들었다. 지금은 주민의 62퍼센트가 우크라이나인, 28퍼센트
가 러시아인이지만, 한 세기 전인 20세기 초에는 러시아인 40퍼
센트, 유대인 37퍼센트, 우크라이나인 18퍼센트, 그리고 소수의
폴란드인, 독일인, 아르메니아인, 그리스인 등 다양한 민족이 뒤
섞여 생활하던, 생기 넘치는 인종과 문화의 용광로였다. 유대인
이 도시 인구의 3분의 1이 넘었으니 언어, 유머, 문학, 음악, 음식
등 유대인 문화와 오데사 문화를 따로 떼어놓고 생각하기 어려웠
다. 그러나 2차 세계대전 발발로 오데사의 유대인은 대부분 피신
하거나 살해당했고, 지금은 주민의 1퍼센트밖에 되지 않는다. 모
스크바의 인기 있는 식당 '오데사 마마'는 바로 오데사에서 번창
했던 유대인들의 음식에서 영감을 얻은 식당이었다.

나는 마리야에게 우크라이나를 어떻게 생각하는지 조심스럽
게 물었다. 그는 미간을 살짝 찌푸리며 손을 내저었다. 세련되지
못하고 촌스러운 곳이며 사람들도 거칠어서 상대하기 힘들다고
했다. 러시아어 선생이니 우크라이나어에 관해서도 물어보았다.

우크라이나어는 러시아인도 어느 정도 알아들을 수 있을 만큼 러시아어와 비슷한 부분이 있지만, 러시아인의 귀에는 아주 듣기 거북한 사투리라는 식으로 폄하했다. "원시적"이라는 표현을 썼던 것으로 기억한다. 우크라이나어를 전혀 알지 못하니 마리야의 언급이 정당한지 판단하기는 어려워도, 마음이 다소 불편했다. 독일인들이 종종 스위스 독어를 웃음거리로 삼는 버릇이 불현듯 여기에 겹쳐 보이기도 했다. 마리야처럼 교육받은 사람들마저 우크라이나를 깎아내렸다. 러시아보다 열등한 주제에 감히 시끄럽고 건방지게 독립을 표방하는, 원래 러시아 땅이어야 하는 촌구석 성노보 보고 있었나.

마리야는 떠났다. 민족적 우월감을 드러내던 사람치고는 아주 솔직하게 러시아에서 자신의 미래를 상상할 수 없다는 심정을 털어놓고 부다페스트로 떠났다. 이후 연락을 주고받을 때마다 헝가리 생활이 만족스럽다고 했다. 대학원 공부도 재미있고, 헝가리 학생들에게 러시아어도 가르치고, 경제적으로도 안정이 되어 좋다고 했다. 마리야는 아마 러시아로 영영 돌아가지 않을 것이다.

이십구 일째

파키스탄은 스위스보다 세 시간 빠르다. 저녁 9시가 지났으니 지금 이슬라마바드는 자정이 넘었는데 남편이 아직 깨어 있다. 총리에 대한 불신임안 투표를 기다리고 있다고 했다.

임란 칸 파키스탄 총리가 축출되기 일보 직전이었다. 임란 칸은 독특한 존재였다. 전통적으로 파키스탄에서는, 현지인들이 정치 황족으로 일컫는 몇몇 명문가 출신이 정치판을 좌우해왔다. 암살당한 베나지르 부토 전 총리의 집안이나 세 차례 총리를 지낸 나와즈 샤리프의 집안이 여기에 속한다. 그런 나라에서 전직 크리켓 선수로서 정치 경험도 적고 엘리트 계급 출신이 아닌 칸이 2018년 서민들의 압도적인 지지를 얻어 총리에 올랐다. 기존 엘리트가 저질러온 부정부패와 정치 구태를 척결하고 서민이 살기 좋은 세상을 만들겠다는 약속으로 대중에게 어필했으며, 친중 정책으로 인프라 투자를 얻어내고 친러 행보로 천연가스 등의 자원을 확보하는 한편, 군사독재 국가 파키스탄의 실세인 군부의 지지를 받아내 입지를 굳혔다. 역대 파키스탄 총리 가운데 지금까지 아무도 5년 임기를 꽉 채운 인물이 없었는데 처음으로 그 업적을 이뤄내는 것이 아닌가 하는 예측마저 등장했다.

그런데 코로나가 찾아왔다. 경제가 망가지고 인플레이션이 심해지면서 일부 국민이 불만을 내비치기 시작했다. 파키스탄 인구의 절반이 살고 있는 펀자브주가 특히 심한 경제적 타격을 겪었다. 펀자브 주지사의 무능함도 지역 경제를 망치는 데 일조했다. 주지사를 교체해야 한다는 주변의 간언이 있었으나, 이슬람 신비주의자인 임란 칸의 아내 부슈라 비비 칸은 현 주지사가 계속 그 자리에 있어야 칸 정권의 운이 유지된다고 조언했다. 총리는 아내의 말에 따랐다. 정치에 무당이 끼어드는 건 한국만이 아닌 듯하다. 부슈라 비비 칸은 임란 칸의 세 번째 아내로, 미신과 신비주의에 심취해 있던 임란 간의 이른바 영직 조인자 역할을 하던 인물이다. 그러다가 칸이 총리에 오르기 직전에 결혼했다.

임란 칸의 실정이 거듭되자 야권과 여론은 그를 총리로 만든 군부를 원망했다. 파키스탄에서는 사실상 군부의 승인이 없으면 총리가 될 수도 없고 총리직을 유지할 수도 없기 때문이다. 이윽고 칸에 대한 군부의 지지가 조금씩 흔들리기 시작했다. 최근 칸이 내보인 친러 행보에도 군부가 이견을 드러냈다. 러시아가 우크라이나를 침공한 바로 그날 칸은 러시아를 방문해 푸틴과 나란히 사진을 찍으며 연대를 과시하는 괴이한 행태를 보였다. 파키스탄에 가스가 부족한 형편이니 그렇게라도 해서 저렴하게 가스를 확보해야겠다는 계산이었을 터다. 그러나 막강한 권한을 가진 카마르 자베드 바지와 육군참모총장이 나서서, 러시아의 우크라이나 침공을 잘못이라고 못 박았다. 파키스탄에서 총리와 군부의 의견이 공개적으로 충돌한다는 것은 곧 총리가 단명할 수 있다는 점을 강력히 시사했다. 이를 지켜본 야권은 지금이 절호의 기회라고 여겼다. 칸의 소속 정당 '파키스탄 정의운동' 내부에서도 칸과 의견 충돌을 빚던 정치인들이 이탈했다.

지난 주말 불신임 투표가 가결될 듯한 분위기로 쏠리자, 총리는 갑자기 의회를 해산하고 총선을 하겠다며 불신임 투표를 우회하려 했다. 대법원은 총리의 꼼수를 불법이라고 판결했다. 결국 일주일 지연되기는 했지만, 오늘밤 불신임 투표는 이루어질 것이다. 군부가 자기는 중립을 지키겠으니 헌법대로 하라며 수수방관하고 있으므로 칸이 쫓겨나는 것은 거의 확실하다. 군부가 여론에 신경 쓰고, 자기들이 한번 밀었던 지도자도 실정을 거듭하면 지지를 거둔다는 점이 흥미롭다. 군사독재 국가이지만 군부가 이런 식으로 정치 개입에 일정한 자제력을 보이고 힘 조절을 한다는 점은 독특한 양상이다. 파키스탄 군부는 대외적으로 법치 국가의 외양을 견지하는 일을 중요하게 여긴다. 더구나 상황이 총리를 내치기에 유리하게 돌아가고 있다. 군부와 사이가 틀어진 총리가 민주적인 방식으로 퇴출된다는데 반갑고 편리했을 것이다.

＊

오늘은 프랑스 대통령 선거 1차 투표일이기도 했다. 대통령에 다시 도전하는 극우 마린 르펜이 에마뉘엘 마크롱을 바짝 추격하여 각각 23.2퍼센트와 27.8퍼센트를 얻었다. 2017년 때 결과와 크게 다르지 않았다. 과반수를 얻은 후보가 없었기에, 최다 득표한 이 두 후보가 4월 24일에 결선투표에서 맞붙는다. 내가 파키스탄에 도착하는 것이 23일 새벽이니 그 이튿날 결판이 난다. 2017년에는 마크롱이 66퍼센트, 르펜이 34퍼센트를 득표했는데

213

이번에는 어떨까.

코로나 사태가 장기화되면서 어려워지는 경제와 장기적으로 이어지는 역병에 신물이 난 사람들의 불만이 마크롱에 대한 불만으로 이어졌다. 게다가 우크라이나 침공 때문에 마크롱이 대외정책에 신경 쓰는 사이, 르펜은 전국을 돌며 반이민, 반유럽연합, 나토 탈퇴를 부르짖었고, 각종 포퓰리즘 공약으로 지지층 확대를 도모했다. 나토 미가입국이던 핀란드와 스웨덴마저 나토에 가입하려는 이 시국에 나토 탈퇴라니, 르펜이 행여나 대통령이 되면 이웃 유럽 국가들은 괴롭고 황당할 듯하다. 게다가 르펜은 지금은 입을 다물고 있어도 과거에 푸틴과 가깝게 지내며 친러 성향을 보였기 때문에, 르펜이 프랑스 대통령에 오르면 푸틴의 입가에는 필시 흐뭇한 미소가 서릴 것이다.

한국도 마찬가지였지만, 코로나가 경제에 타격을 입히고, 여론의 불만을 높이고, 그 틈새를 노리는 야권에 기회를 부여함으로써, 각국 지도자를 갈아치우거나 그들의 지위를 위협하고 있는 모양새다. 그런데 푸틴은 아직 건재하니 도무지 공평하지 않다.

유럽 지도자들의 입장에서 르펜이 대통령이 되는 것도 재앙이지만, 행여 2024년에 트럼프가 다시 대통령에 당선되었다가는 아마 초상집 분위기가 될 것이다. 예전에 수많은 사람이 경멸했던 조지 W. 부시마저도 이제는 트럼프에 비하면 훨씬 괜찮은 지도자로 보여서 욕했던 일이 미안해지려고 할 정도다. 조지 W. 부시 시절부터 백악관에서 러시아 전문가로 일하고 트럼프 탄핵 청문회에도 증인으로 나왔던 피오나 힐에 따르면, 부시는 자료를 주면 꼼꼼히 읽고 자기와 다른 의견도 열심히 경청했다고 하니, 글 읽기를 싫어해 도표로 만들어줘야 간신히 보는 둥 마는 둥 하고 옆에 아첨꾼만 두었던 트럼프와는 완전히 다른 차원에서 대통령직을 수행했던 셈이다. 실은 부시의 직무 수행 방식이 지극히 정상적이고 당연하다. 현 미국 대통령이 바이든이 아니라 트럼프였으면 지금 푸틴의 행태에 도대체 어떻게 처신했을까. 푸틴을 역성들며 두둔했을까. 아마 그랬을 것이다. 2016년 미국 대통령 선거에서 자기를 지지하고 당선을 도왔다는 이유만으로.

  2004년 학위를 마치고 이삿짐을 챙겨 완전히 철수하기 전까지 1990년대와 2000년대에 걸쳐 미국에서 도합 9년을 살았다. 그때를 돌아보고 지금과 비교해보면, 현재의 미국 사회는 내가 살았던 시절보다 오히려 퇴보한 느낌이 든다. 무슨 사회과학적 분석을 토대로 하는 얘기는 아니다. 주관적이고 직관적으로 그렇게 느낀다. 민주주의가, 시민의식이, 대중의 지성이, 전부 쇠퇴하고 저하한 것만 같다. 이성적으로 판단할 능력이 없는 무지한 국민의 수가 도리어 늘어난 것처럼 보인다. 지금도 트럼프 지지자가 미국 국민의 절반이나 되고, 그중 다수가 트럼프가 2020년 대선에서 이겼는데도 부당하게 대통령 자리를 빼앗겼다고 진심으로 믿고 있다는 점은, 한때 거주했던 인연으로 미국에 얼마간 애틋한 마음이 남은 사람으로서 좀 슬프고 절망스럽다. 만일 트럼프가 다시 대통령에 당선되면 미국은 민주 국가들의 리더, 민주주의의 표본이라는 지위를 잃을지도 모른다. 미국이라는 나라가 근현대사에서 저지른 잘못들이 없지 않음에도, 미국의 민주주의 시스템은 꾸준히 전 세계의 귀감으로 간주되어왔다. 어느덧 그 자리가 텅 비어버리면, 익숙했던 길잡이를 잃은 세상은 한동안 혼란에 휩싸일 것이다.

삼십 일째

러시아를 떠나 파키스탄으로 이사한 것이 2021년 8월의 일이다.
아직까지 이슬라마바드에 찾아온 친지가 없는 것은 코로나바이
러스 때문이겠지만, 코로나가 아니었어도 올 사람이 아주 많을
것 같지는 않다. 입국해서 머무를 것을 허가받은 도시 외에 다른
지역을 방문하려면 별도로 허가받아야 하는 등 이동이 부자유
스럽기도 하고, 이슬라마바드는 구경할 만한 것이 별로 없는 반
면 K2처럼 사람들이 보고 싶어 할 만한 유명한 봉우리들은 전부
수도와는 한참 동떨어진 북쪽에 있어서 파키스탄에 오더라도 굳
이 이슬라마바드에 와야 할 이유가 없다.

　떠돌며 살기 시작한 이래로 사람들이 가장 많이 찾아왔던 곳
은 일본이었다. 다른 곳에 살 때는 "한 번 갈게" 하면 정말로 오는
사람이 별로 없어서 흘려듣곤 했으나, 도쿄에 살 때는 "한 번 갈
게" 하면 거의 어김없이 찾아왔다. 가까운 한국에서도 오고, 멀
리 스위스나 제3국에서도 왔으며, 부모님, 시부모님, 친구, 친척,
지인 등 다양한 사람들이 찾아왔다. 두세 차례 반복해서 찾아온
손님도 있고, 특히 스위스에서 온 친지들은 거리가 먼 만큼 한번
오면 한참 지내다 갔다. 도쿄에 사는 다른 주재원들과 이야기를

나눠보면 나만의 이야기가 아니었다. 다들 일 년 내내 끊임없이 손님들이 찾아왔다. 지금 돌아보면 그때만큼 수많은 손님을 받아 집에서 재우고, 식사를 챙기고, 가이드 역할을 했던 적이 없었다. 그만큼 일본은 호기심의 대상이었고 누구에게나 가보고 싶은 곳이었다. 그것은 외국인이 오랜 세월 일본에 대해 품어온 오리엔탈리즘적 환상과 일본의 영리한 관광 전략, 세계를 제패하다시피 한 일본 음식 문화의 명성 때문이다. 특히 맛있는 음식 찾아 먹기를 즐기는 여행객에게 일본은 천국이다. 도쿄에만 미슐랭 스타를 받은 식당이 200곳이 넘고 일본 전체에 570곳이 넘으며, 그중 3 스타 레스토랑은 29개로 미슐랭의 본거지 프랑스와 똑같은 수를 자랑한다. 실제로 우리 집에 묵어간 사람들 중에 일본에 '먹으러' 오는 손님들도 있었다.

식도락을 목적으로 일본을 찾는 친지들을 위해 나는 레스토랑 몇 군데를 정해 미리 예약해주곤 했다. 한국 사람들은 시간을 잘 지켜 식당을 찾는 편이지만, 스위스에서 찾아온 지인들은 레스토랑을 예약한 시간에 딱 지켜 가야 한다는 관념이 느슨해서 나는 혹시 예약이 취소될까 봐 걱정하기 일쑤였다. 실제로 스위스에서는 레스토랑에 20~30분 늦는 것은 큰 문제가 아니다. 그 정도 늦는다고 손님이 레스토랑에 전화해서 양해를 구하거나, 레스토랑이 손님에게 전화해서 오는 것 맞느냐고 물어보는 일도 없다. 한마디로 유유자적하고 스트레스가 없다. 이것은 스위스만이 아니라 유럽 전역에 일반적으로 해당되는 얘기다. 식당은 손님을 돌보는 것을 자기들의 역할로 여기므로 손님에게 그런 스트레스를 주는 것이 예의가 아니라고 생각하고, 손님은 '노쇼'도 아니고 내가 식당에 가겠다는데 왜 정각에 딱 맞춰 가지 않으면 책망을 들어야 하는지 이해하지 못한다. 그러니 일본에 온 스위스 친지들이 문화 충격을 받는다. 일본에서는 레스토랑 예약 시간에 5분만 늦어도 반드시 식당에 전화해서 사과하고 테이블을 유지해 달라고 정중하게 부탁해야 했다. 안 그러면 식당에서 "안 오십니까?" 하고 전화가 온다. 하루는 스위스에서 온 시댁 친척들을 관광시켜주다가 아무래도 식당 예약시간에 15분 정도 늦을 것 같아 긴장하며 식당 전화번호를 뒤지기 시작했다. 그러자 다들 이해가 안 간다는 표정을 지었다. 그때는 일본에서는 일본의 방식을 따르는 것이 바람직하다고 생각했고 지금 일본에 가도 또 그렇게 하겠지만, 신심을 말하면 식당 쪽에서 그 정도는 안달하지 않고 기다려주는 융통성을 가져야 한다고 생각한다. 사적으로 쉬는 시간에 마음 편하게 즐기려고 외식을 하는 것인데 분까지 정확하게 맞춰 도착하려고 안절부절하다니, 식도락의 '락'이 벌써 뚝딱 반감하는 소리가 들린다.

말은 이렇게 하지만, 일본에서 몇 년에 걸쳐 훈련된 몸은 여전히 약속 시각 준수에 연연하여, 나는 스위스에서 식당 예약한 시간에 몇 분만 늦어도 조마조마해한다. "식당에 전화해봐야 할까?" 하면 "왜, 좀 늦게 가면 쫓겨날까 봐?" 하고 남편이 짓궂은 표정으로 놀린다. 당연히 좀 늦어도 되고, 마음 놓아도 된다는 소리다. 아주 사소한 것이지만 유럽인들의 그런 여유와 융통성이 ― 그야말로 '유도리'(ゆとり)가 ― 나는 지금도 종종 낯설다. 그리고 부럽다. 아등바등 절박해하지 않은 그네들의 모습은, 일부는 문화적인 데서 기인하겠지만, 부유함에서 오는 부분도 클 것으로 짐작된다. 예컨대 식당이 한 테이블의 식사 시간을 한 시간 반씩 잘라 빡빡하게 다음 손님을 받지 않으면 생존에 위협을 받는 시

스템이 아니라는 것이다. 생활 여건과 철학이 다른 나라에서, 소
비자로서 마음을 편히 먹고 여유를 부리는 법을 터득하려면 아
직은 한참 더 시간이 걸릴 듯하다. 어쩌면 평생 터득하지 못할지
도 모른다.

*

파키스탄 뉴스를 검색하니 지난주 파키스탄에서 2년 만에 처음
으로 코로나 사망자가 0명이었다는 기사가 눈에 띈다. 확진자는
62명이다. 파키스탄 정부의 통계 수집 능력을 완전히 신뢰하기는
힘들지만, 파키스탄 인구의 중위 연령이 22세라는 점을 고려하
면 사망자의 수가 적다는 점에 일리는 있다.

　나는 한국에서나 스위스에서나 사람들이 파키스탄에 관해
물어보면 가장 먼저 인구가 2억 3,000만 명이라는 얘기를 해준
다. 그러면 대부분 와, 그렇게 많으냐는 반응을 보인다. 인구 순
위로 중국, 인도, 미국, 인도네시아에 이어 세계 5위다. 그다음으
로 평균 연령, 아니, 더 정확히 말해 중위 연령 — 전체 인구를 나
이 순서로 줄 세웠을 때 한가운데에 있는 사람의 연령 — 이 22세
라고 얘기해준다. 그러면 더욱 놀란다. 파키스탄 인구의 절반, 그
러니까 1억이 넘는 인구가 스물두 살이 안 된다는 뜻이다. 세계에
서 중위 연령이 가장 높은 나라는 모나코로 2020년 자료에 따르
면 55세이다. 2위는 일본으로 49세다. 가장 어린 나라는 전부 아
프리카 대륙에 몰려 있으며 15~17세다. 한국과 스위스는 둘 다
43세다.

　파키스탄의 인구가 젊은 이유를 분석하기는 그리 어렵지 않

다. 일단 평균 기대수명이 67세이니 중위 연령도 함께 낮아진다. 그리고 출산율이 높다. 합계 출산율, 즉 가임 여성 한 명이 평생 낳을 것으로 예상되는 출생아 수가 한국이 0.8명이라면, 파키스탄은 3.4명이다. 자녀는 많을수록 좋다, 아들을 낳을 때까지 낳으라, 아이는 자기가 먹을 몫을 갖고 태어나도록 알라께서 보호하시니 경제적 궁핍을 걱정하지 말고 낳으라는 등의 전통적 사고가 피임 지식 및 피임 수단 부족과 여성의 낮은 사회적 지위와 합쳐져 생긴 결과다. 파키스탄은 인구가 젊다는 사실을 내세워 미래가 밝은 나라라고 자축하기를 좋아한다. 그러나 문제는 가난이다. 부유한 선진국이나 빠른 속도로 발전하는 중진국이 출산율이 높으면 자축할 만하지만, 인구의 22퍼센트인 5,000만 명이 빈곤선 — 한 달 소득 3,030루피 미만, 한화로 2만 원 미만 — 아래 사는 나라에서, 특히 빈곤층에서 두드러지게 높은 출산율은 경제 발전을 저해하는 요소로 작용한다.

　여성들은 안다. 아이에게 줄 수 있는 자원의 절대량이 부족한데 아이를 많이 낳으면, 아이 한 명당 돌아가는 몫이 적어지고 가난이 대물림될 수 있다는 것을. 아들 둘인 아스마에게 시댁을 비롯해 주변 사람들은 딸 하나 더 낳으라고 성화지만, 아스마는 단호하게 낳지 않겠다고 말한다. 두 아이를 잘 교육시켜서 가난에서 벗어나게 해주는 것이 꿈이기 때문이다. 최근 아이를 낳은 무스칸도 한 명으로 충분하다고 잘라 말한다.

　게다가 추상적인 통계만이 아니라 가까운 주변에서 뻔히 문제점이 보인다. 운전기사 자후르의 열한 살 아들이 벌써 두 해째 학교에 못 가고 있다. 학교가 모자라서이다. 공립 초등학교의 교실과 교사 수가 부족해 아이들을 다 수용하지 못하는 형편이다. 그러니 자리 나기만 하염없이 기다린다. 사립학교도 있지만 등록금이 비싸서 보내지 못한다. 자후르는 무작정 기다리느니 차라리 그사이에 아들을 이슬람교에서 운영하는 교육기관 마드라사에 보내 쿠란이라도 외우도록 하겠다고 벼른다. 아무것도 안 하는 것보다야 낫겠지만 — 과연 그럴까 — 열한 살이면 수학, 과학, 문학, 외국어 등 두뇌 개발과 사고의 확장을 돕는 데 필요한 적절한 현대적 교육을 한창 받아야 할 시기다. 또 그래야 취업도 수월하게 하고 빈곤도 면할 수 있다. 그런데 교실이 모자라 집이나 마드라사에서 시간을 떼우다니 '미래가 밝은 나라'라는 구호가 무색하다.

*

결국 임란 칸은 축출되었다. 파키스탄 헌정사 이후 최초로 총리 불신임이 가결된 역사적인 순간이었다. 새벽 3시에 342명의 하원 의원 중 174명이 불신임에 찬성표를 던졌다. 기사에 첨부된 뱃집 두둑한 의원들의 사진을 보며, 아직 라마단 기간이지만 새벽 3시면 금식이 해제되니 저 의원들이 적어도 배고픈 상태로 표결에 들어가지는 않았겠구나 하는 싱거운 생각이 들었다.

　새로 총리에 오른 사람은 나와즈 샤리프 전 총리의 동생이자 정치 로열패밀리 출신인 셰바즈 샤리프이다. 33세로 최연소 외교부 장관이 된 빌라왈 부토-자르다리는 줄피카르 알리 부토 전 총리의 손자이자 암살당한 베나지르 부토 전 총리의 아들이다. 할아버지 줄피카르 알리 부토도 총리에 오르기 전에 외교부 장관을 지냈으니 빌라왈도 언젠가는 총리에 오를지 모른다. 젊은 나이에 제법 지도자 자질도 있어 보인다. 하지만 옥스퍼드 대학 출신인데다 서구에서 오랜 시간을 보낸 나머지 '우르두어마저 어눌하신 왕자님'이라고 세간의 비웃음을 받고 있는 만큼, 행정부 각료로서 능력부터 증명해야 할 듯하다. 우아한 옷차림과 살짝 높은 어조로 부드럽고 신중하게 말하는 스타일 때문에 '파키스탄 최초의 트랜스젠더 장관'이라는 고약한 농담까지 돌고 있다. 마초 임란 칸 지지자들의 마초 입심이다.

어쨌든 이로써 소수 정치 명문가들이 지배하는 엘리트 계급의 통치가 재개됐다. 하지만 아직 안정기에 접어들려면 시간이 필요할 것이다. 아직 임란 칸 지지자들이 많다. 이제 야권의 우두머리가 된 칸은, 푸틴과 친한 자기를 미워하는 미국이 파키스탄 엘리트와 짜고 정권을 갈아치운 거라며 음모론으로 국민에게 직접 호소하고 있다. 실제로 이 음모론을 믿는 사람들이 많다. 벌써 여기저기에서 시위가 일어나는 조짐이 보인다.

임란 칸 지지 세력을 중심으로, 칸을 옹호하지 않은 육군참모총장에 대한 원망도 커지는 상황이다. 칸의 음모론에는 국론을 분열시키고, 국민과 군부의 사이를 벌려 차기 선거에서 최대한 득표하려는 속셈이 있다. 하지만 칸의 이런 행보가 안 그래도 이미 갈가리 분열된 나라를 한층 더 분열시켜 나라를 혼란으로 밀어 넣을 거라는 염려가 나오고 있다. 그렇다고 칸이 지나치게 군부를 자극하는 것도 본인에게 좋을 것이 없기 때문에 칸의 지지세력, 반대 세력, 군부가 모두 제각각 전략적인 줄타기를 하느라 바쁘다.

파키스탄 군부도 균질한 집단은 아니어서 내부가 몇 갈래로 나뉘어 권력 다툼을 한다. 그럼에도 파키스탄 군부에는 잘 훈련

되고 고등교육을 받은, 심지어 일부 비종교적인 색채까지 띠는 똑똑한 인재들이 포진하고 있다. 이들이 앞장서서 2억 3,000만 명 인구 말고는 변변한 자원도 없이 지역, 종파, 혈족 등 수많은 파벌로 갈려 어지럽게 굴러가는 나라가 실패 국가가 되지 않게끔 지탱하고 통일감도 부여하면서 어느 정도 버팀목 역할을 해 온 것이 사실이다. 실제로 파키스탄 국민은 군부를 신뢰하는 편이고, 자식이 군인이 되겠다면 생계가 보장된다고 환영한다.

  파키스탄 군부는 균형잡기의 대가이기도 하다. 9.11 테러 사태와 아프가니스탄 침공으로 파키스탄 국내 여론이 미국을 극도로 혐오하는 상황에서 미국과의 전략적 협조를 어떻게 이루어내느냐 하는 과제로 지난 20년 동안 친미와 반미 사이에서 힘든 줄타기를 해왔다. 육군참모총장이 러시아를 비난하면서 미국과의 정치적, 경제적 관계를 더 돈독히 하겠다고 선언한 것도 파키스탄 군부의 전형적인 처신이다. 지금과 같은 국정 혼란이 지속되면 군부가 쿠데타 같은 극단적인 선택을 할 우려도 배제할 수 없기 때문에 이슬라마바드의 분위기가 초긴장 상태라고 남편이 메시지를 보내왔지만, 현 파키스탄 군부는 페르베즈 무샤라프 정권 이후로 가능하면 민주주의 체제의 외양을 유지하고 자기들은 배후 실세로 머물러 있기를 택해왔다. 군부도 나라 전체가 혼돈의 도가니 속으로 빠져드는 것을 원치는 않을 것이라는 희망 섞인 전제하에, 부디 계속 영리하게 배후에 머물러 있기를 기대해본다.

223

삼십일 일째

오늘 아니카를 만난다. 아니카는 알베르토의 형 잔니의 두 번째 아내다. 두 사람은 2006년 아니카의 고향인 네덜란드 암스테르담에서 결혼했다. 그때 일본에 살았던 우리 부부는 결혼식 참석을 위해 암스테르담으로 날아갔다. 알베르토가 잔니의 '베스트맨'(best man), 즉 대표 들러리 역을 수행할 예정이었다. 결혼 증명서에 증인으로 서명하는 일도 그 역할에 포함됐다. 알베르토와 내가 2004년 취리히 시청에서 결혼할 때는 잔니가 증인으로 서명했고, 그 자리에 아니카도 참석했었다. 어느덧 역할이 뒤바뀌었고, 나는 마음이 잘 맞는 아니카와 정식으로 인척이 되는 일이 반가웠다.

암스테르담에서 있었던 결혼식은 전통적인 것과 이례적인 것이 뒤섞여 독특하고 재미있었다. 신랑 신부의 드레스와 턱시도, 교회에서의 의식, 식을 마치고 교회 문을 나설 때 비둘기 수십 마리를 날리는 이벤트, 잘 차려입은 하객들과 꽃과 촛불로 가득한 중세풍의 멋진 레스토랑, 슬라이드 쇼와 댄스파티는 우리가 흔히 생각하는 서구식 결혼과 크게 다르지 않았다. 그러나 진보적인 기독교 종파의 여성 목사를 아니카가 직접 주례자로 선정한 점, 결혼반지를 나눠 끼는 대신 두 반지가 서로 얽히도록 주문 제 작하여 투명한 상자 속에 보관한 점, 그리고 잔니의 전처 아네트 와 전처의 현 남자친구까지 결혼식에 하객으로 초대한 점은 한 국식 정서로는 특이했다. 잔니와 아네트 사이에는 딸이 하나 있 다. 아니카는 잔니의 딸과 전처를 상대로 항상 좋은 관계를 유지 했고, 엄마와 함께 살았던 잔니의 딸 클라리사는 엄마와 싸우기 라도 하면 아니카에게 달려와 위로와 조언을 구하곤 했다.

　나는 잔니와 아니카의 결혼이 진심으로 기뻤다. 아니카는 타 인의 삶과 경험에 진심으로 호기심을 갖는 사람이다. 그와 소통 할 때면 한 사람만 얘기하고 한 사람은 듣기만 하는 일방적인 관 계가 아니라, 주거니 받거니 서로 묻고 답하고 챙기고 포용하는 편안함이 자연스럽게 형성되는 느낌이어서 늘 마음이 차분하고 즐거웠다. 그래서 결혼한 지 6년 만에 성격 차이로 잔니와 이혼 한다는 얘기를 들었을 때, 나는 그 결혼의 종말을 깊이 애도했다. 그리고 인척 관계의 해소와는 별개로 아니카와 내가 계속 만날 수 있을지 그 가능성을 탐색했다. 다행히도 가능했다. 서로 알고 지낸 세월을 소중히 여긴다면, 결혼이 깨졌다고 해서 이제까지 쌓아온 주변 사람과의 관계까지 싹둑 잘라낼 필요는 없다. 아니 카도 나도 여기에 동감했다. 이후 나는 사람들에게 '동서를 잃었 지만 친구를 얻었다'라고 말하곤 했다.

　아니카가 인도 음식을 좋아하고, 또 내가 파키스탄에 살기도 해서, 파키스탄 음식점에 가보자고 제안했더니 좋다는 답신이 왔다. 식당을 고르려고 검색해보니 인도 음식점은 많은데 파키 스탄 음식점은 영 눈에 띄지 않는다. 물론 파키스탄 음식과 인도 음식이 겹치는 부분이 있고, 서구 소비자들도 파키스탄보다는 인도에 더 익숙하기 때문에 파키스탄 이민자들이 운영하는 식당도 인도 음식점으로 홍보될 수 있을 거라는 짐작은 갔다.

그냥 인도 음식점을 가야 하나 고민하는데 '봄베이 카라치'라는 상호가 눈에 들어왔다. 인도 뭄바이의 옛 명칭인 봄베이와 파키스탄 최대 도시 카라치, 익숙한 것과 낯선 것의 조합이었다. 아니나 다를까 주인이 카라치 출신의 스위스 이민자였다.

우리는 6시 반에 식당 앞에서 만나기로 했다. 온종일 집에만 있었던 참이라 걸어가기로 했다. 기온 22도. 청명했다. 날씨에 맞춰 발 빠르게 준비된 식당과 카페의 야외 좌석들은 울긋불긋 온갖 예쁜 색깔의 칵테일을 홀짝이며 환한 얼굴로 담소하는 손님으로 가득했다. 우리가 가는 식당에도 야외 좌석이 있을까 궁금해하며 목적지로 다가가는데, 먼저 와서 입구에서 기다리는 아니카의 모습이 보였다. 손을 흔들며 뛰어갔다. 포옹하고 안부를 물었다. 왜 안에서 기다리지 않았느냐고 하니, 아니카가 어깨를 으쓱하며 식당 입구에 붙은 손글씨로 쓴 안내문을 가리킨다. "라마단이어서 휴점합니다." 아차. 주인은 확실히 파키스탄 무슬림이 맞다. 하지만 딱 그 한 문장만 적혀 있고 몇 시에 다시 여는지 등의 정보가 전혀 없다. 6시 반이니 한 시간만 기다리면 해가 질 텐데, 해가 진다고 그때 음식점을 연다는 보장도 없다. 아예 한 달간 통째로 휴점한다는 뜻일 수도 있다. 포기해야 했다.

아니카와 나는 근처에 있는 베트남 음식점에 갔다. 따뜻한 날이라 저녁 7시가 다 되어가는데도 낮의 온기가 남아 있었다. 우리는 야외 좌석에 앉아 쌀국수를 시켰다. 둘 다 두툼한 외투를 입은 채였으나 밖에 앉아 있는 기분이 편안하고 상쾌했다. 아니카가 커다란 백팩을 열고 뒤적거리더니 크림색 표지에 검은 도안이

들어간 책 한 권을 내밀었다. 제목이 《시간에 관하여: 12개의 시계 속에 담긴 문명의 역사》였다. 그리니치 천문대에서 큐레이터를 지낸 역사가이자 시계 마니아인 저자 데이비드 루니가 고대의 해시계, 중세의 모래시계와 시계탑, 그리고 현대의 GPS 시간 신호에 이르기까지 각지의 온갖 시계를 소재로 문명의 역사를 설명하는 책이었다. 펼쳐보니 공교롭게도 서문의 제목이 <1983년 대한항공 007편>이다.

초등학교 6학년 때 일어난 일이어서 지금도 생생히 기억하는 그 격추 사건이 왜 서문에 언급됐는지 살펴봤다. 만약 그때 대한항공이 GPS 인공위성에 탑재된 시계를 이용할 수 있었더라면 항로에서 이탈하는 비극은 일어나지 않았을 거라는 이야기를 하고 있었다. 실제로 이 사건을 계기로 미국은 이전까지 군사용으로만 사용하던 GPS를 민항기 표준 항법으로 전환했다. 느닷없이 대한항공 얘기로 시작되는, 시간과 시계에 관한 역사책을 선물 받은 나는 집에 가서 번역서가 있는지 찾아보자고 머릿속으로 메모해둔다. 흥미로운 원서를 보면 국내에 번역서가 나와 있는지부터 확인하는 것은 내 직업병이다.

해가 저물면서 선선해진 공기에 빠른 속도로 식어가는 쌀국수를 먹으며, 아니카는 내게 이슬라마바드의 삶에 관해 물었고, 나는 아니카에게 딸과 남편의 안부와 근황을 물었다. 아니카는 잔니와 이혼 후 잠시 사귀었던 남자와의 사이에서 딸을 얻었다. 계획에 없는 임신이었지만, 사십을 바라보는 나이에 자녀를 낳을 마지막 기회라고 여기고 내심 기뻤다고 했다. 다만, 그 남자와 결혼할 생각이 없었기에 싱글맘으로 아이를 키울 일이 염려되었는데, 다행히 아이 아버지가 육아에 적극적으로 동참했다. 그 딸을 데리고 아니카는 십 대 아들 하나를 둔 이혼한 남자와 재혼해 최근에 패치워크 가정을 이루었다. 딸의 친부는 계속 친구로 남아, 주중에는 그가 딸을 돌보고 금요일부터 월요일까지는 아니카가 돌본다. 아이 입장에서는 혼란스러울 수 있겠지만, 이런 경험을 통해 모든 사람의 삶이 틀에 짜 맞춘 듯 똑같지 않으며 그럴 필요도 없다는 것을 용인하는 습관이 몸에 밴다. 남과 내가 다른 것에 담담해진다.

아니카의 딸 요하나가 요즘 바이올린을 배운다고 했다. 우연히도 아이의 바이올린 선생님 올가는 러시아에서 이민 온 전직 연주자로, 친척의 일부는 러시아에, 또 다른 일부는 우크라이나에 있어 양쪽의 상황과 입장을 잘 이해한다고 했다. 소련 붕괴 이전까지 한 나라였던 까닭에 러시아와 우크라이나 양편에 친지가 있는 사람이 이처럼 수없이 많은데 양국에 전쟁이 벌어졌으니 그들의 마음이 얼마나 복잡하고 심란할지 헤아리기 어렵다.

아니카의 가장 큰 걱정은 만 아홉 살이 된 요하나가 글을 잘 못 읽는다는 것이다. 처음에는 그냥 남보다 좀 느린 편이려니 하고 느긋하게 여겼으나, 이제는 그것 때문에 읽기 능력과 일견 관계가 없어 보이는 수학에까지 영향을 받게 되어 아이의 스트레스가 커졌다고 했다. 학년이 올라갈수록 수학 문제를 풀려면 긴 질문을 읽고 요점을 파악해서 해답을 내야 하는데 그런 질문을 빨리 읽어낼 수 없기 때문이다. 자기는 딸을 다그치지 않지만, 다른 애들에게 뒤처지고 있음을 누구보다도 요하나 본인이 의식하고 있어서, 아이의 좌절감을 덜어주기 위해서라도 난독증 검사를 받기로 했단다. 정식으로 난독증 진단이 나오면 학교에서 수업 시간에 도우미를 붙여준다. 도우미는, 예컨대 수학 문제를 풀

때 옆에서 문제를 소리 내서 읽어준다.

난독증과 지능은 서로 무관하다. 다빈치, 아인슈타인, 피카소, 안데르센, 조지 워싱턴, 헨리 포드, 스티븐 스필버그, 리처드 브랜슨 등 한 분야에서 큰 성취를 이뤄낸 수많은 사람이 난독증을 앓았다. 네덜란드에 있는 아니카의 친구도 오빠 두 명이 어려서 난독증 진단을 받았는데 둘 다 아이큐가 아주 높아서 영재학교를 나오고 공학을 전공해 공학자가 됐다. 그중 한 오빠는 오디오북을 세 배속에 맞춰 놓고 엄청난 양의 독서를 했다. 영어의 경우, 사람들이 1분당 평균 150단어를 말하고 300단어를 읽는 것으로 알려져 있다. 다시 말해 오디오북을 들을 경우, 누가 1분당 약 150단어를 읽어주는 것을 듣는 셈이니 직접 책을 보는 것보다 절반가량 속도가 느려진다. 네덜란드어도 비슷할 것이라는 가정하에, 오디오북을 두 배속으로 들으면 대략 종이책을 읽는 것과 비슷한 속도가 되고 세 배속으로 들으면 속독을 하는 셈이 된다. 정보 입력과 처리가 그렇게 빠르니 두뇌가 명석하다는 뜻이다. 그렇지만 누구나 이런 능력이 있는 것은 아니다. 어디나 마찬가지이지만 고학년이 될수록 읽기의 비중이 커지고 읽기 능력이 학업 성취를 크게 좌우하도록 교과과정이 짜이므로 아무리 머리가 좋아도 난독증이 있으면 사기가 떨어지고 학업 면으로나 심리적, 정서적으로 고전할 수밖에 없다. 다행히 스위스는 수업 도우미 제도 등을 두어 아이들이 조금이라도 공평한 조건에서 학업을 수행할 수 있도록 제도적으로 보살피고 있는 것으로 보인다. 남과 다른 것을 포용하는 사회라면 이런 식의 배려는 당연한 의무다.

아니카는 딸에게 음악과 신체 활동을 독려하여 난독증의 스트레스를 줄여주고, 이 상황을 계기로 자신도 수업을 하나 듣고 있다. 주로 아동과 노인을 대상으로 신체의 움직임을 통해 뇌 기능을 향상하는 훈련을 시켜주는 코치 양성 과정이다. 자신은 주로 어린 학생을 모집하려고 하며, 자기 딸이 자연스럽게 수업에 합류하길 바란다고 했다. 억지로 시키면 자신에게 장애가 있어서 시키는 것으로 받아들이고 거부반응을 보일 것이므로 조심스럽다고 했다.

12개월 코스를 마치면 정식으로 수강료를 받고 학생을 모아 지도할 수 있게 되는데, 학생 10~15명을 받을 경우 학생당 한 시간에 최소한 14프랑을 받으라는 수강료 지침까지 코치 양성 과정에서 제시해주었다고 한다. 수강료를 낮게 제시해 코치들끼리 부당한 가격 경쟁을 하지 않도록 하는 지침이다. 수강료에 하향 압박이 오면 그 직업군에 있는 사람 전체가 피해를 본다.

그 얘기를 듣다가 엉뚱하게 미국에서 직장생활 할 때의 기억이 떠올랐다. 아직 신입이던 시절, 내가 퇴근 시간을 훌쩍 넘겨 일하고 있던 모습을 본 미국인 동료가 내게 조용히 말했다.

"네가 그렇게 일하면 우리한테 피해가 와. 우리도 더 늦게까지 일해야 할 것 같은 압박감이 온다고."

정해진 시간을 지키고 야근하지 말라고, 집에 가라고 했다. 맞는 말이었다. 내가 근무 시간을 넘겨 일하면 실질적인 시간당 임금을 자진해서 깎는 것이 된다. 그런 나 때문에 동료들도 상사의 눈치가 보여 더 일하면, 그들의 시간당 임금에도 하향 압박이 오면서 서로 피해를 주게 된다. 그날 이후 나는 남들이 퇴근할 때 같이 퇴근했다. 일을 다 못 마치면 집에 가서 해결하거나 다음 날로 미루었다. 한국에서 일하던 버릇을 떨구는 데 시간이 좀 걸렸지만, 칼퇴근의 권리는 보장받는 것이 옳았고 동료들과 공동으로 누릴 때 좀 더 수월했다.

*

오랜만에 마음 맞는 친구와 시간 가는 줄 모르고 늦은 시간까지 이야기를 나누었다. 컴컴해진 거리를 걸어 중앙역까지 아니카를 배웅했다. 전차에 태워 보내고 돌아오며 자칫 외로워질 수 있는 외국 땅에서 더욱 소중하게 느껴지는 친구 관계를 생각했다. 친구 관계도 다른 관계와 마찬가지로 가꾸고 돌보고 챙겨야 이어진다. 그리고 노력과 정성을 들일 만큼 그 관계가 가치 있다고 여겨야 이어진다. 만났을 때의 즐거움, 관심사의 공유, 세상을 바라보는 비슷한 관점 등도 중요하지만, 무엇보다 서로에 대한 신뢰와 선의와 진심이 가치 판단의 바탕이 된다. 외국에서 친구가 아쉽다고 그런 기준을 한풀 꺾고 사람을 사귀다 보면, 결국 그 관계는 실패로 이어지더라는 것이 내 경험이기도 하다. 나이가 들어서 사귄 친구는 더더군다나 그러하다.

세상을 떠돌며 살다 보니 지인은 많아도 친구는 적다. 적어서 더욱 소중한 친구들 덕분에 나는 이 세상에서 살아갈 기운을 얻는다. 나 또한 그들에게 그런 존재가 될 수 있었으면 좋겠다.

삼십이 일째

오후 3시 반에 취리히 대학병원 부속 기관인 여행보건센터에 예
약이 잡혀 있다. 오늘은 대상포진 백신 2차 섭송일이다. 오십 대
초반에 조금 이른 듯하게 대상포진 예방접종을 하게 된 것은 파
키스탄에서 겪은 심한 두드러기 때문이다. 작년 11월 어느 날, 자
고 일어났는데 상반신이 가렵기 시작하더니 오른쪽 배, 옆구리,
등판에 온통 분홍빛 두드러기가 번졌다. 피부가 벌겋게 부풀어
오르고, 가려움이 심하다 못해 바늘로 찌르는 듯한 통증이 느껴
져서 급기야 메스껍기까지 했다. 그래서 파키스탄에서 처음으
로 병원에 갔다. 주재원들이 주로 찾는 중간 규모의 개인 병원이
었다. 가정의나 내과 의사와 초진을 보고 전문의가 필요하면 따
로 예약을 잡아주는 식으로 진료가 진행되었다. 초진을 하던 의
사가 벌레에 물리거나 기타 원인으로 생긴 알레르기 증상인지
아니면 대상포진인지 불분명하다며 항바이러스 연고와 항히스
타민제를 동시에 처방해주었다. 대상포진이라는 말에 깜짝 놀랐
다. 어릴 때 수두를 앓긴 했지만, 오십 대 초반에 몸도 특별히 약
하지 않은데 대상포진이 찾아오리라고는 상상하지 못했다. 혹시
모르니 피검사와 함께 코로나바이러스 검사와 뎅기열 검사도 해

보자고 했다. 검사를 다 마치고 다시 어떤 방으로 안내받았다. 연세 지긋한, 백발에 땅딸막하고 풍채 좋은 의사가 인상적인 베이스 음성으로, 아니 '바소 프로폰도' 수준의 근사한 최저음으로 내게 인사말을 건넸다.

"니하오마!"

"오, 아임 낫 차이니즈."(저, 중국 사람 아닌데요.)

"웨어 아 유 프롬?"(그럼 어디서 왔어요?)

"코리아."(한국이요.)

"오, 아이 씨. 안녕하세요."

발음 좋은 한국어로 인사한다. 각국 인사말을 다 아는 모양이다. 이슬라마바드에서 어느 채소가게를 처음 갔을 때 주인아저씨가 내게 인사한 것과 순서까지 똑같다. "이름이 '시'여서 중국 사람인 줄 알았습니다."

의사가 내 이름을 '시'라고 오해하는 것은 영문 공문서에 표기된 내 이름 '시내' 사이에 외로운 공간 하나가 있기 때문이다. 스위스에서 결혼할 때 제출했던 한국 서류의 영어본들은 당시 '시'와 '내'를 전부 떼어서 표기했다. 그때 스위스 당국이 이 표기를 그대로 사용하는 바람에 지금도 나는 공식 문서상 '시'라는 퍼스트네임과 '내'라는 미들네임을 쓰는 사람이 되었다. 둘 중 특히 '시'가 중국인이라는 오해를 자주 일으킨다.

알고 보니 그 의사가 병원장이고 병원 이름이 그의 이름이었다. 이슬라마바드에 사는 외국 주재원들은 이 병원의 주요 수입원이다. 따라서 병원장께서 이렇게 직접 고객에게 인사하면서 평판 관리를 한다. 병원장이 별도로 친히 내 발진을 관찰하더니 아무래도 피부과 전문의에게 보이는 것이 좋겠다며 예약을 해줄 테니 닷새 뒤에 오라고 했다. 그 닷새 동안, 병원에서 처방한 엄청난 용량의 항히스타민제를 먹고 항바이러스 연고를 발랐다. 두드러기는 별로 줄어들지 않았지만 가려움은 많이 가셨다. 검사 결과에 따르면 코로나바이러스도 음성, 뎅기열도 음성이었다.

닷새 후에 만난 피부과 전문의는 아무래도 대상포진 같지는 않다며, 항바이러스 연고 사용을 중단하고 항히스타민만 같은 용량으로 두 주 더 먹으라고 처방했다. 결국 병원은 발진의 원인은 규명하지 못한 채 고용량 항히스타민제 투여로 증상만 경감시켜주고 치료를 끝냈다. 하지만 두드러기로 두 주 넘게 고생한 일은 난생처음이고 동증의 강노노 상낭해서, 나는 그게 혹시 대상포진이었는지 너무 궁금했다. 대상포진이 얼마나 무서운 병인지 주변에 겪은 분들이 있어 익히 알고 있기에 무언가 조치를 취해야겠다는 생각이 들었다. 마침 스위스에서 '싱그릭스' 대상포진 백신이 허가받은 참이었다. 두 차례 맞으면 평생 다시 맞지 않아도 된다. 그래서 한국에 방문하기 직전 취리히에서 1차 접종을 받았다.

*

방마다 세계 각국의 도시 이름이 붙어 있었다. 번호표를 뽑고 대기하면, 자기 차례가 될 때 전광판에 그 번호와 함께 '멜버른' 방으로 가시오, '두바이' 방으로 가시오, 하는 식으로 안내 표시가 뜬다. 내가 받은 번호 112번이 전광판에 뜨면서 '에비앙' 방으로 가라는 표시가 나왔다. 스위스 로잔에서 그리 멀지 않은 프랑스 알프스 산기슭의 소도시 에비앙. 생수 브랜드 에비앙의 고향이다. 들어가니 1차 접종 때 나를 상담했던 간호사가 나를 기억한다며 웃었다. 1차 접종 후에 부작용은 없었는지, 오늘 몸 상태가 어떤지 묻고 태블릿에 뜬 접종 동의서에 서명을 부탁했다. 부활절 휴가를 왔냐고 묻기에 복잡한 설명은 생략하고 그렇다, 다음 주에 파키스탄으로 돌아간다고 대답했다. 간호사가 "아 맞다, 파키스탄에 사셨지요" 하며 요즘 현지 상황이 어떤지 물었다. 매사에 서두르지 않고 느긋한 스위스 사람들은 이렇게 일 보러 온 사람들과도 사담 나누기를 은근히 즐긴다. 나는 총리가 갈려서 분위기가 뒤숭숭하다고 간략히 설명했다. 지난번에도 파키스탄에 관해 한참 물어봤는데 이번에도 흥미를 보이는 것으로 미루어, 외국 각지의 삶에 관심이 큰 듯했다. 아마 그래서 이런 직장에서 일하는 것일지도 모른다. 해외여행이나 이주를 앞둔 사람들에게 의료 상담과 필요한 정보를 제공하고 각종 백신을 놓아주는 이 직장의 성격상, 외국을 들락거리는 수많은 내외국인을 상대하다 보면 이전에 없던 흥미도 생길 법하다.

상담을 마치고 수납한 뒤 예방접종실로 들어갔다. 그 방의 이름은 페루의 수도 '리마'였다. 주사를 놓아준 중년의 간호사가 노란색 국제공인 예방접종증명서(ICV)에 백신 이름과 날짜를 기입하고 인증 스탬프를 찍었다. "포도당 캔디 줄까요?" 간호사가 묻는다. 혈당이 내려가 기력이 떨어진 사람들을 위해 이 보건센터에는 포도당 캔디가 상비되어 있다. 괜찮다고 했더니 다른 질문이 있느냐고 했다. 나는 계획도 없으면서 괜히 오늘 저녁 술을 마셔도 될지 물었다. 간호사가 호방하게 웃으며 답했다. "진탕 마셔서 곤드레만드레 취할 거 아니죠? 와인 한두 잔 정도야 마셔도 아무 문제 없습니다."

취리히 대학교 부속 여행보건센터를 처음 방문했을 때는 결혼하고 반년 정도 스위스에 머물다가 2005년 도쿄로 이사하기 직전이었다. 그때 노란 ICV 백신여권 한 면의 절반이 메워지도록 접종을 받았다. 목적지를 말하면 그곳의 풍토병과 흔한 질병을 확인해 필요한 백신을 접종해주고 어렸을 때 받은 예방접종의 부스터샷도 놓아주는데, 일본의 경우는 A형, B형 간염 예방주사를 권고 받았다. 어렸을 때 맞은 홍역, 볼거리, 풍진 백신과 디프테리아, 파상풍, 백일해 백신도 다시 맞는 것이 좋겠다고 해서 조언에 따랐다. 전자는 부스터를 맞으면 효과가 평생 가고, 후자의 효과는 10년에 불과하다고 했다. 결국 디프테리아, 파상풍, 백일해 복합백신은 파키스탄으로 옮길 때 또 한 차례 맞았다. 어느새 15년이 넘었기 때문이다.

파키스탄 이사에 대비한 백신 목록은 조금 달랐다. 거리를 배회하는 개가 많아서 광견병 예방주사를 맞았고, 장티푸스에 걸리지 않도록 경구용 캡슐 형태의 백신을 처방받았으며, 모기가 많아 일본 뇌염 백신도 접종받았다. 파키스탄은 사실 일본 뇌염보다는 뎅기열 감염이 더 흔하지만, 뎅기열 백신은 이전에 감염된 적이 있었던 사람에게만 놓아준다. 감염 이력이 없는 사람이 백신을 맞았다가 행여 감염되면, 아예 백신을 안 맞았던 사람보다 뎅기열 증상이 훨씬 심하다는 최신 연구 결과 때문이다.

뜻밖의 권고는 소아마비 백신 부스터샷이었다. 파키스탄은 아프가니스탄과 함께 아직도 소아마비를 퇴치하지 못한 양대 국가에 속한다. 서구가 소아마비 백신에 불임을 일으키는 물질을 넣었다는 둥, 백신에 돼지고기 성분이 함유되었다는 둥 온갖 음모론과 가짜뉴스가 횡행하고, 2011년 미국이 파키스탄에서 오사

마 빈 라덴을 암살했을 때 빈 라덴의 은신이 의심되는 지역에서 의사가 소아마비 예방접종을 구실로 주민들의 대문을 두드리며 CIA를 위해 첩보 활동을 했던 일도 접종에 반감을 갖는 큰 계기를 제공했다. 최근 몇 년 사이 소아마비 감염 사례가 줄어드는 추세이나 완전한 퇴치에는 아직 시간이 걸릴 듯하다.

2005년에 개시한 나의 첫 국제공인 예방접종증명서의 마지막 두 줄을 채운 백신은 러시아에서 맞은 코로나19 백신 스푸트니크V였다. 러시아 보건부 산하 가말레야 국립전염병연구소가 개발해 세계 최초로 국가 승인을 받았지만, 심사 기준을 충족하지 못해 세계보건기구의 승인을 못 받고 국내용 '정신승리' 백신으로 끝나고 말았다. 우리 부부는 위험 부담을 뻔히 인지하면서도, 백신이 개발된 지 얼마 되지 않은 2020년 12월에 모스크바 현지에서 1차 접종을 받고 3주 후에 2차 접종을 받았다. 접종해주던 의사에게 효능이 어느 정도인지, 물어보나 마나 한 질문을 던져보았다. 한치의 주저도 없는 답변이 되돌아왔다. "백 퍼센트입니다. 하하하." 자랑스러운 미소를 한가득 띤 얼굴이었다.

그 자부심에도 불구하고 러시아의 코로나19 사망률이 심각한 수준에 이르는 모습을 지켜본 우리는, 2021년 여름 취리히로 휴가 나왔을 때 mRNA 백신을 맞으러 갔다. 거대한 전시장을 개조한 접종센터에 찾아가 알베르토는 화이자를, 나는 모더나 백신을 무작위로 배정받아 맞았다. 그때는 아직 '부스터샷'이 허가되기 전이어서, 이미 다른 백신을 맞았다는 이유로 접종받지 못할까 봐 나는 의료진에게 스푸트니크 접종 사실을 고지하지 않았다. 화이자 백신 부스는 모더나 백신 부스와 따로 떨어져 있었기에 남편이 스푸트니크를 맞았다고 곧이곧대로 털어놓은 것을 나는 미처 몰랐다. 남편이 나보다 15분 정도 늦게 나와서 이유를 물어보니, 스푸트니크를 두 차례 접종받은 사실 때문에 의사들 사이에 잠시 토론이 벌어졌단다. 부스터 접종이 아직 정식으로 시작되지 않았는데 부스터를 놓아주는 셈이 되어 의사들이 주저했다고 했다. 더구나 스푸트니크V라는 완전히 다른 종류의 백신과 화이자를 교차 접종해도 의학적으로 문제가 없는지 고민하더라는 것이다. 결국 그들은 남편에게 화이자를 놓아주었다. 불필요하게 왜 일을 복잡하게 만들었느냐고 내가 나무라자 남편은 태연한 얼굴로 의사들이 무슨 얘기를 하는지 듣고 싶었다고 했다. 그리고 이렇게 덧붙였나. "스푸트니크에 대한 평판이 워낙 안 좋아서 어차피 놓아줄 줄 알았어."

알베르토는 화이자 백신을 맞은 당일 저녁에 열이 39도까지 올라 고생했다. 나는 열은 거의 없었지만, 망치로 맞은 듯 팔이 욱신거렸고 그런 통증이 네댓 시간 이어졌다. 그로부터 4주 후 재접종을 받고, 여섯 달 후에 정식 부스터를 맞았다. 그렇게 해서 스푸트니크 두 방과 mRNA 백신 세 방을 맞고 교차 접종으로 인한 특별한 부작용을 겪지 않은 채, 적어도 이 글을 쓰고 있는 시점까지는 코로나에 걸리지 않았다. 물론 걸리고도 몰랐을 수 있고, 또 앞으로 걸릴 수도 있겠지만, 내 마음속에서 스푸트니크는 러시아에서 문신처럼 몸에 박아 넣은, 기념품 같기도 하고 악운을 막는 부적 같기도 한 존재로 오래 남아 있을 것 같다.

＊

여행보건센터를 나서니 거리가 사람으로 가득하다. 수많은 사람이 홑겹 차림이고 젊은이들은 아예 반소매를 입고 활보한다. 기온 24도. 구름 한 점 없이 청명하다. 덥지도 춥지도 않고 상쾌한 봄바람이 살갗을 어루만지는 날씨다. 그래서인지 지나가는 사람들의 표정마저 밝다. 나도 카디건을 벗어 허리에 둘러 묶고, 반소매 차림으로 거리를 누빈다.

귀갓길에 저녁거리를 샀다. 걸을까 하다가 장 본 것이 은근히 무거워 마스크를 챙겨 쓰고 트램에 올라탔다. 빈자리가 많았지만, 그중에서도 나처럼 KF94 내지 FPP2 마스크를 ─ 스위스에서는 비말 94퍼센트 차단 마스크를 FPP2 마스크라고 부른다 ─ 착용한 여학생 옆자리를 택했다. 요즘 취리히 대중교통에서 마스크를 계속 착용하는 극소수의 승객들 사이에 무언의 동류의식이 생긴 것은 내 상상만은 아닐 것이다. 마스크 쓴 승객이 마스크 없이 떠드는 승객을 피해 같은 마스크 착용자 옆에 앉는 경우를 흔히 관찰할 수 있기 때문이다. 그 여학생과 내가 앉은 좌석은 트램 문 바로 옆자리였다. 문이 막 닫히는데 어느 중년 남자가 그사이를 비집고 타려다가 문틈에 끼었다. 내가 문 여는 버튼을 누르려고 자리에서 일어나려던 순간, 옆에 있던 여학생의 엉덩이도 나와 동시에 번쩍 들렸다. 하지만 버튼을 누를 새도 없이 문이 다시 열려 승객은 무사히 트램에 올라탔고, 우리는 다시 동시에 착석했다. 1초도 안 되는 짧은 순간이었지만 우리의 동류의식은 깊어졌다, 라고 나는 멋대로 상상했다.

239

삼십삼 일째

대상포진 백신 탓이었는지 푹 자지 못하고 새벽에 깼다. 온몸이 쑤셨다. 기운이 없고 미열도 있어 눈을 붙여보려고 했으나 잠이 오지 않았다. 오전 6시도 안 된 시간이었다. 천천히 일어나 유통기한이 막 지난 식빵에 그뤼에르치즈를 썰어 올리고 사과 하나와 방울토마토 몇 개를 곁들여 먹었다. 눈으로 살폈을 때 곰팡이가 보이거나 하지는 않았지만, 수분이 날아가 퍽퍽하고 냄새도 좀 이상했다. 두어 장 남은 식빵은 버렸다. 커피 한 잔으로는 부족해서 한 잔을 더 마셨다. 몸이 뜨끈한 느낌이 열 때문인지 따뜻한 실내 온도 때문이지 잘 분간되지 않았다. 창문을 활짝 여니 방으로 스며드는 아침 바람이 시원하고 기분 좋았다. 휴대폰을 보니 현재 기온 13도다.

태블릿을 켜고 캘린더 앱을 열었다. 또 일정 몇 개가 모스크바 시간대로 변해 있었다. 2년 전 모스크바에서 구입한 아이패드에 러시아 당국이 도대체 무슨 장치를 해두었는지, 전체 설정 기능으로 시간대를 변경해놓아도 캘린더에 새로 입력하는 모든 일정이 자동으로 모스크바 시간대로 되돌아간다. 태블릿 메인 화면에 뜨는 현재 시각은 조정이 가능하지만, 유독 달력만은 고집스럽게 현 위치의 시간대를 거부한다. 마치 러시아인들은 아무도 외국을 여행하거나 외국에 나가 살지 않을 것처럼 시간대가 러시아에 얼어붙어 있다. 결국 일정마다 일일이 취리히나 서울이나 이슬라마바드 시각으로 한 번 더 바꿔주어야 한다.

그뿐만이 아니다. 같은 모스크바 애플 매장에서 아이폰을 산 남편이 내게 호소한다. 구글 검색 설정을 google.com이나 스위스 도메인 google.ch로 아무리 변경해도 어느새 다시 google.ru로 되돌아간다는 것이다. 러시아에 살 때는 위치 때문에 그럴 수 있다 치자. 하지만 스위스나 파키스탄에 와서 언어와 위치 설정을 바꿨는데도 기본 도메인이 google.ru로 되돌아간다는 것, 그리고 러시아에 최적화된 검색 결과가 줄줄이 상단에 뜬다는 것은 확실히 뭔가 이상하다. 남편은 자기 휴대폰에 설치된 일기예보 위젯 역시 현재 위치 설정을 바꿔도 자꾸만 모스크바 날씨가 뜬다고 불평했다. 연방보안국의 손길이 한번 스쳐 간 폰과 태블릿을 산 모양이라고 농담했지만, 이게 농담이 아닐 수 있음을 우리는 알고 있다.

*

정오 무렵 산책을 나왔다. 초밥집 앞을 지나가던 참이었다. 날이 좋아서 사람들이 야외 좌석에서 점심을 먹고 있었다. 그중 한 식탁에 열두어 살 정도 되어 보이는 여자아이가 혼자 앉아서, 젓가락질도 꽤 제대로 해가며 초밥을 간장에 쓱쓱 찍어 먹고 있었다. 그 아이가 고개를 들었다. 그리고 내 얼굴을 보더니 환하게 웃었다. 그런 일은 처음이라 일순 당황하다가, 재빨리 밝은 미소를 되돌려주었다. 아시아에 익숙한 아이일까? 일본 같은 데서 자랐거나 친한 아시아인 친구가 있는 걸까? 나를 아는 사람으로 착각했나? 어느 쪽이든, 남의 인상 쓴 표정이나 봐야 하는 인종차별적 상황 대신에 불쑥 미소를 선사받으니 기분은 좋다. 미소의 임자가 어린이여서 더 기분 좋다. 왜냐하면 어른, 특히 성인 남성이 아시아 여자라고 만만히 보거나 이상한 환상을 품으면서 짓는 기분 나쁜 미소는 전혀 반갑지 않으니까. 물론 이제 나이를 먹어서 그런 일은 빈도가 줄었다. 어쩌면 그 아이의 머릿속에도 어떤 오리엔탈리즘이 자리하고 있는지 모른다. 아이에게 아시아 중년 여성이란 '마냥 푸근하고 너그러운 이미지'로 뭉뚱그려져 있는지도 모른다. 하지만 아직 어린아이다. 앞으로 많은 경험을 하면서 인간의 개별성과 다양성에 대해 알아갈 것이다.

장을 보고 돌아오면서 아까 그 초밥집을 다시 지나쳤다. 아이는 이미 가고 없었다. 식당 앞에서 잠시 머뭇거렸다. 초밥을 먹던 아이의 모습이 뜬금없이 내 식욕을 자극했다. 결국 안에 들어가 참치와 연어가 반반씩 섞인 초밥 도시락을 샀다. 오늘 저녁 메뉴다. 그 아이 덕분에 오늘 이 식당은 돈을 벌었다.

*

초밥에 곁들이기 위해 남편에게 생일 선물로 받은 프로세코를 땄다. 아직 미열이 있는데 이래도 되나 미심쩍었지만, 초밥을 보니 도저히 따지 않을 수가 없다. 어제 간호사도 괜찮다고 했잖아, 딱 한 잔만 마셔보자. 괜한 이유를 붙여가며 숙소 찬장에 구비된 와인잔을 꺼낸다. 라디오에서는 미국에서 또 총기 난사 사건

242

이 일어났다는 뉴스가 흘러나온다. 뉴욕 브루클린 지하철역 승강장에서 출근 시간대에 총격이 발생해 적어도 열여섯 명이 부상을 당했다. 방독면을 쓴 괴한이 연막탄을 터뜨린 뒤 승객에게 총을 무차별 난사하고 도주했다가 체포됐다. 미국에서 총기 사건이 한 번씩 일어날 때마다 총기 규제가 쟁점으로 부상되지만, 크게 달라지는 것은 없다. 공화당의 극렬한 반대로 실질적인 규제가 불가능하기 때문이다. 유권자의 표를 잃을까 봐 총기 규제를 주저하는 의원들은 민주당에도 꽤 있다. 그러니 이런 사건은 반복될 수밖에 없다. 2021년 퓨리서치센터 통계에 따르면 미국 성인의 무려 3분의 1이 총기를 소유하고, 공화당 지지자의 44퍼센트, 민주당 지지자의 20퍼센트가 총기를 소유한다. 미국 사회에는 헌법에 보장된 무기 소지권을 누리기 위해 거기에 불가피하게 뒤따르는 위험을 감수하겠다는 광범위한 합의가 — 적어도 최근까지는 — 이어져 왔던 것으로 보인다. 그렇다면야 그 합의에 동참하는 사람들은 불시에 총 맞아 죽을 위험을 감수하면서 살아가면 그만이다. 하지만 나는 미국에 살았던 옛정에도 불구하고 이제는 그런 사회의 일원이 되고 싶지 않다.

저녁을 먹으며 부모님께 어버이날 카드를 썼다. 스위스에서 한국으로 카드를 부치면 대략 2~3주가 걸리니 어버이날 이전에 도착하게 하려면 지금 보내야 한다. 대단한 내용을 쓰는 것은 아니어도 그 순간 오롯이 부모님을 생각하며 무슨 말을 드릴까 궁리하고 카드의 흰 지면을 손글씨로 채우는 행위는 드물어서 더 귀하게 느껴진다. 부모님과 멀리 떨어진 곳에 살기 때문에 더욱 그러하다.

과거에는 생일 카드며 크리스마스카드며 온갖 카드를 참 많이

도 썼지만, 이제 내가 작성하는 종이 카드의 수신자는 점점 줄어들어 부모님, 시어머니, 남편 정도가 남았다. 그 외에는 누가 먼저인지 모르게 어느새 서로 카드 우송을 멈추게 되었다. 종이 카드를 보내면 답신으로 종이 카드를 보내달라는 뜻으로 비춰져 혹시 상대방에게 무언의 부담을 주게 될까 봐 알아서 삼간다. 그래서 카드 대신 이메일을 보내고, 또 이메일은 어느새 휴대폰 메시지로 대체되었다. 손으로 써 보내는 카드와 편지를 그리워하는 사람이 많으나 나는 딱히 아쉬움을 느끼지 않는다. 종이로 연락을 주고받는 시대를 지나온 중년으로서 약간의 향수만 남았을 뿐이다. 이 완연한 메시지 진화 과정은 그에 대한 우리의 호불호와 무관하게 앞으로도 가차 없이 진행될 것이다. 그리고 어쩌면, 어느 날 종이 편지를 보내고 싶어도 그럴 상대방이나 그럴 방편마저 사라져버린 순간에 직면할지 모른다.

　과거를 향해 심한 향수를 느끼며 집착하는 것은 현실에 대한 불필요한 욕구 불만을 일으킬 뿐이다. 그 불만이 지나치면 '좋았던 옛날'로 회귀하려고 위험한 일까지 벌일 수 있다. 자신이 특권을 누렸던 시절을 탐하며 애써 이룬 사회 진보를 무효로 되돌릴 수 있다. 이건 이론이 아니라 대한민국을 비롯해 온 세계 정치판에서 숱하게 벌어지는 실제다. 타임머신을 타고 과거로 돌아가서 살 수 있다면 어떤 시대를 택하겠느냐는 허무한 질문에 내 대답은 언제나 똑같다. 안 간다, 지금이 제일 좋다. 과거 이런 시대에 한 번 살아보겠다고 주저 없이 답하는 사람들은 십중팔구 과거로 돌아가도 특권을 누릴 수 있는 집단이다. 아니, 과거로 돌아가면 지금보다 더 큰 특권을 누릴 수 있는 집단이다. 어느 백인 남성 트럼프 지지자가 1950년대가 참 좋았다면서 그때로 되돌아갔으면 좋겠다고 하는 말을 라디오에서 들었다. 미국 흑인 중에 그렇게 말하는 사람은 아무도 없을 것이다. 비백인은, 여성은, LGBTQ는, 세상의 모든 사회적 소수자는, 과거로 돌아가는 일이 악몽이다.

식사는 끝났고 프로세코는 아직 3분의 2나 남았다. 탄산이 빠져나가지 않게 하려면 어떻게 해야 하나, 잠시 고민에 빠졌다. 일반 와인의 코르크 마개는 원래 박혀 있던 방향과 반대로 뒤집어 입구에 끼우면 그럭저럭 들어맞아서, 와인 스토퍼가 없을 때 임시방편으로 쓰면 된다. 하지만 프로세코나 샴페인 코르크 마개는 구조상 한 번 빼면 절대로 다시 박을 수 없다. 그때 나는 회심의 미소를 지었다. 짐 가방 속에 뒹굴고 있던 레드와인 코르크 마개가 기억났기 때문이다. 이것을 스위스 나이프로 연필 깎듯 살짝 다듬었다. 끼워보니 잘 맞았다. 앞으로도 여벌 코르크 마개를 꼭 가지고 다녀야겠다고 다짐하며, 러시아 연방보안국의 그윽한 자취가 서린 태블릿을 열고 메모장에 적어둔 여행 필수 준비물 목록에 추가했다.

삼십사 일째

부활절 연휴가 시작되어서인지 사방이 고요하다. 종종 비트 강한 댄스 음악을 틀어놓는 옆방 독일 남자도 부활절이라고 부모님 댁에 갔는지 아니면 어디 여행을 갔는지 인기척이 없다. 내일 토요일만 상점들이 평소대로 영업하고 금요일인 오늘과 돌아오는 월요일은 상점도 문을 닫는 정식 공휴일이어서, 스위스 사람 대다수가 나흘 동안 연휴를 즐긴다. 학생들은 부활절을 끼고 두 주 동안 봄방학이다.

오늘이 공휴일인 것은 그리스도 십자가 수난일인 '성금요일'이기 때문이다. 영어로는 굿 프라이데이(Good Friday), 독일어로는 카르프라이탁(Karfreitag). 성스러운 것은 좋은 것이므로 '굿'이라는 형용사가 붙어 굳어졌고, '카르'는 옛 독일어로 수난, 고난의 의미를 지닌다. 그러니까 카르프라이탁은 말 그대로 '수난의 금요일'이다.

교회에 다니지 않으니 다른 날과 특별히 다르게 느껴지는 점은 없다. 그러나 가톨릭교의 영향이 다분한 이탈리아계 시댁 덕분에 얻은 습관이 하나 있다. 무슨 말인가 하면, 매년 부활절과 성탄절이 낀 주의 금요일이면 예나 지금이나 꾸준히 생선을 저녁으로 준비하는 시어머니 마틸데의 오랜 습관 덕분에 이날이 되면 왠지 육고기를 피하고 물고기를 먹어야 할 것 같은 의무감이 든다. 굳이 그런 관례를 따를 필요도 없고 누가 강제하지 않는데도 자진해서 따르고 싶은 것은, 일정하게 반복되는 의례에서 어떤 마음의 평화와 위안을 느끼는 게 인간의 본성이어서가 아닐까. 어제 장을 보면서 오늘 저녁에 먹을 새우를 미리 사다 놓았다. 어제 초밥을 먹긴 했지만, 해물을 이틀 연속 먹는 사치스러운 행복을 굳이 마다하지 않는다. 게다가 탄산은 좀 날아갔더라도 아직 프로세코 생일주가 남아 있다.

*

저녁으로 먹을 새우와 블리니를 냉장고에서 꺼냈다. 새우는 이미 데친 것을 칵테일 소스에 버무려 진공 포장한 제품을 샀다. 이런 식으로 가공된 새우는 스위스의 양대 마트 미그로와 코옵 해산물 코너에서 쉽게 찾아볼 수 있다. 그리고 그 근처를 잘 살피면 카나페 재료인 블리니가 있다.

'블리니'(блины)라는 이름은 러시아에서 유래한다. 단수로는 '블린'이고 '블리니'는 복수형이다. 스위스를 비롯해 서구에서는 주로 한입 크기의 작고 도톰한 팬케이크를 블리니라고 일컫지만, 러시아에서는 얇고 크기가 접시만 해서 크레이프와 비슷하게 생겼다. 거기에 이런저런 달거나 짭짤한 고명을 얹고 접거나 둘둘 말아서 먹는다. 블리니 반죽은 순수하게 밀가루만 쓰기도 하고, 러시아에 흔한 메밀가루가 듬뿍 들어가기도 한다. 그야말로 러시아식 메밀전병이다.

　러시아인의 메밀 사랑은 일본인과 겨룰 만하다. 옛날에는 메밀 하면 일본을 연상했는데 이제는 어디서 메밀의 독특한 향기를 맡으면 러시아를 떠올린다. 깐 메밀에 생버섯이나 마른 버섯 불린 것을 섞어 육수와 함께 밥솥에 넣고 익힌 버섯 메밀밥은 러시아에서 한 달에 한 번은 해 먹던 음식이다. 러시아의 평범한 마트에서 파는 저렴한 러시아제 메밀국수는 일본 메밀국수만큼이나 메밀 함량이 높고 맛있다. 메밀이 흔하니 말린 국수에도 듬뿍 넣어서 그렇다. 우크라이나 침공이 시작되던 무렵 모스크바 현지 상황을 보도하던 서구 특파원들이 식품점에서 설탕과 함께 메밀이 동났다는 소식을 전했다. 그만큼 메밀은 러시아인들이 일상적으로 즐기는 곡물이다.

　러시아인들이 블리니를 특히 많이 먹는 시기는 '마슬레니차'(Масленица) 봄맞이 축제 때다. 이 축제는 동방정교회 신자들이 부활절을 앞두고 육식을 자제하고 마음을 경건히 하는 사순절에 돌입하기 직전에 열린다. 8주간 지속되는 동방정교 사순절에는 전통적으로 육류와 함께 버터, 치즈, 우유 등의 유제품도 자제하는데, 마슬레니차 주간에는 유제품이 허용되므로 블리니 요리를 만들어 먹는다. 마슬레니차라는 명칭도 버터를 뜻하는 '마슬로'에서 유래한다. 그렇지만 이 축제가 순수한 기독교 전통이라고 할 수는 없다. 러시아뿐 아니라 세계 각국에 있는 팬케이크/전병/납작빵 문화는 고대부터 존재해왔고, 혹독한 겨울에 작별을 고하고 따스한 봄의 도래를 축하하며 맛있는 것을 먹고 유희를 즐기는 것도 전 세계 카니발 역사의 공통점이며, 카니발은 이교 축제에서 기원한다. 러시아의 마슬레니차 역시 기독교화되기 이전의 이교적 관습에서 유래한다. 그들은 겨울을 상징하는 허수아비를 만들어 불태우고, 노릇노릇 따뜻하고 동그랗게 구운, 즉 태양을 닮은 블리니를 먹으며 태양신에게 빨리 찬란한 해가 뜨는 따스한 봄이 오게 해달라고 빌었다.

그 마음이 너무 이해된다. 러시아에서 네 번의 겨울을 지내는 동안 가장 힘들었던 것은 영하 20도의 강추위가 아니라 겨우내 해가 거의 안 난다는 점이었다. 러시아인 중에 왜 그렇게 창백한 사람이 많은지, 왜 해만 나면 다들 거리로 몰려나오는지, 러시아에서 겨울을 지내보고서야 깨달았다. 2017년 여름 러시아로 이사하고 반년이 지나 첫 겨울을 맞았을 때, 추위는 그럭저럭 참을 만했으나 12월 한 달이 다 지나도록 해를 보지 못해 어리둥절했다. 어느덧 해가 바뀌어 1월이 되었고, 신문에 2017년 12월 한 달간 모스크바 지역 일조량이 6분이었다는 기사가 나왔다. 눈을 의심했다. 여섯 시간이 아니라 6분이었다. 그로부터 다시 1년 후, 남편과 나는 둘 다 난생처음으로 비타민D 결핍 진단을 받았다.

그 첫 겨울 이후, 나는 러시아 사람들을 따라 하기 시작했다. 아무리 추워도 해가 나면 무조건 거리로 나가 어디든 양지바른 곳으로 달려갔다. 영하 13도에도 집에서 뛰어나갔다. 추워도 장갑을 빼야 한다. 손과 얼굴을 드러내야 한다. 근처 커피집에서 따뜻한 커피라도 사 와서 들고 있으면 좋겠지만, 커피집 가는 시간조차 아깝다. 태양이 언제 사라질지 모르기 때문이다. 집에서 멀지 않은 큰길 양지바른 곳에 자리 잡고 주변을 천천히 둘러보았다. 내가 서 있는 곳에서 10여 미터 떨어진 한적한 구석에는 젊은 남성이 벽에 기댄 채로 커피를 마시고 있다. 그가 커피를 잠시 내려놓더니 끼고 있던 검정 장갑을 쓱쓱 벗어 주머니에 찔러 넣고 해를 향해 얼굴을 든 채 눈을 감았다. 잠시 후 내 또래로 보이는

249

금발의 여성이 내 옆 1.5미터 지점에 멈춰 서더니, 큼직한 자줏빛 핸드백에서 책 한 권을 꺼내 읽기 시작했다. 내가 쳐다보는 시선이 느껴졌는지 나를 잠시 쳐다봤다. 우리는 눈이 마주치자 서로 미소 지었고, 그 여성은 아무 말 없이 고개를 돌려 다시 책을 읽었다. 역시 맨손이었고, 내가 자리를 뜬 뒤에도 한참 그 자리에 머물렀다.

나는 마슬레니차 주간에 모스크바 굼 백화점 식품 코너에 갔다가 보통은 판매대 구석에 있던 블리니가 앞쪽으로 전진 배치되어 산더미처럼 쌓여 있는 모습을 보았다. 블리니가 평소보다 두꺼워 보여서 이유를 물어보니, 이 주간에 자기들은 블리니 반죽에 일반 우유 대신 특별히 케피르를 넣는다고 했다. 요구르트처럼 발효된 유제품 케피르는 반죽을 부풀게 하므로 팬케이크가 살짝 도톰해지면서 좀 더 폭신한 식감을 얻을 수 있다. 우리 부부는 케피르가 든 블리니와 소금에 절인 연어알을 사다가 마슬레니차를 축하했다.

꼭 마슬레니차 기간이 아니어도 우리는 모스크바를 찾은 귀한 손님을 대접하거나 특별히 축하할 일이 생기면 크렘린 바로 옆에 위치한 굼 백화점에서 블리니와 염장 연어알을 구해다가 저녁을 준비하곤 했다. 연어알 블리니에는 허브 딜과 사워크림 '스메타나'(сметана)가 완벽한 궁합이다. 내게 딜의 향기는 곧 러시아의 향기다. 한국인에게 고수가 그렇듯 서구인은 딜에 대해 호불호가 갈리는데 러시아에서 밥을 사 먹다 보면 도저히 딜을 피할 길이 없다. 러시아에서 딜은 한국의 파, 동서남아시아의 고수 격이다. 각종 생선 요리는 물론, 보르시 수프에도 넣고, 샐러드나 구운 감자 위에도 양념으로 뿌리고, 피클 만들 때도 넣고, 스테이크를 시켜도 옆에 풍성한 딜 한 묶음이 가니시로 나온다. 그중에서도 연어구이, 훈제연어, 연어알과 딜의 조합이 탁월한 것은 독특한 향내가 생선 비린내를 잡아주기 때문일 것이다. 딜은 고수, 셀러리, 회향, 아니스, 파슬리와 마찬가지로 미나릿과에 속한다. 이 미나릿과 향초들은 고기의 누린내나 생선의 비린내를 억제하는 데 효과적이다.

사워크림의 신맛도 비슷한 역할을 한다. 크림 때문에 자칫 느끼할 것 같지만, 양 조절만 잘하면 사워크림은 해산물과 잘 어울린다. 그래서 연어알 블리니에도 빠지지 않고 등장한다. 사워크림의 신맛만으로 부족하면, 레몬 한 조각을 곁들여 블리니를 말기 전에 조금 뿌린다. 식탁에 재료를 죽 펼쳐놓고 각자 접시에다 블리니를 한 장씩 올려 고명을 얹고 말아 먹는 재미가 쏠쏠하다. 염분과 열량이 높은 음식이어서 블리니 한 장에 연어알 50~60그램 넉넉히 넣은 것 두세 덩이면 배가 꽤 부르다.

블리니에는 주로 러시아산 스파클링 와인을 곁들였다. 러시아 스파클링 와인 하면 역시 '아브라우 두르소'다. 일단 너무 흔해서 식품점마다 비치되지 않은 곳이 없고, 종류에 따라 한 병 가격이 300~700루블(한화 5,600~13,000원)이어서 큰 부담 없이 축하주로 마실 수 있는 국가 대표 기포주다.

러시아에 온 지 얼마 안 됐을 때였다. 볼쇼이 극장에 갔다가, 막간 쉬는 시간에 관객들이 너도나도 샴페인을 주문하는 광경을 보았다. 뒤에 줄 서서 가만히 관찰해보니, 음료 파는 직원이 관광객 같아 보이는 외국인 관객에게는 판매대 위에 올려놓은 비싼 프랑스제 샴페인을 팔고, 러시아 관객에게는 밑에서 뭔가 다른 병을 꺼내 따라주고 있었다. 그게 러시아제가 확실하다는 생각이 들어 내 차례가 되었을 때 손가락으로 판매대 밑을 가리키며 "러시아 샴페인 파잘루스타(부탁합니다)"를 외쳤다. 프랑스제 샴페인 한 잔 가격의 절반이었다. 그게 바로 아브라우 두르소였다.

아브라우 두르소 와이너리는 와인 생산지로 유명한 크라스노다르주의 아부라우호숫가에 위치한다. 러시아 지인 하나는 이 호숫가에서 여름휴가를 보내고 아브라우 두르소 와이너리를 둘러본 뒤 우리에게 기념으로 탄산 와인 한 병을 사다 주었다. 러시아 남서부 흑해에 면한 크라스노다르주는 따스하고 비옥하여 러시아 와인의 40퍼센트, 스파클링 와인의 28퍼센트가 이 주에서 생산된다.

러시아에서 스파클링 와인이 인기인 만큼 러시아 스파클링 와인 사업에는 정부 고위관계자들도 개입해 있다. 몇 년 전 모스크바에서 50세를 맞은 남편의 생일을 축하하려고 도심지의 어느 해산물 전문점에 갔다. 가능하면 '현지에서는 현지 제품'을 고집하는 우리 부부는 이날도 러시아 와인을 위주로 와인 메뉴를 살펴봤다. 익숙한 아브라우 두르소가 아닌, 평소에 못 보던 스파클링 와인이 보여 주문했다. 와인을 따라주었던 웨이터가 잠시 후에 되돌아와 맛이 어떤지 묻는다. 맛이 아주 좋다고 했더니 '암 당연히 맛있지' 하는 얼굴로 빙긋 웃으며, 갑자기 말소리를 한 톤 낮춘다. "이게 말입니다, 미스터 푸틴이 소유한 와이너리에서 나온 제품입니다."

음. 우리는 그날 본의 아니게 푸틴의 주머니를 불려주고 말았다.

*

스위스산 딜을 한 줌 잡아 입에 넣고 아삭아삭 씹어본다. 러시아 딜은 줄기 부분도 부드러운데 스위스 딜은 줄기가 질기다. 향기도 맛도 러시아 딜과 약간 다르다. 러시아 딜이 강렬하고 진한 맛이라면, 스위스 딜은 부드럽고 순한 풀 맛이다. 토양이 다르니 같은 허브라도 다른 맛이 나는 것은 자연스럽지만, 스위스 딜의 맛은 무언가 아쉽다.

어제 마시다 남은 프로세코를 한 잔 따른다. 접시에 미니 블리니를 한 장 올리고 칵테일 소스 속에서 헤엄치는 작은 새우 몇 마리를 건져 블리니 위에 얹는다. 그 위에 딜을 한 꼬집 올리고, 레몬즙을 조금 짠 뒤 한 번에 입에 넣는다.

이렇게 먹는 법을 가르쳐준 친구가 있다. 내게 에밀 뷔를레 컬렉션에 대해 알려준 프랑스 친구 베아트리스다. 그는 인생에서 먹는 일이 매우 중요한 위치를 차지하는 전형적인 프랑스인이다. 스스로 인정한다. 프랑스 전 국민이 강박적으로 음식에 집착하며 식사할 때 제일 좋아하는 화제도 음식이라고. 우리는 함께 밥을 먹을 때마다 음식 얘기를 하고, 레시피를 나누고, 다음에는 서로 무슨 음식을 해주겠다고 약속하곤 했다. 그때마다 베아트리스는 지금 우리가 하는 짓이 너무나 프랑스스럽다며 장난기 머금은 미소를 지었다. 음식에 집착하다 보면 음식에 대한 기준도 높아진다. 베아트리스는 식재료에도 까다로웠다. 내 입에는 스위스 식료품점에서 파는 냉장 파이 반죽도 무척 맛있는데, 이 친구는 스위스에서 파는 반죽에는 진짜 버터가 들어 있지 않다며, 프랑스에 갈 때마다 진짜 버터가 듬뿍 들어간 기성 파이 반죽 제품을 짐 가방 한가득 공수해다가 베른 집 냉동실에 보관했다. 베아트리스는 그 귀한 반죽으로 내게 연어와 시금치가 들어간 키슈를 구워준 적이 있다. 그때 그 파이 크러스트의 버터 향은 진정향기롭고 기름졌다.

프랑스 가정에서 특별히 축하할 일이 있거나 집에 손님을 초대할 때 흔히 식사를 샴페인으로 시작해 샴페인으로 마무리한다는 것도 베아트리스에게 배웠다. 서양식, 특히 프랑스식 식사 관습에서 샴페인과 함께 손님 대접을 개시하는 관례는 잘 알려져 있다. 손님이 오자마자 샴페인을 내오고 안주로 짭짤한 카나페를 권해 식전에 입맛을 돋운다. 거기까지는 익숙했으나, 특이했던 점은 베아트리스가 남은 샴페인을 식사하는 동안 냉장고에 넣어두었다가 디저트를 내올 때 다시 꺼내 온 일이었다. 지금 샴페인을 또 마시나? 커피가 아니고? 어리둥절해하는 내게 베아트리스가 커피는 나중에 따로 마시고 디저트와 샴페인을 같이 즐겨보라고 했다. 프랑스에서 많이들 그렇게 한다고, 적어도 아비뇽에 있는 자기 가족과 파리에 있는 자기 친구들은 꼭 그렇게 한다고 했다. 과연, 샴페인과 과일 파이의 조합이 대단히 좋았다. 달콤한 과일과 구수한 파이 크러스트가 새콤한 샴페인과 어우러지면서 입가심이 되었다. 드라이한 산미와 탄산이 디저트의 달고 기름진 맛을 한 풀 꺾어내면서 맛의 균형을 잡아준 것이다. 커피나 차의 쌉쌀한 맛이 단맛을 쳐내는 원리와 크게 다르지 않았다. 단맛을 쓰고 구수한 맛으로 잡느냐, 시고 알알한 맛으로 잡느냐는 기호 차이일 뿐이다. 이렇게 생각하다가 언뜻 떠오르는 일이 있다. 빈의 카페 자허에서 본 장면이었다.

검정 제복에 흰 앞치마를 두른 점원들이 케이크와 커피를 은

쟁반에 담아 나르고, 손님들은 마치 박물관에라도 와 있는 양 목소리를 낮춰 속삭이고, 창밖으로 국립오페라극장이 보이는 카페 자허. 빈에 오는 관광객이라면 줄을 서서 기다리더라도 한 번은 이곳에 들러 자허 토르테를 먹는다. 2010년 봄철이었던 것으로 기억한다. 어느 날 카페 자허에 갔다가 혼자서 자허 토르테를 즐기는 삼십 대 중반의 일본 여성을 보았다. 긴 머리에 안경을 끼고 검정 스커트에 검정 재킷을 얌전하게 걸친 여성이었다. 탁자에는 일본어로 된 여행 가이드북이 놓여 있었다. 그는 주위를 의식하지 않고 오롯이 음식에 집중해 있었다. 그때 내 눈에 포착된 것은 자허 토르테 한 조각 옆에 놓인 음료가 커피가 아니라 샴페인이었다는 점이다. 샴페인이랑 케이크를 같이 먹다니 이상하네, 하고 의아해했던 것이 지금도 확실하게 기억난다. 진실은, 그 일본 여성이 뭘 아는 사람이었다는 것이다.

　서양 음식에 대한 일본인들, 특히 일본 여성들의 학구열은 대단해서, 한 일본 친구의 여동생은 일부러 고급 프랑스 식당에서 아르바이트를 하기도 했다. 어차피 같은 급료를 받는 알바라면, 기왕이면 프랑스 식당에서 일하면서 덤으로 식문화까지 배우겠다는 식이다. 그런 호기심과 지식욕 덕분에 빈에서 본 그 여성 같은 사람들이 생겨난다. 이런 사람들이 소비자로서 자국 레스토랑을 찾으니 일본 내의 음식점 수준도 높아지지 않을 수 없다. 이제껏 여러 나라에 체류했지만, 먹는 일만큼은 일식, 양식을 불문하고 일본에서만큼 잘 먹은 적이 없다. 당시 그 경험은 음식 문화 일반에 대한 호기심을 촉발했고 요리에 대한 관심으로 이어져 이런저런 레시피를 실험하는 일도 지금보다 훨씬 잦았다. 삼십 대 이후 체중이 제일 많이 나갔던 시기가 일본에 머물던 시기였다는 점도 우연이 아닐 것이다. 자국 음식에 대한 자부심이 하늘을 찌르는 프랑스인이나 이탈리아인들마저 도쿄의 프랑스 식당과 이탈리아 식당의 음식 수준을 침이 마르게 칭찬했고, 한 이탈리아 친구는 자신의 일본인 친구가 직접 만들어준 파스타가 그때까지 먹어본 파스타 중에 제일 맛있었다고 내게 털어놓기도 했다. 그의 어머님이 우리 부부에게 만들어주신 파스타 맛이 일품이었던 것을 지금도 생생히 기억하는데 그보다 더 맛있었단 말인가! 이러니 일본은 식당뿐 아니라 개인이 해내는 요리 수준도 오리지널을 능가할 판이다. 이게 2000년대 중후반의 얘기다. 그동안 한국도 이 빙면으로 일본을 많이 따라잡은 것을 알고 있다. 몇 년에 한 번씩 한국에 들를 때마다 먹는 일에 대한 사람들의 열정과 지식의 수준이 매번 훌쩍 갱신되는 것을 느낀다. 어르신들은 젊은이들이 돈 아낄 줄 모르고 먹고 여행하는 데 몰입한다고 걱정하지만, 음식과 여행을 통해 세상이 넓어지는 것을 느끼며 크고 작은 행복감을 만끽한다면 그것으로 족하다.

삼십오 일째

자고 일어났더니 으슬으슬하다. 영상 4도. 아침 기온이 갑자기 뚝 떨어졌다. 샤워하다가 물이 찬 것 같아 참을성 없이 수도꼭지를 온수 방향으로 홱 돌렸는데 순식간에 엄청나게 뜨거운 물이 쏟아져 나왔다. "앗 뜨거!" 하고 외마디를 질렀다.

이제 나는 갑자기 아픔을 느낄 때 "아야!"만큼이나 "아우치!"(ouch)가 튀어나올 때가 많아졌다. 오랜 외국 생활 탓이다. 하지만 뜨거운 것에 놀랐을 때는 언제나 "앗 뜨거!"이다. "앗 뜨거"에 해당하는, 간략하게 입에서 튀어나올 만한 대체용 외국어 표현이 없어서일 것이다. 복수 언어를 사용하며 생활할 때, 적어도 감탄사의 경우, 음절 몇 개만 짧아도 잠재적으로 우위를 점할 수 있다. 황당한 상황을 만나 화가 솟으면 내 입에서 "아이씨"보다 "쉿"(shit)이 ― 그리고 정말 빡치면 "퍽"(f**k)이 ― 먼저 튀어나오는 것도 아마 그런 이유에서일 것이다. 하지만 무엇으로도 대체하기 어려운 막강한 한국어 감탄사가 있다. 바로 '아이고'다. 어떤 상황을 놓고 안타까움, 측은함, 당황스러움, 약간의 놀람, 창피함 등의 복합적인 감정을 드러낼 수 있는 쓰임새 다양한 감탄사다. "아이고" 내지 그 준말 "아고", "애고", "애구"는 딱 맞아떨어지는 영어 대체어를 도무지 찾기 어렵다. "지저스"(jejus)나 그 준말인 "지즈"(jeez) 또는 "갓"(god)이나 그 준말인 "가쉬"(gosh)로는 오묘한 어감을 온전히 잡아내기 어렵다. 외국인의 귀에 "아이고"가 음성적으로 인상적인 모양이다. 지금도 내가 어쩌다 이 감탄사를 내뱉으면, 여기에 오랜 세월 노출된 남편이 재빨리 "아이고" 하고 따라 한다. 발음도 정확해서, 내 입에서 "아이고" 소리가 나오게 한 애초의 요인을 잠시 잊은 채 나는 실소한다.

*

시어머니에게 디저트를 가지고 가기로 약속했다. 부활절에 음식을 준비하는 것은 마틸데의 성스러운 특권이므로 함부로 범하면 안 되는 영역이다. 마틸데는 디저트도 제과점에서 사기보다는 손수 케이크나 파이 굽기를 즐기지만, 이번에는 내가 가져갈 테니 준비하지 말라고 간신히 설득했다. 그래도 또 따로 구울지 모른다. 음식은 뭐든 넉넉히 준비하는 너그러운 분이다.

마틸데에게 방문할 때 나는 거의 예외 없이 슈프룅글리 제품을 들고 간다. 마틸데는 슈프룅글리를 이 세상에서 가장 맛있는 제과점으로 숭배한다. 시어머니의 눈에 다른 빵집은 다 열등하다. 내가 봤을 때 훨씬 더 맛있고 고급스러운 케이크를 사다 드려도 매번 맛이 슈프룅글리만 못하다고 하시니, 다른 제과점 제품 찾아보기를 포기한 지 오래다.

그러나 부활절에는 예외가 허용된다. 이탈리아가 고향인 디저트 빵, 슈프룅글리에서는 팔지 않는 빵 '콜롬바 파스콸레'가 있기 때문이다. 이 달콤한 빵은 부활절 전후에만 판매되고, 무엇보다 마틸데가 아주 좋아해서 가져가면 반가워한다. 아마 마틸데가 이탈리아 출신이어서 그럴 것이다. 부활절 비둘기라는 뜻을 지닌 '콜롬바 파스콸레'는 실제로 날개를 펼친 비둘기 모양이다. 통통한 십자가 모양으로도 보인다. 사실 이름과 모양만 다를 뿐 크리스마스 때 먹는 '파네토네'와 맛과 성분이 거의 동일하다. 순서를 따지자면 20세기 초반에 밀라노에서 태어난 파네토네가 콜롬바에 앞선다. 독일에서는 슈톨렌이, 영국에서는 크리스마스 푸딩이 성탄절 식탁을 빼놓지 않고 장식하듯, 이탈리아 사람들은 제과점과 마트에 깔린 파네토네를 보며 성탄절이 다가오고 있음을 느낀다.

성탄절 빵 파네토네를 다른 때는 못 판다는 문제점에 봉착한 이탈리아 상인들은 곧 해결책을 찾아냈다. 파네토네를 형태만 바꿔 콜롬바라 명명하고 '부활절에는 콜롬바'라는 공식을 소비자의 머리에 —그리고 마침내 내 머리에까지— 주입하는 영리한 상술을 펼쳤다. 1년에 한 번 팔던 것을 봄에 한 차례 더 팔 수 있게 된 것이다. 이제 파네토네와 콜롬바는 각각 성탄절과 부활절에 유럽 전역으로 수출되며, 최근에는 한국을 비롯한 아시아 지역에도 슬슬 소개되고 있다.

콜롬바를 사러 옐몰리 백화점 지하 식품 코너로 내려갔다. 예상대로 온갖 상표의 콜롬바가 내 키보다 높게 산처럼 쌓여 있다. 전부 이탈리아에서 수입한 제품들이다. 콜롬바와 파네토네는 원래 밀라노를 중심으로 이탈리아 북부가 강세지만, 그동안 생산업체들이 전국으로 확산된 모양이다. 잘 살펴보니 베네토 지역 제품도 있고 멀리 시칠리아에서 온 제품도 있다. 원산지뿐만 아니라 사용한 재료에 따라 종류도 다양해서 눈이 어지럽다. 아주 전형적인 재료인 건포도, 말린 오렌지, 아몬드 외에도 체리, 살구, 피스타치오, 바닐라 크림, 다크 초콜릿, 밀크 초콜릿, 밤 퓌레를 넣은 것도 있고, 이탈리아 레몬술 리몬첼로를 넣거나 와인에 절인 건포도를 첨가한 제품도 눈에 띈다. 말린 과일이나 견과류를 좋아하지 않는 소비자를 위해 빵으로만 된 콜롬바도 갖춰 놓았다. 전통적으로 콜롬바 반죽에 들어가는 버터 대신 올리브오일로 구운 제품도 보인다. 전부 만만치 않은 가격이지만 오늘따라 웬일로 전 품목 20퍼센트 할인 표시가 붙어 있다. 부활절 연휴가 지나면 더 이상 팔리지 않을 테니 떨이를 하려는 셈이다.

나는 이 수많은 선택 가능성 앞에서 잠시 마비 상태를 경험한다. 콜롬바 판매대 주위를 사냥감 노리듯 몇 차례 맴돌면서 서서히 선택지를 줄여나간다. 이윽고 다른 제품보다 개수가 적은 분홍빛 포장지에 눈이 가닿았다. 가끔 그런 선택을 할 때가 있다. 무엇을 골라야 좋을지 모를 때 재고가 몇 개 남지 않은 것을 고르는 일 말이다. 남이 많이 사 간 걸 보니 저게 맛있는가 보다 ― 라는 근거 희박한 논리로 구매 결정을 합리화한다. 백화점 측에서 잘 팔리지 않을 것으로 예견하고 애초부터 그 물건을 다른 물건보다 적게 갖다 놓았던 것일 수도 있는데 말이다. 손에 들어보니 1킬로그램 중량이 꽤 묵직했다. 윗면에 "로자 에 피코 딘디아"(Rosa e Fico D'India)라고 쓰여 있다. 이탈리아어를 모르지만 '장미와 인도 무화과'라는 뜻인 건 대충 알겠다. 장미가 들었어? 인도 무화과는 여느 무화과와 다르게 특별한가? 혹시 부서지기라도 할까 봐 무서워서 상자를 뒤집지는 못하고, 위로 번쩍 들어 엉거주춤하게 고개를 꺾은 자세로 바닥에 쓰인 재료를 확인한다. 이탈리아어 아래 적힌 영어 설명을 보니, 정말로 장미에서 추출한 식용 로즈워터와 에센스 오일이 함유되어 있다. 시칠리아산 꿀도 들었다. 피코 딘디아는 '프리클리 페어'(prickly pear)라고 옮겨 놓았다. '가시 돋친 배'라. 검색해보니 선인장 같은 식물이다. 이게 말로만 듣던 백년초 열매다. 선인장과 식물이라 뜨겁고 건조한 데서 잘 자라므로 한국에서는 주로 제주도에서 재배되고 이탈리아에서는 남부 지방에서 널리 재배된다.

이제까지 보아온 콜롬바나 파네토네 중에서도 이모저모로 특이하다. 맛이 궁금하다. 궁금하니 먹어보고 싶어진다. 하필 이 순간, 내 옆에서 또 다른 중년 여성이 같은 제품을 살핀다. 그 모습을 보자 이걸 사야겠다는 마음이 굳어진다. 남들도 관심 두는 특이한 제품이니 사볼 만하다는 나름 이성적인 결정이었으나, 결국 이국적인 재료를 보태 신수요를 창출하려는 업자의 상술에 멋지게 넘어갔다.

'이국적'이라는 말을 써놓고 잠시 생각에 잠긴다. 로즈워터며 백년초며, 나 같은 한국인이나 스위스인에게나 이국적인 재료지—아무리 스위스가 이탈리아 인접국이라고 해도 시칠리아와 취리히는 식문화를 포함해 완전히 별세계다—지중해에 면하고 역사적으로 중동의 영향을 받은 시칠리아에서는 전혀 그렇지 않을 수 있다. 그저 주변에 흔한 식재료를 콜롬바에 넣어봤을 뿐일 수 있으니까.

나는 같은 콜롬바를 두 개 샀다. 하나는 마틸데에게 주고, 다른 한 덩이는 영국에 가 있는 쌍둥이 조카들이 돌아왔을 때 주라고 마틸데에게 맡겨 놓기로 했다. 이로써 나는 위험 부담을 졌다. 마틸데는 여간해서는 새로운 것을 시도하는 사람이 아니다. 자기가 알고 즐기는 몇 안 되는 음식이 행여 클래식한 형태와 재료에서 벗어나면, 열에 아홉은 경계, 무시, 비난, 혐오한다. 이런 사람에게 장미 추출 원액과 ─ 나도 무슨 맛인지 전혀 모르는 ─ 선인장 열매가 든 1킬로그램짜리 음식물을 덜컥 선사하다니 어쩌자는 건가. 하지만 나는 때때로 시어머니를 이런 식으로 안심 반경에서 슬쩍 끌어내는 짓궂은 즐거움을 추구한다. 운이 좋으면 '열에 아홉'을 비켜갈 수도 있다. 그러면 마틸데의 음식 세계는 좀 더 넓어질 테고, 나는 다른 사람의 음식 세계를 넓혀줄 때 희열을 느낀다.

여기까지 쓰고 보니 오늘따라 줄표가 유난히 많이 달렸다. 줄표 남용은 안 좋은 버릇이다. 그러나 자기 검열을 좀 풀어버리고 싶은 날이 있다. 오늘이 그런 날인 것 같다. 아니, 어쩌면 그보다는, 오늘따라 생각에 혼란이 심했는데 그 혼란을 가다듬어 정연한 글을 쓰려고 애쓰다가 한계에 부딪혀 일어난 현상이라고 설명하는 편이 더 정확할 듯하다. 진실을 말하자면 나는 줄표를 쓸 때도 어떤 희열을 느낀다. 줄표가 아니면 보태기 까다로운 여분의 생각을, 줄표 덕분에 손쉽게 끼워 넣을 수 있기 때문이다. 일종의 반칙을 저지르고도 결과를 감수하지 않는 희열이다.

*

토요일 오후 5시. 이틀 마시고도 아직 약간 남은, 살짝 김이 빠진 프로세코를 냉장고에서 꺼낸다. 그리고 아까 슈퍼마켓에서 사 온 오렌지 주스와 반반 섞어 '미모사'를 만든다.

오후 5시는 이른바 '칵테일 아워'다. 그런 콘셉트가 있는지도 몰랐던 내가 칵테일 마시는 시간까지 따져가며 종종 이를 즐기

게 된 것은 순전히 W. H. 오든 탓이다. 전작 《빈을 소개합니다》
를 쓸 때 영국 시인 W. H. 오든이 빈에서 30킬로미터 떨어진 교
외 마을에 살았으며 1973년 가을 빈에 시 강연을 나왔다가 그날
밤 빈 도심의 한 호텔에서 숨진 사실을 접하고 그의 삶을 살펴봤
다. 그는 하루 일과를 꼭 정한 시간에 맞추어 정확히 반복하는
습관이 있었다. 아침 6시에 일어나 매일 여덟 시간 이상 글을 썼
고, 오후 4시가 되면 찾아오는 손님을 맞았으며, 오후 5시 정각에
칵테일을 마셨다. 그리고 6시 정각에 저녁을 먹었다. 그보다 빨라
도 안 되고 늦어도 안 됐다. 취침 시간이 되면 집에 손님이 와 있
어도 상관하지 않고 들어가 잤다. 정해진 일과는 반드시 지키고,
조금이라도 시간표가 어그러지면 안절부절못했다. 건강하지 않
은 집착으로 보일 수도 있지만, 혼란으로 가득한 세상에서 질서
를 찾고 규율 있게 창작 활동을 해내는 그만의 요령이었을 수도
있다.

　오든의 시를 좋아하는 남편과 그의 습성에 관해 얘기하다가,
반쯤 농담 삼아 매일은 곤란하더라도 토요일 오후 5시를 칵테일
아워로 삼아보면 어떻겠느냐는 말이 나왔다. 이후 우리는 토요
일 저녁이 되면 꽤 규칙적으로 이런저런 칵테일을 만들어 마셨
다. 5시가 되면 서로 "여보, 칵테일 아워 됐어!" 하고 외치기도 한
다. 그새 10년이 넘었으니 노하우도 꽤 쌓였다. 그러나 복잡한 칵
테일은 지금도 피한다.

　그동안 나름대로 확립한 황금률은, 재료는 가능하면 세 가지
를 넘기지 않으며, 비율을 1:1:1로 해서 손쉽게 준비할 수 있는 클
래식 칵테일 위주로 만든다는 것이다. 이를테면, 사이드카(브랜
디 1: 트리플 섹1: 레몬주스 1), 카미카제(보드카 1: 트리플 섹 1:

라임주스 1), 화이트레이디(진 1: 트리플 섹 1: 레몬주스 1), 레몬 드롭(보드카 1: 트리플 섹 1: 레몬주스 1) 이런 식이다. 트리플 섹과 레몬 또는 라임만 있으면, 각종 기본 주류로 그 비율을 지키면서 클래식한 칵테일을 만들 수 있다. 사이드카에서 브랜디 대신 럼을 넣으면 케이블카 칵테일이 되고, 카미카제에서 보드카 대신 테킬라를 넣으면 마르가리타가 된다. 단, 이때는 테킬라의 비율이 커져서 2:1:1이 된다.

준비한 미모사와 의자를 들고 발코니로 나간다. 편안히 앉은 자세로 주변 경치를 둘러본다. 무엇보다도 나는 이전의 습관을 답습하는 행위에서 일정한 위안을 얻었다. 내가 이제 괜찮아졌구나, 하는 안도감 말이다. 저 멀리 다른 건물에도 사람들이 발코니에 나와 앉아 있다. 술기운이 퍼지니 손이나 한번 흔들어 볼까 하는 엉뚱한 생각이 들지만, 수줍은 스위스인들을 놀랠까 봐 실행에 옮기지는 않는다. 아니다, 괜한 소리다. 실은 내가 수줍어서 못 한다. 내향인이 괜히 외향인인 척하면 공연히 가슴만 두근거리고 심장에 부담만 줄 뿐이다. 대신, 평화롭게 휴대폰을 열고 '톰에게서 소식이 없네'를 튼다. 오든과 그의 파트너 체스터 컬먼이 대본을 맡고 스트라빈스키가 작곡한 오페라 <난봉꾼의 행각>에 나오는 아름다운 아리아다. 지금 이 순간, 이보다 더 잘 어울리는 음악은 없을 듯하다.

264

삼십육 일째

부활절 일요일 아침 9시 50분. 취리히 시내 전역에 일제히 교회 종소리가 울려 퍼진다. 녹음된 종소리를 트는 것이 아니라 음색, 음량, 역사가 제각기 다른 진짜 종들을 수많은 교회가 한꺼번에 힘차게 때리니 장엄하기 그지없다. 몸에 전율이 온다. 종을 얼마나 오래 치는지 시계를 지켜보았다. 9시 58분부터 하나둘씩 잦아들더니, 정확히 10시가 되니까 완벽하게 조용해진다.

잔니와 벨라는 아이들을 데리고 영국 입스위치에 사는 벨라의 부모와 부활절을 보내러 갔다. 자칫하면 시어머니가 부활절을 쓸쓸하게 혼자 보내셨을 뻔했는데 마침 내가 취리히에 있어서 다행이었다.

잔니와 벨라는 10년 전 인도에서 만났다. 두 번째 아내 아니카와 이혼한 잔니는 우울한 기분을 달래기 위해 잠시 일을 쉬고 아시아 전역을 여행했다. 몽고에서 인도로 내려가 요가 명상 캠프에 참여했다가, 명상을 지도하던 벨라와 사랑에 빠졌다. 벨라는 몇 달 후 인도 생활을 접고 스위스에 와서 잔니와 합류했다.

벨라의 아버지는 영국인이지만, 어머니는 갓난아기 때 폴란드 난민 어머니의 품에 안겨 영국에 온 폴란드 이민 2세다. 벨라는 어머니가 해주는 폴란드 음식을 먹고 자랐다고 했다. 수년 전 벨라의 부모와 오빠들이 성탄절에 스위스를 방문했을 때, 벨라 어머니가 성탄절 저녁 식사 첫 코스로 동유럽에서 널리 먹는 레드비트 수프 '보르시'를 선보였다. 그 버전은 내가 러시아에서 접한 보르시와 두 가지가 달랐다. 쇠고기 살점을 썰어 넣는 대신 다진 돼지고기로 자그마한 완자를 만들어 넣었고, 완성된 수프 위에 사워크림을 올리는 대신 미리 사워크림을 넣고 휘저어서 국물이 파스텔 분홍색이었다. 다들 맛있게 먹고 있는데 마틸데의 표정이 이상했다. 몇 수저 뜨고 절반을 남기는 것을 보았다. 나중에 마틸데가 목소리를 낮추어 내게 속삭였다. "무슨 저런 음식이 있냐. 토할 것 같은 느낌을 참느라고 너무 힘들었어." 익숙한 음식이 아니면 먹기를 주저하거나 거부하는 마틸데가 생전 처음 보는 연분홍색 수프를 보고 할 법한 소리다. 그런 의미에서 마틸데가 우리가 도쿄에 살 때 찾아와 용감하게 초밥 두 점을 맛본 일은 기념비적인 사건이었다. 이제까지 시어머니 입에 들어가 위장까지 진입한 날생선은 그게 처음이자 마지막이다.

기차를 탔다. 부활절 일요일이어서 그런지 승객이 없었다. 내가 탄 칸에는 나 말고 단 두 사람이 더 있었다. 그중 한 명이 누군가와 통화했다. 어딘지 익숙한 억양과 발음이 파키스탄에서 접한 우르두어를 닮았다. 인사말을 제외하면 전혀 알아듣지 못하지만 "아차" 하는 소리가 여러 번 들렸다. 그 말이 '좋아', '그래 알았어', '오케이'에 해당하는 뜻임을 내가 아는 것은 이슬라마바드에 머무는 동안 주변에서 하루에도 몇 번씩 듣던 소리이기 때문이다. 그러나 힌두어나 벵골어로도 '아차'는 같은 뜻이므로 젊은 남자 승객이 파키스탄, 인도, 방글라데시 중 어디서 왔는지 나로서는 구분할 길이 없다. 어디서 왔든, 저 사람도 분명 스위스에서 생활하게 된 흥미로운 사연이 있을 것이다. 이민자 한 사람, 한 사람이 그 자체로 고유한 이야기책이니까.

*

마틸데는 나를 포옹하며 왜 수술 전에 연락하지 않았느냐고 나무랐다. 병원을 끔찍하게 싫어하는 팔십 대 노인에게 편도 수술 같은 소소한 일로 염려를 끼치고 싶지 않아서 회복이 많이 되고서야 연락을 드렸던 까닭이다. 수술 상처 때문에 제대로 먹지도 말하지도 못하는데 미리 연락해봤자, 먹고 얘기하는 것이 가장 큰 즐거움인 마틸데가 당황할 것이 뻔했다. 마틸데는 저녁 식탁에 한 번 앉으면 네댓 시간쯤은 너끈하게 버티고 앉아 쉼 없이 대화를 이어간다. 그런 분위기에서 자란 알베르토도 이젠 옛날 같지 않아서 어머니와 저녁을 한 끼 먹고 나면 완전히 체력을 소진한다. 우리는 허리가 아파 몸을 비틀고, 피로해서 말이 어눌해지는데, 마틸데는 여전히 쌩쌩하여 밤새우고도 이야기할 기세다. 저희는 이만 가봐야 할 것 같습니다, 하고 눈치를 보아 조심스럽게 저녁을 마무리하는 사람은 언제나 우리다. 그러면 마틸데는 왜 벌써 가냐, 더 있다 가라, 그럼 내일 또 볼까? 모레는? 글피는? 하며 금방 또 보자고 조르신다. 오늘도 내가 도착한 오후 3시부터 9시까지 여섯 시간을 연이어 이야기 폭포를 쏟아낸 마틸데가, 아니나 다를까 가지 말고 자고 가라고 권한다. 더 이야기하고 싶어서이다. 멀쩡한 숙소 놔두고 소파에서 자기도 싫고, 필시 자정까지 가뿐하게 수다를 이어갈 마틸데의 초인적인 기력 — 분명히 우수한 유전자의 소산일 터다 — 을 나의 저급한 체력이 감당할 수 없음을 잘 알기에 정중하게 거절했다. 내가 여든셋일 때 마틸데처럼 원기 왕성하면 얼마나 좋을까, 하고 종종 바랄 때가 있다.

변화를 싫어하는 마틸데는 새로운 요리를 시도하지 않는다. 식사의 절차도 늘 같다. 자식들이 찾아오면 식전주와 안주로 저녁을 시작한다. 식전주는 항상 쌉쌀한 이탈리아술 캄파리, 안주는 늘 슈프룅글리에서 파는 짭짤한 미니 페이스트리 모둠이다. 전채는 무조건 이파리 샐러드이고 샐러드 소스는 오로지 올리브오일과 발사믹 식초다. 한 가지 달라진 점이 있기는 했다. 씻지 않고 바로 먹을 수 있게 손질해서 포장한 샐러드는 게으른 자들의 음식이라며 멸시하더니, 요즘은 웬일인지 종종 자진해서 게으른 자들의 음식을 이용한다. 오늘도 냉장고에서 포장 샐러드를 꺼내 뜯으신다. 편리함을 마침내 인정하시게 된 듯하다.

저녁 메뉴는 살팀보카와 리소토다. 살팀보카는 산적 두께로 얇게 썬 송아지 고기 위에 프로슈토 햄 한 장과 허브 세이지 이파리 한두 장을 올린 뒤, 그 세 가지 재료를 이쑤시개로 고정시켜 프라이팬에 굽는 이탈리아 음식이다. 마틸데는 살팀보카에 언제나 리소토를 곁들인다. 나는 결혼 후 이제까지 마틸데의 자존심인 살팀보카와 리소토를 여러 번 영접했다. 며칠 전 마틸데가 전화해서, 수술했으니 혹시 목이 아프면 리소토 말고 더 부드러운 매시트포테이토를 곁들일지 세심하게 물었다. 그러면서도 묻는 어조에 약간의 망설임이 어려 있었다. 마틸데의 시각에서 살팀보카는 반드시 리소토와 함께 먹어야만 하는 음식이다. 그게 전통이며 전통은 옳다. 나는 그런 생각을 뻔히 알고 있으므로, 리소토를 먹을 수 있고 먹고 싶다고 말씀드렸다. 수화기 너머로 마틸데의 표정이 환해지는 것이 보이는 듯했다.

디저트는 물론 콜롬바 파스콸레다. 마틸데는 내가 가져온 콜롬바에 담긴 재료에 낯설어하면서도 호기심을 보였다. 그런데 마틸데가 백년초를 안다! 오래전에 백년초 열매를 드셔봤단다. 열매를 만지면 미세한 가시가 손에 박혀 발갛게 부어오르기 때문에 칼과 포크로 조심스럽게 먹어야 했다며, 오랜만에 떠오른 옛 기억에 시어머니는 옅은 웃음을 머금었다. 내가 큼직하게 잘라드린 콜롬바를 한 입 드시더니 맛이 좋다고 한다. 표정을 살폈으나 진담인지 예의상 하는 말인지 판별이 어렵다. 접시를 깨끗하게 싹 비우셨으니 진심이었는지도 모른다. 그렇지만 — 벨라 어머니의 특제 보르시처럼 — 웬만히 거북하지 않고서야 음식을 도통 남기는 법이 없는 분이므로 진실은 알 수 없다.

마틸데는 가족관계를 중시한다. 잔니와 알베르토는 나이 차이도 나고 성품, 관심사, 세상을 보는 관점도 달라서 특별히 형제애가 남다르다고 할 수 없다. 마틸데는 그걸 잘 알면서도 자신을 구심점으로 두 형제의 가족이 자주 만나고 가깝게 지내기를 소망한다. 온 가족이 자기 집 식탁에 모여 앉아 자기가 준비한 음식을 먹고 떠드는 순간이 최대의 기쁨이다. 시어머니가 가족에 집착하는 이유는 복합적일 것이다. 돈독한 가족관계를 미덕으로 여기는 이탈리아인이어서 그럴 수도 있고, 혼자 이민 와서 역시 혼자 이민 온 남편을 만나, 다른 친척은 아무도 없이 두 아이와 4인 핵가족을 이루고 사는 동안 의지할 것은 가족뿐이었기 때문이었을 수도 있다. 그리고 남들이 소위 '정상'이라 부르는 가정에서 자라지 못한 트라우마도 한몫했을 것이다.

시어머니의 고향은 시칠리아다. 시칠리아라면 흔히 햇살 가득하고 맛있는 음식이 많고 사방에 오렌지 향기 그윽한 낭만적인 곳이라고 여기며 가보고들 싶어 하지만, 마틸데에게 시칠리아는 피하고 싶은 곳, 잊고 싶은 곳이다. 그래도 자식들은 어머니의 고향이니 어떤 추억과 애착이 있으리라 생각하여 2009년 칠순 기념으로 시칠리아로 여행을 보내드렸다. 미국에 사는 마틸데의 절친한 고향 친구에게 연락해 두 분이 함께 고향을 방문하시도록 계획을 짰다. 그때가 잊히지 않는다. 여행 일정과 비행기표를 받아든 마틸데가 화를 냈다. 가고 싶지 않은 곳에 자기를 왜 보내느냐고. 어린 시절 자기가 겪은 고된 삶과 학대를 너희가 아느냐고. 그러나 안 가겠다고 하시지는 않았다. 그리고 나녀와서는 더 이상 화를 내지 않으셨다.

마틸데가 태어난 동네는 메시나 서쪽에 위치한 해안도시 조이오사 마레아이다. 마틸데는 그 지역 부잣집 도련님과 그 집에서 일하던 가정부 사이에서 태어났다. 그 집 부모가 아들과 가정부의 결혼을 허락할 리 만무했고 아이를 친자로 인정해주지도 않았다. 1930년대 보수적인 남부 이탈리아에서 결혼하지 않은 여성이 아이를 낳아 기르는 것은 큰 스캔들이었으므로 친모는 양육을 포기했다. 그 아이를 한 가정이 맡아 길렀다. 양육비는 그 부잣집이 대주었다.

시어머니의 결혼 전 성은 '비토레'(Vittore)였다. 아버지의 성도, 어머니의 성도 아니었고, 길러준 가정의 성도 아니었다. 길러준 가정은 마틸데를 정식으로 입양하지 않았으며, 동네 성당과 의논해 아이에게 임의로 성을 붙여주었다. 비토레는 정복자, 승리자라는 뜻이니, 아이가 힘차게 자라기 바라는 마음을 담아 지은 이름일까. 공식적으로는 쉬쉬했지만, 마틸데의 친부가 누군지는 온 동네가 다 아는 비밀이었고, 마틸데는 때때로 동네 사람들로부터 "네 아버지 진짜 부자야"라는 말을 들으며 자랐다. 내가 친부모를 만나본 적이 있는지 묻자, 마틸데는 어머니는 본 적이 없다고 했다. 다만 여덟 살 때쯤인가, 어느 여름날 고급 제과점 앞을 기웃거리는데 말끔한 검은 양복 차림에 넥타이를 맨 젊은 신사가 다가와 "얘야, 너 아이스크림 먹고 싶니?" 하고 묻더니 제과점에 들어가 아이스크림을 사서 손에 들려준 기억이 있다고 했다. 집에 돌아와 그 얘기를 하니 길러준 어머니가 일러주더란다. "그 사람이 네 아빠다. 가끔 그렇게 너를 보러 와."

마틸데가 갑자기 벌컥 하며 "두 번째 엄마"—마틸데는 낳아준 엄마를 "첫 번째 엄마", 길러준 엄마를 "두 번째 엄마"로 표현했다—에게 아직도 분노가 치민다고 했다. 마틸데가 두 살이 됐을 무렵 "첫 번째 엄마"가 별안간 찾아와 아이를 데려가겠다, 이제 내가 기르겠다고 주장했다. "두 번째 엄마"는 당신은 아이 기르 여력도 안 되고 아직 젊으니 갈 길 가라, 아이는 내가 기른다며 단칼에 거절했다. 울며 떠난 친엄마는 이후 다시는 돌아오지 않았다. 이 일로 마틸데는 길러준 엄마를 용서할 수 없다고 했다. 아무리 가난해도 낳아준 엄마는 자기를 위해 무엇이든 최선을 다했을 텐데, 무한한 사랑을 받을 기회를, 사랑 속에서 자기 삶이 달라졌을 기회를, 두 번째 엄마가 박탈했다고 여겼다.

길러준 가정은 생활 형편이 곤궁하여 마틸데는 중학교를 중퇴하고 집안 살림을 거들었다. 아직 어린 나이에 매일같이 큰 물동이에 물을 길어다 날랐다. 그 가정에는 마틸데 말고도 친자식이 다섯이나 있었고, 그들도 사정은 같았다. 친자식들도 학업을 중단하고 가족의 생계를 위해 일터에 뛰어드는데 자기만 공부를 더 하겠다고 우길 수는 없었다. 도저히 등록금을 달라고 할 수 없었다. 그렇게 더 다니고 싶었던 학교를 못 다닌 것이 천추의 한이 되었다. 일흔을 넘겨서 취리히 대학교에서 개설한 평생교육 강좌를 열심히 들으러 다녔던 것도 어렸을 때 학교에 못 다닌 한을 푸는 행동이었다. 친엄마가 찾아왔을 때 자기를 보냈더라면, 그러니까 친엄마가 자기를 길렀다면 어떻게 해서라도 자기를 학교에 보냈을 거란다. 마틸데가 상상하는 대로 정말 그랬을지는 알 수 없다. 가난한 미혼모 밑에서 자라다가 역시 학업을 접어야 했을 수도 있고, 또 친엄마가 결혼했으면 의붓아버지나 의붓형제들과의 관계가 힘들었을 수도 있다. 하지만 마틸데의 원통함 속에는 그런 가상의 상황을 생각할 공간이 존재하지 않았다.

과거의 상처와 결부된 장소를 멀리하려는 충동은 자연스럽다. 마틸데는 18세가 되어 성인으로서 자신의 앞날을 결정할 수 있게 되자 새 출발을 위해서 스위스로 이주했다. 과거에 대한 외면은 지금 사는 스위스에 과다하게 동화하려는 욕망으로 발현됐다. 그것은 이탈리아를 얕보고 스위스인보다 더 스위스인다워지려고 안간힘을 쓰던 남편 빈첸초의 성향과 맞아떨어져, 집에서 이탈리아어를 쓰지 않고, 자식들에게 이탈리아어를 가르치지 않았다. 그로 인해 알베르토는 매우 이탈리아스러운 이름에도 불구하고 이탈리아어를 유창하게 구사하지 못한다. 그래서 지금도 종종 어머니를 원망한다. 그는 어렸을 때 가정주부였던 어머니와 집에서 많은 시간을 보냈다. "설사 아버지가 스위스 독어를 고집해도 아버지가 출근한 동안 어머니가 자기와 이탈리아어로 대화할 수 있었을 텐데 전혀 그러지 않았다는 것은, 딱히 아버지 말에 순종해서가 아니라 어머니 스스로 당신의 뿌리를 부인

272

하려는 욕망이 컸을 것"이라고 알베르토는 분석한다. 마틸데는 자기 이름도 Matilde에 원래 없던 h를 보태 Mathilde로 표기한다. 발음은 같아도 t를 th로 바꾸면 라틴식 이름이 독일식으로 변한다. 마틸데는 지금도 자식들에게 카드를 보낼 때 이름을 독일식으로 표기하고, 남편은 어머니에게 카드를 보낼 때 h를 빼고 라틴식으로 표기한다. 이민자의 정체성이라는 이슈와 긴밀하게 연결된, 모자 사이의 미묘한 밀고 당김이다.

시아버지 빈첸초도 처음부터 이탈리아를 멀리한 것은 아니었다. 차남 알베르토가 태어나던 1969년 무렵만 해도 시부모님은 이탈리아인 동포들과 어울려 놀고 일상적으로 이탈리아어를 사용했다. 그러다 1970년대에 접어들면서 외국인 노동자 혐오 정서가 스위스에 확산되기 시작했다. 이때 벌어진 일이 바로 악명 높은 1970년 '슈바르첸바흐 발안'이다. 2차 세계대전 후 경제 붐이 일자 스위스는 건축과 제조업 현장에 부족한 일손을 이민 노동자를 들여 보충했고, 그 노동자의 절대다수가 이탈리아인이었다. 이민 노동자의 꾸준한 유입으로 스위스에 거주하는 외국인은 1960년에 70만 명(당시 스위스 인구의 약 10퍼센트), 1970년에 100만 명(당시 스위스 인구의 약 16퍼센트)을 넘겼으며, 외국인 인구 가운데 54퍼센트가 이탈리아인이었다. 그러자 이탈리아 이민자에 대한 반감이 심해지고 외국인 인구 비율을 10퍼센트 이하로 제한하자는 국민 발안이 제기됐다. 그게 슈바르첸바흐 발안이다. 유권자의 —스위스에서 여성이 투표권을 획득한 것은 이듬해인 1971년이므로 여기서 유권자는 남성 유권자를 의미한다—54퍼센트가 반대하여 다행히 부결되었지만, 찬성자가 46퍼센트였다는 점은 우리 시부모를 포함해 수많은 이민자에게 충격을 주었다.

국민 발안이 무산된 후에도 이민자 혐오 정서는 계속 휘몰아
쳤다. 직장 동료들은 빈첸초가 듣고 있는 줄 뻔히 알면서 그 면전
에서 이탈리아 노동자를 욕했다. 따돌림을 당했고, 식당에서 밥
도 혼자 먹었다. 이런 일을 수시로 겪자 성격이 예민한 빈첸초는
상처받고 좌절감에 시달렸다. 어느 순간 그가 변하기 시작했다.
이탈리아와 관련된 모든 것과 거리를 두었다. 거리만 둔 것이 아
니라 이탈리아를 스위스보다 열등한 국가로 깔보고, 자기가 태
어난 북이탈리아의 오스트리아 접경지대에 흔한 '그로프'(Groff)
라는 독일식 성 뒤에 숨어 자기는 따지고 보면 원래 오스트리아
인이지 이탈리아인이 아니라는 신화까지 창조했다. 자신이 이탈
리아 사람임을 상기시키는 모든 것을 증오했다. 알베르토가 집에
서 이탈리아어를 쓰지 못하고 자란 것은 아버지의 이런 변신의
시기에 아동기를 보낸 탓이 크다.

하지만 아무리 도망쳐도, 때때로 과거는 우리를 따라잡는다.
시아버지는 돌아가시기 5~6년 전부터 실어증을 앓기 시작했다.
의사의 진단에 따르면 일종의 언어장애성 치매였다. 외국에 살고
있어 1년에 한두 번 뜸하게 뵈니 증세 심화가 더 확연하게 느껴졌
다. 군데군데 단어를 잊는 것으로 시작된 증상은 완전한 문장을
잘 만들지 못하는 증세로 악화되었고, 그렇게 조금씩 해체되던
문장은 알아듣기 어려운 단어의 나열로 변했다가, 결국 그 나열
되는 단어의 가짓수마저 현저히 줄어들었다. 그러던 어느 날 빈
첸초는 입을 다물었다. 짜증을 버럭 내는 증상도 단어가 생각나
지 않고 말이 잘 안 나올 때의 얘기다. 아예 입을 다문 후부터 빈
첸초는 아이처럼 순해졌다.

빈첸초가 완전히 언어를 잃기 직전, 마지막까지 힘겹게나마 그의 입에서 흘러나오던 말은 이탈리아어였다. 내가 영어로 인사를 해도, 알베르토가 스위스 독어로 말을 붙여도, 빈첸초는 도막도막 끊어지는 이탈리아어로 대답했다. 다른 언어는 전부 잊거나 잃었건만, 이십 대 이후로는 거의 쓰지 않던 언어, 나중에는 아예 쓰기를 거부했던 모어가 아픈 두뇌에 남아 맴돌고 있었다. 태어나서 가장 먼저 배운 언어가 가장 끝까지 남았다. 출력이 이탈리아어로 되니 입력도 이탈리아어로 하면 더 잘 알아들으실까 하여, 남편은 어눌한 기초 이탈리아어로 아버지에게 간단한 말을 건넸다. 그 모습을 바라보고 있노라니, 이래서 더더욱 알베르토가 이탈리아어를 배웠어야 했다는 생각이 들었다. 시아버지는 끝내 모어마저 상실하고 침묵했지만, 우리가 찾아가면 언제나 환하게 웃으며 반겨주셨고, 우리는 그런 시아버지를 힘차게 포옹했다. 미소와 포옹은 훌륭한 대체 언어다.

코로나 사태가 한창이던 2020년 6월 5일, 빈첸초는 폐렴으로 세상을 떠났다. 모스크바와 취리히 구간 비행기가 멈춘 시기여서 우리는 모스크바에 발이 묶인 채 화상회의용 앱을 통해 장례식을 지켜보았다. 이후 취리히를 다시 방문했을 때 묘소를 찾았다. 거기에는 비행기 프로펠러 모형이 하나 놓여 있었다. 비행기 마니아였던 기계공 빈첸초를 기리는 물품이었다.

이민자는 한 명, 한 명이 다 이야기책이다.

삼십칠 일째

숙소에서 제공한 볼펜이 잉크가 닳았는지 잘 나오지 않았다. 짐 가방을 뒤적어 빅(BiC) 볼펜 한 자루와 카랑다슈(Caran d'Ache) 볼펜 한 자루를 찾아냈다. 미제인 줄로만 알았던 빅 볼펜이 프랑스에서 탄생했다는 사실을 나는 최근에야 알았다. 빅의 고향 프랑스에서는, 대일밴드가 반창고를 가리키고 크리넥스가 화장지를 가리키듯 빅이 볼펜을 일컫는 일반 명사로 쓰인다는 말도 들었다. 빅 볼펜 회사 창립자 마르셀 빅이 세계적으로 엄청난 성공을 거둔 비결은 질 좋은 볼펜을 저렴한 가격으로 대중화한 것이다. 품질은 두 가지에 초점이 맞춰졌다. 우선 볼펜 잉크의 농도를 조절하여, 너무 묽어서 새어 나오거나 너무 진해서 막히는 일이 없도록 했다. 무엇보다도 오늘날 스위스 시계가 누리는 명성의 주요 요인인 스위스 금속 정밀가공 기술을 활용하여, 스테인리스강을 직경 1밀리미터의 구슬로 정밀하게 깎아내고―'볼'펜의 이름에 들어가는―이 '볼'이 부드럽게 회전하면서 적절한 양의 잉크가 원활하게 나오도록 디자인했다. 빅 볼펜이 그토록 흔해빠져서 너도나도 빅 볼펜만 쓰던 미국 체류 시절에도 이런 사실들을 미처 알지 못했다. 한편 카랑다슈가 스위스제인 것은 일찌감치 알고 있었다. 카랑다슈 볼펜의 강점 또한 빅과 마찬가지로 스위스의 금속 가공 기술을 기반으로 삼았다.

카랑다슈는 1915년에 설립된 스위스 필기구 회사다. 모스크바 체류 시절 러시아어로 연필이 '카란다시'(карандаш)라는 것을 배우고서, 불현듯 카랑다슈가 카란다시와 관련이 있는지 궁금해졌다. 과연 연관이 있었다. 카랑다슈 창립자 아르놀트 슈바이처는 카란다시가 연필을 뜻하는 러시아어임을 알고 있었다. 1812년 나폴레옹의 러시아 원정에 참여했다가 모스크바에 눌러앉은 어느 프랑스 군인이 있었다. 그의 손자 에마뉘엘 푸아레가 19세기 말 프랑스 파리로 역이민해 정치풍자 만화가로 활약하면서, 러시아어 '카란다시'를 프랑스어처럼 보이도록 Caran d'ache로 변형시켜 필명으로 썼다. 창립자가 그 필명을 그대로 따와 회사명으로 삼은 것이었다. 푸아레에 대한 오마주였는지 단순한 도용이었는지는 분명하지 않다.

프랑스군의 1812년 러시아 원정은 참패로 끝났지만, 러시아군은 붕괴한 프랑스 원정군을 추격해 다른 대프랑스 동맹군과 함께 1814년 파리를 함락시켰다. 그때 러시아 병사들이 파리의 식당에서 '빨리빨리' 음식을 내오라며 러시아어로 "비스트로 비스트로"(быстро быстро)를 외쳤는데, 이것이 프랑스의 대중식당을 가리키는 '비스트로'(bistro)의 어원이라는 일설이 존재한다. 진실인지는 알 수 없으나 한국인처럼 급한 러시아인의 성격이 엿보여 재미있다.

*

마트에서 사다 냉장 보관해 두었던 '치킨 티카 마살라' 즉석 도시락을 까서 전자레인지에 데웠다. 앞으로 파키스탄에 가면 닭고기를 물리도록 먹을 텐데 굳이 치킨 티카 마살라를 고른 내가 우스웠다. 파키스탄은 닭고기 천국이다. 1인당 연간 닭고기 소비량만 따지면 파키스탄이 7킬로그램 정도이고 한국은 약 15킬로그램이니 한국의 절반에 못 미치지만, 파키스탄의 전체 육류 소비에서 닭고기가 차지하는 비율은 한국보다 높다. 한국의 1인당 연간 육류 소비 총량 50킬로그램 가운데 닭고기의 비중은 3분의 1이 안 되지만, 파키스탄은 1인당 연간 육류 소비 총량이 16킬로그램이니 — 소득 수준이 낮아 전체적으로 고기 소비가 작다 — 닭고기의 상대적 비중은 절반 가까이 된다. 이슬람 국가여서 돼지고기는 안 먹고, 쇠고기와 염소고기는 서민들에게 너무 비싸서 1년에 서너 번 경축일에만 먹는다. 해산물은 카라치 같은 해안도시를 제외하면 육고기보다 훨씬 비싸서 아예 접근이 어렵고, 그렇다 보니 생선 요리 자체가 덜 발달했다. 따라서 저렴하게 섭취할 수 있는 육류는 결국 닭고기다. 모든 파키스탄인이 호시탐탐 닭고기를 탐하고, 음식점은 그런 수요에 맞춰 성실하게 닭 요리를 제공한다. 그러니 사방에 닭고기 요리가 넘친다. 예를 들어보자. 파키스탄에도 미국 피자점 파파존스가 있다. 미국이나 한국 파파존스 메뉴에 닭고기로 토핑한 피자가 한두 가지 정도 있다면, 파키스탄 파파존스 메뉴에서 찾아볼 수 있는 닭고기 피자는 다음과 같이 다섯 종류나 된다.

치킨 바비큐 랜치 피자
파히타 치킨 피자

스파이시 버펄로 치킨 피자

탄도리 치킨(!) 피자

페리페리 치킨 피자

파키스탄 피자헛에서 제공하는 치킨 피자 메뉴는 더욱 다양하다.

치킨 티카 피자

치킨 파히타 피자

크리미 멜트 치킨 피자

치킨 수프림 피자

치킨 러버 피자

치킨 케밥 크러스트 피자

그릴 치킨 피자

탄두리 치킨(여기도!) 피자

핫 앤 스파이시 치킨 피자

사실 더 있는데 길어지니 생략한다. 외국 체인점이든 현지 식당이든 어떤 피자집을 가도 닭고기가 들어가지 않은 피자는 치즈 피자, 야채 피자 정도에 불과하다. 파키스탄 요리를 전문으로 하는 음식점이나 그 외 다른 식당 및 카페에 가도 상황은 마찬가지다. 메뉴판을 열면 항상 닭고기 요리 부분이 가장 길다. 파키스탄에 머문 첫해에 닭을 너무 많이 먹어서 한동안 닭은 입도 대지도 않았다. 오늘 시도한 치킨 티카 마살라는 실로 몇 달 만에 처음 섭취하는 닭고기다.

최근 몇 년 사이에 스위스에서 남아시아 음식을 도시락으로 만들어 파는 트렌드가 점차 확산하는 추세다. 조리가 완성된 음식을 밀봉 포장한 냉장 도시락이 마트마다 주렁주렁 걸려 있다. 전자레인지에 데우기만 하면 된다. 카슈미르 라이스, 버터 치킨 커리, 사모사, 코코넛 치킨 커리, 팔락 파니르, 탄두리 치킨 등 종류도 몇 년 전에 비해 다양해졌다. 치킨 티카 마살라는 그중에서도 가장 인기 있는 제품에 속한다. 아시아 음식에 대한 스위스인들의 입맛이 영국인들의 입맛과 크게 다르지 않기 때문이다. 사실 인도와 파키스탄을 포함해 인도 아대륙 현지에는 '치킨 티카 마살라'라는 음식이 없다. 그 대신 '치킨 티카'라는 음식은 있다. 원래 '티카'는 '조각' 또는 '덩어리'를 뜻하는 말로, 이것이 고기나 야채를 먹기 좋은 크기로 잘라 향신료로 양념한 뒤 구운 음식을 가리키는 명칭으로 파생했다. 파키스탄에서 치킨 티카를 주문하면, 커리 소스 같은 것은 찾아볼 수 없고 건조하게 구워진 모습으로 나온다. 그리고 독하게 맵다. 눈물이 쑥 빠지고, 콧물이 줄줄 흐르고, 위장이 얼얼하게 쓰라릴 정도로 맵다.

그럼 치킨 티카 마살라는 무엇이냐. 다름 아닌 이민자들의 창작품이다. 영국에 이민한 인도 아대륙 출신자들은 식당을 차리고 고향에서 보편적인 치킨 티카를 소개했다. 하지만 영국인들의 입에는 너무 맵고 뻑뻑했다. 영국인들은 워낙 크림과 소스를 좋아해서 딸기에 크림을 뿌려 먹고, 생선에 크림소스를 치고, 고기 요리에 그레이비소스를 즐겨 곁들인다. 여기에 착안한 남아시아 식당들은 치킨 티카를 덜 맵게 양념하고, 거기에 토마토와 육수와 크림이 들어간 일종의 그레이비소스를 섞어 영국인의 입맛에 맞는 퓨전 음식을 탄생시켰다. 이것이 치킨 티카 마살라다. 말하자면 초밥을 미국인의 입맛에 맞게 현지화한 캘리포니아롤, 중국 음식을 한국인의 입맛에 맞게 현지화한 짜장면이나 짬뽕과 비슷한 부류다. 이제 치킨 티카 마살라는 영국에서 전 국민에게 사랑받는 대표 음식이 되었고, 이것이 스위스의 대중적인 마트에까지 흘러들어 바쁜 직장인들의 단골 도시락 메뉴로 정착했다. 영국인들의 짜장면. 그걸 지금 내가 먹고 있다.

*

파키스탄에 입국하려면 패스트랙이라는 앱으로 여행 일정 정보를 미리 입력해야 한다. 특이한 점은, 개인 신상을 적는 부분에서 남자는 아버지의 이름을, 여자는 미혼일 경우 아버지의 이름, 기혼일 경우 남편의 이름을 따로 기입해야 한다. 이 앱뿐만 아니라 작년에 파키스탄으로 이사하는 과정에서 수많은 서류를 작성하며 같은 일을 겪었다. 파키스탄이 아버지나 남편의 이름을 밝히라고 요구하는 이유는, 개인을 독립적인 인격체로 여기기보다는 가족 또는 부족의 소속원으로 보는 사회인 까닭이다. 어느 가족, 부족, 지역 출신인지만 확인하면 대략 그 개인을 파악할 수 있다고 상정하는 것이다. 물론 파키스탄에서 가족 또는 부족은 부계 중심으로 돌아가므로 개인의 출신 성분은 부계 가족을 통해서만 파악된다고 가정한다. 나는 매번 남편의 이름을 기입하면서 냉소했다.

　파키스탄에는 베나지르 부토 전 총리처럼 유명한 여성 정치인도 있고, 최근에는 정치뿐만 아니라 법조계, 군부, 학계에 여성들이 조금씩 진출하고 있다. 그러나 이들은 거의 고등교육을 받는 일이 '허용되는' 엘리트 집안의 딸들이다. 서민 가정의 딸들이 직업을 갖기란 지극히 힘들다. 운전기사 자후르만 해도, 열셋인 자기 딸이 좀 더 나이가 차면 "남동생의 아들에게 주려고", 즉 사촌끼리 결혼시킬 생각이라는 말을 내게 거리낌 없이 한다. 파키스탄은 아직도 사촌 간 결혼이 흔하다. 친족 간의 유대를 결혼으로 단단히 유지하고 친족의 수를 불려 사적 생존 연결망을 강화하는 것이 이곳 사회의 전통이며, 사촌 간 결혼은 그런 전략의 일환이다. 아무리 그렇다고 하더라도 어린 딸을 "준다"고 표현하는 것을 들으니 속으로 화가 난다. 이 나라에서 여아는 이처럼 물건 취급을 당한다. 파키스탄에서 18세 미만, 그러니까 법률상으로 아동일 때 결혼(당)하는 여성의 비율이 18퍼센트에 이른다. 여섯 명 중 한 명꼴이다. 18세 전에 결혼시킬 거냐고 묻고 싶었으나 나는 말을 아낀다. 내가 이러쿵저러쿵하지 않아도 이 사람들은 우리가 어떻게 생각하는지 알고 있다. 그러나 상관하지 않는다. 그들이 살아온 삶의 방식을 고수하고 그것이 주는 장점을 누리며 살아갈 뿐이다. 나는 잠시 다녀가는 이방인으로서 그 삶에 간섭할 권리가 없다. 그러면서도 때때로 나는 그 소녀를 몰래 구출해, 혹은 구출을 빙자한 납치를 감행해, 대학에도 보내고 원하는 분야에서 직장을 얻어 신나게 일하도록 도와주는 헛된 환상을 품는다.

삼십팔 일째

아침 9시 10분. 한 나라에서 다른 나라로 이동하는 행위를 그렇게 수없이 반복했는데도 여행 출발일이 바짝 다가오면 나도 모르게 긴장한다. 미리 준비해야 할 것 중에 잊어버린 사항은 없는지, 챙겨야 하는 것 중에 빠뜨린 물건은 없는지, 여기서 사 가면 편리한 물품은 더 없을지, 출발 시간은 내가 제대로 알고 있는 건지 초조해한다. 아직 코로나 사태가 끝난 것이 아니어서 비행기를 갈아타는 아부다비와 최종 도착지인 이슬라마바드의 여행자 코로나 규정도 자꾸 재확인한다. 다행히 두 곳 모두 백신 접종 증명서만 있으면 코로나바이러스 검사를 따로 요구하지 않는다. 그래도 마음이 가라앉지 않는다. 아침에 마신 진한 커피도 도움이 안 된다. 카페인 때문에 가슴만 더 두근거린다. 이럴 땐 무조건 나가야 한다. 나가서 걸어야 한다.

*

큰길을 피해 일부러 주택가로 들어섰다. 이 집 저 집 문 앞에 신문지와 종이 상자 등을 꽉꽉 눌러 네모반듯하게 묶은 뭉치들이

283

나와 있다. 재활용 종이를 수거해 가는 날이다. 스위스 사람들은 폐종이를 정성스럽게 묶는다. 묶는 끈도 아무거나 쓰면 안 된다. 반드시 재활용 끈을 따로 구입해야 한다. 이렇게 정성스럽게 묶는 이유는 그게 규칙이기 때문이다. 수거하는 사람들이 폐종이를 차량에 차곡차곡 효율적으로 실어 넣을 수 있도록 의도한 방침이다. 규칙대로 안 하고 문 앞에 아무렇게나 내놓으면, 수거하지 않고 경고 스티커를 붙이거나 벌금을 물린다. 미관상 좋지 않으니 수거일에 앞서 며칠 일찍 내놓아도 안 된다. 수거일 아침에 걷어가므로 전날 저녁부터 내놓을 수 있다.

광고판이 보인다. '파스콰 인 치타'(Pasqua in Città)라고 크게 적혀 있다. '도시에서 보내는 부활절'이라는 뜻이다. 가까이 다가가 작게 인쇄된 글자를 보니 루가노시에서 어린이를 위한 부활절 도시 축제를 열었던 모양이다. 어, 그런데 내가 저 큰 글자를 어떻게 해석했지? 이탈리아어를 모르는 내가 직감으로 저 말을 알아들었다. 치타의 뜻이 '도시'라는 것은 이탈리아 영화사의 중심인 로마의 영화 촬영소 치네치타(Cinecittà, 직역하면 영화도시) 때문에 알았고, 파스콰는 이탈리아 이민자인 시댁과 교류하면서 콜롬바 파스콸레(파스콸레는 파스콰의 형용사) 같은 음식 등을 통해 나도 모르게 머리에 입력되어 있었던 듯하다. 그러나 가만히 생각해보니 나는 저 말을 러시아에서도 접했다. 러시아에서 부활절을 '파스하'(Пасха)라고 부른다. 부활절에 먹는 러시아 디저트 중에도 '파스하'라는 것이 있다. 코티지치즈, 크림, 말린 과일, 달걀노른자 등을 섞어 차게 식혀 먹는 치즈케이크와 비슷한 음식인데 이름이 아예 '부활절'이다.

파스하가 파스콰와 어원을 공유한다는 점을 쉽게 짐작할 수

284

있다. 스페인어(Pascua)와 포르투갈어(Páscoa)로도 부활절은 파스콰이고, 그리스어로는 파스카(Πάσχα), 프랑스어로는 파크(Pâques), 네덜란드어로는 파센(Pasen)이니 다 비슷한 계열이다. 영어의 이스터(Easter), 독어의 오스테른(Ostern)과는 확연히 구별되어, 어파가 다르다는 것을 알 수 있다. 파스콰/파스하/파스카/파크/파센이라는 명칭은 전부 유대교의 축제인 유월절에서 유래한다. 유월절은 히브리어로 '페사크'(Pesach)이고 영어로는 패스오버(Passover), 다시 말해 건너뛴다는 뜻이다. 애굽의 모든 장자를 죽이는 재앙이 유대인을 '건너뛰고' 피해 간 일을 기념하는 명절이다. 예수 그리스도가 최후의 만찬을 들고, 십자가 고난을 당하고, 죽음에서 부활한 시기가 유월절 기간이었다는 점에서 비롯된 명칭이다.

언뜻 러시아에서 경험한 부활절이 떠오른다. 러시아 사람들이 부활절에 먹는 달달한 빵 '쿨리치'는 이탈리아의 크리스마스 빵 파네토네와 생김새도 같고 맛도 비슷하다. 부활절 무렵 러시아 전국의 마트와 제과점에서 찾아볼 수 있다. 요즘 젊은 세대는 잘 하지 않지만, 연세가 좀 있고 신심 깊은 여성들은 부활절이 되면 쿨리치를 비롯해 직접 구운 각종 빵과 파이를 바구니에 정성껏 담아서 성당에 가져가 축성을 받는다. 여인들은 그렇게 축성 받은 음식을 갖고 집에 돌아와 가족과 나눈다. 부활절 전통은 러시아뿐만 아니라 동방정교회의 영향을 받은 여러 나라에서 공유하며, 폴란드에도 비슷한 관습이 남아 있는 것으로 미루어 과거에 가톨릭교회도 같은 전통이 있었던 듯하다. 모스크바에 살 때 집 근처에 오래된 러시아정교회 성당이 있었다. 부활절이 되면 머릿수건을 단정하게 쓴 할머니들이 역시 하얀 수건을 단정하게 덮은 빵 바구니를 들고 성당 입구로 하나둘 찾아 들어가던 모습이 꽤나 인상적이었다.

*

고요한 주택가 사이사이에 드문드문 상점이 있다. 노베트레(no-vetre) 가구점. 번지수 93을 이탈리아어로 '구·삼'이라고 읽은 상호다. 카프리 피자. 아말피 레스토랑. 세 블록을 걷는데 이탈리아어로 된 상호 세 개를 만난다. 좀 더 걷는다. 발렌티노 미용실. 세계 어디나 마찬가지로 이곳도 이달리아 음식이 인기를 끌고, 가구, 패션, 미용 등을 흔히 이탈리아와 결부시키는 까닭에 생긴 현상일 터다. 그렇기도 하지만, 스위스에 사는 외국인 이민자 가운데 가장 큰 비율을 차지하는 이탈리아인이 저런 상점들을 운영하고, 상점에서 제공하는 재화와 서비스를 스위스에 사는 수많은 이탈리아인이 고객으로서 소비한다는 점도 취리히에서 이탈리아풍 가게가 사방에 깔리게 된 무시 못 할 요인이라고 짐작된다. 몇 블록을 더 걸으니 이젠 영어가 보인다. 하우스 오브 에덴. 사우나와 마사지 서비스를 제공하는 업소다. 코너를 돌아 조금 번화한 길로 접어든다. 조 앤드 더 주스. 코비드 센터. 원더 바펠. 원더(Wonder)는 영어로 표기하고 와플(Waffle)은 독일식으로 바펠(Waffel)로 표기했으니 이건 하이브리드다.

큰길을 가로질러 다시 주택가로 들어선다. 갑자기 주변이 조용해지고 새 지저귀는 소리만 요란하다. 가끔 지나가는 자전거의 '차르르' 하는 바퀴 소리도 또렷이 들린다. 어느 집 발코니에 무지개색 깃발이 걸려 있다. '노 워'(No War)라고 적혀 있다. 저 무지

개색 깃발은 2000년대 초 이라크전쟁이 한창일 때 널리 퍼졌던 깃발이다. 그때는 주로 '평화'(peace)라고 적혀 있었다.

작은 공원이 보여 안으로 들어갔다. 향기로운 풀 냄새가 가득 풍겼다. 잔디밭에서 검정 플리스 재킷과 블랙진 차림의 여성이 검은색 프렌치 불도그에게 공을 물어오는 훈련을 시키고 있다. 새하얗고 단정한 단발로 보아 육십 대나 칠십 대인 듯한데 날렵한 몸놀림과 체격이 사오십 대 못지않다. 취리히는 저런 사람들이 흔하다. 건강미 넘치는 중년과 노년층. 나는 스위스가 부자 나라라는 것을, 화려한 보석이나 명품 가방이 아닌 바로 저런 데서 본다.

공원을 빠져나와 좀 더 걸으니 고등학교가 나온다. 아직 부활절 방학 중이어서 그런지 교정이 조용했다. 학교에 교문이나 울타리가 따로 있지 않아서 나는 교정 안으로 걸어 들어갔다. 텅 빈 벤치에 잠시 앉아 다리를 쉬는데 학교 건물 앞 공터에 한 무리의 십 대 남녀 학생들이 모여 이야기를 나누는 모습이 보였다. 잠시 후 여학생 세 명이 무리에서 이탈해 내 앞을 지나가는데, 분명히 러시아어로 이야기하고 있었다. 다른 것은 못 알아들어도 "우크라이나"라는 단어는 똑똑히 들렸다. 요즘 내내 그렇듯 내 상상은 현 사태와 결부되어 날개를 편다. 러시아어를 모어로 하는 학생들이 모였으니 쟤들이 어디 자원봉사라도 하러 가는 것일까. 아니면 현 사태를 놓고 토론회라도 벌인 것일까. 스위스에서 고등학교를 다닌다면 외국에 나갈 형편이 되는 러시아 가정의 자녀들이다. 그중에는 푸틴 정권에 반대하여 떠나온 집도 있겠고, 친푸틴 성향의 신흥재벌도 있을 것이며, 또 부모의 성향과는 무관하게 자식들이 독립적인 의견을 견지하는 집도 있을 것이다. 어느 쪽이든, 저 학생들은 아마도 현 사태로 인해 모종의 심리적 영향을 받으며 지내고 있을 것이다. 이 일이 저들에게 장기적으로 어떤 효과를 미칠지, 이 젊은 러시아인들은 이 땅에서 어떤 성인으로 성장하여 스위스에 앞으로 어떤 자취를 남기게 될지 궁금하다.

삼십구 일째

아침에 메일을 확인하니 오늘 아파트를 점검하러 온다는 메시지가 와 있다. 체크아웃하기 전에 혹시 손상된 물품이 없는지 확인하는 절차라고 했다. 예전에 이곳에 묵을 때는 그런 절차가 없었는데 그새 새로 생겼나 보다. 숙박자들이 물건을 많이 훼손하나? 개인적으로 나를 의심한 처사는 아니라고, 편안하게 받아들이기로 마음먹는다.

예정된 시간에 누가 초인종을 눌렀다. 문을 열어보니 관리 담당자가 아니라 이젠 얼굴이 익은 청소 직원이 서 있다. 검은색 긴 머리를 질끈 묶고, 머리색과 똑같은 검정 눈동자에 동그랗고 귀여운 얼굴을 지닌 젊은 여성이다. 그가 나를 보더니 별안간 묻는다. "포르투갈어? 독어? 영어?"

엥? 내가 영어로 청소 일정 변경을 부탁하는 것을 요전에도 분명히 봤으면서 갑자기 웬 포르투갈어를 하냐고 묻는 것인지? 순간 이 친구가 분명히 포르투갈 사람이거나 브라질 사람일 거라는 생각이 들었다. 둘 중에서 지리적 거리나 스위스의 지난 10년 간의 이민 추세로 미루어 포르투갈 이민자일 확률이 압도적으로 높았다. 상대방이 포르투갈어를 구사할 확률은 낮을 거라는 점을 경험상 알 텐데도, 묻는 순서의 맨 앞이 포르투갈어였다는 점이 무척 흥미로웠다. 마치 내가 스위스의 어느 호텔에서 객실 정리 직원으로 일하다가 마주친 손님에게 물어볼 게 있답시고 "한국어? 독어? 영어?" 하고 묻는 것과 비슷했다. 그렇게 자기 모어를 할 줄 아느냐고 제일 먼저 외치는 이 직원의 자신감이 실은 꽤 귀여웠다.

　직원은 방에 들어와 부엌 찬장과 냉장고를 열어보고, 전등과 텔레비전이 잘 작동하는지 확인하고, 창문과 서랍도 여닫았다. 장롱문을 벌컥 열어 정리 안 된 내부가 노출되자 조금 당황스러웠지만, 뭐 특별히 감출 것이 있는 것도 아니니 평정심을 유지한다. 그도 조금 미안한 모양이었다. 겸연쩍은 표정을 하며 어디 망가진 데 없는지 보는 거라고 수줍게 말했다. 내가 웃으며 안다, 천천히 하라고 했더니, 이 친구가 오히려 점검을 서둘러 마무리해버린다. 내 방을 매주 청소했으니 내가 방을 깔끔하게 쓴다는 것을 이미 알고 있을 것이다. 아무 문제 없느냐는 물음에 그가 없다고 답한다. 관리 담당자에게 따로 신고해야 할 사항이 없다는 뜻이다.

　이제 정말 떠날 때가 되었음을 실감한다.

*

내일도 짐 쌀 시간이 있지만, 오늘 미리 하면 내일 마음이 편할 것 같아서 하루 일찍 시작하기로 한다. 집이 아닌 곳에 두세 달씩 머물면서 짐을 늘리지 않는 일은 기술과 세심함을 요한다. 꼭 필요한 물건이 아니면 사지 않는 자제심이 필요하고, 어떤 물건을 구입하거나 선물 받아 짐이 늘어났을 때는 그 대신 다른 무엇을 포기할지 파악해 과감히 없애는 결단력과 균형감각이 요구된다.

최악의 경우 무겁거나 비교적 저렴하거나 도착지에서도 어렵지 않게 구할 수 있는 물건들은 빼놓고 가야 한다. 가방에 다 안 들어갈 경우를 대비해 벌써 머릿속으로 포기해도 될 물건의 목록을 만든다. 이 포기가 쉽지 않아 고민할 때가 많다. 무엇을 취하고 무엇을 버릴지는 무게, 금전적 가치, 희소성에 좌우되기도 하지만, 구멍이 날 지경으로 헐었어도 발에 착 붙는 편안한 양말이나 다 읽었어도 내용이 너무 좋아 마음에 남는 책처럼 해당 물건에 애착이 생기면 차마 저버리지 못하고 끌어안고서 쩔쩔매기도 한다.

애초에 짐을 안 늘리는 것이 최고다. 누가 무엇을 주겠다고 하면 정중히 거절하거나 다음에 왔을 때 받겠으니 그때까지 맡아달라고 부탁하는 순발력과 유연성도 요긴하다. 아예 집에서 떠나올 때부터 미리 포기의 미덕을 발휘할 수 있으면 더욱 좋다. 여행 기간에 필요 없을 거라는 직감이 조금이라도 드는 물건은 과감히 빼는 것이 옳다. 그렇게 해서 가방에 처음부터 빈자리를 넉넉하게 확보해놓아야 여행 중에 짐이 조금 늘어도 마음이 느긋하고 고민이 덜어진다.

이론은 빠삭하지만, 정작 짐 싸는 날이 되면 아무리 자제했어도 이러저러한 이유로 야금야금 늘어난 물건들을 바라보며 과연 저것들이 가방에 다 들어갈지 궁금하다 못해 공포와 불안을 느낀다. 혹시 아끼는 무언가를 억지로 빼놓고 가야 하는 것은 아닌지 미리부터 분리불안장애를 겪는다. 이는 잠깐이라도 머물렀던 장소와 거기서 만난 사람들과 그 장소에서 확립된 습관에서 곧 분리될 거라는 예감에서 온다. 부스럭거리며 짐을 싸고 지퍼를 여닫는 소리가 불안을 증폭시킨다. 짐 가방의 지퍼 소리와 바퀴 구르는 소리가 너무나 익숙하면서도 매번 감정적으로 무언가를 건드린다. 그 소리엔 불안, 기대, 흥분, 외로움, 향수가 묻어 있다. 안정의 결핍을 고하는 소리, 정착되지 않은 삶을 상징하는 소리 다. 그러나 그것은 새 출발을 허용하는 소리이며, 용기를 내라고 다그치는 소리이기도 하다.

*

다 들어갔다.

짐 가방 하나로 두세 달씩 살다 보면 혹시 집에 무슨 일이라도 나서, 이를테면 집에 화재가 나거나 현지에 분쟁이 벌어져서 모 든 것을 잃는다 해도 별 상관없다는 생각이 들기 시작한다. 그 많 은 소유물이 원래부터 다 필요한 것이 아니라는 의심마저 든다.

이번에도 취리히-서울-취리히를 거치는 동안 석 달 가까이 흘렀다. 가방에 든 물품으로만 살았더니 집에 뭐가 있었는지 기 억이 가물가물해진다. 아끼는 커피잔, 좋아하는 베갯잇, 내 서재 에 놓인 예쁜 소형 카펫, 각종 용도의 문구용품, 차마 못 버리고 이사 때마다 끌고 다니는 온갖 시디와 책더미도 전부 부질없이 느껴진다. 정말 필요한 것들은 짐 가방 하나면 충분하다. 떠도는 삶을 계속하면서 '집'이나 '고향'의 정의가 어느 순간 물리적인 공 간보다는 '아끼는 사람들의 곁'이 되어버린 후로, 이젠 무엇을 모 으지도 않고, 어디 가서 기념품도 잘 사지 않게 됐으며, 더하기보 다는 없애는 일에 정성을 쏟고 희열을 느끼게 됐다. 물론 아직도 소유물이 많다. 가진 것이 꾸준히 줄어들기만 하는 것도 결코 아니다. 하지만 확실한 것은 어느 순간부터 소유물을 줄일 필요성을 의식적으로 상기하며 노력하게 됐다는 점이다. 10여 년 전에 남편과 합의한 한 가지 사항은, 옷이 됐든 무엇이 됐든 하나를 사면 하나를 없애거나 기부하여 해당 물품의 총개수를 일정하게 유지하기로 한 일이다. 예컨대 늘어나는 옷 때문에 더 큰 장롱을 사고, 더 큰 장롱이 들어갈 수 있도록 방이 더 큰 집으로 이사 가고, 이런 연쇄를 막자는 취지다. 국제 이사가 잦은 것도 짐을 늘리지 말아야 하는 중요한 이유다. 이사할 때는 반드시 불필요한 물품들을 처분해 전 세계로 끌고 다니지 않는다. 아직까지는 이 원칙을 그럭저럭 꾸준히 준수하고 있다.

소유물에 관한 한 가능하면 욕심부리지 않고 간편하게 사는 것이 목표지만, 그렇다고 즐거움을 포기한 삶을 살겠다는 것은 아니다. 그래서 무엇을 갖기보다는 무엇을 하는 데 돈을 쓴다. 가족과 친지를 만나야 하니 비행기를 타는 데 돈을 쓴다. 탄소 발자국이 작지 않은 삶을 살지만, 그렇다고 부모님과 친구, 친척 들을 안 보고 살 수는 없다. 건강하고 좋은 음식을 먹는 데 돈을 쓴다. 때로는 고급 식당에 가고 와인도 즐긴다. 공연을 보러 가고, 미술 전시장을 찾는다. 책은 여전히 사지만, 5~6년 전부터는 전자책과 오디오북의 비중이 슬금슬금 늘어나 장서가 차지하는 물리적인 공간은 더 늘어나지 않게 됐다.

주변에도 비슷한 생각을 가진 친구들이 있다. 아니카는 생일 축하 모임을 하면 친구들에게 '필요한 물건이 없으니 선물은 사양하며, 그래도 굳이 뭔가를 갖고 오고 싶다면 먹을 것을 가져오고, 음식이 아닌 선물을 꼭 가져오겠다면 책만 받겠다'라고 미리 요청한다. 음식은 먹어 없애니 짐이 안 남고, 책은 다 읽고 남에게 주면 된다. 아니카 역시 다른 사람에게 음식 아니면 책을 선물한다. 작년에는 열무 피클을, 이번에는 데이비드 루니의 책을 선물받은 것도 바로 그래서이다. 종이책만이 아니다. 벌써 20여 년 전 아니카는 시디롬 오디오북 버전으로 된 빌 브라이슨의 «거의 모든 것의 역사»를 내게 선사했고, 모스크바에 살던 2018년에는 아마존 오더블(Audible)을 이용해 또 다른 오디오북을 보내주었다. 프레드릭 배크만의 소설 «하루하루가 이별의 날»은 기억을 잃어가는 할아버지와 손자의 이야기다. 아니카의 아버지가 알츠하이머병을 앓고 계셔서 아니카가 어떤 기분으로 그 책을 들었을지 마음이 아렸다. 이렇게 나는 오디오북을 접하게 됐고, 특히 2018년에 선물을 받은 뒤로는 오디오북에 대한 관심이 커졌다. 당시 직장에 다니며 유치원생 딸을 키우던 아니카는 도저히 책을 읽을 틈이 없어서 운전으로 출퇴근할 때나 집안일을 할 때 오디오북을 들으며 멀티태스킹을 한다고 했다. 그래서 나도 시도해 보았다. 이를 닦거나 손톱을 깎으며, 식사를 준비하거나 설거지하며, 자기 전에 수면 타이머를 설정해놓고서 피로한 눈을 감고 들었다. 그렇게 습관을 들이니 이제 멈출 수가 없다.

　한국은 아직 오디오북 시장이 제한적이라고 하나, 앞으로 가능성이 있다고 생각한다. 급속한 고령화로 글을 읽기 어려운 인구가 증가해 듣는 책을 선호하게 될 것이고, 진득이 앉아 긴 책을 읽어 내려가는 일에 어려움을 느끼는 젊은이들도 다른 일을 하며 들을 수 있는 오디오북에 관심을 보일 것이다. 무엇보다 한국에도 난독증을 겪는 사람들이 적지 않다. 초등학생 가운데 2만 명 이상이 난독 증세가 있다고 하는데, 제한된 시간 내에 수많은

294

문제를 재빨리 풀어내도록 가르치는 교육 체계 내에서 얼마나 많은 학생이 좌절하고 글 읽는 행위 자체를 포기할지 짐작만 할 뿐이다. 이들을 위해서라도 더 많은 오디오북이 나왔으면 좋겠다. 그러면 아니카의 친구 오빠처럼 두 배속, 세 배속으로 들어가면서, 난독증 없는 사람보다 대단한 다독가가 될 수도 있을 터다.

오디오북의 또 다른 매력은 읽어주는 사람의 목소리를 즐기는 일이다. 나도 샘플을 일단 들어보고, 읽어주는 사람의 목소리가 마음에 들면 사고 안 들면 사지 않는다. 한 번은 같은 책을 놓고 영국식 영어와 미국식 영어 내레이션 중에서 고른 적도 있다. 같은 영어책도 오디오북의 출판 지역이 예컨대 영국이냐 북미냐에 따라 각기 자기 지역 출신의 내레이터를 쓰는 경우가 있는 듯했다. 아무래도 미국 독자라면 미국 억양으로, 영국 독자라면 영국 억양으로 읽어주는 책을 선호할 것이다.

저자가 직접 내레이션을 할 때도 있으나 대개는 성우를 따로 고용하는데, 때로는 유명한 배우들이 내레이션을 맡아 그게 판매에 강점으로 작용하기도 한다. 이를테면 영국 드라마 〈다운튼 애비〉에서 매튜 크롤리 역을 맡아 인기를 끈 영국 배우 댄 스티븐스는 목소리가 살짝 저음이면서 청명하고 듣기 좋아서, 애거사 크리스티의 추리 소설 시리즈나 메리 셸리의 《프랑켄슈타인》 등 오디오북 내레이션 작업을 30권 이상 했다. 2014년 스티븐스가 읽은 《프랑켄슈타인》은 탁월한 오디오북 내레이션에 주는 '오디 상' 고전 부문에서 미국 배우 제이크 질런홀이 읽은 《위대한 개츠비》와 함께 나란히 후보에 올랐다.

내가 가진 오디오북 중에도 배우가 읽어주는 책이 두 권 있다. 프레드릭 배크만의 《하루하루가 이별의 날》은 〈어둠 속의 댄서〉, 〈롱키스 굿나잇〉 등 여러 영화에서 조연으로 출연한 미국 배우 데이비드 모스가 읽어준다. 다른 한 권은 베네딕트 컴버배치가 읽어주는 카를로 로벨리의 《시간은 흐르지 않는다》이다. 부끄럽지만 이 책을 오디오북 버전으로 구매하기로 결심한 가장 큰 이유는 컴버배치였다. 그가 읽어준다고 해서 시간에 관한 난해한 물리학적 설명이 잘 이해될 리 없지만, 모스크바에서 지내던 마지막 몇 달 동안 떠날 준비를 하며 매일 조금씩 틀어놓고 끝까지 완독할 수 있던 것은, 어느 정도는 그의 익숙한 목욕탕 저음 덕분이다(그의 매력은 얼굴이 아님을 그때 다시 한번 확인했다). 게다가 컴버배치가 과학을 좋아하고 로벨리의 광팬이어서 내레이션을 맡았다는 뒷얘기는, 내레이터와 허튼 유대감을 형성하며 책에 대한 흥미를 끝까지 유지하기에 충분했다. 상술에 넘어갔대도 할 말은 없다. 다만 잘 포장한 오디오북은 종이책만큼 잠재력이 있다는 얘기를 하려는 것이다.

사십 일째

떠나기 전에 마지막으로 무엇을 먹을까 고민한다. 요리하거나 음식점에 가기보다는 간편하게 포장해 오고 싶은데, 이상하게 자꾸만 빵 생각이 간절하다. 어제도 저녁으로 피자를 먹어놓고 또 빵류가 먹고 싶어지는 것은, 스위스가 역시나 제빵의 나라인 탓이다. 음식을 고르는 일에는 실망할 위험 부담이 늘 뒤따르는 법이지만, 스위스 빵집에서는 무엇을 골라도 거의 다 맛있어서 실패할 확률이 적다. 판매하는 당일 새벽에 구워 조리한 음식들이니 배탈이 날 우려도 없다. 여행하기 전날에는 위험을 자초하고 싶지 않다는 생각도 빵집으로 이끄는 데 나름 한몫한다. 탄수화물을 덜 섭취하는 습관이 든 지 오래지만, 이런 날은 예외다.

우선 트램을 타고 치즈 전문점에 간다. 치즈를 사러 가는 것이 아니고, 거기서 파는 짭짤한 치즈 파이를 사서 저녁 식사로 먹는 것이 목표다. 스위스의 치즈 전문점에서는 거의 예외 없이 이 파이를 판다. 스위스 독어로 '헤스휘에흘리'(Chäschüechli)라고 부르는 자그마하고 짭조름한 치즈 파이는 스위스 사람들 사이에서 자국을 대표하는 음식으로 인정받고 있다. 치즈가 맛있고 제빵 기술이 뛰어난 나라에서 치즈와 밀가루가 만났는데 맛

이 없을 수 없다. 헤스휘에홀리를 표준 독어로 옮기면 '케제퀴홀
라인'(Käseküchlein), 즉 '작은 치즈 파이'라는 뜻이다. 표준 독어
에서 '-헨'(-chen)이나 '-라인'(-lein) 같은 지소사가 단어 뒤에 붙으
면 크기가 작은 것, 귀여운 것, 간소한 것을 가리키는데, 스위스
독어에서는 '-리'(-li)가 같은 기능을 한다. 성 끝에 '-li'가 붙은 사
람은 스위스인이거나 조상이 스위스인인 사람일 확률이 높다.
편도 절제 수술을 했을 때 나를 돌봐주던 간호사의 성은 '바켈
리'(Backeli)였다. 작은 뺨이라는 뜻이다. '푀겔리'(Vögeli)라는 사
람도 만난 적이 있다. 작은 새를 의미한다. 요즘 건강식으로 유행
하는 오트밀죽 뮈슬리도 '무스'(mus: 곤죽, 으깬 음식)에 '-리'가
붙어 형성된, 스위스 독어에서 유래하는 용어이다. 간소하고도 친
숙한 음식이라는 뜻으로 지소사가 붙었을 것이다.

　뮈슬리처럼 헤스휘에홀리도 외국에 나간 스위스인들에게 고
향을 생각나게 하는 음식이다. 특별히 치즈 전문점까지 가지 않
아도 평범한 슈퍼마켓에서 조리 식품이 진열된 온장고를 살피면
쉽게 발견할 수 있다. 기본적으로 치즈가 맛있는 나라여서 아무
마트에서나 사도 먹을 만하다. 그러나 정말 맛있는 것을 찾아 시
식해볼 요량이면 두말할 나위 없이 치즈 전문점에 가야 한다. 여
기에 샐러드와 미네랄 향이 나는 화이트와인을 곁들이면 그대로
흡족한 한 끼 식사가 된다. 하지만 오늘은 정신 차리고 짐 싸는
일을 잘 마무리하기 위해 화이트와인은 삼가기로 한다.

　나이 지긋한 치즈 가게 직원이 헤스휘에홀리 한 점을 치즈용
포장지, 그러니까 한 면에 얇은 비닐을 붙여 방수 처리한 두툼하
고 질 좋은 포장지에 능숙한 손놀림으로 둘둘 말아 예스럽게 싸
주었다. 그 녀석을 받아 들고 다음 목적지로 향한다. 숙소에서 한

정거장 거리에 있는 빵집이다. 한 가족이 운영하는 이 빵집은 동네 사람과 부근에서 일하는 회사원들로 온종일 바글거린다. 거기서 내가 노리는 것은 아스파라거스를 올린 카나페다.

카나페라면 식전주에 곁들이는 한입 크기의 안주로 생각하는 것이 일반적이지만, 스위스에서 조금 규모 있는 전통적인 빵집에 가면 간식이나 식사용으로 판매하는 큼직한 카나페를 찾아볼 수 있다. 물론 크다고 해봐야 식빵 한 장 크기이니 가로세로 10센티미터를 넘지 않는다. 식빵의 가장자리를 잘라낸 뒤 그 위에 여러 가지 고명을 올리는데, 가장 흔히 볼 수 있는 재료는 데친 아스파라거스, 셀러리 뿌리를 채 썰어 마요네즈에 버무린 것, 훈제 연어, 새우, 햄, 살라미 등이다. 빵집에 따라서 서양 육회인 비프 타르타르를 얹어 파는 집도 있다. 그러나 누가 뭐래도 내 최애 카나페 고명은 아스파라거스다. 하나 더 고르라면 셀러리 뿌리 무침을 택한다. 하지만 곧 돼지고기를 먹을 수 없는 파키스탄으로 가니 이번에는 살라미를 골라볼까 하는 유혹이 든다. 그런데 우연히도 살라미 카나페가 매진이다. 나는 오늘도 원래 고르던 1, 2위 아이템을 고수한다.

이것들과 함께 먹을 채소들이 방 냉장고에 충분히 남아 있다. 점심으로 먹을 카나페 두 점에는 방울토마토 한 접시를, 저녁으로 먹을 짭짤한 치즈 파이에는 아삭하고 달콤한 파프리카를 곁들이자.

*

여행에 앞서 미리 살피고 챙기는 것들이 많다. 으레 거치는 일종의 개인적인 의식 같은 것도 있다. 우선 일기예보를 확인한다. 입을 옷을 정하기 위해서다. 취리히는 아직도 새벽에는 5도, 한낮에는 18도로 선선한 기온이지만, 이슬라마바드는 최저 20도, 최고 30도이고 다음 주 예보를 보니 벌써 40도에 육박한다. 새벽 2시 40분에 도착하니 섭씨 20도 정도일 테고, 그러면 취리히의 낮 온도와 비슷하다. 옷을 어떻게 입을지 잠시 고민하다가 반소매 티셔츠, 얇은 긴소매 남방셔츠를 입고 그 위에 너무 두껍지 않은 플리스 재킷을 걸치기로 했다. 취리히는 아직 아침에 쌀쌀하고 공항과 비행기 내부도 덥지 않으니 재킷이 하나 있으면 편리하다.

티셔츠 위에 남방셔츠를 덧입으면 누릴 수 있는 큰 장점 하나는 브라를 하지 않아도 된다는 점이다. 나이가 들면서 작아져 가는 내 가슴은 이제 헐렁한 남방셔츠를 입으면, 특히 가슴팍에 주머니가 달린 디자인을 고르면, 가슴을 브라에서 해방시켜도 아무도 노브라임을 눈치채지 못한다. 열두 시간 가까이 비행하는 여정이 있는 날 브라 착용은 진정 고통이다. 안 그래도 좁은 공간에 갇혀 안전벨트까지 매고 있는데 브라가 가슴을 조이면 숨이 막히고 폐소공포증이 가중된다.

긴소매 남방셔츠는 이슬람 국가에서 편리하다는 또 다른 장점을 지닌다. 아무리 더워도 이슬라마바드 공공장소에서 여성이 반소매로 다니면 불필요한 시선을 끌게 된다. 집에서도 현관 옆 옷걸이에 남방셔츠를 항상 걸어두고, 누가 찾아오면 재빨리 걸치고 문을 연다. 실외에서는 긴소매가 뜨겁게 내리쬐는 햇살을 막아주어 유용하다. 모기에 덜 물리는 것은 보너스다.

옷을 골랐으니 이제 손톱을 깎을 차례다. 여행 전날에 반드시

300

이행하는 나만의 의식이다. 무거운 짐 가방을 여러 차례 들었다 놨다 해야 하므로 손톱이 몇 밀리미터만 길어도 뒤로 확 꺾인다. 경험에서 나오는 얘기다. 손톱이 부러지지 않으면 천만다행이고, 최악의 상황을 피하더라도 꺾였던 곳을 따라 하얀 금이 생기면서 욱신거린다. 한 번 금이 생긴 곳은 또 꺾이기 쉽다. 그런 황당한 고통의 기습을 피하려면 미리 손톱을 바짝 깎아두는 것이 최고다. 길고 멋지게 기른 손톱으로 무사히 여행하는 사람들은 다들 어떤 비결을 지니고 있는지 내겐 미스터리다.

손톱을 깎고 손톱깎이를 작은 짐 가방에 넣는다. 비행 중에도 혹시 필요할지 모르니까. 아울러 직접 휴대하고 탑승하는 가방에 꼭 넣을 것들이 있다. 건조한 기내에서 사정없이 트는 입술에 바를 립밤, 씻어대느라고 갈라진 손에 바를 핸드크림은 필수다. 이를 닦아야 하니 작은 칫솔과 치약을 챙기고, 치실도 미리 적당한 길이로 잘라 바지 주머니에 넣어둔다. 서울, 취리히, 이슬라마바드를 오가다 보면 현지 유심칩도 정신없이 바꿔 끼워야 한다. 비행기에서 보여주는 영화가 재미없을 때를 대비해 태블릿에 영화도 두어 개 다운받아 둔다. 이번에 다운받은 영화는 크시슈토프 키에슬로프스키가 각본을 쓰고 톰 티크베어가 감독한 2002년 영화 <헤븐>과 파올로 소렌티노가 감독하고 각본을 쓴 2021년 작품 <신의 손>이다. 하나는 토리노, 하나는 나폴리를 배경으로 이야기가 펼쳐진다. 이 둘을 고른 것은 둘 다 가봤던 도시라는 향수와 호기심 때문이기도 하고, 기본적으로 이탈리아에 관심이 있어서이기도 하다. 어찌 됐든 남편의 본가에 해당하는 나라가 아니던가.

잠시 머리를 식히려고 텔레비전을 튼다. 체크아웃은 내일인데 벌써 서둘러 케이블 서비스를 끊어버렸는지 아무 채널도 나오지 않고 먹통이다. 이렇게 불친절한 방식으로 비용 절감을 해야 할 정도로 운영 사정이 안 좋나. 어차피 특정한 프로그램을 보려던 것은 아니어서 대신 라디오를 튼다. 하지만 내 머리는 라디오를 듣고 있지 않다. 여전히 내일 일정을 생각하느라 바쁘다. 잊은 것은 없는지. 빠뜨린 것은 없는지.

그새를 못 참고 일어나 숙소를 정리한다. 청소하는 직원들과도 이제 서로 뻔히 아는 사이가 됐는데 방을 엉망인 채로 놔두고 사라지기는 싫었다. 쓰레기도 갖다 버리고, 가능한 한 깔끔하게 해놓고 떠나기로 한다.

취리히에서 이슬라마바드로

택시 기사가 마스크를 안 쓰고 있다. 스위스 전역에서 마스크 착용 의무가 해제된 마당에 마스크를 쓰라고 요구할 수는 없는 일이니, 일단 내가 마스크를 잘 쓰고 창문을 살짝 열었다. 시원한 아침 바람이 스며든다.

공항이 가까워져 오자 기사 아저씨가 어느 터미널인지 묻는다. 다른 나라 공항과 비슷하게 취리히 공항도 제1터미널은 주로 국책항공사인 스위스 국제항공과 그 모회사인 루프트한자가 사용한다. 그렇다면 에티하드 항공사는 제2터미널을 쓸 것으로 추측됐지만, 확신은 없었다. 전자티켓에도 터미널 표시는 되어 있지 않았다. 아저씨에게 "에티하드 항공인데 제2터미널이 아닐까요?" 묻자 항공사 이름을 못 알아듣는다. 두 번을 더 말했는데도 못 알아듣고 백미러로 내 얼굴을 힐끔 보더니 "타이 항공?" 하고 되묻는다. 내가 "아뇨, 에티하드는 아랍에미리트 비행기예요" 하니까 이번엔 "아, 에미리트 항공?" 이런다. 나는 포기하고 "네" 하고 답했다. 에티하드와 에미리트 항공이 같은 터미널을 쓸 것으로 짐작했기 때문이다. 예상대로였다.

탑승 수속과 보안 검색을 마치고 탑승구로 향하는데 비행기가 이착륙하는 모습을 구경할 수 있는 관망대 안내 표시가 눈에 띄었다. 이전에도 제2터미널을 여러 차례 이용했지만 관망대에 가본 기억이 없다. 주로 밤에 이륙하는 비행기를 타서였을까. 안내 표시를 따라서 승강기를 타고 3층으로 올라갔다. 유리문을 열고 테라스로 나가보니 아이 아버지 하나가 어린 아들을 안고 비행기가 연달아 뜨는 장면을 보며 신나게 소리 지르고 있다. 아이 얼굴이 유난히 새하얗고, 머리카락은 불타는 듯 강렬한 주황색이었다. 흔히들 말하는 '빨간 머리'였다. 아들처럼 창백하고 따뜻한 얼굴을 지녔으나 빨간 머리는 아닌, 아이 아버지의 눈과 내 눈이 마주쳤고 우리는 서로 활짝 웃었다.

항공기가 이륙하는 모습은 아무리 봐도 질리지 않는다. 물리학적 원리를 떠나서, 그저 신기하기 짝이 없다. 저렇게 신기하게 하늘로 떠오르는 물체에 몸을 싣고 어딘가로 멀리 떠나는 일은 상상만 해도 강렬한 여행 욕구를 일으킨다. 그럼에도 정작 비행기를 탈 때마다 느끼는 약간의 긴장은, 아마 부분적으로는 오늘 비행기 사고로 죽을 가능성에 대한 공포에서 기인할 것이다. 그럴 확률은 현실적으로 매우 낮지만, 비행기를 아예 타지 않는 것보다는 높다. 그래서 나는 혼자 비행기를 탈 때면 탑승하기에 앞서 남편과 부모님께 사랑과 감사의 마음을 담은 짧은 메시지를 보낸다. 그게 마지막 메시지가 될 수도 있다는 청승맞은 생각을 하면서.

곧 이륙한다는 안내 방송이 기내에 흘렀다. 운동화 끈이 잘 묶여 있는지 내려다본다. 나는 일정한 고도에 도달해 안전벨트 사인이 꺼지기 전에는 신발을 벗지 않는 버릇이 있다. 혹시라도 탈출해야 할 일이 생길지 모른다. 그럴 때 양말 바람으로, 아니면 비행기에서 주는 얄팍한 부직포 슬리퍼를 신은 채 탈출하는 모습을 상상하면 도저히 신발을 성급하게 벗어놓을 수가 없다.

이륙한 비행기의 기체가 좌측으로 기울자 창밖으로 지면이 보였다. 평평한 취리히 외곽의 녹지대와 작은 호수 두 개가 눈에 들어왔다. 그 모습에 감탄과 공포가 교차했다. 문득 어느 승무원에 대한 기억이 떠올랐다. 오래전이어서 목적지는 정확히 생각나지 않지만, 단거리용 소형 여객기여서 승무원은 한 사람뿐이었다. 편한 바지 유니폼에 단화 차림이었고, 갸름하고 단아한 얼굴에 연한 갈색 머리를 단정하게 틀어 올린 키가 큰 여성이었다. 비행기가 뜨는 순간 내 오른편 대각선으로 착석한 그 승무원의 모습을 볼 수 있었다. 그는 창문에 얼굴을 바짝 갖다 대고 고개를 살짝 숙인 자세로 그날따라 유난히 짙푸르던 지상 풍경을 감상하며 삼매경에 빠져 있었다. 그날 역시 이륙할 때 긴장해 있었던 나는, 그 승무원의 평화로운 표정을 보며 마음의 안정을 되찾았다. 매일 보는 풍광일 텐데도 무덤덤해지지 않고 감탄의 시선을 잃지 않은 모습을 보아하니, 저 사람은 자기와 참 잘 맞는 직업을 택했다는 생각이 들었다. 그리고 매일 위험을 감수하며 즐겁게 일하는 사람이 이 비행기 안에 있는데, 별다른 일이 일어날 리 없다는 안도감이 찾아왔다.

그때를 떠올리자 긴장이 풀렸다. 나는 천천히 신발을 벗어 앞의자 아래 빈 공간으로 밀어 넣었다.

*

내 앞 좌석에 앉은 할아버지에게, 승무원이 식사로 쇠고기와 생선 중에 무엇을 원하는지 묻는다. 할아버지가 주저하자, 둘 다 싫으면 파스타도 있다고 친절하게 일러준다.

"노, 노, 노! 나는 이탈리아 사람이에요. 파스타는 됐어요."

"파스타는 됐어요"라고 부드럽게 의역했지만, 사실 할아버지가 영어로 한 말은 "Keep your pasta"였다. 이것이 풍기는 어감을 살려 풀이하면 "안 돼, 안 돼, 안 돼! 나 이탈리아 사람이거든? 너네가(즉, 너희 아랍인이) 만든 열등한 기내식 파스타를 감히 이탈리아인인 나한테 먹일 생각은 하지 마셔" 정도가 되겠다. 조금 과장을 보태서 그야말로 "너네나 먹어"다. 거의 무례한 수준의 거절임에도, 파스타에 관해 거의 배타적 권위의식을 드러내는 그 말이 너무나 이탈리아인답다는 생각이 들어 웃음이 나왔다.

*

아부다비에 착륙하여 아, 내가 이슬람 국가에 왔구나, 하고 가장 먼저 느낀 곳은 다름 아닌 화장실이었다. 화장실 칸마다 작은 샤워기처럼 생긴 수압 조절형 핸드 비데가 비치되어 있었기 때문이다. 무슬림들이 전통적으로 쓰는 화장실 전용 물항아리의 업그레이드된 버전이다. 이슬라마바드에서 내가 거처하는 집에도 핸드 비데가 설치되어 있다. 처음에는 어떻게 쓰는지 요령을 몰라 시행착오를 거듭했지만, 이제는 편리하게 잘 쓰고 있다. 잘 쓸 뿐만 아니라 이제는 없으면 아쉬울 정도가 됐다. 핸드 비데와 휴지만 있으면, 서구에서나 한국에서나 요즘 수요가 늘고 있는 화장실 전용 물티슈를 따로 구입할 필요가 없다. 실제로 파키스탄의 마트에서 화장실용 물티슈를 사려고 해봤자 전혀 찾아볼 수 없다. 필요가 없기 때문이다.

　아부다비에서 탄 이슬라마바드행 비행기는 만석이었다. 밤 비행기여서 승객이 별로 없을 줄 알았더니 웬걸, 꽉 찼다. 마침 라마단 금식 시간을 막 넘긴 시각이어서 다들 비행기에서 주는 음식을 열심히 먹느라고 바쁘다. 기내 한가득 음식 냄새가 진동했다. 나는 앞선 비행으로 배가 더부룩한데다 자정이 가까워져 오는 시간이기도 해서 먹는 둥 마는 둥 했다. 그래도 옆자리에 앉은 중년 남자에게 맛있게 드시라고 인사하는 것을 잊지는 않았다. 의외였는지 그가 조금 놀라더니, 이내 환하게 웃으며 같은 인사를 되돌려준다. 그리고 파키스탄에 방문하는지 아니면 거주하는지 내게 묻는다. 이슬라마바드에 산다, 아직 1년도 안 됐다고 답하자, 어디 다른 지역에는 가보았느냐고 질문한다. 아직 기회가 없었는데 어딜 가보면 좋을까요, 하고 물으니 파키스탄에서 카라치에 이어 두 번째로 크고 역사 깊은 도시 라호르를 꼭 가보라며 침이 마르도록 그곳을 칭찬한다. 혹시 라호르 분이신가요, 하고 물어보니 과연 내 짐작이 맞았다. 처음 겪는 일이 아니다. 라호르 사람들은 자기가 태어나고 자란 도시를 심히 아끼고 자랑스러워한다. 겨울철이 되면 전 세계에서 1, 2위를 다툴 정도로 공기 오염이 극심해진다는 사실은 라호르 토박이들에게 사소한 문제일 뿐이다.

　밥 다 들고 커피를 마시던 이웃남께서 난데없이 찻숟가락을 손에 들고, 접는 테이블 가장자리에 이리저리 갖다 대본다. 뭐 하시는 건지?

　"내가 비행기를 많이 타는 편인데 말이죠, 이번에 바르셀로나에서 아부다비 오는 에티하드 비행기에서 처음으로 신기한 경험을 했어요. 차를 마시는데 비행기가 흔들려서 스푼이 미끄러져 떨어지는 줄 알았거든요. 근데 안 떨어지고 가장자리에 딱 붙어 있더라고요. 글쎄 테이블에 자석 처리를 한 거예요. 에이, 여긴 안 붙네."

알고 보니 스페인에서 승강기와 발전기를 수입해 파키스탄에 파는 사업가다. 코로나 사태 이전에는 주로 중국에서 수입했는데, 코로나 이후 중국발 컨테이너 비용 등 전반적인 중국 관련 물류 비용이 폭등해서 요즘은 유럽 제품을 사 오는 편이 오히려 더 저렴해졌다고 설명했다.

"애가 몇 명인가요?"

아시아인들은 어쩌면 이렇게 다 비슷할까. 개인적인 질문을 서슴없이 던지는 것 말이다. 자녀가 없다고 했더니 1초 정도 어색해하다가, 자기는 자식이 셋이라며 장녀는 의사고, 차녀는 대학에서 경제학을 공부하고, 막내아들은 10학년이라고 묻지도 않은 얘기를 한다. 그래도 딸들을 잘 교육시킨 걸 보니 괜찮은 아버지로구나, 하는 생각은 든다. 그럴 만한 의식과 경제적 수단을 갖춘, 파키스탄에서는 소수에 속하는 부류다. 본인도 외국인 앞에서 그 점을 내보이고 싶었는지 모른다.

이윽고 그가 코를 골았다. 그리고 이슬라마바드에 도착할 때까지 깨지 않았다.

나가며

이슬라마바드에 돌아와 원고를 보충하고 다듬는 동안 코로나 오미크론 변종 바이러스에 덜컥 감염됐다. 주변에 수많은 사람이 감염되어 전염은 시간문제라고 생각했는데 막상 걸리고 나니 그동안 긴장이 풀려 부주의하게 지냈던 것이 후회됐다. 어디선가 '코로나 당첨'이라는 표현을 봤는데 엄밀히 말해 당첨은 아니었다. 완벽하게 무작위로 걸린 것이 아니라, 사람을 만나 대화하거나 마스크 벗고 식사하는 일을 여러 차례 반복한 내 행위가 이런 결과에 영향을 미쳤을 테니 말이다.

증상 발현 사흘째에 39도까지 올랐다가 해열제를 복용해도 뚝 떨어지지 않고 며칠에 걸쳐 야금야금 인색하게 내려오던 열. 극심한 허리 통증에서 시작해 온몸의 마디마디가 쑤시던 고통. 심한 두통과 인후통. 열흘 넘게 온종일 계속되던 기침. 속쓰림과 소화불량. 엄청난 갈증과 오한. 생수가 설탕물처럼 달게—비유가 아니다—느껴지는 신기한 미각 변화. 닷새째에 갑자기 발현된 후각 상실. 그야말로 종합 세트였다. 그중 후각 상실은 석 주넘게 이어졌다. 향수병과 향신료와 말린 허브를 있는 대로 꺼내 냄새를 맡아봐도 아무 향기가 안 나고, 빵류를 먹으면 마분지를 먹는 느낌이었다. 홍차나 녹차는 아예 맹물 끓인 맛이었다. 말로만 듣던 증상들을 실제로 체험하니 두려웠다. 가장 기분이 좋지 않았던 것은 숨이 가쁜 증상이었다. 조금만 몸을 움직여도 숨이 막혔다. 평소에 뛰어 올라가던 계단을 몇 차례나 쉬어 가며 거북이처럼 기어 올라갔다. '숨'이라는 것이 인간의 생명에 얼마나 기본적인 것인지 새삼 깨달을 수 있었다. 가쁜 숨을 내쉬며, 나는 원고를 읽어내렸다. 그리고 취리히에서 내가 마스크 워리어인 척하는 부분, 스푸트니크 백신과 관련해 악운을 막는 부적 운운했던 부분에서 실소했다.

원고 손질이 서서히 마무리되어가면서 증상도 경감되었다. 글 쓰는 일이 마치 앓는 일이었다는 듯, 탈고와 함께 몸도 서서히 회복되었다. 돌아보면 지난 몇 개월 동안 글쓰기에 몰입하는 순간마다 미열에 시달렸던 것 같기도 하다. 수술 후 떨어진 체력, 40도 넘는 이슬라마바드의 혹서, 아니면 갱년기 열감 탓이었을 수도 있지만, 그보다는 뇌의 건강한 혈류량 증가 때문이었다고 생각하고 싶다. 어느 쪽이든, 나는 들뜬 미열에서 글쓰기를 이어갈 에너지를 얻었다.

한국 방문 중이던 2022년 3월 초. 오랜 세월 함께 일한 도서출판 마티로부터 다시 글을 써보라는 제안을 받았다. 구체적인 글의 형식은 정하지 않았고, 지금까지 여러 나라를 돌아다니며 살았던 경험과 느낌에 관한 기억을 엮어보라는 큰 틀만 제시받았다. 반갑고 고마웠으나 처음에는 기억이 얼마나 남아 있을지, 그것을 잘 풀어낼 수 있을지 확신이 없었다.

잊은 일들이 많았다. 오랜만에 사람들을 만나면 으레 단골로 늘어놓는 몇 가지 한정된 경험담이 있다. 겪은 일 가운데 가장 인상 깊고 기억에 명확하게 남은 것들이 중심이 된다. 그렇게 반복 재생된 일화들이 고정 레퍼토리로 굳어지고, 결국 기억에서 불균형적으로 큰 비중을 차지해 버린다. 나머지는 갈수록 희미해진다. 큼직하게 자리 잡은 녀석들을 피해, 그 이면에 숨어 있는 결이 잔잔하고 촘촘한 추억들을 다시 뒤져보는 작업이 필요했다. 조금 남은 치약을 꼼꼼히 짜내듯 기억을 짜내도 어떤 부분은 끝내 비어져 나오지 않을 것이다. 그건 또 그런대로 괜찮다. 거기에는 어떤 알 수 없는 심리적 이유가 개입됐을 수도 있다. 그렇다면 무리해서 드러낼 필요도 없고, 또 그러지 않는 것이 좋다. 기억을 살살 달래가며 자연스럽게 흘러나오도록 해보자.

현재의 이야기에 과거의 이야기를 섞어 엮기 위해서 연상 작용에 의존했다. 오늘 겪은 일을 기록하는 작업, 즉 현재를 기반으로 하는 작업을 통해 자유로운 연상을 시도하는 것이 뇌의 구석구석에 박힌 옛 기억을 재발굴하는 하나의 방법이었다. 어느덧 뇌에 폭풍이 일었다. 글자 그대로 '브레인스토밍'이 개시되었다. 종이에, 태블릿에, 휴대폰에 생각나는 대로 적었다. 적고 또 적다 보니, 어느새 메모하는 손이 도무지 멈출 줄을 몰랐다. 그동안 그렇게 할 말이 쌓였는지 미처 깨닫지 못했다.

숙소에서 제공한 메모 패드 하나가 꽉 찼다. 트램에서, 기차에서, 때로는 길을 걷다가도 글감이 떠오르면 구석진 곳으로 재빨리 이동해 늘 지니고 다니던 가로 7센티미터, 세로 10센티미터 노란색 포스트잇에 깨알 같은 글씨로 아이디어를 채워나갔다. 그 포스트잇을 행여나 잃어버릴까 봐 휴대폰으로 사진 찍어 백업해두고, 숙소에 돌아와 메모 패드에다 켜켜로 덕지덕지 붙여놓았다. 그 모든 과정이 일정한 기력을 요구했지만, 미묘하게 즐거웠다. 《스위스 방명록》 이후로 이렇게 집중해서 글을 쓰는 것은 실로 오랜만이었다.

쉬지 않고 하루 종일 정신 없이 메모지를 메우고 타이핑하는 생활이 석 주째가 되어가던 어느 날, 왼손 손가락에 근육통인지 신경통인지 모를 불편한 통증이 왔다. 키보드로 쌍시옷을 입력할 때 왼손 새끼손가락으로 왼쪽 시프트 키를 누르고 같은 왼손을 벌려 검지로 시옷 키를 치는 버릇 때문이었다. 어색한 손 자세가 평소보다 지나치게 반복되자 손 근육에 무리가 왔던 것이다. 그렇다고 요즘 유행처럼 쌍시옷 들어갈 자리에 시옷을 칠 수도 없고, 오른쪽 시프트 키 사용도 영 익숙해지지 않아서, 결국 시프트 키는 여전히 왼손 새끼손가락으로, 시옷 키는 오른손 검지를 우아하게 날려 누르는 버릇을 긴급하게 들였다. 그런 생경한 시도조차 실은 즐거웠다.

이곳저곳을 떠돌며 살다 보니 나와 비슷하게 뿌리 없이 부유하는 사람, 태어난 곳을 떠나 낯선 곳으로 이주하는 사람, 정착하지 못하고 끊임없이 어디로 떠나는 사람, 과거에 대한 향수와 현실 적응 사이에서 균형을 잡는 데 실패하거나 성공한 사람은 나의 영원한 관심사다. 특별히 어떤 것에 중점을 두어 쓰려고 목표한 것이 아니었는데도 글의 많은 부분이 그런 사람들, 그런 이슈에 자연스럽게 할애되었다. 이것은 물론 나를 돌아보는 행위이기도 하다. 아무리 세월이 지나고 웬만큼 적응됐어도, 가슴 속 가장 깊숙한 곳에 불안정한 감정이 웅크리고 있다가 무심코 튀어나온다. 고향을 잃은 데서 오는 불안감이다.

그러나 잃은 고향은 '출생지'로 정의되는 고향이다. 꼭 물리적인 장소가 아니라 나를 지탱하고 위로하는 버팀목을 고향으로 정의할 수 있다면, 내겐 또 다른 고향이 있다. 배우자, 부모님, 절친한 친구들, 만나면 반가운 친척 식구들과 지인들이 바로 내 고향이다. 글을 번역하고 쓰는 일도 일정하고 진득하게 정서적 안정을 안겨주니 그것도 내 고향이다. 그렇다 보니 이 대안적 고향들이 이번 책에 심심치 않게 소재로 등장한다. 번역과 언어에 관한 이야기도 나오고, 가까운 사람들에 관한 일화도 나온다. 참고로 일러두지만, 그럴 때는 내 배우자와 성인 친족만 실명으로 적고, 그 외 친구나 지인, 그리고 친족이라도 미성년자는 사생활 보호를 위해 가명을 사용했다.

나를 드러내라는 조언을 받았다. 두려웠지만, 그 말을 새겼다. 너무 깊이 새긴 나머지 어쩌면 오버일지도 모르는, '나'가 차고 넘치는 일종의 일기 형식을 택했다. 좀 더 정확히 말하면 일기와 에세이의 하이브리드다. 전작 《빈을 소개합니다》와 《스위스 방명록》을 쓸 때는 대체로 설명문 형식을 취하면서 그 뒤에 숨어 나를 별로 드러내지 않았다. 나는 무척 수줍은 글쓴이였고 실은 지금도 그렇다. 마티 정희경 사장님과 박정현 편집장님이 정확히 그 부분을 짚어 주셨다. 독자들은 저자가 드러나는 글을 좋아한다는 말씀을 잘 이해한다. 꼭 독자 때문이 아니더라도 나를 드러내는 글에는 나름대로 미덕이 있다. '나는' 또는 '내가'를 주어로 삼는 글은 결이 달라진다. 저자로서 얼마만큼 솔직해질 수 있을지 고민하게 되고, 내가 적는 말에 책임져야 한다는 의무감도 커진다. 솔직하게 말하고 그 말에 책임을 지려면 어느 정도 자신감도 필요하다. 그렇지만 나를 드러내는 일에는 부끄러움이 뒤따른다. 부끄러운 감정은 현실을 숨기고, 미화하고, 자기 검열하려는 충동을 일으키며, 자신감을 갉아먹고, 솔직해지려는 의지와 충돌하면서 미묘한 긴장을 일으킨다. 결국 글 쓰는 작업은 책임감과 자신감과 두려움 사이를 끊임없이 오가는 작업이다. 그 긴장을 어떻게 해소하고, 그 사이에서 어떤 균형점을 찾아내느냐에 따라서 진솔한 글이 될지, 가식적인 글이 될지, 아니면 이것도 저것도 아닌 어정쩡하고 어색한 글이 될지 판가름이 날 것이다. 평가는 독자들의 몫이다.

작가로서 부족한 점이 많은 사람에게 집필의 기회를 또 한 차례 제공하는 위험을 감수하신 도서출판 마티에 진심으로 감사의 말씀을 드린다. 특히 거칠었던 원고를 세심하고 섬세하게 손봐주신 전은재 편집자 님께 고마운 마음을 전한다. 다시 책을 쓴다는 말에 크게 기뻐하며 응원해주신 부모님께도 깊이 감사드린다. 내가 서울과 취리히에서 시간을 보내는 동안 이슬라마바드에서 혼자 오래 심심하게 지낸 알베르토에게 미안하고 고마웠다. 남편은 멀리서도 이 책과 관련하여 내 생각을 열심히 들어주고, 여러 도시에서 겪은 과거의 기억을 함께 짚어보며 조언과 격려를 아끼지 않았다. 내 앞에 기꺼이 다시 모습을 드러내어 글감이 되어준 기억에도 감사한다. 나는 이제 그 기억을 세상이 다 볼 수 있게 종이 위에 펼쳐놓았다. 그리고 그 기억 속에 푹 잠겨, 한때 삶의 터전으로 삼았던 곳들을 돌이켜 본다.

주워 모은 말들

Das passt 〔 다스 파스트 〕

오스트리아에서 발견한 표현이다. 오스트리아 사람들은 ㅋ, ㅌ, ㅍ, ㅅ를 ㄲ, ㄸ, ㅃ, ㅆ로 된소리 발음을 내므로 실제로 귀에 들리는 소리는 "다쓰 빠쓰뜨"에 가깝다. 이 표현은 오스트리아에 살다 보면 일상에서 빈번하게 들을 수 있다. 약속을 잡을 때, 가격 흥정을 할 때, 쌍방이 무언가 합의를 볼 때 널리 사용한다. 번역하면 "좋아", "됐어", "그럽시다"이지만, 뉘앙스를 조금 더 살려 뜻을 풀어보면 이렇다. "그 정도면 괜찮네." "아, 뭐, 그만하면 됐어." "내가 예상한 것과 대충 맞으니 그냥 그렇게 하면 되겠습니다." 영어로 옮기자면 good enough 정도가 되겠다. 더 나은 결과를 집요하게 추구하거나, 어떤 일에 완벽함과 철저함을 요구하지 않고, 대충 그 정도면 적당하다고 상대방과 유연하게 합의를 보는, 좋은 관계 유지에 방점을 둔 전형적인 오스트리아식 표현이다. 완벽함과 철저함을 추구하는 일에 관심이 많은 스위스인들은 어떨까? 그렇다, 이 표현을 안 쓴다.

keine Sängerknaben 〔 카이네 젱어크나벤 〕

역시 오스트리아 빈에서 처음 접하고 지금까지 기억하는 표현이다. 젱어크나벤은 소년 합창단, 빈에서는 물론 빈 소년 합창단을 가리키는 말이다! 카이네(keine)는 뒤에 오는 명사를 부정하는 뜻이니 카이네 젱어크나벤은 "소년 합창단이 아니다"라는 말이다. 무슨 뜻일까. 이를테면, 빈을 배경으로 하는 범죄 드라마에서 오스트리아 형사들이 사건 용의자들에 관해 대화를 나눈다.

　형사: 그 사람들에 대해 좀 아신다고요?
　수사반장: 응, 그 자식들 확실히 소년 합창단은 아니야.

순진하고 무해한 부류가 아니라 질이 안 좋고 만만찮은 인간들이라는 뜻이다. 너무나 '빈'스럽다.

eat crow 〔 잇 크로 〕

이 말을 처음 듣고 가장 먼저 연상된 것은 건망증이 심한 사람을 가리켜 쓰는 표현 "까마귀 고기를 먹었나"였다. 하지만 '까맣게 잊다', '까먹다'와 소리가 비슷한 '까마귀'를 연결지어 생긴 한국어 표현이 영어에도 통할 리는 없고, 무슨 뜻인가 했더니 자기 잘못이나 패배를 마지못해 시인한다는 의미였다.

My predictions were wrong and I had to eat crow.

내 예상이 틀려서 할 수 없이 잘못을 인정해야 했어.

죽은 동물의 사체 같은 것을 마구 먹는 까마귀를 사람이 먹으려
면 껄끄럽듯 자기 잘못이나 패배를 인정하는 일도 그렇다는 것
이다. 한국 속담으로는 '울며 겨자 먹기'가 비슷하려나.

что делать? 〔 슈토 델라티? 〕
しょうがない 〔 쇼가나이 〕

슈토 델라티?(что делать? chto delat?) 러시아 사람들은 툭하면 이
렇게 자문한다. 외래어 표기법을 잠시 무시하자면, 러시아의 е 발
음은 '에'가 아니라 언제나 '예'이고, 연음부호(ь)는 '이' 발음이 거
의 안 들리므로 귀로 들리는 발음은 '슈토 델랏?'이다. 영어로 흔
히 What is to be done?으로 번역되는 이 말은 정말로 방도를 찾는
'어쩌지?'라는 뜻도 있지만 '뭐 어쩌겠어?' 즉 더는 어떻게 해볼 길
이 없다는 포기의 심정을 나타내는 반어법 표현이기도 하다. 러
시아 사람들은 소련 시대에도, 공산 체제가 무너진 후에도 그렇
게 말하며 나아지지 않는 현실을 묵묵히 받아들였다. 소련 붕괴
후 1990년대에 정치적, 경제적으로 큰 트라우마를 겪고서 빅토
르 체르노미르딘 당시 총리 입에서 튀어나온 전설의 표현은 "최
선의 결과를 원했는데 맨날 그대로더라"였다. 지금 푸틴이 하는
짓을 보면서도 러시아인들은 조용히 슈토 델랏을 내뱉으며 체념
할 뿐이다. 이 표현은 일본인들이 자주 쓰는 표현 '쇼가나이'(しょう

がない)와도 연결된다. 이것도 '어쩔 수 없다'는 뜻이다. 체념의 정서는 결코 일본만의 특유한 문화가 아님을, 그런 일반화는 쉽사리 해서는 안 된다는 것을 러시아에 와서 다시 한번 깨달았다. 정치적으로나 문화적으로 개인이 취할 수 있는 선택의 여지와 자유가 제한된 곳에서는 어디나 이런 표현이 자리 잡는다. 현실을 받아들여야 괴롭지 않기 때문이다.

die Zeit totschlagen 〔 디 차이트 토트슐라겐 〕

독어를 배울 때 영어와 비슷한 표현이 많아 놀라곤 했는데 이것도 그중 하나다. die Zeit는 '시간'을 뜻하고 totschlagen은 '때려서 죽인다'는 뜻이므로 영어로는 kill time, 그러니까 시간을 죽인다, 쓸데없는 일을 하며 시간을 때운다는 뜻이다. 다만 totschlagen은 쳐 죽인다, 죽도록 팬다는 의미이므로 독어의 뉘앙스가 영어보다 과격하게 느껴진다. 뜻은 약간 다르지만 왠지 '죽 때린다'는 말도 연상된다. 아마도 tot가 '죽'었다는 뜻이고 schlagen이 때린다는 뜻이어서 '죽'이라는 음성과 '때린다'가 세트로 묶이면서 연상 작용을 일으키는 듯하다. 하지만 이 관용어의 진짜 어원은 과거에 부유한 귀족들이 노동할 필요가 없어 남아도는 시간을 사교와 스포츠, 향락, 취미 활동으로 보냈던 것과 관련 있다. 시간이라는 존재에 얽매이거나 방해받고 싶지 않다, 그까짓 시간 따위 아예 확 치워버리고 마음껏 놀겠다는 뜻이다.

What gives? 〔 왓 깁스? 〕

미국에서 이 말을 들을 때마다 갸우뚱했다. 무슨 일이야? 왜 그러는데? 어찌 된 겨?(어머니 본가가 충청도이다) 정도의 뜻을 지닌 표현인데 금방 와닿지 않고, 자꾸만 '무엇이 주나?'로 직역되었다. 그런데 독어를 배우다가 '바스 깁츠?'(Was gibt's?)라는 표현을 발견했다. was는 영어의 what, gibt는 영어의 gives에 해당하며, 's는 삼인칭 단수 중성대명사 es를 줄인 것이다. 이 독일어 문장 역시 '무슨 일이야?'라는 뜻이므로 what gives?와 의미나 발음이 비슷해서 두 표현의 연관성을 의심하지 않을 수 없었다. 영국보나는 주로 미국에서 쓰는 것으로 미루어 독일계 이민자나 독어와 유사한 이디시어를 쓰는 유대인 이민자들의 영향일 것이라는 속설도 찾아냈다. 왓 깁스? 바스 깁츠? 둘의 정확한 역사적 관계가 무엇이든 이제 최소한 그 뜻을 잊지는 않게 되었다.

親切(しんせつ) 〔 신세쓰 〕

한국과 일본에서 공통으로 사용하는 단어 '친절'은 일본어 발음으로 '신세쓰'다. 한자 親(친)은 일본어에서 '오야'(おや), 즉 부모를 뜻하고 切(절)은 자른다는 의미를 지닌다. 그러니 자칫하면 '부모를 자른다' 또는 부모가 주어가 되어 '부모가 자른다'라고 이상하게 해석될 수 있어서 일본인들도 종종 어원을 궁금해한다. 심지어 한국에서는 사무라이가 할복자살할 때 가까운 사람이 그의 목을 칼로 쳐 고통을 줄여주는 것이 친절이라는 식의 이상한 야화가 돌고 있는데, 흥미는 돋울지 몰라도 검증되지 않은 이야기다. 일본에서 출간된 어원 사전을 찾아보면 '친'은 부모가 아니라 친하다, 가깝다(親しい, 시타시이)라는 뜻이고 '절'은 간절(懇切)하고 절절(切切)한 마음을 나타내는 것이니, 상대방을 절실(切實)하고 가슴속 깊이 가깝게 대하는 마음을 나타내는 단어다.

Wasser predigen und Wein trinken
〔 바서 프레디겐 운트 바인 트링켄 〕

독일어를 공부하다 알게 된 격언이다. '남한테는 물 마시라면서 자기는 와인 마시네'로 번역되는 이 표현은, 겉으로는 남에게 욕망을 자제하고 검소하게 살라고 충고하던 사람이 남이 안 보는 곳에서는 몰래 쾌락을 탐하고 사치를 즐긴다는 뜻이다. 전형적인 위선자. 나도 이 금언을 볼 때마다 공연히 검소한 척하거나 타인에게 섣불리 검소함의 미덕을 읊어대는 어리석은 행동을 피하자는 생각을 하곤 한다. 그나저나 이 표현은 하인리히 하이네의 풍자시 《독일. 어느 겨울동화》에서 유래한다.

Ich weiß, sie tranken heimlich Wein
Und predigten öffentlich Wasser.
나는 안다. 그들이 몰래 포도주 마시면서
남 앞에서는 물 마시라고 설교했다는 것을.

I will do the needful 〔 아이 윌 두 더 니드풀 〕

파키스탄으로 거처를 옮겨 정착하는 과정에서 여러 현지인과 소통하며 일을 부탁해야 할 때가 많았다. 그때마다 들려오는 답변은 "I will do the needful"이었다. 생전 처음 들어보는 표현이었다. I will do what is necessary 또는 I will do what needs to be done, 즉 '필요한 일을 해줄게'라는 뜻인 줄은 대충 짐작할 수 있었다. 궁금증이 일어 조금 찾아보니 역시 파키스탄과 인도 등지에서 사용하는 남아시아 지역 특유의 영어 표현이었다. 사적인 대화보다는 특히 사무 처리와 관련해서 부탁받은 일을 처리하는 입장에 놓인 사람들이 이 표현을 썼다. 일 처리를 부탁하는 사람은 Please kindly do the needful이라고 말할 수 있다. 처음에는 이 말이 입에서 잘 나오지 않았는데, 파키스탄에 산 지 1년이 지난 지금은 드디어 나도 파키스탄 사람들을 상대로 메일을 작성할 때 큰 주저함 없이 이 표현을 활용할 수 있게 되었다.

Ma cha nöd dä Füüfer und 's Weggli ha
〔 마 하 뇌트 데 포이퍼르 운트 스 벡글리 하 〕

"벡글리를 사면 5라펜은 없어지기 마련" 바꿔 말해 "빵 사면 빵 산 돈은 없어지기 마련"으로 풀이되는 이 표현은, 본문에서도 언급한 스위스 모닝롤 '벡글리'가 등장하는, 지극히 스위스적인 격언이다. 지금은 미그로 마트에서 60라펜—1라펜은 100분의 1프랑—에 살 수 있는 벡글리 한 개 가격이 5라펜이던 시절에 생긴

322

말로 짐작되는데, 벡글리를 사면 돈이 없어지는 게 당연하니, 벡글리도 먹고 돈도 안 없어지길 바랄 수는 없다는 뜻이다. 즉 삶에 공짜는 없다, 돈은 신중하게 쓰라, 절약하라는 의미다. 금전 문제에 신중한 스위스인들이 할 법한 말이다. 사실 비슷한 격언이 영어권에도 있다. "You can't have your cake and eat it too." 케이크를 먹은 다음에도 케이크가 남아 있길 바랄 수는 없다는 뜻이다. 하지만 스위스인들이 음식보다 돈에 초점을 맞춘다는 점이 재미있다.

스위스 속담이니 이 격언을 표준 독어로 들을 일은 없지만, 궁금하신 분들을 위해 표준 독어로 풀어드릴 테니 두 독어의 차이를 구경하시라. 가장 먼저 드러나는 특징은, 스위스 독어에서는 받침 소리가 실종된다는 점이다.

스위스 독어: Ma cha nöd dä Füüfer und 's Weggli ha.
(마 하 뇌트 데 포이퍼르 운트 스 벡글리 하.)
표준 독어: Man kann nicht den Fünfer und das Weggli haben.
(만 칸 니히트 덴 퓐퍼 운트 다스 벡글리 하벤.)

botheration (바더레이션)

휴대폰 메시지로 종종 이런저런 정보를 보내주는 파키스탄 지인이 문자를 보냈다.
"Next botheration from me would be tomorrow evening."
문자를 보고 다소 혼란스러웠다. "다음 번에는 내일 저녁에 귀찮게 할게." 다시 말해 내일 저녁에 다시 뭔가 귀찮은 메시지를 보내는 실례를 범하겠다는 뜻임은 짐작할 수 있었지만, bother-ation? 바더레이션이 뭐지? 바더의 명사형인가?

동사 bother는 성가시거나 귀찮게 한다는 말인데, 거기에 -ation을 붙여 명사화해서 사용하는 건 처음 봤다. bothering이라는 동명사를 써도 되고 bother 자체를 명사로도 쓸 수 있기 때문이다. 알고 보니 역시나 남아시아식 영어 표현이었다. 그들만의 변형이 재미있기도 하고, 그렇게 된 사연도 궁금하다. 남은 파키스탄 체류 기간에 더 탐구해보고 싶은 숙제다.

Throw money at the problem
〔 스로 머니 앳 더 프로블럼 〕

미국에서 생활할 때 미국인 친구가 어떤 문제로 고민하다가 결국 별수 없다는 표정으로 "I will throw money at the problem" 하고 말하는 것을 들었다. 당시 처음 들어보는 표현이어서 '문제에 돈을 던진다고?' 하고 잠시 갸우뚱하다가 돈으로 문제를 해결하겠다는 말임을 깨달았다. 이것저것 다른 방법을 찾느라 고민하면서 시간이며 정력을 낭비하느니, 그냥 돈으로 편하게 해결하겠다는 의미다. 돈더미를 정말로 막 던지는 이미지가 연상되어 꽤 우습기도 하고, 또 실제로 돈을 풍풍 쓰면 해결되지 않을 일도 해결되는 것이 세계 어딜 가나 현실일 때가 많아서 씁쓸함을 안겨주기도 하는, 자본주의의 냄새가 물씬 풍기는 관용구이다.

eventually vs. eventuell 〔 이벤추얼리 vs. 에벤투엘 〕

영어 원어민이나 영어를 먼저 배운 외국인은 독일어를 배우다가 두 언어 간에 생김새가 비슷한 단어를 만나면 반가워한다. 그래서 종종 실수하는 일이 생긴다. 너무 비슷하니까 뜻이 같으리라 지레짐작하고 잘못된 용어를 쓰는 거다. 대표적인 경우가 영어의 eventually와 독어의 eventuell이다. 예를 들어보자.

Eventually we will make it. 끝내 우리는 해낼 거야.
Eventuell schaffen wir das. 어쩌면 우리가 해낼지 몰라.

영어 eventually는 '끝내', '드디어', '종국에는'을 뜻하고 독어 eventuell은 '혹시', '아마', '어쩌면' 같이 상황에 따라 어떤 일이 일어날 수도 안 일어날 수도 있음을 나타내는 부사다. 전자는 자신감과 확신에 가득 차 있고, 후자는 조심스럽게 가능성을 내다보는 표현이다. 자신 있게 발언하겠다고 독어로 eventuell을 남발하면 거꾸로 자신감이 없는 사람이 된다.

참고로 프랑스어로는 éventuel(에방튀엘)이며 독어와 의미가 동일하다.

Sprezzatura 〔 스프레차투라 〕

패션에 관심이 많고 이탈리아에 연고가 있는, 메트로섹슈얼 알베르토가 자주 입에 올리는 단어다. 지금은 이 단어가 패션 용어로 정착했지만, 원래는 완벽한 궁정인이 되려면 갖추어야 할 미덕을 가리키는 르네상스 시대의 용어였다. 궁정인은 학식도 풍부해야 하고, 승마, 궁정 원무, 시 짓기, 검술, 식탁 매너, 대화술, 옷차림 등 온갖 기교에 능숙해야 한다. 여기서 중요한 점은 그것들을 일단 열심히 연마한 후에는 남들 앞에서 쿨하게, 별 노력을 안 들이면서도 잘하는 것처럼 보이도록 우아한 외양을 유지하는 것이다.

패션에 적용된 스프레차투라는, 신경 써서 멋을 부리되 다른 사람이 보기에 아무 힘도 안 들이고 자연스럽게 멋이 나는 것처럼 보여야 된다는 의미에서 본뜻과 연결되면서도, 그와는 약간 다른 추가적 의미가 담긴다. 즉 너무 완벽하고 대칭적으로 옷을 입을 것이 아니라 어디엔가 불완전함으로 악센트를 주는 것이 오늘날 남성 패션에서의 스프레차투라다. 예를 들어 넥타이를 맬 때 뒤로 가는 좁은 소검이 대검보다 더 살짝 길게 내려온다든지, 양복이나 와이셔츠 소매의 단추를 한두 개 슬쩍 풀어놓는다든지, 시계를 와이셔츠 소매 밑이 아니라 위에다 찬다든지 하는 것이다. 단, 오버하는 것은 금물이며, 남들의 눈에 띌 듯 말 듯 미묘한 변칙을 구사하는 것이 핵심이다.

Wenn die Kinder klein sind, gib ihnen Wurzeln, wenn sie groß sind, gib ihnen Flügel

〔 벤 디 킨더 클라인 진트, 깁 이넨 부르첼른, 벤 지 그로스 진 트, 깁 이넨 플뤼겔 〕

스위스인 친구와 만나, 부모 자식 관계가 얼마나 어려운지, 그 관계는 문화마다 어떻게 다른지 함께 이야기 나누다가, 친구가 이렇게 말했다. "자식이 어릴 땐 뿌리를 주고, 자식이 크면 날개를 주라고 했어." 그 말이 무척 인상적이어서 가슴에 살짝 담아두었다. 자기 말은 아니고 어디서 봤는데 누가 한 말인지는 기억나지 않는다고 했다. 나중에 알고 보니 이 또한 매사에 영리하기 짝이 없는 요한 볼프강 폰 괴테의 말이었다.

Zwei Dinge sollen Kinder von ihren Eltern bekommen.

Wurzeln, solange sie klein sind, und Flügel, wenn sie grösser werden.

아이들은 부모에게 두 가지를 받아야 한다. 어린 시절에는 뿌리를, 그리고 좀 더 크면 날개를.

small small 〔 스몰 스몰 〕

파키스탄 사람들은 작은 물건이 여러 개 있는 상황을 묘사할 때 '작다'는 의미의 형용사 small을 "스몰 스몰" 하고 꼭 두 번씩 반복하는 습관이 있다. 한국어로 옮기려면 어떤 말이 적당할까 생각해보다가 쪼만쪼만하다는 표현이 생각났다.

> I bought some small small things.
> 나 쪼만쪼만한 물건들을 좀 샀어.
> You should cut it into small small pieces.
> 너 그거 쪼만쪼만한 조각으로 잘라야 돼.

자꾸 들으니까 귀여워서 나도 어느새 "스몰 스몰" 하고 따라하게 된다.

French leave vs. English leave
〔 프렌치 리브 vs. 잉글리시 리브 〕

어떤 모임이 있을 때 찾아왔다가, 간다는 인사도 없이 슬그머니 가버리는 무례한 행위를 영어로 '프렌치 리브' 또는 '프렌치 엑시트'(French exit)라고 부른다는 것을 미국에서가 아니라 스위스에 살 때 영국식 영어 구사자에게 배웠다. 나중에 알고 보니 미국에서는 같은 행동을 '아이리시 엑시트'(Irish Exit)라고 불렀다. 아일랜드 사람들이 워낙 술을 좋아하다 보니 만취해서 제대로 인사도 못 하고 간다는 고정관념이 거기에 담겼다는 것이 한 가지 이론이다. 더 재미있는 것은 프랑스 사람들은 같은 말을 '영국식으로 빠져나간다'(filer à l'anglaise)라고 표현한다는 거다. 좀 더 찾아보니 유럽 일대에 비슷한 표현들이 존재하고, 전체적으로 프랑스식 퇴장 아니면 영국식 퇴장으로 진영이 양분되었다. 스페인과 포르투갈은 프랑스식 퇴장, 이탈리아와 러시아는 영국식 퇴장이라고 불렀고, 독일에서는 프랑스식 퇴장과 더불어 폴란드식 퇴장이라는 표현도 사용했다. 즉 나라마다 자기들과 역사적으로 경쟁 관계에 있었거나 사이가 안 좋았던 민족을 모욕하는 수단으로 삼은 것이다.

Если книг читать не будешь, скоро граммоту забудешь

〔 예슬리 크닉 치탓 녜 부데시, 스코로 그라모투 자부데시 〕

모스크바에 처음 도착해서 시내의 한 서점에 갔다가 소련 시절 포스터를 모아 놓은 책자를 들춰 보며 그 매력에 빠져들었다. 그중에서 책 읽는 여성의 모습이 박힌, 독서를 권장하는 것이 분명한 계몽 포스터를 발견하고 러시아어 선생님에게 포스터 문구의 정확한 뜻을 물어보았다. 거기에는 "예슬리 크닉 치탓 녜 부데시, 스코로 그라모투 자부데시"—표기법에 따르지 않고 내 귀에 들리는 대로 음독했다—라고 적혀 있었다. 책을 안 읽으면, 금방 글을 잊어버린다는 뜻이었다. 시처럼 각운까지 맞았다. 나는 당장 그 포스터를 낱장으로 구해 액자에 끼우고, 러시아어 문구를 반복해 읽으며 외웠다. 이 포스터는 파키스탄에도 고이 모셔 와 거실 벽에 걸어 두었다.

Lesen gefährdet die Dummheit
〔 레젠 게페르데트 디 둠하이트 〕

스위스 베른에 살 때 동네 서점에서 책을 한 권 샀더니 서점 주인이 그 책을 자무엘 피셔 출판사 로고가 찍힌 투명하고 예쁜 비닐 봉투에 담아주었다. 거기에 박힌 문구는 이렇게 말하고 있었다. "독서는 우둔함을 위태롭게 한다." 절묘한 표현에 한참 키득거리며 웃다가, 그 유머 속에 스쳐 지나가는 어떤 자신감 같은 것을 감지하고서 생각에 잠겼다. 책을 많이 읽거나, 책을 만들거나, 전반적으로 책과 가까이 생활하는 사람들이 흔히 지니는 계몽 정신, 그러니까 독서의 미덕을 전도하려는 충동이 거기에 스며 있었다. 출판사의 마케팅용 문구이니 당연히 그럴 수밖에 없을 것이다. 하지만 과연 독서는 어리석음, 무지, 우둔, 바보스러움을 소멸하는 데 얼마나 기여할 수 있을까? 독자가 비판적으로 읽지 않고 책 내용을 쓰인 그대로 받아들인다면, 바보스러운 책들을 아무리 읽어봤자 바보스러움의 천적이 되어줄 리 만무하다. 욕하며 읽어야 한다. 욕하며 읽자.

Zwei Dinge sind unendlich, das Universum und die menschliche Dummheit, aber bei dem Universum bin ich mir noch nicht ganz sicher

〔 츠바이 딩에 진트 운엔들리히, 다스 우니베르줌 운트 디 멘슐리헤 둠하이트, 아버 바이 멤 우리베르줌 빈 이히 미어 노흐 니히트 간츠 지혀 〕

우둔함(Dummheit)에 관해 말하자면 베른에서 살 때 알게 된 아인슈타인의 명언이 떠오르지 않을 수 없다.

"세상에 무한한 것이 두 가지 있는데, 하나는 우주고 또 하나는 인간의 어리석음이다. 둘 중 내가 봤을 때 무한성에 관한 확신이 덜 서는 쪽은 우주다."

다시 말해 아인슈타인은 인간의 멍청함의 무한성이 우주의 무한성보다 더 확실하다고 비꼬아 말하고 있는 것이다. 아무리 생각해도 맞는 말이다. "독서로 물리치거나", "돈을 뿌려서" 해결할 수 있는 일이면 좋겠지만, 아닌 것 같다.

La gauche caviar 〔 라 고슈 카비아르 〕

프랑스인 친구와 영화 이야기를 나누다가 내가 샤를로트 갱스부르를 좋아한다고 했더니 "심장은 왼쪽에 지니고 다니고, 지갑은 오른쪽에 들고 다니는 개?" 하며 시큰둥한 표정을 지었다. 내가 한국에 강남 좌파라는 표현이 있다고 설명해주자, 프랑스에서는 그걸 "라 고슈 카비아르", 즉 캐비어 좌파라고 부른다고 알려주었다. 그래서 둘이서 유사한 표현을 아는 대로 열거해 보았다. 캐비어 좌파(프랑스), 샴페인 소셜리스트(영국), 훈제연어 좌파(아일랜드), 리무진 리버럴(미국), 강남 좌파(한국)…

그랬더니 유럽은 음식, 미국은 자동차, 한국은 주거지역으로 사회적 지위를 상징하는 비교문화적으로 묘한 결과가 나와서 실소했다. 웃자고 하는 얘기니 정밀한 사회과학적 분석은 전문가들께 맡긴다.

住めば都 〔 스메바 미아코 〕

도쿄에서 오스트리아 빈으로 이사를 준비할 때였다. 일본을 떠나는 아쉬운 마음을 일본인 친구에게 토로하니 그가 씩 웃으며 이렇게 말했다.

"住めば都だから大丈夫だよ"(스메바 미야코다카라 다이조부다요).

스메바 미야코(住めば都)는 "살다 보면 고향"이라는 뜻이다. "살다 보면 고향이니 괜찮아" 하고 그 친구가 나를 위로한 것이다. 세상 어디 가서 살아도 그 장소에 익숙해지면 거기가 제일 편안한 곳으로 느껴지기 마련이니, 정붙이고 사는 데가 고향이라는 얘기다. 《일본의 재구성》의 저자 패트릭 스미스는 예전에 이메일을 교환할 때 내게 이렇게 말해주었다.

"Enter in and partake — it is a way of life, as all communities are."

(들어가서 참여해—모든 공동체가 그렇듯, 그게 살아가는 방법이야.)

partake라는 단어에는 어떤 일에 참여해 그것을 몸소 경험하고, 그 과정에서 남이 주는 것을 받기도 하고 내 것을 나누기도 한다는 의미가 담겨 있다. "살다 보면 고향"을 너머, 적극적으로 새 공동체의 일원이 되라는 격려. 그 말을 마음속에 간직해두고 새로운 곳으로 이사할 때마다 한 번씩 꺼내 되새겨본다. "떠나는 일"에 관해 더는 초심자가 아니련만, 어딘가에 살다가 또 떠날 일이 코앞에 닥치면 이렇게 사람들의 말 한마디에서 위로를 얻으며 분리불안장애를 다스리는 나를 재발견한다.

찾아보기

ㄱ

가셔브룸 1봉(Gasherbrm I) 90

가셔브룸 2봉(Gasherbrum II) 90

고흐, 빈센트 반(Vincent van Gogh)
143, 182

구겐하임, 마이어
(Meyer Guggenheim) 178

구겐하임, 솔로몬 R.(Solomon R.
Guggenheim) 178

굴랍자문(گلاب جامن; gulab jamun)
83

굼(ГУМ; GUM) 249

그라우뷘덴(Graubünden) 176, 177,
179

그로프, 조너선(Jonathan Groff)
179

그로프, 카를 퓌르흐테고트(Karl
Fürchtegott Grob) 137

그뤼에르(gruyère) 239

길기트-발티스탄(Gilgit-Baltistan)
86, 90, 93

ㄴ

나나쿠사가유(ななくさがゆ) 151,
152

나발니, 알렉세이(Alexei Navalny)
33

난(نان; naan) 157

〈난봉꾼의 행각〉 263
↳ '톰에게서 소식이 없네'
(No word from Tom) 263

낭가파르바트(Nanga-Parbat) 90,
92
뇌샤텔(Neuchâtel) 178

ㄷ

다빈치, 레오나르도(Leonardo da
Vinci) 228
〈다운튼 애비〉(Downton Abbey)
294
다임러, 고틀리프(Gottlieb
Daimler) 137
달리트(dalit) 190
댄 스티븐스(Dan Stevens) 294
뒤푸르봉(Dufourspitze) 90
딜(dill) 249, 250, 252

ㄹ

라 스칼라 극장(La Scala) 161
라 페니체 극장(La Fenice) 161
라호르(Lahore) 307
〈러빙 하이스미스〉(Loving

Highsmith) 169
럼(rum) 263
레몬드롭(lemon drop) 263
레바다(Levada) 36
로벨리, 카를로(Carlo Rovelli) 295
로퍼, 신디(Cyndi Lauper) 179
루니, 데이비드(Rooney, David)
226, 293
  ↪ 《시간에 관하여: 12개의
  시계 속에 담긴 문명의 역사》
  (About Time: A History of
  Civilization in Twelve Clocks)
  226
루바브(rhubarb) 42
루뱐카(Лубянка; Lubyanka) 30
뤼엔(Lüen) 177
르펜, 마린(Marine Le Pen) 212, 213
리마트(Limmat) 28, 166
리무진 리버럴(limousine liberal)
331
리소르지멘토(risorgimento) 163,
164
린트&슈프륑글리
  (Lindt&Sprüngli) 122
  ↪ 린트 초콜릿 122

☞ 슈프륑글리 122, 123, 257, 267
립톤(Lipton) 127~129

□

마드라사(madrasah) 220
마르가리타(margarita) 263
마살라 차이(masala chai) 81, 126,
    128~130
마슬레니차(Масленица;
    Maslenitsa) 247, 249
마슬로(Масло; maslo) 247
마크롱, 에마뉘엘(Emmanuel
    Macron) 212, 213
마터호른(Matterhorn) 89
말부너(Malbuner) 199
메노나이트(mennonites) 178, 179
메린다(merinda) 24
메스너, 라인홀트(Reinhold
    Messner) 92
모네, 클로드(Claude Monet) 183
≪모노클≫(Monocle) 166
모스, 데이비드(David Morse) 295
무리(Murree) 193, 194

무바라크, 호스니(Hosni Mubarak)
    158
무샤라프, 페르베즈(Pervez
    Musharraf) 222
물리 차파티(مولی چپاتی; mooli
    chapati) 157
물리 파라타(مولی پراٹھا; mooli
    paratha) 157
미그로(Migros) 246, 321
미모사(mimosa) 261, 263

ㅂ

바가치, 네이트(Nate Bargatze)
    175~177
☞ 바가치, 안톤(Anton
    Bargatze) 177
☞ 바르게치, 시메온(Simeon
    Bargätzi) 176, 177
☞ 파르게치, 크리스티안
    (Christian Pargätzi) 176
☞ <테네시에서 왔습니다만>
    (The Tennessee Kid) 175, 176
바르루트 팰리스 호텔(Badrutt's

Palace Hotel) 139

바바가누쉬(baba ghanoush) 122~124

바소 프로폰도(basso profondo) 232

바이든, 조(Joe Biden) 214

바인베르크, 미에치스와프 (Mieczyslaw Weinberg, 러시아 이름: 모이세이 바인베르크[Moisey Vainberg]) 71, 72

바지와, 카마르 자베드(Qamar Javed Bajwa) 211

반호프슈트라세(Bahnhofstrasse) 146

베르디, 주세페(Giuseppe Verdi) 160, 161, 163, 164

☞ <시몬 보카네그라>(Simon Boccanegra) 160, 161, 163

베버, 프란츠 카를(Franz Carl Weber) 79, 87

베타카로틴(betacarotene) 133

벡글리(weggli) 108, 109, 321, 322

보르시(borshch) 249, 265, 268

<보리스 고두노프>

(Borís Godunóv) 71

보이토, 아리고(Arrigo Boito) 161

부르샤스키(burshaski) 91, 92

부시, 조지 W.(George W. Bush) 213, 214

부토 자르다리, 빌라왈(Bilawal Bhutto Zardari) 220

부토, 베나지르(Benazir Bhutto) 210, 220, 280

부토, 줄피카르 알리(Zulfikar Ali Bhutto) 220

불구르(bulgur) 174

뷔르클리플라츠(Bürkliplatz) 28

뷔를레, 에밀(Emil Bührle) 182~185, 252

브라이슨, 빌(Bill Bryson) 293

브랜디(brandy) 262

브랜슨, 리처드(Richard Branson) 228

브로드피크(Broad-Peak) 90

브륄레, 타일러(Tyler Brule) 166

블리니(блины; blini) 246~250, 252

비아프라전쟁(Biafran war) 185

비에이토, 칼릭스토(Calixto Bieito) 163

빅(BiC) 275, 276

빅, 마르셀(Marcel Bich) 275

빈 라덴, 오사마(Osama bin Laden) 236

빈터투어(Winterthur) 58, 59

빌라 파툼바(Villa Patumbah) 137~140, 185

ㅅ

사모사(سموسه; samosa) 126, 156, 279

사이드카(sidecar) 263

사프란(saffron) 86

산타야나, 조지(George Santayana) 141

살팀보카(saltimbocca) 267

샤리프, 나와즈(Nawaz Sharif) 210, 220

샤리프, 셰바즈(Shehbaz Sharif) 220

샤우슈필하우스(Schauspielhaus) 139

샤토슈발블랑 생테밀리옹(Château Cheval Blanc Saint-Émilion) 201

샨첸그라벤(Schanzengraben) 166

샬와르 카미즈(shalwar kameez) 91

샴페인 소셜리스트(champagne socialist) 331

세이지(sage) 267

세잔, 폴(Paul Cézanne) 182

셰브럴레이, 루이(Louis Chevrolet) 178

셰브르(chèvre) 173~175

셸리, 메리(Mary Shelley) 294

소렌티노, 파올로(Paolo Sorrentino) 300

쇼스타코비치, 드미트리(Dmitriyevich Shostakovich) 72

쉐보레(Chevrolet) 178

슈바르첸바흐 발안(Schwarzenbach-Initiative) 272

슈바이처, 아르놀트(Arnold Schweitzer) 276

슈베르트, 프란츠(Franz Schubert) 117

슈타이어마르크(Steiermark) 134

스메타나(сметана; smetana) 249

스카르두(Skardu) 92, 93

스타라이트 벤자민(Starlight
    Benjamin) 118
스톨리치나야(stolichnaya) 194
스트라빈스키, 이고르
    (Igor Stravinsky) 263
스프레차투라(Sprezzatura) 325
스필버그, 스티븐(Steven Spielberg)
    228
시라쿠사(Siracusa) 24
신드(Sind) 86
싱그릭스(shingrix) 233

ㅇ

아르가우(Aargau) 179
아르테(Arte) 203
아미시(Amish) 178
아브라우 두르소(Abrau-Durso)
    250, 251
아삼(Assam) 127, 128, 130
아스트라한(Astrakhan) 65
아인슈타인, 알베르트(Albert
    Einstein) 228, 330
안데르센, 한스 크리스티안(Hans

Christian Andersen) 228
암만, 시몬(Simon Ammann) 178
암만, 야코프(Jakob Amman) 178
암만, 요한 슈나이더(Johann
    Schneider-Ammann) 178
애거사 크리스티(Agatha Christie)
    294
에그타르트(egg tart) 111
에델슈테인(Edelstein) 180
엘리자베트(Elisabeth) 112
예카테리나 2세(Ekaterina II) 208
옐몰리(Jelmoli) 33, 258
오더블(Audible) 293
오데사(Odessa) 207, 208
오든, W. H.(W. H. Auden) 262, 263
오디 상(Audie Awards) 294
오바마, 버락(Barack Obama) 158
외를리콘(Oerlikon) 183, 184
    ↳ 공작기계공장 외를리콘
        (Werkzeugmaschinenfabrik
        Oerlikon) 183
    ↳ 기계공장 외를리콘
        (Maschinenfabrik Oerlikon)
        183
    ↳ 오리콘 대공포 184

울리니치, 아냐(Anya Ulinich) 55

워싱턴, 조지(George Washington)
228

웰티, 유도라(Eudora Welty) 179

위틀리베르크(Uetliberg) 89

융프라우(Jungfrau) 89

이드 울 피트르(Eid ul-Fitr) 158

이머전 아트(immersion art) 143,
144

<인민의 종>(Servant of the People)
203~205

입스위치(Ipswich) 264

잉글리스 브렉퍼스트(english
breakfast) 127

ㅈ

자무엘 피셔(Samuel Fische) 329

장크트갈렌(Sankt Gallen) 179

장크트모리츠(Sankt Moritz) 111,
114, 139

재세례파(Anabaptist) 178, 179

젤렌스키, 볼로디미르(Volodymyr
Zelenskyy) 73, 203, 204

젤위거, 러네이(Renée Zellweger)
179

조이오사 마레아(Gioiosa Marea)
269

주얼(Jewel) 179

지리놉스키, 블라디미르(Vladimir
Zhirinovsky) 180, 181

지어마티, 폴(Paul Giamatti) 201

질(Sihl) 166

질런홀, 제이크(Jake Gyllenhaal)
294

ㅊ

체르노미르딘, 빅토르(Viktor
Chernomyrdin) 317

첼베거, 에밀 에리히(Emil Erich
Zellweger) 179

추디, 테오필(Theophil Tschudi)
139

치오데라, 알프레트(Alfred
Chiodera) 139

치킨 티카 마살라(chicken tikka
masala) 277~280

치퍼필드, 데이비드(David
  Chipperfield) 182

ㅋ

카다멈(cardamom) 86, 129

카라치(Karachi) 86, 192, 225, 277,
  307

카라코람(Karakoram) 90, 94

카란다시(карандаш) 276

카랑다슈(Caran d'Ache) 275, 276

카레스, 미카(Mika Kares) 163

카미카제(kamikaze) 262, 263

카이저슈마른(kaiserschmarren)
  112

카주 카틀리(کاجو کتلی; kaju katli)
  83

카페 자허(Café Sacher) 253, 254

  ☞ 자허 토르테(Sachertorte)
  254

칸, 부슈라 비비(Bushra Bibi Khan)
  211

칸, 임란(Imran Khan) 210, 211, 220,
  221

칼라시니코프(Kalashnikov) 193

칼로, 기예르모(Guillermo Kahlo,
  독일 이름: 카를 빌헬름 칼로
  [Carl Wilhelm Kahlo]) 145

칼로, 프리다(Frida Kahlo) 142,
  144, 145

캄파리(campari) 267

캐비어 좌파(la gauche caviar) 330

캐시 박 홍(Cathy Park Hong) 59,
  61, 62

  ☞ 마이너 필링스(minor
  feelings) 59, 61, 62, 65

커비즐, 짐(Jim Caviezel) 179

컬먼, 체스터(Chester Kallman)
  263

컴버배치, 베네딕트(Benedict
  Cumberbatch) 295

케이블카(cable car) 263

케제퀴홀라인(Käseküchlein) 297

케피르(kefir) 249

코옵(Coop) 246

콜롬바 파스콸레(colomba
  pasquale) 257~260, 268, 283

쿤스트하우스 취리히(Kunsthaus
  Zürich) 181

쿨리치(кулич; kulich) 284

쿨피(قلفی; kulfi) 86

크라스노다르(Krasnodar) 251

크렘린(кремль; Kremlin) 70, 249

키르(کھیر; kheer) 83

키슈(quiche) 253

키에슬로프스키, 크시슈토프
(Krzysztof Kie lowski) 300

킬혀, 율리(Yule Kilcher) 179

ㅌ

타슈켄트(Tashkent) 72

타히니(tahini) 124

테지에, 뤼도비크(Ludovic Tezier)
163

테킬라(tequila) 263

트럼프, 도널드(Donald Trump)
213, 214, 243

트리플 섹(triple sec) 262, 263

티치노(Ticino) 169

티크베어, 톰(Tom Tykwer) 300

ㅍ

파네토네(panettone) 258, 260, 284

파리 마욜 미술관(Musée Maillol)
182

파슈툰(Pashtun) 79, 80, 84, 85, 87

파코라(پکوڑا; pakora) 157

팔락 파니르(palak paneer) 279

팜파스(Pampas) 208

패스트랙(pass track) 280

퍼밋 룸(permit room) 193, 194

펀자브(Punjab) 79~81, 85, 86, 90,
92, 93, 157, 190, 211

페타(feta) 174

펜실베이니아 더치(Pennsylvania
Dutch) 178

포드, 헨리(Henry Ford) 228

푸아레, 에마뉘엘(Emmanuel
Poiret) 276

푸틴, 블라드미르(Vladimir Putin)
19, 29, 33~35, 37, 39, 72, 73, 164,
181, 206, 211, 213, 214, 221, 251, 286,
317

프란츠 요제프 1세(Franz Joseph I)
112

프레게, 고틀로프(Gottlob Frege)
138

프레드릭 배크만(Fredrik Backman)
293, 294

프레리(Prairie) 208

프티 팽 올레(Petit pain au lait) 108

피시 앤 칩스(fish and chips) 85

피카소, 파블로(Pablo Picasso) 228

ㅎ
—

하이네, 하인리히(Heinrich Heine)
320

하이스미스, 퍼트리샤(Patricia
Highsmith, 가명: 클레어 모건
[Claire Morgan]) 15, 168~170

하이티(high tea; hi tea) 82~84

허쉬(Hershey) 178

허쉬, 밀턴(Milton Hershey) 178

헤스휘에흘리(Chäschüechli) 296,
297

화이트레이디(white lady) 263

후무스(houmous) 42, 43, 122

후터라이트(Hutterites) 178

훈자(Hunza) 90~92, 95

훈제연어 좌파(smoked salmon
socialist) 331

힐, 피오나(Fiona Hill) 213

기타

FAO 슈워츠(FAO Schwarz) 79

노시내

미국, 오스트리아, 스위스, 러시아 등 여섯 개 나라, 열 개 도시를
거치며 26년 넘게 타국 생활 중이다. 어딜 가나 지금 살고 있는
곳을 제일 좋아한다. 지금은 열 번째 도시 이슬라마바드에
머물며 글을 짓거나 옮기고 있다.

  «마이너 필링스», «책임 정당», «진정성이라는 거짓말»,
«누가 포퓰리스트인가», «사랑, 예술, 정치의 실험: 파리 좌안
1940 - 50» 등의 책을 옮겼고, «빈을 소개합니다», «스위스
방명록»을 지었다.

작가 피정 — 경계와 소란 속에 머물다

노시내 지음

초판 1쇄 인쇄 2023년 1월 14일
초판 1쇄 발행 2023년 1월 24일

ISBN 979-11-90853-39-2 (03810)

발행처 도서출판 마티
출판등록 2005년 4월 13일
등록번호 제2005-22호
발행인 정희경
편집 전은재, 서성진, 박정현
디자인 조정은

주소 서울시 마포구 잔다리로 127-1, 8층 (03997)
전화 02.333.3110
팩스 02.333.3169
이메일 matibook@naver.com
홈페이지 matibooks.com
인스타그램 matibooks
트위터 twitter.com/matibook
페이스북 facebook.com/matibooks